山海野趣是清欢

谈正衡 著

有 态 度 的 阅 读

小马过河（天津）文化传播有限公司

目 录

桃花流水鳜鱼肥

3— 捕鳝与吃鳝
6— 诱人的鱼杂碎火锅
9— 漂鱼之烩
12— 澜沧江食鱼
17— 春馔妙鱼是江刀
20— 既饱口福又饱眼福的"冷水鱼"
24— 君子好色 食红鱼
27— 鲢子头，鲩子尾
30— 从放卡子到放地笼
35— 只缘感君一回顾
39— 世间犹有桃花痴
43— 没事就到江边劈口味
47— 舌尖下的西湖
51— 石斑鱼，一个美丽的误会
55— 如闻有喋喋之声的琴鱼茶

I

58— 千年的鱼子，万年的草根

61— 用米汤提升味蕾的高度

64— 鲈复鲈兮何相欺

69— 有绰号的黑鱼

73— 长江鮠鱼的身份确认

77— 长胡子的鱼

80— 鳜有怒，亦讨巧

84— 别离还有经年客

87— 三亚如莲，浮生慰藉

93— 游西湖的"糠糠屁"

96— 还在同我们口舌周旋的野生江鲫

100— 专会打水花的鳘鲦子

103— 遮眼大法的"水菜"

106— 我自识得菜花蚬

110— 秋风响，蟹脚痒

114— 蟹酱之祭

118— 田螺脚的风味

蓼芽蔬甲簇青红

125— 彩云之南野生菌的信仰

131— 山海野趣是清欢

139— 狮子头，一种即食的快意

143— 霜天烂漫菜根香

146— 大快朵颐，全凭鸡作数

151— 春水新涨说芦蒿

154— 村上椿树

157— 马兰头，拦路生

160— 尝鲜无不道春笋

163— 风月花香藕

166— 桃花有泪凝成胶

169— 蕾丝网裙的奢华妖艳

172— 地苔皮的前世今生

175— 青衫红袖费吟哦

179— 石耳有精彩也有忽悠

183— 梅雨落苏栀子肥

187— 莴笋的风土人情

191— 桃花颜色苋菜饭

195— 辣椒的快意演绎

199— 金黄的南瓜花，嫩绿的南瓜头

203— 扁豆花如蝶，蹁跹过秋风

206— 伊人如莲水一方

209— 被水红菱挑逗的不止味觉

213— 鸡头菜，民间的话本

217— 供人五脏庙里的荸荠

221— 青藤缠树的那些纠葛事

224— "菰羹"最下"雕胡饭"

228— 初夏的水果

234— 茨菰叶底戏鱼回

237— 深藏白根的水芹菜

240— 梅子酒与草莓醪

243— 黄心菜 PK "春不老"

荞熟油新作饼香

249— 幽幽酱油豆子香
253— 梅雨与梅干菜
256— 臭干子更能千里飘香
259— 麦和豆瓣在六月里的升华
263— 茶干的闲情逸致
267— 豆干杂酱的快意演绎
270— 人生微醺偶耽的意境
273— 将小笼汤包进行到底
277— 吃锅贴、喝鸭血汤的享受
280— 锅里锅外一色红的藕稀饭
283— 大煮干丝的阔绰风范
287— 见到美人不说话
290— 米面应犹在
293— 蒸饭包油条年代
296— 昨夜灯火昨夜风

303—	有江湖味的老鸭汤泡锅巴
306—	持刀切肴肉，洗手作汤羹
309—	长毛的豆腐
313—	单县的美食
325—	弋江镇上的"三老太羊肉"
328—	说著苏味是江南
334—	秦淮桥下水，口舌惜繁华
337—	野鸭子不是什么浮云
341—	再入徽州当饕客
345—	寻味武夷山
351—	芜湖的鸭子是如何炼成名的
355—	茂林檀郎春风客
360—	在桃花潭触摸李白的意兴
364—	隐身平常心的蒸菜
368—	对"中和汤"的围观
372—	闻出了一品锅里的经典味
376—	美味背后是传奇
381—	洗过锅澡再开宴

384— 此鹅非彼鹅

389— 对于野兔的激情关注

392— 竹鼠弄出的动静

396— 别让麻雀们散了伙

400— 石鸡与"土遁子"

403— 与蛇之欢,玩不转的口舌

407— 沙地马蹄鳖,雪天牛尾狸

411— "鞭"的是娱乐精神

415— 无意于佳猪头香

418— 这蛹不是那幺蛾子

421— 那些糖呀甜到了忧伤

425— 金风玉露一相逢

桃花流水鳜鱼肥

捕鳝与吃鳝

在我读到的不计其数的文章中，写捕鱼的种种经历的并不少，却鲜有写捕鳝的。在印象中，只在二十世纪八十年代初读过桐城作家陈所巨写的一篇钓鳝的记事文，记不清是发表在《萌芽》还是《上海文学》上了。我以为捕鳝实在是一件独特且有趣的事。

捕鳝的方法很多。有利用黄鳝晚上出洞觅食时用火把在稻田浅水里照着捕的，有用竹签子穿上蚯蚓放入鳝笼子里，掏一条沟埋到水田池沼边张着捕的。夏日傍晚，凉风四起，草虫唧唧鸣唱，水面上有许多小鱼在跳。用锄柄穿了一只装满鳝笼的筐篮背在肩上，寻着一处感觉有鳝出没的地方，便埋一截鳝笼，只待翌日早起来收获一份希望……那其实就是一种对简单生活的快乐感受。

我那时通常一篓一钓，孤鹭野鹤一样满圩畈跑。钓竿长可尺许，多是将自行车辐条一端磨尖弄弯曲（早年用油布伞钢丝骨子做），穿上粗大的黑蚯蚓，在长满杂草和树根的水塘沟坎边摸到鳝洞，就插下钓饵，小心地提上插下，并巧妙地旋转，逗引黄鳝咬饵。黄鳝性猛，且护洞，只要开口咬住就不再放松，使劲往洞里拖。这时，可以看到露在外面的钢丝钓竿也随着打起旋旋儿来。你轻轻捏住朝反方向用力一捻，再往外斜斜一拉，豁喇一声，就会拉出一条不断绞扭挣扎的又大又肥的芦斑鳝来。大的一条就有一斤重！钓鳝是技术活，要有好耐心，且极易碰上蛇，通常是极老到的成人干的活计。

最省事的是掏鳝，在秧禾栽下不久，在水刚淀清的田埂边细细搜寻鳝洞。黄鳝喜欢在田埂边打洞穴居，但为了捕食方便，常由田坎向稻田中间打一条二三尺长的新鲜泥洞，伸进一根手指，全凭感觉顺着鳝洞细心往前掏。有的黄鳝能打上几个洞口，有回头洞，有岔洞，有坠洞，这就须随时作应变处理。遇上硬泥掏不动了，就可将一只脚伸入，前后抽动，一下一下往里鼓捣泥浆水。黄鳝受不了这番折腾，就会"夺"洞出逃，只要看准了，猛地伸出勾屈的中指，快速夹起黄鳝放入篓子里。黄鳝跟泥鳅一样，体外有一层黏液，极滑溜，而且一旦逃匿到踩浑的水里，就断难再抓到了。

鳝能变性，中小鳝是雌的，三五年以上粗壮大鳝是雄的，无一例外。盛夏，雌鳝产卵时洞都打得很大，且在洞口水面喷一小堆有黏性的白沫，吸引雄鳝来给卵授精。护卵的雌鳝特别凶猛，不小心就给它咬了手指头，死都不松口。由于黄鳝经常穿埂打洞，将稻田里水漏出，所以黄鳝在一定程度上是有害的。

黄鳝捉得多，自然也吃得多。"秤杆黄鳝马蹄子鳖"，是说鳖要吃小，而黄鳝得有大秤杆子那般粗，肉才清爽滋厚。鳝鱼的口感，因烹制方法不同而异，生炒柔而挺，红烧润而腴，熟烂软而嫩，油炸脆而酥。我们家乡的人没有炖汤和剐鳝丝的吃法，只会将黄鳝炝焖着吃。活鳝被砸晕后，开膛剖腹，剔除肚肠，放到石头上用槌棒砸酥长长的脊骨，直砸成海带那般平平展展的一片，洗净血污，斩去头尾，切成寸片。锅里倒油烧旺，将鳝片下锅爆炝，直至乳白色汤汁收尽，鳝片翻卷，再续上小半碗水，加入板酱、水大椒、老蒜子、片姜，盖锅焖烧半个小时，出锅前撒点葱花起香。虽是农家做法，倒也颇为软脆香浓，清鲜爽口。有那讲究的人家，会以猪油爆炝，再喷上黄酒焖，那个口味可就真是没的说了！

数年前，我们报社的几个人驱车去上海，走的是广德、长兴这条路。快到湖州，时已过午，饥肠辘辘，便停车路边，择一店堂，让老板赶紧做菜。步入后院，见池子里养有黄鳝，便叫伙计拣大的烧几条。反正是等饭吃，没事，我就在一旁看。那瘦精精的伙计甚是麻利，自角落里拖出一个带钉子的窄板，抓起一条黄鳝，捏住头部"嗤"一声钉在板上，剖腹，去背，取肉，再洗净切段，片刻工夫就弄好了。我又跟到厨房里看烹制。见其先以湿淀粉勾芡，热锅里舀上满满一大勺亮汪汪的猪油，再投以洋葱丝炸香，将勾芡鳝丝倒入炝炒，加酱油、糖、黄酒、香醋、味精和蒜头，又续一勺油，锅里炝出明火，颠锅几下，装盘，撒上白胡椒粉即端上桌。

待我坐到桌上，举筷尝一口，因其过火短，果然是香鲜软嫩异常。此为典型的江浙烹饪，举座大啖，皆叫好。多吃了几口后，我不觉暗下里将其与家乡的鳝片相比较，或许现在多是养殖鳝，而我们家乡水泽里的是天然野生的吧，我怎么觉得味过三巡后，还是记忆中的鳝鱼片味厚、香浓、肉感足、回味绵绵哩……

诱人的 / 鱼杂碎火锅

这是一家长江鱼馆，遇上有新鲜的大鮰鱼的杂碎，让厨师给烧一个。不过要碰巧，这不是经常能吃得到的菜。若是三五个人想吃点乐趣，我通常是选在这里，没有长江特有的鮰鱼的杂碎，普通的大鲩子鱼的下水也行。若是正碰上怀子的江鲤，那鼓突的肚子里出的货可就多了。

满满一锅鼓突突、冒气泛泡的鱼杂碎端上桌，灿黄的鱼子，乳白的鱼鳔，还有深灰的鱼肝肠，点缀有火红的干辣椒、黑的木耳、鲜青的蒜叶或芫荽菜，可谓"色相"诱人，哄过了眼睛哄舌头。先尝尝鱼子吧，鱼子结成一团，饱满而硬实，整块嚼着，有点磨牙却是非常带劲；抄一块鱼鳔咬入口，稍不注意，会从泡泡里溅出烫舌头的汤汁来；若是捞到了一段鱼肠，舌头轻轻一裹嚼起来绵软松爽又有咬劲儿。这鱼杂碎火锅的最大特色，就是越煮越香，越吃越有味，越淘越有货，可以让你的身心俱浸在一层鱼杂红汤的鲜香之中。

鱼鳔又叫鱼泡，或是鱼肚，并非鱼的胃袋。在菜市场，人们买了鱼请鱼贩子收拾时，一般都是弃掉鱼腹中的一应杂碎。这些鱼杂碎洗净做出花样来，在很多人眼里虽不大上得了台面，但却是绝对能讨好舌头的。真正的鱼杂碎，还应包括俗称"鱼划水"的鱼下鳍，和肥腴而有嚼头的鱼背翅。要是那种十来斤的大鱼的背翅或是尾鳍，砍下来加上鲜鱼露、蒜汁腌过，入油锅炸透，撒上少许椒盐或是孜然粉，便成一道让人念念不忘的下酒菜。我在本市黄山园餐馆吃过一回鱼唇，全部是剪的铜钱大的鱼嘴下面的那一块活肉，鲜嫩细滑，丰腴却不腻喉。所以，碰上绝妙的鱼杂碎，如我这般的食家老饕当是雀跃不已。

不知道是否所有的鱼肚菜都属徽菜谱系？但二十多年前我在歙县一家正宗徽菜馆里吃过一回纯粹的红烧鲇鱼肚，满嘴软脆，胶汁浓香，至今难忘。

那是在屯溪参加一个文化活动，结束后，几人驱车徽商古道，经歙县到三阳，过金川，入浙江往千岛湖。我们先在湖滨找了一家据说是远近闻名的水上餐厅，指着水池里的花鲢鱼，现抓现称现做，一鱼三吃。新安江这条徽州的母亲河，汇聚成了一碧万顷的新安江水库，新安江水库成就了旅游热词"千岛湖"，千岛湖水养育了肥美的湖鱼。又见大堂里一溜儿洁净的炉灶，上面排列着一只只瓦罐，炖的是土鸡山菌，遂也要了一罐。最后见菜单上有"七彩鱼羹""秀水鱼鳔"，我不觉眼前一亮，嘿，碰上对路的菜了……仔细问过服务生，知道冰柜里还有少量新鲜鱼鳔，而且正好就是鲇鱼鳔，不问价钱立即点下。

那一盘鲇鱼鳔没有浓油赤酱，看来是徽菜的一种现代改良版做法，内里加了红枣、枸杞、龙眼，白的是蒜瓣，黑的是芝麻粒和石耳，鲜红的是辣椒丁。香味飘出，未及动筷，喉咙里就要伸出小手来。鱼鳔勾了点芡，上口更是柔糯润滑，带点辣味和原始鲜香，极有韧性和弹力，却又脆嫩异常，顿时让你领教了什么叫人间美食、鲜绝人寰。结果是那一餐我们几人吃得撸胳膊挽袖子，真是畅快淋漓至极！

漂鱼之烩

奎湖为一集镇。湖在镇西，以奎潭而称湖，有泱泱万亩之广。旷野之上，一湖碧水，微风起处，细浪粼粼，溶氧量极好，此间的鱼鳖虾蟹，天生地养，活力非凡，是真正的绿色食品。秋冬之时，约三五个好友追着西斜的日影到奎湖，寻一家清净店堂，告知老板是专为品尝真正的奎湖漂鱼而来。老板点点头，表示会用心操持，一并记下了如炒藕丝、白斩鸡、青椒炒大虾、咸鸭炖黄豆、腊肉蒸千张、黄心菜烧豆腐等配衬菜肴，或仔细叮嘱下手，或转入后间亲为掌厨。此后，你尽可聊天打牌，也可移步出门去回廊曲槛的奎星阁那边转转，看看湖光暮色，安心等着这些乡土美味上桌吧。

所谓"湖水烧湖鱼"，即正宗的奎湖漂鱼，须选用奎潭湖产三斤左右的鲜活鳙鱼（俗称胖头鱼或是花鲢），用湖水烹制，盛在一个大白铁盆里端上桌来。这样一盆红汪汪的辣味漂鱼，独特的风味沁人心脾，食之流连难忘。天性亲近锅铲的人，在等候上菜的间隙里，不妨踱去厨间，递上一支烟，扯几句闲话，即可站于一旁观其操厨。这漂鱼做法其实很简单：将鱼收拾干净，连头带身对半劈开，成为硬（带脊骨）、软（不带脊骨）两扇，再顺着刺卡斩作宜薄不宜厚的鱼块，拌以适量的生粉、盐、酱油，用手抓捏几下帮助入味。锅里放猪油，油热后，投入姜丝、拍了的蒜瓣、一大勺艳红的水磨红辣椒，连同深黑的农家大板酱一起爆香，再倒入适量的水，待水翻泡顶开，将先前腌得有些僵滞的鱼块用手抓散投入锅里，盖锅以旺火急催，中间稍稍以锅铲翻划开来，煮上一二滚，抓一撮嫩蒜叶和香芫荽撒上，就可掀锅连着腾腾热气一起盛到白铁盆里。火候与时间决定着鱼肉的鲜嫩与否，若是火头小了，必是延时长，鱼块过老，粗而少味，火候不到，则腥味不能尽去。还有，斩鱼片时不要横切到刺卡，否则薄薄的鱼片里尽是碎短的刺卡，吐起来够烦的。

一锅红汤，算是老祖宗传下来的吃法。舌尖尝之，失声叫好，只一口就降伏了味蕾，感叹久违佳味今又来。其实，如此漂鱼之烩，我是早就能如法炮制了。数年前一个冬阳曛暖的午后，有文友自省城来，明言不入餐馆而要我亲为刀俎。我来不及备菜，幸得家中有别人刚送的一鲲一鳙两条鱼，各二斤半重左右。我遂捋袖亲为收拾。鲲子片肉加青嫩蒜苗爆炒，鳙鱼头对劈稍煎兑白水"笃"豆腐，肉身斩块盐渍后烧成红辣汤，算是略佐菲酌飨之。孰知绿白红三色上桌，红汤鱼块最受追捧，一起举箸大赞嫩、滑、辣、爽，问是有何源出秘籍？我哈哈一笑，云是兴之所至，随意而为，哪有什么来历，若是一定要说有所宗，乃是照着老家烧鱼先汆后煮的踪影往纵深发扬了一下……至于为何要先汆后煮？无非是要使鱼的肉质鲜嫩，色泽光亮，辣而不腥，入口窜鲜，回味悠长。

漂鱼烹法本身可算作汆制，即以水开下入食料，且为辣汆，尤其这辣椒既不是尖红椒也不是湖南菜常用的那种剁皮椒，而是属于腌味的水磨红辣椒，地方风味，个性鲜明。只是我本人不耐辣，故我烧出的红汤也只是微红而已，腌鱼时定要拌上料酒以增添些许甜味，且不惜多放姜——这是我吸取苏南菜肴的长处，起锅前还要再搁上一勺熟猪油，故入口咸鲜，屈曲有致，回味绵缠，辣与不辣，如影相随，都在似与不似之间。

我也烧过不放辣的漂鱼，于汤中稍加火腿片和冬笋片，算不得是精制妙烹，然而单是闻着那香味喝一口鱼汤，就会令你顿时神情一振，胃口大开⋯⋯而鱼肋两边附在大卡上的肉，还真有细嫩蟹肉的滋味哩！

澜沧江食鱼

由青海和西藏奔来的澜沧江,一路急流从上游高山峡谷里泻出,来到西双版纳首府景洪,变得温婉清澈了。江面宽阔,水流平缓,清亮的水面倒映着城市的倩影。江两岸,一边是告庄西双版纳风景旅游区,一边是风貌古朴的老城区。每当夜幕降临,轻风徐徐,美味飘香,夜色里贮满温柔的躁动。

两边的夜市,都是人挤人的节奏,遍地摊档,灯火迷幻,各种水果和傣味烧烤以及千奇百怪的手工艺品琳琅满目,进食的同时还可欣赏精彩的表演。婀娜的舞姿,水一般的姑娘,在这里随时可以找到异国情调,甚至有些魔幻的不真实感。南岸滨河大道,夜晚的酒吧一条街永远是灯红酒绿,路两边停满豪车,轩昂男子和衣香女人是这里的主角。挑一处露天酒吧,静观灯火江面,默默无言慢品杯中酒,生命中的诸多怀想与感慨都从眼前淌过……如果选的是泰国或老挝啤酒,那种温暾而寡淡的脾性,正好能抚平心情。

每天上午,我在澜沧江北岸一侧蓊郁的椰林下漫步,从老大桥到新大桥两华里长这一段,不仅能观赏江景和道路两旁的热带植物,清凉湿润的空气,更让心头散淡安宁。

早春时，常见一群一群的人俯身在清澈见底的江水里兜捞着什么？以为是捉鱼，跑到近旁观看，竟是捞青苔。那种附在水底石头上的青苔，其色翠绿，状如丝，虽然打捞不易，但也不耽误被人吃进嘴里。后来，我去中科院植物园，住的酒店正好对着澜沧江支流罗梭江，每天早晨都能看到许多人弓着腰在没膝的水流里捞青苔，为当地一景。再后来，进店点餐时便着心留意，知道了吃法上是没有局限的，可以用芭蕉叶包起来蒸，也可以加点辅料下锅炒。薄点的青苔饼可以直接烤，烤干揉碎，淋点热油，用糯米饭蘸着吃。油炸青苔，傣语称之为"改英"，厨师把一团干透的青苔片剪成小块，放油锅炸至金黄，捞出摆盘，撒上熟芝麻，感觉比韩国的海苔还要清香酥脆好吃。在景洪各个餐馆乃至夜市的小吃摊档，都能品尝到这种极具地方特色的美味。

水底青苔丛里，生活着一种黑鲤，短而肥，浑身黑得发亮，又称荷包黑鲤。做法也就两种，红烧或者乱炖，近年来开发出一种刺身，入口就会攻陷你的味蕾，鲜得五脏六腑都要跳动起来。澜沧江里有太多的红鲤，当地人喊作"红鱼"，跟黑鲤不同，它们头部尖窄，身形修长，背弓不太突出，呈流线型。先以为都是从上游下来的，长成这样，是为了适应汹涌浪激的江水。其实，这种鱼有生殖洄游习性，山茶花开放时，集群从干流上溯到湍急支流，一路追逐相缠，时而跃出水面，显露鲜红的色彩，打起水花啪啪响，无此体形很难胜任。

作为一条南方的水流，澜沧江平缓水域最适合罗非鱼生长了。这种鱼易捕，通常处理就是烤，以巴掌大小的最为上乘。宰杀清理好，加姜葱蒜和小米椒以及酱和香料腌数分钟，然后用芭蕉叶包裹，烤到鱼香四溢，趁热享用，鲜润味浓，鱼肉滑嫩，略有胶性，连烤焦的鱼皮都很有嚼头。吃烤鱼得趁热乎，冷了就不好吃了。一般是烤鱼吃完才上其他菜肴，包烧猪皮、肉末炒芭蕉花都不错，末了上一个菠萝杧果糯米饭。因为不想损了烤鱼的大牌味道，后面的菜再好，也只是填填肚子。而吃鱼的最高境界，就是在江边对景而食，且有灯火投映……直至在午夜微凉的江风吹拂下，微醺而归，结束美好的一天。

这里吃鱼都是现捞现杀，客人没到鱼不能死。去年除夕，我们一家人从西双版纳原始森林公园出来，时已过午，来到南岸江边找了一家江鱼馆。点了一份"煮活鱼"，是一条三斤多重的刀鲇。宰杀后，剁块，投开水锅里煮开，撇尽浮沫，放入一把鲜薄荷和盐，再煮三四分钟即捞起装盘。另有一条黑鲤，背肉剁作生鱼片，余下剁块炸香，加蒜头、糟辣子和酸菜做成酸辣鱼。水煮鱼有蘸粉，生鱼片蘸芥末酱油，肉质鲜嫩，呛香上头，感觉就是一个鲜醇！

澜沧江里还有其他许多种鱼，有从上游浊流中下来的，有从下游湄公河溯水上来的。老大桥旁有个景洪农贸市场，里面可以买到奇奇怪怪的鱼：墨头鱼、绸子鱼、细鳞鱼、化┄、蛇鱼、石爬子……有的可能是从遥远的洞里萨河和九龙江游过来的。有一种红翅膀鱼，澜沧江特产，模样凶悍，不易捕捉。据说，此鱼被混充过"金吉罗"，卖到令人咋舌的上万元一斤！"金吉罗"曾为印度皇室专供，估计现在就是一个神话了。还有一种面瓜鱼，头和前躯特别粗大，口边长有极为夸张怪异的扁平肉须，身灰黄着斑纹，栖居险潭，要开饭了，就游到急流滩头守伏，扑捕过往小鱼。面瓜鱼最大能长到上百斤，三四十斤的常见，放地上砍成一段一段的卖。其肉煮出来黄生生地像南瓜，味清甜醇绵爽口，特别是那金黄色的汤，喝着极为别致可人。

有时，直接在江边或是街口甚至工地旁也能买到鱼。通常是一个或三两个着大裤衩、趿人字拖的黑瘦人，提着网兜，里面几条刚离水的鲤鱼犹在拼命蹦跶，鱼鳞反射着金银错杂的光亮。我更心仪于一种白花鱼，这鱼通体银白，部分的鳍却是鲜艳的棕红，身子偏薄，天生适合清蒸。

最神奇的是长胡子鱼，个头介于黄腊丁和鲇鱼之间，通常在一两斤左右，土黄或暗褐色。嘴角两根长胡，几乎与身体等长，这是一种超级"导航仪"，说明它们都是在昏暗浊流里讨生活的。在店家的鱼缸里，看它们拖着粗长胡子灵活游动，你抓起一条，那两撇胡子会疯狂舞动，感觉非常怪异。鲇科出身的鱼，一律无鳞少刺，大都肉如凝膏，软弹鲜美。长胡子鱼肉质非常筋实又软滑，可能也是淡水鱼里最好吃的了，因此市价极高，一斤要卖到 120 元以上，临近春节价格更要翻番。

长着胡子的鲇科鱼皆肉食性，以其他鱼填肚，最大能长到比人还长。一位从海关退休的朋友，从澜沧江里钓起一条 64 斤特大长胡子鱼，这有可能是一条叉尾鲇。他剁了一段鱼肉，带到嘎洒机场旁一家农庄请厨师烹制，特意将一根烧熟后缩成几圈的长胡子撅给了我，说是待客礼……我将胡子拉直，足有等身长，拍照留念，喜乐无比。

澜沧江是西双版纳的母亲河，对于很多人来说，西双版纳是一处秘境，有着无数能勾起好奇心的见闻。

离开景洪，去那些傣族村寨探访，餐桌上仍少不了鱼，且口味十分丰富。许多村寨都是与河流为邻，大小池塘里满是罗非鱼的身影，蚕豆养的脆肉罗非鱼，肉质比较好，有甜味，也没有土腥味。傣家做鱼，做的全是罗非鱼，看不到鲤鲫一类。无论烧烤，还是绿叶包蒸、包烧，皆善用天然香料。有一种香茅草烤鱼，吃一次就会上瘾。制作时，先剖开鱼背，将葱、姜、蒜、青辣椒、芫荽切细，与盐拌匀，抹进鱼肚子里，再抽几根香茅草将鱼缠绕捆好，用竹片夹紧，放在炭火上烘烤至八成熟，涂上猪油，再烤一会即可食用，诸味渗入鱼肉，连同下面被烤焦富含油脂的皮一起入口，其香、酥、脆，自是没的说了。蕉叶包蒸鱼卵为传统名菜，傣语称"能贺巴"。鱼卵洗净滤干，加入切好的大葱、青蒜、芫荽及花椒粉、草果面，还有食盐、味精、猪油等，充分拌匀，用芭蕉叶包成一个个小包，每个小包内放入香茅草小结一个、柠檬叶数片，外用香茅草捆好，入屉笼蒸熟。鱼卵色泽鲜黄，腥味全无，而有绿叶的奇特清香，鲜美爽口。

石烹鲜鱼汤为布朗族的特色菜，也是人类古老的石烹法在西双版纳的传承。其法简单粗暴，就是持续将烧红的鱼肉投入鱼锅内，直至水沸鱼熟，再放些盐、其他调料和猪油，鲜鱼汤便制成了。鱼肉有点淡，汤很鲜，难得一尝。这里的酸菜鱼，有鱼无菜，制作近似贵州苗家酸鱼。将切段的鱼或整条除去头尾和内脏的鱼与糯米饭、辣椒粉及盐巴拌匀，压入新鲜青竹筒中，筒口用芭蕉叶封严。腌至发酵，取出投入热油锅煎炸，酸辣香醇，诸味齐全，就是有点咸。烤鱼也有，用青竹片夹住鱼放在明火上烧，虽焦黑，却有竹的清香萦绕不去。

身处秘境，选几样特色食物，慢慢品尝，说不出有多自在。

春馔妙鱼 / 是江刀

"扬子江头雪作涛,纤鳞泼泼形如刀",春江水暖,成群的刀鱼泼剌剌逆流而上……想象那个桃花流水的时节,江涛如雪,渔舟竞发,归来时船舱里一片白闪闪的,真有一种生之快乐的感觉。

刀鱼体形狭长扁平似刀,外地人纵然没见过真身,当是看到过商店里卖的白铁皮装的凤尾鱼罐头,上面印的凤尾鱼跟刀鱼像极了。刀鱼称"鲚刀""毛刀",凤尾鱼则被称为"凤刀",它们是近亲。刀鱼银鳞细白,光彩闪烁,一般比筷子稍长,身形异常俊美。

刀鱼生长在近海咸淡交汇的水流中,每年三四月里,受了烟雨江南的邀请,便溯流而上寻找产卵水域。人们习惯把长江刀鱼称为"江刀",以与一直生长在湖泊里的"湖刀"相区别。刀鱼是春季最早的时鲜鱼,食用也是越早越好。在皖江一带,自古就有"清明挂刀,端午品鲥"的说法,清明前的刀鱼,肉质特嫩,入口即化。刀鱼和鲥鱼、河豚被称作"长江三鲜",而今有两"鲜"已踪影杳然。

这些年,刀鱼早已形成不了鱼汛,开捕时间一年比一年短,产量也一年比一年少。但我因享有家住长江边的便利,每至刀鱼开捕的日子,傍晚散步时,总能在停靠江边的渔船上买到刀鱼。那些渔民有时就将渔船停在滨江公园旁,男人将卡在网上弯成僵硬半圆的鱼一条条摘下来,女人通常拎个盘秤站在船头招揽生意。

相对星级酒店一盘刀鱼动辄上千上万的价码,我买几斤刚出水的刀鱼,花不了一两张百元钞。鱼虽小一点,但用油炸出来,蘸醋吃,不仅味美,而且刚好把鱼刺都炸酥了,吃起来特别顺溜。有时运气好买到大一点的,就做一回快递生意,弄些冰冻矿泉水瓶子包了,坐飞机赶到北京,送到儿孙那里,刀鱼还是蛮新鲜的,银鳞闪烁,仿佛刚从江里捕上来一样。

刀鱼烧法不外清蒸、油炸两大类。清洗刀鱼不用开膛剖肚,拿根筷子由鱼鳃处伸下去一搅,卷出鱼肠,鱼的身形仍然完整。清蒸的妙处在于,入盘并不去鳞,加葱结、姜丝、黄酒、盐和少许糖,大火隔水蒸20分钟就好。高温之下,细鳞化为滴滴油珠,整个鱼身色如溶脂,几近透明,白鳞银身浅卧淡酒清汤之中,暗香荤荤,惹味牵肠,使得美味上升到精神审美层面。还有酒糟蒸,用从陈年醪糟中提取的浓郁香汁吊出刀鱼鲜味,是江南经典的江鲜烹制手法⋯⋯清蒸的刀鱼,因为鱼肉太嫩,落筷不容易揿起,只能用筷头一点点挑起入口。

在餐桌上亲眼见过高人演示,那是一位老者,但见他两指捏起鱼头,以筷子夹住鱼颈处顺势往下一捋,再轻轻一抖,手里便只剩下一条干干净净的脊骨,细嫩的鱼肉都落在了盘中。据说,早先渔家还有一种别出心裁的粥蒸法:将收拾干净的刀鱼排放在小木架上钉好,悬在类似木桶般的饭罾中蒸煮,水蒸气上升,粥熟鱼烂,鱼肉片片掉落粥锅,撒点盐搅一搅,就成了饶有风味的刀鱼粥⋯⋯而一个个完整的鱼骨架居然都还在小木架上整齐地悬吊着。

刀鱼味美，不过那些绵密的细刺吃起来总是有点麻烦。袁枚喜食刀鱼，他给出的解决办法，是快刀刮取鱼片，再以钳抽去其刺。这个笨办法显然太过复杂，操作起来难度较大。

倒是往年下小馄饨手艺人有一套办法，就是先揭鱼皮，可将一大半的细刺带出。再拿一张猪肉皮垫底，以刀背轻捶鱼身，那些骨、刺便嵌入肉皮，用刀口轻轻一抹，留在刀口上的便是纯净无刺的鱼肉了。这样的鱼肉包小馄饨，其鲜美可想而知了。常人食刀鱼，只怕没这等闲工夫侍弄。刀鱼多刺确实是个问题，不过话说回来，若是无刺，鲜美的鱼肉直落嗓子眼，几无细品的机会……而正是有了这些刺，才使鱼肉在舌头上多了回旋的余地，一抿一寻之间，倍觉其味之鲜。

饭店里常以"湖刀"冒名顶替"江刀"，正宗"江刀"小眼睛，鳃鲜红，须黄而尾偏黑。最好的区别办法就是靠品尝，入嘴嫩滑且鲜香扑鼻，必是"江刀"无疑。"江刀"肉质是"湖刀"无法比拟的，若是花了大价钱吃到的却是冒牌货，也不必太沮丧，因为正宗的刀鱼越来越稀少了。五六年前，在南京星级酒店，三条江刀凑足一市斤，清蒸入盘，价格上万元。自去年始，长江及其主要支流禁渔十年，眼下要想唉食刀鱼几乎就是奢望了。

千百年来，刀鱼一直热热闹闹地兴旺着，现在忽然就要离我们远行了……云树万重，烟水茫茫。我不知道，除了禁渔，还有什么办法能让那些为数不多的刀鱼能够顽强地撑下去，而别像鲥鱼那般决绝离去哦！

既饱口福又饱眼福的"冷水鱼"

行走在徽山深处的村落，常能看到一方方养鱼池，或在村口，或在屋子旁，还有在高墙院落内，皆巧借地势，利用落差，适当筑碣。池子大的有二三十平方米，小的仅比一张床大不了多少，四周用青石砌岸，有的还用树枝和草帘遮顶，旁植葡萄架，水清见底。群鱼往来游动，似与游者相乐，映着天光云影，更显从容、悠闲与淡定。

养在这些池中的，就是大名鼎鼎的"冷水鱼"。

池中水，下连泉眼，或外通山溪，因为山高岭峻，水温很低，尤显清冽。徽州人善于利用环境，借用景观，连养鱼也是如此，既饱口福又能饱眼福。你看那些池子里，通常是一二十条草鱼配上三五条红鲤，犹似锦上添花，更有一大群幽灵一样小鱼如影相随。这样搭配是有道理的，草鱼进食量大，每天吃完一大堆割来的青草，然后排泄出好多像鹅屎一样暗绿的粪便漂浮在水面，成了水蚤的食物，水蚤正好又成了红鲤和小鱼的食物。那些鱼甚是有趣，高度团结，巴掌大地方，游动一律结队，忽东忽西，同来同去，没有一个"思想偏执"唱反调的。

那一次，我们先上浙岭山脉，但见岗峦相接，逶迤而来又逶迤而去，苍苍莽莽，宛如一条绿龙。沿着山路，我们走了两个小时，到岭脚的时候，大家纷纷跑到溪流中泡脚，好爽！只是时已近午，腹中饥肠辘辘，便打电话给休宁县城的一个朋友。电话那头让我们就近去梓坞村吃"冷水鱼"，并详告路径和一个业已联系好的店名。梓坞村有"梓里八景"，都是文绉绉的四字头，本想寻宋氏宗祠一看……结果，却歪打正着摸进了相距不算太远的徐源村。徐源村不大，在沂源河尽头，狭狭的，弯弯的，绵延一里有余，左右两山相夹，一是浙岭，一是高湖山。前者为春秋"吴楚分源"之地，海拔近千米；后者是历代藏经讲学的圣地，曾有白云古刹和高湖书院，海拔1100多米。

走进徐源村，已是下午两点多钟。人说青山孕秀水，水从山涧石罅泠泠淙淙流来，一路浅吟低唱，穿村而过……两岸人家粉墙黛瓦，依山而建，傍水而居，屋宇相连，错落有致。村口有数十棵樟树、枫树擎天而立，青石板路边及人家苔痕斑驳的院墙外有不少鱼池，每一个池子里都有大群的鱼在淡定地游弋浮沉。有的鱼池甚至在村外很远的石径下，水面漂着刚撒下的青草，却无人看守，可见此地民风之淳朴。反正我们是奔"冷水鱼"来的，且不管梓坞村还是徐源村，只要有"冷水鱼"就偏不了主题。选了一家，讲好价钱，用网兜捞就是了。听说顺着村外我们刚来的那条古道再往上走，翻过山，那边就是婺源虹关、沱川等地，山顶有一座庙，有一对夫妇在守着。下去不远，有个村子，因为地处更高，晴天里只有半天日照，那里的鱼更好吃。

其实用冷泉养鱼，几乎是皖赣边界所有村子的主打产业，随着这些年旅游繁盛，价格也不断攀高。赶来吃"冷水鱼"的人，络绎不绝。我们吃饭的那家店老板告诉说，该村用泉水养鱼有百余年历史了，原来有很多几十斤重的大鱼，一条鱼就是几千元，现在少了，都被外人买走了。山那边一个村子，有人养的两条四五十斤草鱼，都是活了一大把年纪的长老级鱼。冷水鱼冷水里养，水温高过20摄氏度就不能存活。这一带哪里都是"泉水养鱼第一村"，哪家都是名副其实的"最正宗"。只是徐源村人更了不起，他们的"冷水鱼"两次上过央视荧屏！

我们捞的那条鱼算不得大，二斤四两重，一百八十多元。看着那乌黑的背，我们就放心了，因为来之前休宁的朋友特意关照过，说现在正宗"冷水鱼"已不多了，大都是"洗澡鱼"。什么是"洗澡鱼"呢？就是从山外买来草鱼放在自己家池子里养上一年半载，就可以顶替"冷水鱼"卖出。但这种鱼短期内却无法使脊背变深黑，如果被你勘破挑明，店主通常在价码上会让你一大截。

一两个小时后，我们的"冷水鱼"端上桌。吃起来，有胶状粘嘴的感觉，不但无普通鱼那种泥腥味，且隐约有清香……鱼肉细腻腴嫩，恍惚如在西湖边吃的糖醋鱼。据说山区泉水多含矿物质，是造成鱼脊变成乌黑的原因，正宗的"冷水鱼"烹饪出来，鱼肉也应是黑色，为大补之品。用筷子拨拨我们面前的鱼肉，果然颜色黝黑光润。当地人做的红烧鱼还是拿手的，显然吸收了外地手法，醋放得重。关键是吃得新鲜，从鱼池里现捞现烧，第一时间吃进嘴，特别爽嫩溜口。

徽州深山的冷水鱼，南宋时就有人养了。因终年少见阳光，水质冷幽，鱼生长极慢，五六年才能长到二三斤重。你想想，一条四五十斤重的鱼，那不是比人还活得久远？而且一直是活在方寸水域里，一路走过来该留下多少故事呀……过去的习俗，吃鱼须待秋天，每年中秋节起塘，或送亲朋好友，或孝敬父母长辈。

我一直觉得，一种美味就像一朵花，开在那里，虽然美丽娇艳，但唯有遇见和品尝到，花色方能生动起来。

君子好色 / 食红鱼

婺源荷包鲤鱼红艳迷人，简直就是游动在水中的鲜花。在风景胜地和公园池塘里，锦鲤是常见的。但荷包红鲤鱼与身形灵动的锦鲤却有很大差异，荷包红鲤鱼头小尾短，背高体宽，脊部隆起，大腹似袋，故以荷包名之。

鲤鱼、金鱼是近亲，荷包红鲤鱼就是明代深宫中的金鱼变化而来。据说是某年一位婺源籍高官大佬告老还乡，皇上多少有点恶作剧地赐给活鱼一对。以后，这对千里迢迢小心呵护着捧回家乡的鱼，就在婺源繁衍生发，民间互赠，"香火"延传。

婺源曾属徽州，山明水秀，松竹连绵，飞檐翘角的民居或隐或现于崖峰青林之间，或倒映于溪池清泉之上。徽州除了牌坊匾额这些帝王敕封外，连鱼中也有皇亲国戚。大户人家喜在院中掘池或置大水缸蓄养好看的鱼，亦观亦食。荷包红鲤鱼同那些古树茶亭、廊桥驿道一样，展示的正是一种地域的风雅。徽州还有许多很特别的东西，就拿做菜来说，多喜欢蒸，清蒸、粉蒸、干蒸，从蹄髈到苋菜，不论荤素没有不可以拿来蒸的。弄得做徽菜的厨子到哪儿都背着屉笼，虽是外人有点看不懂，不过你也别说，这蒸菜就同那些明山秀水一样，最能保住原汁原味。清蒸荷包红鲤鱼是婺源风味鱼馔，以"池中芳贵，席上佳肴"闻名天下。

二十年前，我带队省副刊会采访团去婺源，午后到达，第一餐在县委招待所，就享受了清蒸荷包红鲤鱼的美味。白盆红鱼，真有点让君子好色了。初见之下，感觉鱼肉很厚实，特别是肚子上的肉几乎呈透明状，鼓鼓囊囊，以为里面全是鱼子，没想到用筷子拨开来，发现里面全是肉。迫不及待尝上一口，果然名不虚传，鱼肉肥美嫩滑、甘腴香鲜，鱼刺细小柔弱到可以忽略不计，特别是一点儿腥味都没有，就像吃爽口的嫩豆腐一样。众人边吃边呼过瘾，风卷残云一扫而空。剩余残汤，用汤匙舀了入口，也是鲜美异常。主人慷慨，我们受益，以后每天都有荷包红鲤鱼佐餐。鱼先在油里煎一下，然后与咸肉、豆腐、大蒜一起炖制，亦为当地常见的食法，只是一定要放入足够的紫苏调味。

隔了六七年，一个暮春时节我们再去婺源。此时旅游开发正热，到处可见形形色色的旅游者。在县城或那些热闹场所路边店门前的水池里，红彤彤一片，全是红鲤鱼的身影，无环肥燕瘦之分，大小都差不多，一条一斤多点，二三十元左右，现抄残烧。这价格比早先贵了两倍还拐弯，水涨船高，像我们这样的地市级媒介，也不再如先前那般享受优渥待遇了。好在我们亦有经验，凭着记忆，自己凭借一张地图开着车子跑，倒也自在。比如想吃不是饲料喂出的鱼，就往偏远乡村跑。原生态红鲤鱼长在深山人未识，市面上很少能见到，其真伪识别，看看那个明显瘦多了的鱼肚子就知晓一二了。

那回在里坑往东北的一处深山，找到一户人家，在山潭里撒网现捕，稍经等待，一锅热腾腾的清蒸荷包红鲤鱼就端上桌来。做菜时，我跑到厨间看。当家的瘦高中年人姓汪，据称是在上海打工时经高人点拨，才回家专做野生红鲤鱼的营生。他十分利索地刮鳞、挖鳃、去内脏，洗净，拿抹布揩干水，在鱼身两边剞斜形刀花，抹精盐、料酒腌片刻，香菇、葱、姜摆上鱼身，倒入半碗泛着油花的清汤，再挖一勺熟猪油搁上，上笼用旺火蒸，约十来分钟就上桌。

据介绍，那清汤是用山泉熬制的，无此泉水，做不出真正美味的婺源荷包红鲤鱼。汪师傅说，清蒸除了好吃，也好看，炖烩稍稍破坏鱼形，要真正品出味道来，还是红烧的好。于是那个下午我们就在周边转，晚上在他的店里品尝了红烧的正宗味道。还根据推荐，要了当地传统名菜拳鸡和掌鳖，即拳头大小的仔鸡和巴掌大的幼鳖，十分鲜嫩。暮春三月，江南草长，正是婺源油菜花黄灿灿迷人的时候，山蕨、野芹、小笋这样的天赐野蔬，最能调养口味，无论凉拌或与腊肉同炒，都是无与伦比的美味。

太好看的东西，就是天珍，将天珍吃到肚子里，近似暴虐。曾将带露的金黄南瓜花摘了投在开水锅里焯了，切碎炒鸡蛋，尽管味道不错，但把太漂亮的东西投之锅镬，总是有点顾忌和惭愧的。我家阳台上放有一口半人高的景德镇产彩绘山水观赏鱼缸，养着一条足有半斤重的琉金鱼，通体鲜红，也是头小背隆，大腹便便，同荷包红鲤鱼甚是相像。曾有朋友开玩笑让我烹吃了，说味道一定不错。

"……哦哦，是吗？"我有点怔怔地看着他。

鲢子头，鲲子尾

江南许多地方通常把鲢子和鳙鱼都叫成鲢子鱼，其实，头小身白的是鲢子，头大的是鳙鱼。鳙鱼这名字太文雅，没人喊，都喊"胖头"。凡性情迟钝的，头就越发超大，鳙鱼性憨，所以才长成了一颗胖大的头。头大了有一个不好，就是容易被人取走，菜场里常见无头案，地上摆了一排无头的鱼身，鱼头都被人斜着一刀砍走了，剩下鱼身子放在那里以低于鱼头许多的价格出售。

"鳙之美者在于头"，鳙鱼一颗脑满的肥头，最易烧入味，是历来被美食家所推崇的好食材。鱼头最好吃的地方，是两边腮壳后的两团螺纹状的肥肉，白嫩丰腴，油而不腻。鱼脑髓颤颤滑滑的，筷子都挑不起来。还有就是鱼头上连接各种形状的头骨之间的那些软皮，因富含胶质而特别鲜美。

鱼头是各路店堂的挑大梁菜，但在家厨中将鱼头做得风生水起也不难。买来大小适中的鱼头，抠去腮页冲洗干净，用刀由下颌处剖开，不要劈断，呈"合页"状的一个大片。晾干水后用料酒、精盐略腌，放盘中以旺火蒸15分钟左右取出。锅里倒油，投下红椒丝、冬笋片、青豌豆入锅煸炒，烹入料酒、酱油、汤、醋、白糖、精盐、胡椒粉等，烧沸后用水淀粉勾芡，端起锅浇在鱼头上。特点：鱼肉鲜嫩，色彩繁复，口味酸甜微辣。

鱼头做汤，是把带了一段胸肉的鱼头从中间劈开，达到可以摊开平放就行，抹上盐、白酒、姜汁，腌半小时。鱼头的内外两面都煎香，盛出备用。把葱、姜、蒜爆香，放入煎好的鱼头，再放糖、盐，略浇点那种不上色的生抽，烧出香味，转入一只胖胖的砂锅里，倒满水，大火烧沸，转小火盖上盖儿焖上半小时。汤色浓白如奶，那个香气简直是要醉人的……特别是鱼头酥烂，稠浓粘唇，却还保留鱼头口味的本来面目。

芜湖人最喜爱的是鱼头炖豆腐。把鱼头劈开，先在油锅里两面煎成焦黄，盛起，洗净锅，爆香红尖椒和姜葱蒜，还有酱板等调料，倒入满满一大碗水，放齐料酒和盐、白糖、醋，烧沸，放入煎好的鱼头，大火猛烧入味。再将鱼头连汤带水倒进一只大号砂锅里，放火上继续烧。把豆腐切成小块放入——豆腐若先在沸水里氽一下可以去除豆腥气，直接放入则更白嫩，也有人将豆腐在冰箱里冻酥，似乎更容易窜味。同样，豆腐在鱼头锅子里炖老一点，入味；短时炖，则鲜嫩适口。若是嗜辣的，辣椒可放到红艳四射，就像馆子店里以"开门红"和"红翻天"命名的鱼头那样。起锅前，不要忘了撒上香葱、芫荽或是青蒜叶。对着这样的砂锅鱼头炖豆腐，几个朋友把酒且饮且聊，可以倾诉尽人生所有的得意和失意。

鲲子尾为什么好吃？首先你要了解到鲲子是鱼中力气最大的"猛士"，在水里，鲲子一尾扫来能轻易将人扫倒。大名称作鲩鱼的鲲子，有草鲲与青鲲之分，二者都是鱼雷一样的流线型身材，只是前者灰白色，稍有肚腩，爱群聚凑热闹；后者青黑色，肌肉更结实饱满,为独行侠。嘴前突的草鲲吃草,连草根和硬邦邦的草梗都吃,生活在水的中下层,太阳晒得到,为灰白色;青鲲口在唇下,便于搜索螺蛳吃,平日里都在阳光照不到的深水底层独来独往,潜龙在渊,故颜色青乌。若论肉质鲜美,吃螺蛳的当然要胜过吃草的……所以人家腌鱼都挑青鲲,青鲲腌晒得好,肉里能出油。以此类推,青鲲的尾自然也比草鲲的尾好吃了。

鲲子在水中,尾巴是它们一招制胜的武器,尾巴轻轻一搅,哗一下,就是一个超级大漩涡。鲲子的精气神全都集中在尾巴上,它的尾部有一种胶质肉,细嫩鲜滑,肥厚而香腴,你用筷子夹进嘴里,只管顺着大卡一吮,肉就下来了。特别是尾鳍上那层灰黑的肉膜,滑溜爽口,真是旷世奇珍。还有尾稍,脆嫩可嚼,那滋味不比鱼翅差多少。

我在菜场只要看到有分解开的一段鲲子尾,不管多贵都买下来。有一次,买到了一条长老级的从长江里捕上来的特大青鲲的尾巴,我先用红油炸香,再下配料,煮了一大锅,煮到汤水全部变成了令人沉迷的浓厚胶质,黏滞得筷子都扒不开……叫来三个朋友,美美吃了一顿。

从放卡子到放地笼

"吃鱼吃虾，塘边是家"，鱼虾招人喜爱，但自古以来捕捉不易。我小时候作为半大孩子，受体力所限，除了戽鱼、摸鱼、推虾耙、张倒须笼、拖"老母猪网"外，也时常向大人讨学点精巧的技术，其中一种是放卡子捕鱼。

卡子，又名卡钩，用弹劲好的竹桠削成两头尖的一寸多长的竹签，再将中间的黄篾起掉，刮薄，捏住两头弯到一起，戳上一粒煮胀的小麦或大麦，怕弹劲太大撑破麦粒，有时还要加一小截薄薄的芦苇箍罩上。每个弯头中间系一根六七寸长的吊线，吊线又系在一根主线上，每隔五六尺距离系一个，放到水里，鱼咬吃麦粒，卡子就弹开，把两腮绷住，鱼就跑不掉了。

卡子傍晚放入水中，第二天早上收取。小号卡子不到一寸长，收的多是二三两重的鲫鱼、鳊鱼，也有"小金鸾"和红眼睛鲩子。中卡又叫"平节"，比小卡粗，一寸半长左右，两头收拢，用芦柴管子套住，中间插一粒大麦。这种卡子捉的是中号鱼，要是卡到了一条一斤左右的鲤鱼，会将卡线搅得乱七八糟，有时扯断卡线逃脱。至于"龙头大卡"，弹性最足，最顶呱呱，专门对付大家伙，如果线绳得劲，五六斤重的鲤鱼和青鱼、草鱼咬饵卡了嘴都跑不掉。

　　为了防止饵料的香气过早散失，最好是临放前才戳上半生不熟的麦粒。早上收来的卡线要重新整理好，将一个个撑开的卡子捏到一起，套上芦箍，中间插进麦粒，一圈圈、一层层有序盘放在笸箩或竹筛里。1000个卡钓，称作一盘线，放出来怕有半里路长。麦粒不能煮熟，否则，受不住卡子的绷劲，提前在笸箩里开花，会把所有的线都搞乱。放卡人坐在小盆里的板凳上，笸箩或竹筛置于膝前，左手执桡插在水里控制小盆，右手滤线入水。小盆两头尖中间宽，喊作腰子盆或卡子盆，摘菱角、采莲蓬都少不了它。在下雨天的傍晚，戴着笠帽披着蓑衣坐在小盆里，不慌不忙地放出卡线……次日早起雨过天晴，薄雾轻笼的水面，有许多小鱼在跳。这确实是好兆头，预示着水下有货。

　　江南农村，鱼是当家菜。放卡子捕来的鱼，多是做成豆瓣鱼。把鱼洗净煎香，放上一勺从墙头酱钵里舀来的蚕豆酱，再加点盐，搁上辣椒，添足水，烧到满屋飘香就行了。冬天烧出来，撒上一撮芫荽或是绿蒜叶，吃一碗，留一碗冻成琥珀色鱼冻。端上桌，颤颤的鱼冻总是先被筷子挑着吃完。剩下鱼身，最后被放入碗里，余冻化开，被漉到的饭也成人间美味了。

　　如果鱼多得吃不掉，就腌起来。将鱼鳞刮尽，除去内脏，若是个体较大，就在背上斜划几刀，然后撒上盐腌上两三天，再摊放到太阳下晒成鱼干。夏天渔获较多，但气温高鱼不好腌，盐放少了，或者阳光烈度不够，立马就发臭。绿头苍蝇也不好对付，得拿个扇子在一旁不停驱赶。小咸鱼腌好，煮饭时抓一把到碗里，舀一点磨出的红辣椒放在上面，搁到饭锅上蒸透，是江南许多农家桌上的下饭菜。过年时，会把一种极有咬劲的喊作"肉滚子"的小咸鱼挑出来，用油炸了待客或是当零食嚼。大一点的切块烧五花肉，熬豆腐，那种鲜香，让你终生难忘。还有一种奢侈吃法，是切点腊肉放碗里，下面垫上千张，上面铺层小咸鱼，再舀上一勺霉酱豆，随开锅后的饭汤蒸熟，味道好到饭要多吃一倍，是真正的"米饭杀手"。家里有老人在，是不让这么吃的，担心会把家吃穷。

夏天的午后，电闪雷鸣，雨滴像密集的箭头，从阴霾的低空射下来，平地里腾起白色烟岚。房檐倾倒下无数条水龙，像小孩子憋狠的尿，起劲往下浇……有时还夹杂着冰雹。但雷暴来得快也去得快，等雨过天晴，空气像水洗过一样清新宜人，许多蜻蜓在飞。这时出去放卡子、下绷钓、捕黄鳝，最容易得手。

在河湾放卡子，对水的涨落很头痛，有时清早涉水去收卡子，突然涨水了，原来卡子离岸不远，现在却到了河中心。那些嘴中撑了卡子的鱼，拖着线绳缠在水底小树或者水草上，拉不起来，用镰刀割又够不着，只好下水去捉。有时，忽然发现卡子线全落在岸上，那是河水突然下跌的缘故。要是遇到突然涌来的洪水，卡线冲得不见影子，那就惨了。"三月三，水上滩；五月五，水上舞"，最好是河里来场小股水流，所谓"落水虾子涨水鱼"，涨点不太闹腾的小股水流，会有大群鲫鱼游过，每隔几张卡子就能挂住一条……有的卡子线纠缠到一起，一堆好几条，来不及捉，许多鱼得机会跑掉了。

鲂白鲤鲫，黑鱼老鳖，只要是长着嘴的，都能上钩。每天傍晚放下卡钓，就是放下满心希望，早晨划着盆到塘里收线，捉到了一条鲫鱼，却不晓得下一条是什么鱼，脆弱的线绳那端钩着什么……要是惊动了一长串排在岸边树根上晾背壳的乌龟，它们就啪啦啪啦一个跟着一个地滑下水。有时，不知从哪里掠出一只翠鸟，石头一般砸向水面……随着呼啦一声轻响,水面涟漪起处,翠鸟已叼起一条白亮的小鱼飞入池塘那边的灌木丛中去了。最有趣的是,看到鱼贪吃被绷住了嘴,像吃醉了酒一样带着线在水里摇头摆尾划拨、挣扎,人们小心翼翼控制着手里的线绳,把它牵到手边捉起。要是一条大鱼,就不能硬来,得顺着它,和它在水里玩上一阵子,等它累了蹾不动了再捉。

有一次,竟然卡到了一条小腿粗的大鲇鱼,那上下唇各长有四根胡须的大嘴巴足有两三寸阔,怎么会被卡住呢?用捞兜抄起来后,发现嘴里并没有卡子,把吊线用力一拉,竟然从肚子里拉出一条小孩手掌大的鲫鱼……原来是贪吃上了卡子的鱼,把自己也捎搭上了。这鱼后来烧了满满一锅,虽加入足够的白萝卜和青蒜苗,但腥味仍大。好在肉厚脂肪多,在那个肚里普遍缺油的年代,着实滋润了一把肠胃。记得那个鲇鱼肚子(也就是胃袋)给单独扒出,和鱼鳔放在一起烧,那时不知道这就是徽州名菜烩炝鲇鱼肚的组合。鱼鳔是个气鼓鼓的白色气囊,跟鱼肚子一样富含胶质,滑润弹口,极有咬劲,直吃得嘴唇两边布满黏质。

现在早已没人放卡子,卡子盆多年前就消失了。现在的捕鱼神器是地笼,最初用来在池塘沼泽里捉虾捉鳅,后来迅速扩展开来,河里湖里所有水域都有,连近海捕鱼也用上了。

地笼捕鱼,是工具的进步,却是技术含量的严重退化。其诀窍,在于一条长龙状网箱中有多个漏斗样入口,外面大,里面小,和倒须笼原理一样,进去容易出来难。地笼抖开来抛到有水草有淤泥的地方,鱼鳖虾蟹甚至连螺蛳都喜欢来此巡洄觅食,一旦钻进去,逃出的机会就很小了。落入地笼的中号以上的鱼大多是肉食类靓货,如翘嘴白、黑鱼、鲇鱼、鳜鱼等，它们都是因贪吃先进入地笼的小鱼而着了道。早晨提个塑料桶踏着露水去塘边起地笼，几乎每一次拉上来都有东西。若是大鱼，两头乱窜，打得水花啪啪乱响。春末夏初的雨后，鱼虾到处游动进食，会大大增加地笼的收获。如纱似幻的轻雾氤氲在天地之间，又在一片一片的水花泼溅声里散去。直到太阳升高，提着沉甸甸的塑料桶走在回家的田埂小道上，所有劳累都不在话下了。

地笼捕获的鱼，不曾伤身，烧出来味道肯定一流，而且各"阶层、出身"的都有，品种丰富，筷头儿的选择性极大。翘嘴白肉质细嫩，清蒸是首取，其味之鲜不在刀鱼之下，或者说有异曲同工之妙。黑鱼烧酸菜当然是最佳处置，黑鱼肉板结，做成芙蓉鱼片，色泽诱人，清爽得很有些齿颊生香的感觉。难得的是，只有地笼才能捕到平时难以谋面的"屎糠屁"和"毫末筒子"，这是做小杂鱼的好材料，农家改良版烧法，是油炸定形，再放足作料煮到刺酥而身不散。如果里面再杂上一把河虾，一起煮出来，虾红鱼鲜，不仅颜值高，更有扑鼻鲜香一阵阵飘出，最能挑战味蕾。特别是捕获到一堆小龙虾，而我又愿意坠入川人的辣味诱惑，就猛加辣椒、朝天椒和花椒吧，雾气腾腾烧上一两个小时，叫来几个好友掀头剥壳一顿猛啖，辣得人猛吸凉气、须发尽湿。

但地笼网眼小，除非是在自家承包水域中有限展示，否则，野外无休止地投放，对各种鱼类赶尽杀绝，会对水生资源造成难以修复的严重破坏，所以国家禁止使用地笼！

委身乡野，念兹在兹，还是怀念卡钓……怀念放卡子时那种清新自得的少年心境。

只缘感君一回顾

　　苏式熏鱼味道是甜的，甜得如同吴侬软语，甜中又携着咸，咸中透着鲜。其外观呈琥珀色，入口软绵紧密，鱼肉香脆韧柔，丝丝缕缕，极耐咀嚼。

　　席上常常把它以精致小碟装了摆上来，算是个开胃菜，坐等正菜之前，可以举箸先"打牙祭"的。在一些卤味熟食店里，也少不了有熏鱼出售，甚至还是一些茶食店的招牌菜，比如苏州的采芝斋、上海的老大房，以及芜湖早前的五香居，都以苏式熏鱼出名。

　　我在北京也吃过熏鱼，北方的熏鱼和南方的不同，重用一些刺激的香料，口味上是浓彩厚抹。南方的熏鱼像南方的女人，秀容清丽，味道柔和得多。

　　许多人不知道，熏鱼并不是熏出来的，而是油炸出来的。说到炸鱼，我们这里春节时乡下和城里好多人家都炸。弄来一条十多斤的鲲子鱼，青鲲草鲲都行，当然青鲲最好，青鲲是吃螺蛳的，肉更紧凑结实而少草腥气。将鱼洗净沥干，由背部砍开成两大块，再分别切成厚薄适中的片。不能切薄，薄了一炸即干，失了条分缕析的柔和，也不能切厚，厚了炸不透，味道渗不进去，以小指甲盖横过来那么厚为最佳。要是懂鱼性又有几分腕力，也可以按着骨节切下，一节即是一片，绝不厚此薄彼，看着就舒服。

这样的鱼炸出来，只是为了好贮存，来了客人配菜方便，不至于手忙脚乱。临吃时抓几块炸鱼放入锅里，加绍酒、酱油、米醋和糖略烩一下，勾芡点淀粉就可以装盘端上桌。这种熏鱼可以热吃，也可以凉吃。在山重水复的徽州一品锅里，亦能见其身影，是和白切鸡、板鸭、鱼丸、肉圆、蛋饺、水发肉皮等跻身一起，底下铺着白菜粉丝……但是，此熏鱼非彼熏鱼，这只是一般的熏鱼。

做苏式熏鱼，一道关键程序，就是鱼炸好后要放进糖料卤汁里浸泡入味。我的一个堂婶，苏式熏鱼做得好，就是因为重视调制糖料卤汁。她的糖料卤汁，都是用筒子骨汤打底子，将熬了一夜的筒子骨汤除尽油花，用纱布滤去浮渣，烧开，大把地放糖，糖要放到再也化不开为止。然后倒入老抽代替盐，并不断搅动，以防锅里结底有焦煳味。最后撒上一点花椒提香味，花椒不能久煮，煮长了会麻舌头，花椒一放入马上就熄了灶火，靠余温把香味吊出来。我的这个堂婶对吃真是讲究到细致入微，叫人叹为观止。那时还没有冰箱，堂婶的卤汁做好后，就用一只瓦罐装了，放在篮子里用绳子吊到井底冰镇——堂婶称这叫"收凉"。千万别小瞧了这制卤和浸卤，千宠百爱皆在其中……只缘感君一回顾，浸了卤后，苏式熏鱼的迷人风韵就全出来了。

到了年底，菜市场边便出现许多做蛋饺的、炸圆子的、抹春卷皮的和灌香肠的小摊。这样的风景，从南到北都一样。我在北京的菜市场见过的炸鱼摊，多半是一对夫妻档，言语中能听出安徽无为的口音尾子。若是谈好了生意，男人便会拎起脚边分段卖的鱼，按对方所需砍下一小截，称好分量，刮鳞洗净，切成小块。站在一旁的顾客往往会紧跟着说："切薄一点哦。"一切弄好，旁边的女人就用一双长筷夹了鱼片投入油锅里，锅里的油马上就沸腾起来。女人时不时地用竹筷翻拨一下，顾客则会叮嘱："炸透，给炸透一点哦。"几分钟就炸好了，拿漏勺将鱼片捞起，稍微控一控油，放到旁边一个调料缸里泡一泡，有时会用红曲给你上色，还撒点大约是五香粉之类的粉末，装入食品袋，一手收钱，一手交货，这熏鱼就可提走了。但是这同苏式熏鱼还是有点差距，就是因为那调料的味道弄得太浓了。我亲眼看过他们把葱姜末、花椒、酱油、米醋、白糖，更有大料、桂皮、茴香、草果等放入油锅里爆香制出卤汁，你想想这哪里还有苏式熏鱼清润软和的风韵。

其实，家里炸和摊子上炸没什么区别。家里没有那么大的锅，也没有那么高的油温，炸不出块大色黑肉紧的效果，那就切小块，慢工出细活一样地补偿起来。起一个油锅，油要尽可能多一点，能让鱼浮起来。到油快要冒烟时放入鱼块，或许一次只能放入一两块，放多了，鱼块在里面转不开身，会粘糊到一起……又因为鱼肉易碎，所以不宜多翻动。如果水平实在不行，可以将鱼块放在平底锅中，两面煎定了形，再投入大油锅中炸，至鱼肉表面金黄，肉身硬挺，就可以了。炸好的鱼，刚一出锅就浸入冰凉的卤汁里，"滋"的一声……冷热交锋的效果，就是能让鱼皮立即变脆。浸泡上十来分钟，便可以直接食用。要是像"泡吧"那样泡上一夜，调料全都细密渗透进丝丝缕缕的鱼肉里，味道更浓郁，吃起来更香酥。

在炸鱼前，也有人用葱、姜、黄酒加细盐将鱼块先腌两三个小时入味。炸好一批后，把前一批浸泡在卤汁中的鱼块取出，装碟；

再炸、再浸……需要提醒的是,家里做,总是容易炸老,须眼睛多看紧一点,见鱼块表面稍有黄色就捞出。油温高,过火时间短,方能保持外焦里嫩,不会吃起来鱼肉干干的。要是拖泥带水给炸老了,就全没了苏式熏鱼的风韵,吃不出那意思来,唐突了香软甜醇的美味,就很有些遗憾了。

世间犹有 / 桃花痴

在万顷碧波的奎潭湖上碰巧淘得二三斤黑不溜秋的桃花痴子，亦算一次际遇。我是个喜欢凭感觉做事的人，好天好水好景致，心头自然是不在话下地敞亮了。想想也是，即便如鲁迅那般冷硬的心，在感叹湘水的柔波蜜意时，亦写出了"湘灵妆成照湘水，皓如皎月窥彤云"这样的感性文字。

桃花痴子鱼耐活，长时间离水亦不死。因为只有周日在家吃中餐，我赶紧收拾了几只桃花痴子先满口福。关于桃花痴子的烧法，那天在湖边，已同一位执业厨师讨教过，他主张不经油煎直接吊出奶白的鲜汤。但我素不喜欢汤汤水水的湿湿的一套，我是油煎焦黄，起锅，再下姜、葱、干辣椒加豆瓣酱煸香，下一小碗水，投入盐、鸡精烧开，倒下煎好的鱼，文火煮半小时，自然是鲜透了！

桃花痴子，亦有喊作"痴巴罗""痴哺呆子"的，就是吐哺鱼。有点像身带吸盘的观赏鱼——清道夫，但比清道夫短而肥，肚腹圆大，黑乎乎的傻气十足，很好捕获，握在手里圆嘟嘟的。春季里桃花开放后菜花开，乡下小孩喜欢去河塘边抓胀满一肚子鱼子的桃花痴子，故又得来一个诨名"菜花痴哺"。桃花痴子产卵于蚌壳、碎瓦片、树根上，尤喜爱在水跳背底的石板上产一摊黏糊糊的卵，然后就守着巢，直至小鱼孵出。

早晨，拿个篾箩放些饭米粒沉到水底，就会有懒洋洋的桃花痴子游进来。以前烧柴草的灶门口，都要吊一个焐水的陶炊壶，这壶要是裂了或破了小洞不能用，就被小孩拿去，拴根绳扔到水塘底。一夜过了，扯上壶来，肯定有一两只这种天下最痴的呆鱼趴在里面。我们那时要是捡到一只破胶鞋，就寻块砖头用草绳一起绑了，扔到有老柳树根的池塘向阳的浅水区，太阳出来水温转暖时，桃花痴子就会钻进里面产卵，只需把破胶鞋慢慢提起，一对傻乎乎的吐哺鱼就到手了。也有人把自己的脚趾或手指伸到水跳石板和木桩下骚扰它守护的巢，这呆鱼有一口细而密的牙，咬住脚趾或手指头，你将它吊出水面它都不松口。

其实，桃花痴子真正的学名叫塘鳢鱼，是江南水乡的寻常鱼，平时都在深水塘底待着，专食撞到口边的小鱼虾，故肉厚味美，用盐渍了再抹点水磨大椒，搁在饭锅上蒸熟了，透着一股清香。桃花痴子的鳞麻糙糙的，有点刮舌头，一定要刮尽。那种尚未长成的拇指般大小的桃花痴子炖蛋最好吃，清明前后几乎是我们那里人家的家常菜。而晒过的腌鱼，几乎就是浓缩的风味肉干，有着够嚼的咬劲，即使在一碗混杂的小咸鱼里，也不会埋没才干，总是被人最先拣走。

桃花痴子与螺肉、河虾、竹笋、芦蒿，同被誉为江南五大春菜名鲜。桃花痴子外表黑傻但肉洁白细嫩，少腥气，显示着优秀的本质。尤其是头部两片似豆瓣的面颊肉，更是滑嫩鲜美。曾看过一篇回忆文章，说是二十世纪七十年代初，柬埔寨西哈努克亲王游苏州，在那人间天堂尝了一道名为"咸菜豆瓣汤"的汤菜，大为赞叹。所谓"咸菜"实乃莼菜,"豆瓣"就是桃花痴子的面颊肉,再加配上金华火腿片、春笋片和鸡清汤,可以想见其鲜美之异常了。只是这一碗"咸菜豆瓣汤",不知要抹下了多少条桃花痴子的脸面。

其实,个头大的桃花痴子肉较板实,如果不能烧入味,是不太好吃的。我有一个做医生的朋友,业外画画、写文章,皆生动别致有个性。数年前某日,他在家宴请我和同事荆毅君,烧了满满一大盆肥胖的桃花痴子同我们喝干红。可惜一点厨艺含量都没有,根本没烧入味,淡歪歪的甚难下咽。偏偏这朋友有文人自负的秉性,一个劲地自吃自夸,且不断夹入我们碗中,弄得我同荆毅君皆苦不堪言。由此可见,治文与烹鲜,有时很难相互协调,就像同床异梦的夫妻。

前不久,外地一位领导委托我代为请客并物色食府,我就一个电话打给百年老店耿福兴酒楼老板高女士,将菜肴一并转托了,只叮嘱我喜食鱼,务必私下给夹带个特色味。结果没想到上了一道红烧桃花痴子,令人着实口舌称快!鱼是先经油炸过再红烧的,勾了点芡,色泽油黑红亮,入口滑爽。尤其重用蒜瓣片,鱼香蒜香勾人食欲大动。鱼肉入嘴,只需用舌头抵出那根脊柱大刺,其肉嫩如乳酪,咸中带甜,甜中微酸,真是回味无穷。让我没想到的是,三五日后,和几个朋友在城南一家食府竟然又吃了一回桃花痴子。我不知道是谁点的菜,或许根本就是歪打正着吧?有几人能正儿八经叫出桃花痴子的学名来,或许点的也就是一盘普通的红烧鱼,但那端上来的的确是清一色的桃花痴子。这回是放足了水磨大椒,连油汤都是红汪汪的,也是先经油炸香,甚是入味。

一位精于厨艺的老大姐,曾传授我一道酱烧桃花痴子的技巧:

桃花痴子宰杀洗净沥干水后，用5克老抽拌匀上色，猪肥膘切小丁。下鱼入锅煎至两面黄色，盛出。锅留底油，把甜面酱、白糖炒香，下入煎好的鱼和肥肉丁，烹入绍酒，放进姜片，炒匀后掺少许清水，调入剩下的老抽。烧约3分钟至鱼肉熟透时，调入味精，再勾芡收稠卤汁，撒进葱段，淋入香油即装盘，未上桌，香味就已无孔不入地四溢开来。

同事荆毅君写过一篇《闻香识女人》，经多家报刊转载很挣了一把碎银子。我不行，就算有点心里小欢的雅爱，也只敢私藏着，如若非得让我循味去辨识什么，充其量只能"闻香识鱼性"。信乎哉？信乎也。

没事就到江边劈口味

记得童年时,随父亲从南陵的弋江镇坐了一条带帆的船来芜湖,一百多里水路,风轻轻,浪悠悠,看山恰似走来迎。中午一餐,船上包伙,其实也就焖了一锅米饭,烧一瓦釜鱼汤而已。那时水里鱼真多,船家把一条系了漂浮子的丝网随便拖在船后,行过一段水路再来收网,便能收获一堆大大小小的鱼。就在船尾洗净,舀了清凌凌的江水做成鱼汤,鱼汤里加了点船上带的豆豉,再倒进点酱油,透鲜。那便是我最早吃过的水上"餐馆"。

前些年,青弋江入长江口处的中山桥与花津桥下的水面上,分别各有一家船上餐馆,每到晚上就霓虹闪烁,招徕客人到船上吃鱼。鱼有专门的进货渠道,保质保量,都是鲜活的,一点不假。船经过装修弄出一间一间的包厢,夏天也可在船尾的露天处摆出一两桌。据说生意一度很不错,要吃饭得提前预订,后来,大约是排污还有安全等问题没法解决,这些船上餐馆就烟消云散了。

几乎是与此同时,在当涂到马鞍山的一段江边,远离闹市区的地方也有几家船上餐馆。因为能吃到最新鲜的江鱼,很多人通过熟人打招呼订餐,我也前前后后吃过两回。那些船上餐馆,大小格局不同，经营方法各异，但共同点就是，都说自家烧的是正宗长江鱼。有的甚至在船头摆出了透明的玻璃缸，里面游动着鲜活的鱼、虾、蟹、鳖，让你生出一种即食的快意。如果是几个文化人乘着夜色而来，夜风透襟，轻波拍舷，以鱼佐酒，举杯邀风月，风月足可荡涤心胸……而在飘着雨丝的夜晚，寂静中，水流声清晰可闻，投眼窗外，远处或许正有几星幽谧闪烁的渔火，会让你想起古人"江湖夜雨一尾鱼"的诗句来。

有一次，我参加市作家协会的一个活动，地点在"凤凰号"豪华游轮上。这游轮就是长江上一个流动餐厅，从繁华市区开到当年大诗人李白写下"天门中断楚江开"的天门山下，再返回来，约莫十来里的水路。一路无敌江景，风光无限，客人在游轮上可以赏景、座谈、开派对。船上能吃到鲜活的江鱼，更能吹到清新的江风，套用一句流行话，叫"哥要的不是鱼，是感觉"。确实，这艘包装得富丽堂皇的水上餐厅，生意兴隆自不待说，还经常能看到打着小旗的旅行社导游领着大队人马奔上船，大呼小叫地围桌而坐……客人的兴趣，多在游历赏景，很少在吃鱼上。

住在长江边，若不能把江鱼的味道演绎成口舌间美丽的风景，未免不是一种遗憾。上个周末，几个朋友在我家打牌下棋，中餐是我动手做的。到了下午四五点钟，大家提议出去吃个新鲜，也透透气。一位院长朋友立刻打出了一个电话，简单几句就订下了晚餐。大家说走就走，两辆车开出，直往城北而去。四十分钟后，车子停在了天门山下一家叫"天门鱼庄"的院子外。

见时间还早，我们信步走上江堤，眼前就是临江兀立的天门山。山不高，但奇峻峭拔，滔滔江水奔到眼前，急流湍曲，回波北向……

难怪诗仙李白当年到此要激情朗吟,声播江岸。堤下是大片的柳树林,野草油绿,池塘静僻,从江面上吹来的风里带着浓重的水腥气。几只渔船就停在柳树林子边,有两条小狗大约是从船上跑下来的,兴高采烈地追逐嬉闹着。

在江堤上走了一趟,看了风景,回到鱼庄门前。就这一会子工夫,我们的车旁已停满了十多辆车,门楣上的灯笼也早早亮起,召唤着一拨又一拨的客人。我们订下的,是院子里那间独立的非洲风情的尖顶圆草棚,走进去,里面却很开朗,电视和躺椅都有。等候上菜前,我照例又跑到操作间看了一下热闹。厨房不小,火光熊熊,几个厨师忙得不亦乐乎……见没处转身,我只好退了出来,看两个女人在洗菜池边收拾鱼。一条刚被捞出鱼池的江鲤鱼,活蹦乱跳的,在地上蹦得噼啪作响,生猛有劲。水池里养的是鱼,旁边几个带增氧泵的大大小小的盆里,也都养着鱼。檐墙上挂着一长溜咸货,鸡鸭鱼肉都有。

正是晚餐到点的时候,客人接踵而来,几个年轻的女服务员和伙计进进出出地忙着。此刻,若是在市区那些星级餐厅频频举杯,或是在某处灯光迷离的卡座间喝上一杯卡布奇诺什么的,会有一种优雅和浪漫的感觉……但是,跑到这偏僻的江边吃鱼,何尝不是一种奢华?看得出来,客人中有一些是很有身份的,外面停的车有档次,他们多半是被人殷切请来的。

有人从非洲小屋里伸出头喊我回来,入座后就上菜了。先是一大砂锅浓汤鮰鱼,鱼汤牛奶般的浓白,里面的肉块同样是奶白色的,柔嫩、细滑,仿佛凝脂,烧出这种汁水,功夫可见不是一般。一个粗瓷大碗里盛着昂丁鱼,每一条都是头尾对齐地叠放着,除了盐,几乎不加任何调料,只有几粒同样白净的蒜瓣。一盘盐水煮青虾,虾腹间贮满黑色子粒,灯光打在虾壳上,有种反射的银光感。最后端上来的一个鱼杂碎锅子,是我特意要的,因为我刚才在后厨间看到有不少鱼肚鱼膘搁在那里,真是可遇不可求。蔬菜有鲜炒黄花菜,深绿浅黄,清香诱人。而我更中意一盘叫"菊花脑"的野菜,放了很多蒜蓉和猪油炒出来,吃在口里,感动自舌尖滋生,瞬间愉悦了所有的味觉细胞!

舌尖下的西湖

来到西湖畔，顺着绿柳参差的湖滨大道，过望湖楼，上断桥，走过白堤，经平湖秋月，就看到了傍依孤山悠然临湖的楼外楼。游人虽为造访人间天堂而来，但对天堂美味的期盼亦是一种撩拨——若是能在楼外楼这样的绝胜之处，将窗外的湖光山色、人间美味连同传世诗文一同快意品尝，那才叫不枉西湖之行哩！

二十世纪八十年代初，我携新婚妻子在早春二月畅游苏浙，在楼外楼第一次吃了西湖醋鱼。我们临湖凭窗，先要了一杯龙井茶，慢慢点菜，菜上来了，记得大快朵颐的同时，窗外有柳絮飘入，清新宜人，印象殊深。那时的游人不像现在这么多，食客也大都是气定神闲的模样，楼外楼仅是碧瓦飞檐的二层小楼，而厨师烧菜也都非常用心。西湖草鱼专门养在厅堂楼梯旁的水池里，一尺多长，一两斤重左右，任由客人自点，指哪条抓哪条。一番收拾，入油锅炸三两分钟，浇上醋芡，端上桌时鱼的口尾仍在微动，肉质自是异常鲜美滑嫩，又甜又酸，别具特色。只是，如此做法难免有点残忍。

后来再去尝西湖醋鱼，就有了改变。一般不再直接拿活鱼下锅，而是把宰杀洗净后的鱼身剖成两片，抽去鱼骨，用清水煮，浓淡恰到好处的糖醋勾芡，敷覆在拼接得有头有尾、有型有款的鱼身上，散发出檀香木般清亮幽雅的光泽。因鱼已先在清水池里饿养两天，吐净胃肠内的消化之物，故吃起来不但没有丝毫泥腥味，且恍惚间有一缕缕蟹肉香。这个菜的特点是不用油，只用白开水加调料煮，烹制时火候要求非常严格，仅三四分钟，至鱼的胸鳍竖起，以鱼肉断生为度，讲究食其鲜嫩和本味。看看店堂壁上悬挂的题词，你就知道难怪那么多文人雅士和各界名流都纷至沓来。

浙菜最富于江南特色，用料讲究品种和季节时令，刻求细、特、鲜，以充分体现食材质地的柔嫩与爽脆。其中的三鲜海参，可以说是名动天下。在以经营杭州风味菜为特色的楼堂馆所，主要名菜除了西湖醋鱼，还有宋嫂鱼羹、龙井虾仁、东坡肉、响铃儿、叫化童鸡……菜点如西施舌、银丝卷、三鲜烧麦、虾肉烧卖、猫耳朵等。

说到西湖边的菜，杭州人自有说法。说是百十年前，一个姓洪的落魄秀才，从故乡绍兴来到孤山下寺庙旁开了家小店，专烹鲜活的西湖鱼虾。秀才利用肚里墨水，将流传在西湖的史迹传说糅进菜谱中，在材料、品色、口味、特色上挖空心思，创出极富文人味的特色菜，渐渐就有了名声。西湖醋鱼（糖醋鱼）自是湖边的第一招牌菜，系点睛之作。有人说，西湖醋鱼真正的原创者是一位颇受文人眷爱的"宋嫂"，有其小叔子给她打手下，故西湖醋鱼又叫"叔嫂传珍"。也有人说，袁枚《随园食单》里的"糖醋溜瓦块鱼"，才是西湖醋鱼的最初范本。

不管在西湖边还是不在西湖边，要想品尝正宗的西湖醋鱼，就要去一些响当当的餐馆。但是对于普通的外地人来说，叫得上口的大约只是孤山旁的"楼外楼"和灵隐寺那边的"天外天"，此两家餐馆终究是历史悠久、名声在外,肯定可以算杭帮菜的上品了。倘若要是向人打听哪里西湖醋鱼最正宗,或许会告诉你一些"天香楼""新白鹿""王润兴""张生记""奎元馆"这样的名店,当然消费都不低。据说杭州本地人爱去的是"外婆家",那里杭帮菜不但正宗而且价格相对较低,但同花港观鱼那边红栎山庄旁的"知味观"一样,就是人太多,要做好排长队的准备。

今年春深时节我同妻子再游西湖。烟花三月,细雨如丝,因是惧怕人多,我们约莫在上午十时半左右即步入楼外楼,但各路食客还是多得不得了。好不容易才拿到菜单,点了一份西湖醋鱼,我是着意要探寻一下极品西湖醋鱼的风致。起先以为也是要以草鱼做食材,不料厨师在下单前,将一条装在小桶里的鱼当面给看了看,黑乎乎的,有点像大号的塘鳢鱼(即俗称的"桃花痴子"),又像是著名的松江四腮鲈鱼。鱼重一斤,价格近二百来元。当然还点了油汁淋漓的东坡肉和宋嫂鱼羹,还有莼羹,另加一份甜点东坡酥。西湖醋鱼最后端上来,对开两片,扁平地躺在椭圆宽大的青花盘中,浇着晶莹透明的琥珀色的糖汁,看上去就勾人食欲。伸筷夹一小块进嘴里,一股酸甜之感瞬间弥漫开来,再以舌头轻轻一裹,品咂……味儿一如既往,是年华不老的鲜嫩、滑爽、纯雅……没有一根刺,大约便是这极品鱼与普通西湖草鱼的区别吧?

当晚,我们从曲院风荷上了苏堤,在拂柳和风中一直走到花港观鱼这边,正好于暮色中顺便去霓虹闪烁的红栎山庄那边再尝滨湖美食。因我曾写过"曲桥细柳忆娉婷,红栎楼前酒几巡"的旧句,故对这里的延廊曲桥和碧瓦雕窗尤为动心。岂料进了灯火辉煌的"知味观"一看,吓得立马跑出来,除了门厅里坐满了候菜的人,外面还排了长长的队,真不知道这西湖边哪来如此多的饕餮之徒!没办法,我们干脆寻幽探奇去丝绸馆和于谦祠那后面的山上,找了一处挂红灯笼的幽门别院,看看私厨烹饪的西湖醋鱼和东坡肉是什么风味,另外还专门招呼烧了一盘素炒新笋,一盘水芹干丝,一碗山菌汤。几样菜肴倒也收拾得精致清爽,红黑绿白,颜色也都挺诱人,该鲜嫩的鲜嫩,该本味的本味,连同两碗米饭一起,两张百元钞就对付过来了。饭后出来,走在灯火迷蒙的山道上,感觉很是别致。

在归途车中得小诗数首,聊可怡情,记于下:

三月钱塘柳色新,绿萝芳草愁煞人。
烟花本是无情物,偏我年年为探寻。

行尽江南歌舞地,旗亭云树绝风尘。
樱花莫问来年事,一样春风两诵吟。

萧娘解笑怡春风,感慨由来镜里新。
人影衣香轻入梦,襟前犹有胭脂痕。

梅花落尽海棠红,春游无处不销魂。
心事莫从灯影寄,阿郎犹是未归人。

石斑鱼，一个美丽的误会

旅住三亚时我经常自己动手烹制石斑鱼，多为老虎斑和东星斑。鱼养在水箱里，指哪条抓哪条，也可在鱼档现抓现做，每斤七十元，一口价。它们长得像鳜鱼又像鲈鱼，有一排细尖牙齿的下唇朝前伸出，一副凶残相，绝非吃素的。看着厨师将石斑鱼在砧板上拍晕，放热水中略烫，打清鱼鳞，于肛门处开一刀，割断鳃根，拿根筷子从口里往下一插，再一搅，将鱼鳃和内脏一起拉出，洗净鱼身，用盐抹匀。再取一长盘，横架上有竹筷两根，放鱼，搁姜丝，淋一大勺油，入蒸笼旺火蒸熟，撒一撮葱花，淋上熟油和豉油即给端上桌。看那鱼，两颗灰白眼珠暴出眶外，阔嘴长吻，犹自狰狞……

一直以为"黄山三石"之一的石斑鱼就是同这近似的一种淡水石斑鱼，体形肯定要小得多吧？

大约是二十年前，我在天柱山还误导过诗人沈天鸿一回。山庄晚宴上了一盘清蒸鱼，大家说这么高的海拔弄了鱼来吃，有点偏题，接着一帮文人七嘴八舌就说起鱼来。我说这是白鱼，在沪上身价不菲。沈天鸿说不对，这叫翘嘴餐。我说翘嘴餐就是白鱼，一回事。我们这两个渔民出身的人就有点抬杠了。后来又上了一盘小杂鱼……我说这叫小麻条,以水磨大椒加农家板酱辣烧出来才是"王道"。沈天鸿是正经的长江渔民出身,捕的都是大风大浪里的鱼,这小杂鱼不在视野之内,是他的盲点,于是也就附和我,说这等小鱼都是喂猫吃的。

还有一次,是在牯牛降开省副刊会,一连好多天餐桌上都有一大盘小杂鱼,稍经油炸过再红烧出来,辣椒放得也够多,酥脆有味。别人看不上这小鱼,筷子很少朝这里光顾,我也乐得"不足向外人道也"。后来独自一人在深山沟里溜达,抓了好多条这样的小鱼,一直当是小麻条,还煞有介事地写了一篇《小麻条也有春天》……

直到那年初夏,顺着新安江跑了一趟,才搞清楚,原来我在天柱山上和牯牛降幸遇的那些小杂鱼,就是大名鼎鼎的山区石斑鱼!南方山涧溪水里的石斑鱼,包括天柱山、庐山,甚至张家界和井冈山的石斑鱼,都是一个阵营的"阶级兄弟",只是稍有身长身短、色深色浅不同。说起来难以置信,不论山有多高,涧有多陡,只要有流水的地方,就有石斑鱼的身影。我甚至在雁荡山溪间的石板缝里,见到过一种身披独特黑色条斑、腹部呈红色的石斑鱼。

千帆阅尽,美味的背后总是传奇。在离三潭枇杷不远的新安江边一个古味缈缈的小镇,风吹杨柳,拂动着绕镇而流的一条清澈见底的溪水,景致迷人。举目细看,水中有一群群、一阵阵、无所事事、慢悠悠游弋的小鱼,时聚时分,各自觅食和逗乐。甚至还有两只水瓶塞大的小螃蟹也跟在一边凑热闹……问别人,告知那些小鱼即是石斑鱼。为什么没有人捕哩?原来是这里已制定乡规民约保护石斑鱼,过去只捕不养护,加上环境恶化,石斑鱼越来越少,几近绝迹。直到近年有人牵头,专门成立了保护石斑鱼的一个什么委员会。

以鱼护水，水清鱼欢。石斑鱼在清澈见底的溪水里成群出没。美丽的溪流吸引了许多游客来观光休闲，镇上相继开起了十多家农家乐，石斑鱼成了招待游客的招牌菜。

　　出了镇子往上走，山路抬高，溪流落差渐大。溪水湍激，犹如乱石击珠，水声哗然。几处水潭，皆可以观赏到石斑鱼。潭的四周，分布着几家民宿。溪水绕屋，游鱼成群，或相互追逐嬉戏，或钻在石缝里觅食……千姿百态，煞是动人。突然，一大群石斑鱼在一处卷成了一个大鱼团，一会儿全散了，一会儿又卷成一团，聚聚散散，太神奇有趣了！

　　后来，我在店堂里吃饭时看到了洗净待烧的石斑鱼，它们或深青或棕褐色，腹部较浅，体侧两边有一道道漂亮的条纹花斑，鳍黄色偏大一些。据介绍，石斑鱼生长奇慢，五年也长不到一两。这里的石斑鱼，比别处个头小、体瘦，但健壮有力，善逆激流而上，正是这一特性成就了其独特的美味。犹如顽童一般的幼鱼常常无所顾忌地在浅滩里嬉水，稍大后就躲在山涧的深潭里不肯示人。石斑鱼喜食荤腥，用细嫩的米虾或红头白颈的蚯蚓垂钓，很容易上钩。

　　石斑鱼整天在湍急的山溪中穿行，练就了一副发达体魄。其肉紧紧的，刺不多，无论是红烧还是清蒸，都难掩鲜美。我在农家乐吃的是清蒸，看他们蒸前在鱼身上抹一点盐和油，腹内塞一根小葱和数根姜丝去腥，就知道这比红烧要简单得多了。随着温度的升高，一股浓浓的鱼香已经弥漫了整个厨房。

　　还有一种好吃的做法就是油炸，拌上一层薄薄的米粉，用本地山茶油炸得金黄，外酥里嫩，咬一口唇齿留香！石斑鱼很娇贵，出水即死，山民由水中捕上来后，披尽肚肠，洗后码盐，或直接放在低温处储存。听当地人说，早先山上树多，水贮得多，鱼也多，捕的鱼一次吃不完，就用炭火焙干，客人登门，取一把鱼干或炒酸菜或炒青椒，又好吃又方便。

海石斑是那般相貌狰狞，而山区这些灵动小鱼却也与其共有一个姓名，堪称跨界传奇。

如闻有喋喋之声的琴鱼茶

从芜湖向南开车去泾县琴溪，两个小时就到了，可以在那里漂流，看竹海，吃农家饭菜，买很好的茶叶。

琴溪产一种小鱼，叫琴鱼，上过中央电视台，虽只有小指头粗细，名气却够大，自古以来，一直与宣纸并称为"泾县二绝"。泾县位于黄山东北，峰峦如黛，林木深秀，每一条清溪都清澈透明。琴溪水尤其轻盈浅碧，灵水出灵鱼。琴鱼虽为鱼，却从不作盘中肴，而以饮茶精品享有盛名。

茶与俗事游离，茶涤杂尘，拒腥荤之物……茶清，鱼腥，这两样东西怎会搅到一起？外地人肯定摸不着头脑。但琴鱼的确是当茶泡饮的，可以单独泡，也可同极品绿茶涌溪火青一起冲入沸水中。沸水冲入，杯中会腾起一团绿雾，晃一晃杯，绿雾散去，清澈的茶汤中，琴鱼们齐刷刷头朝上，尾朝下，嘴微张，眼圆睁，背鳍徐立，尾翼轻摇，随茶汤漾动，似在杯中游，精灵一样，甚至如闻有喋喋之声，堪称奇观。啜饮一口这样的茶汤，压舌下稍稍含漱，只觉得一股醇和清香四散溢开，一点也没有鱼的腥腻味……如此啜饮，有情有味，妙趣盎然，确非一般品茶可以比拟。喝完茶汤，再慢慢咀嚼泡开的鱼干，清甘咸鲜，茶香浓郁，味道饱满新奇。

琴溪，又称琴高河。溯着琴高河，可以进入幽远的历史传说：宽袍大袖的晋代名士琴高僧隐居于此炼丹修仙，饱吸日月精华和天地灵气的那些丹渣弃入溪中，就化成一条条小鱼。后人为了纪念他，遂将一座临流峭壁、绿树葱郁的石峰取名"琴高台"。"琴高台"旁近有隐雨岩，岩下有丹洞，深不可测。据说每至夜深人静，便可听到悠悠琴声随淙淙水流传来，这便是琴高在抚琴，无数指头长的小鱼便随着琴音，自台下丹洞旁近的岩隙中源源而出。

琴鱼形状奇特，身不满寸，却是虎头凤尾，龙鳍蛇腹，重唇四腮，眼如菜籽，鳞呈银白，很是像缩微版的清道夫鱼和超缩微的四腮鲈鱼。运气好时，站在清溪边能觅到琴鱼身影。它吃东西时，嘴两旁稀疏的"龙须"时不时滑稽地抖动着，令人忍俊不禁。这些小东西也怪，一样绿树葱郁的清溪流水，它们却只衍生于"琴高台"上下数里路的一段水域。每年清明前后，琴鱼长肥并浮上水面嬉戏，于是当地人便会准时捕捞。以特制三角渔具，从深涧中一点一点耐心地往前划拨，赶鱼入网。如果此时你来到琴溪桥镇，就会看到一片繁忙景象，两岸村民持篓操篮的，张三角网的，更有挥锹筑坝的，在琴溪滩头张捕。有那七八岁的小孩子，也会在浅滩上筑一条小坝，拦住水流，再在坝下掏出一条小沟，在沟中张开一张细密的网，坐待琴鱼落网。

捕获的琴鱼，除去内脏，投入佐以茴香、桂皮、茶汁、食糖的盐水中炝熟，铺于竹器上晾干，再用炭火烘焙。精制成深黑的琴鱼干，藏于特制锡罐中，可长久贮存，不会变形和走味。琴鱼远在唐代就被列为贡品，北宋时，诗人梅尧臣曾写下不少诗赞美家乡的琴鱼:"古有琴高者,骑鱼上碧天;小鳞随水至,三月满江边。"而在另一首诗中则说:"大鱼人骑上天去,留得小鳞来按觞。"意思是仙人琴高骑着大鲤鱼上天去了,留下这些旷世奇才的小鱼在人间弹奏琴音……同朝的欧阳修知道了梅家有这等奇妙干货,忙不迭奉上《和梅公议琴鱼》:"琴高一去不复见,神仙虽有亦何为。溪鳞佳味自可爱,何必虚名务好奇。"这位大官人深知此鱼好吃,便劝说梅诗人不必去浪得虚名,有美味雅逸的琴鱼相伴就够了。

自古以来,琴鱼茶便蒙上了一层神秘色彩。直到今天,产量仍是无法突破,最高年成也就在二三百公斤左右,市场上绝非轻易能见到。能品到琴鱼茶,当然是一件幸事。近年来,每至春草萌绿的阳春三月,琴溪河东岸便红裳飞衣,游客如云,路一侧停满车,许多人扛着"长枪短炮"纷纷赶来,围观捕鱼和制作鱼茶。

早些年,泾县的朋友送我的琴鱼茶,都是装在做成工艺品的竹筒里。现在市场上又多了一种元宝竹篮的精美包装,提柄是一对竹根做成,很是精巧养眼。地头熟络的人,仍喜欢直接钻到村民家中淘货。主人为你双手捧出的琴鱼干,色泽明洁,不焦不谙,放嘴里稍嚼,脆中带绵,淡淡幽香,隽永而悠长。倘若能把话谈深入了,主人就将干鱼冲入玻璃杯中让你品尝……琴鱼复生,摇尾游弋,如在戏水,口微张,有一种似笑非笑的嫣然。

千年的鱼子，/
万年的草根

　　鳅的家族里，最多的是泥鳅，圆珠笔一般长短粗细，弄上来后到处乱钻乱溜，滑黏黏的逮也逮不住。抓泥鳅，可以放干水用手扒尽烂泥一个个把它们抠出来，也有一种像粪筐一样的叫泥鳅趟子的专捕工具，拦在田沟里，用杈棍从另一头往里驱赶。夏天的水稻田里泥鳅最多，招引得白鹭飞起又落下。还有一种生活在大江大河里的刀鳅，暗褐色身子过于瘦削细长，尖嘴猴腮的，扁平的背上有一排刺，极不安分，一副到处惹是生非的模样。黄梅初夏发大水，扳起横跨河面的拦河罾，罾网起水时，一些网眼里银亮亮地一闪，是被嵌住的小鱼，倒霉的刀鳅因背上那排惹祸的刺也给挂在网眼上。至于布鳅，肥而扁，有一拃长，脑袋圆润且有两撇胡须，背青腹黄，着布纹一样暗斑花色，极有肉感，是鳅中最味美的。

　　布鳅不爱钻泥，爱的是小水沟和水坑。一场雷雨，四野哗哗流水，在淌水的草地上或细小的沟缝里，你常会看到正奋力逆流而上的饱胀胀怀满一肚皮子粒的布鳅。奇怪的是，除这个传宗接代的季节之外，你很少再能见到它们。而且居住在坑里的布鳅似乎并不需要同外面世界沟通。取土挖了个大坑，与周围水塘相距甚远，但几场雨注满，待四周长上绿草，某一天，你走过水坑边，发现水坑里竟然游着一群活泼的小鱼。过若干时日你再来，弄干坑里的水，肯定能收获到肥美的布鳅。

大自然的造化，也正应合了一句乡谚：千年的鱼子，万年的草根。鱼子和草根都很贱，很贱的东西生命力强，好养活，只要是农田里一坑水，山脚下一洼潭，它们就能自生自长。

其实，在鱼米丰盛的江南，无论是泥鳅还是刀鳅、布鳅，都是微不足道的，上桌露脸的机会并不多。它们与鳜鱼、鲇鱼有天壤之别，比起蟹鳖之类美味，更是上不了台面。光顾它们的，只有草根家庭，弄点油盐寻常地一煮了事，乡下不闻有椒盐泥鳅、炖糟泥鳅、泥鳅煲或泥鳅钻豆腐之说……除此之外，其更多的是用来喂鸭子。鸭子吞了鳅，好半天嗉子里都还一钻一鼓地蠕动。

春末的一天，朋友开车带我去宣城军天湖附近吃农家菜。都是事先电话预订好了的。走进农舍，灶头瓦罐里炖着土鸡，香气扑鼻，锅里炒着腊肉蒜苗，还有难得一见的腊味猪蹄蒸霉豆子，洗净的菜薹就搁在一边。后院有一老头守着一口大铁锅，焖着柴火锅巴饭。柴火堆上蜷缩着一只肥大的麻栗色狸猫，守着这么多美味，大白天竟能肚皮一起一伏地酣畅地睡觉。最让我眼睛一亮的，是旁边一个小姑娘正在收拾小半篓布鳅……嘿，布鳅，真是别离已久了！

随之就有一位高个的中年美妇人走过来，给我们烧小姑娘收拾好的布鳅。她将那些布鳅煎得两面焦黄，个形完整，加上酱醋辣子水焖。后院的老头也给喊过来，接了小姑娘的活，不说话，满腹心思地往灶洞里续着柴草，时光仿佛溯回从前……锅里透出的鱼香到了无以复加时，中年妇人终于在热气腾腾中揭开锅盖，将布鳅盛入一个粗瓷盘里端了上来。虽然烹调谈不上精致，甚至稍嫌粗糙，只放了姜蒜和辣椒，却不掩鲜美的本味。鳅类的刺一般都很硬，不易煮酥烂，但肉质细嫩而丰满，擩一条过来，顺着大脊一抿，满口肉。那就叫鲜啊！

吃刀鱼、鲖鱼是吃，吃鳅也是吃，只要有味，就能怡情。有一个说法，叫"鳅不如鳝，鳝不如鱼"，在我老家那里，是不把鳅算作鱼的。我年少的时候，放过绷钓、桩钓、麦卡、丝网，撒夹子网和拖"老母猪网"（又称"棺材网"）的机会也很多，因而，除了有鳞的鱼，各种鳅也吃得多。只有那蛇一样的刀鳅从来不吃新鲜的，而是和小杂鱼一起腌后晒干蒸了吃，咸鲜又耐咬嚼，极是下饭。如今远离乡村，想吃粗盐板酱水焖泥鳅，就偶尔从菜市场买点养殖的鳅回家自己做。尽管大食坊里体面人物点菜绝不可能点到它，然而，微不足道的鳅，却时常给我平淡的生活带来久远的回味。

此时的乡村，又是楝树开花的初夏。那些像一朵朵云一样的白鹭，该是在哪一片天空下飞起又落下？我想，白鹭停歇的地方，总是泥鳅们的家园吧……

用米汤提升 / 味蕾的高度

因为要招待两位贵客，我翻检了自己的美食档案，本想去江边找家鱼馆吃新鲜的江鱼，但时间不容许。人家傍晚才到，在宾馆住一晚次日一早就走，说得很清楚，只想在附近吃个稍素雅一点的简餐，顺便聊聊就行。凭着先前吃过一回的印象，我到商业街那家店找到了老板，告诉他，客人是从北京来的，世界各地满处跑，属于嘴大吃四方的……所以想弄几个既简明素雅且不失地方特色的菜肴。那老板听了，略沉思片刻，一口答应下来，说你放心好了，我亲自做，保准让客人满意。

晚上六时，我和朋友陪着两位客人进了店。店堂上下两层，错落有致，装潢虽不华丽，但黑漆木的走廊和扶梯，却也是尽显江南屋舍的风韵。来此用餐的客人不多，很安静。我们四人四方而坐，拉上窗帘，有轻快的音乐声响起。

菜上来了，先是几个凉碟：桂花山药，雪白的山药切成片状，搭上醇香的桂花，极富江南气息；泡椒小木耳，木耳是用泡椒浸入味的，鲜爽别致；杭式笋干素鸡卷，笋干韧脆，素鸡微甜而清香。接着，端上来四个带锅子的亮晃晃的小酒精炉，一人面前放了一个。

锅里煮的是米汤，浓稠雪白，香郁扑鼻。两条码在盘中的鳜鱼也被送上来，鱼的头和尾已给切下放在一边；鱼肉是沿脊椎割下，片成蝴蝶片码在盘中——就是那种第一刀不切透，第二刀才切透的切法。鱼很新鲜，每一片都如铜钱那般厚薄，挑起来呈半透明状，足见刀功了得。

汤水开始翻腾，我们按服务员指点的，先把鱼头、鱼尾还有鱼脊夹进汤中。等米汤再度沸腾，就开始夹起鱼片涮了。薄薄的鱼片，只需在沸腾的乳白色米汤中轻轻一拖，就硬挺微卷了，颜色从粉红变为纯白，送入口里，感觉就是鲜嫩和脆，又入口即化……米汤的清香气息，衬托了鱼片的淡淡肉香，二者相得益彰，味道真是堪称一绝！我经常做鱼片，知道两种鱼质地最好，一是黑鱼，一是鳜鱼，它们的肉，既结实又柔韧有弹性，且无细刺，切出来不散不塌，无论是滑炒还是做汤，皆能保持完美形态。

另外几个配菜也送了上来。一盘茨实虾仁，一盘鲜炒黄花菜，斑斓的色彩，凉润的花香，应时应景恰到好处。还有一盘极青嫩的小菠菜，里面放了点碎皮蛋，看上去很是养眼。另一个盘子里放了十来个小山芋，都是差不多大小的个头，紫色的外观，排列整齐，掰开来里面却是粉白的，原来并不是紫薯。

老板走了过来，一一打过招呼，笑问味道如何？我们自是一致赞扬不错。老板兴致颇高地向我们透露，鱼是刚从繁昌荻港板子矶送过来的江鳜鱼，江鳜鱼活动范围大，嘴阔吻长，颜色深浓，鱼皮紧绷而富有弹性，肌肉板结，切片后不易散失，尤适合涮米汤。他这一说，我便道"怪不得了"……遂向客人补充介绍：板子矶突兀临江，三面皆水，有石阶盘旋而上。矶之北，危崖之下，水性旋流，形成回湾，乱石遍布，芦荻萧萧，多有鱼虾出入其中。江鳜鱼就生活在板子矶下的湍急水流里，守伏或追逐小鱼虾于多寒的石罅孔隙中，其肉紧而有弹性，寒香入窍，别有滋味。饶是我做鱼菜做到今天，尚未见有若江鳜鱼这般既能受味、又能护持本真之美妙绝顶的好材质！

老板继续说，米汤乃是泰国香米熬出的，越熬越浓稠，越熬香气越足。另外汤中还加进了雀巢炼奶，以及盐、糖、鸡粉、加饭酒、胡椒粉、葱丝、姜丝等。据他说，如果米汤里加进碧绿的菠菜汁，就有了个好听的名字叫"翡翠米汤"。今天的香米汤涮鳜鱼，不用蘸碟，算得上是清淡派的代表作。特点是鱼片新鲜，不须上浆，原汁原味，直接放入锅中涮了，口味清香，鲜美嫩滑，有益气、养阴、清火的功效……因为是直接涮了入口，不须依赖蘸碟里的调料来唤醒味蕾，吃后不上火，不但肚子不胀，口里还有阵阵香气不断扩散哩。

至今，我还记得那家店，名叫"徽杭菜馆"，老板叫赵军，四十来岁，个子高高的。但一年后我想再去重温一下米汤鳜鱼的鲜美时，却怎么也找不到那个店了……

鲈复鲈兮／何相欺

看着水箱里养的海石斑，明明就是身着花纹的鲈鱼嘛。鲈鱼细鳞阔嘴，长相跟鳜鱼最是投缘，而且它们都是一样的蒜瓣肉，所以常被一些没有良心的厨子拿来给鳜鱼顶包……你要的明明是糖醋鳜鱼或是臭鳜鱼，端上来的却是鲈鱼。要是以鲈鱼去做冒牌的松鼠鳜鱼，鱼体被一刀一刀片花之后，再敷上面粉炸出来，就是我这样惯识鱼性的人也未必能分出真假来。

石斑鱼不说，鲈鱼和鳜鱼，确实是有着很近的血缘关系，鳜鱼能做的菜，鲈鱼皆能充任。比如清蒸鲈鱼，就是套的清蒸鳜鱼的路子。把鱼处理干净，肉厚处打出花刀，内外抹点盐略腌一会，倒上黄酒，倒上蒸鱼豉油，再在鱼腹里塞点姜葱，放到屉笼里或是隔水蒸，简单得不能再简单。因为有了蒸鱼豉油的横空出世，白鱼、鲫鱼都可以拿来蒸，除了保证肉质滑嫩外，口味鲜美清淡也是一大动人之处。

因为有了张志和的"桃花流水鳜鱼肥"的吟咏，让鳜鱼在中国最优美的诗歌里悠游了上千年。而鲈鱼更是不得了，如果说"江上往来人，但爱鲈鱼美"尚不足震慑人，那么张翰的两句"秋风起兮佳景时，吴江水兮鲈正肥"就很能让人动容了。大概觉得气氛上觉得还不够，他憋了股劲又加紧吟道："三千里兮家未归，恨难禁兮仰天悲。"秋风落叶，闭上眼睛，脑子里便是一片如雪的洁白——不是秋风起兮白云飞，也不是蒹葭苍苍白露为霜，而是那细白腴嫩、思之令人食欲大动的鲈鱼脍呀！张翰到底还是熬不住，脚底一抹油，辞官回乡吃鲈鱼解馋去了……只是如此一来，像留下了传染病一样的思乡病，害得他身后的无数文化人也跟着一齐纠结，"莼羹鲈脍""莼鲈之思"便成了游子想念家乡、惆怅不已的流通说法了。

这鲈鱼到底有多好吃，现在已无法考证了，因为环境变化太大，鲈鱼不可能一直保持晋时真身。但有一点不得不指出，那就是吴江水里生长的不是我们普通见识里的鲈鱼，而是一种独特的四腮鲈鱼。早在《后汉书》里就有一则关于四鳃鲈鱼的故事，说的是曹操食四鳃鲈铲除左慈的事。但现在注册商标的却是松江四腮鲈鱼，就像奶油五香豆为上海城隍庙特产，谁都知道一样。

数年前，在报上看到一则消息，说是阔别上海数十年的松江鲈鱼，也就是松江四腮鲈鱼，终于游回到了松江，游到市民的餐桌上。对于四腮鲈鱼来说，游回锅镬未必是什么好事情，但这条新闻还是引起我的注意——它是上海水产大学的教授们历时十多年苦寻种源，方才找回的松江四腮鲈鱼呀！失而复得，此鱼就是彼鱼，没错，这是文化复兴的大好事，我高兴。拼得今生吃一回四腮鲈鱼，终于有了盼头。

那年春天，在西湖楼外楼吃糖醋鱼，我和老婆花二百来元点了一条一斤刚出点头的鱼。服务员送上一塑料桶让我过目，里面卧着一条黑乎乎的鱼，头大而扁平，像是大号塘鳢鱼——也就是我们俗呼的"桃花痴子"，当时就怀疑不是松江鲈鱼，但也知道松江鲈鱼绝不止那个价……在上海的馆子里，一盘松江鲈鱼身价要达四五千元！我过去吃过几次西湖醋鱼，都是草鱼做出的，那次吃的"疑似鲈鱼"究竟为何物？到现在也是个问号。不过那鱼确实够鲜美的，洁白肥嫩、刺极少、无腥味，食之口舌留香，回味不尽。

去年初夏，我终于吃到了一次名义上的"松江四腮鲈鱼"，地点不在上海，而是就在吴江。

我们是驱车路过，午餐在一家看上去有点档次的店里。菜是表弟点的，他在苏州做工程，这几年赶上财旺，前年中秋节，850元一篓的带牌铭阳澄湖大闸蟹，一下给我送过来5篓，害得我跟老婆半夜里往人家里分摊。这回到吴江，他说要请我们吃松江四腮鲈鱼，我心中暗喜。鱼端上来了，糖醋式的红烧，问过服务员，说是叫"八珍鲈鱼脍"。一盘里躺了四条，每条估计活体不会超过二两重，我们正好四个人，每人摊上一条。那鱼肥嘟嘟的，少刺，入口腴嫩，嫩到堪比豆腐……但仔细品味，也就是个满嘴鲜。细嚼慢咽之间，我突然问表弟，你说这像我们老家的什么鱼？表弟脱口而出：桃花痴子。他手下的另一员工说像是他家养的热带鱼"清道夫"……我笑着说，不会真弄的是桃花痴子，让我们吃了冒牌的松江四腮鲈鱼吧？又问菜谱上标价多少钱？表弟说点菜时服务员只说是"时价"。于是招手叫来服务员，服务员又叫来大堂，在我们要求下来到水箱前看活体。我只扫了一眼，转身对大堂说，这是塘鳢鱼，你们在欺诈顾客……接着就跟她亮明我专写美食文章的记者身份。却被辩称是人工养殖的改良品种，说就这长相……因为还要赶路，不想多费口舌生出事端。最后，那盘"松江四腮鲈鱼"

以480元价结算了，差不多抹掉了一个零，由四位数变成三位数。

倘要细说，这问题还是出在鱼本身。拿一条"四腮版"鲈鱼放在"普通版"鲈鱼旁边，二者之间，无论是外貌还是个头，都很难扯到一起。苏轼《后赤壁赋》中有"巨口细鳞，状如松江之鲈"，我想苏轼一定搞错了，他把"松江之鲈"当作长得像鳜鱼那般凶悍的普通鲈鱼了。被松江人拿来做宣传的杨万里的一首诗，描述倒是颇为传神："鲈出鲈乡芦叶前，垂虹亭上不论钱。买来玉尺如何短，铸出银梭直是圆。白质黑章三四点，细鳞巨口一双鲜……"但这说的是不足二两重的松江四腮鲈鱼吗？

《三国演义》中有一个段子，说的是曹操设宴被左慈戏弄的事。左慈曰："脍必松江鲈鱼者方美。"曹操道："千里之隔，安能取之？""此亦何难取！"教把钓竿拿来，于堂下鱼池中钓之。顷刻钓出数十尾大鲈鱼，放在殿上。操曰："吾池中原有此鱼。"慈曰："大王何相欺耶？天下鲈鱼只两腮，唯松江鲈鱼有四腮，此可辨也。"众官视之，果是四腮。

如果我要较真的话，也学了左慈口吻喊一声"何相欺耶"……"天下鲈鱼"与"松江四腮鲈鱼"的差别，是一眼就能看出的，绝不仅仅只在两腮还是四腮上。其实，所谓松江四腮鲈鱼，也是个伪命题，只是古人眼花罢了。这种鱼两鳃前后各有一道凹痕，其形与色如同鳃孔，在鳃盖上又有条橙红色的条纹，以假乱真，看起来极似四片外露的鳃叶。施蛰存是地道的松江人，连他都坚持说松江四腮鲈鱼"实则此乃吐哺鱼之别称"。吐哺鱼就是桃花痴子。松江四腮鲈鱼体呈纺锤形，托在手心里，腹鳍扇形张开，大头大肚子傻傻的样子，这模样，不是桃花痴子还是谁？

肉质细腻滑嫩的鲈鱼，算是鱼类中最有故事的，但也真的能把人搞得晕头转向呀……

有绰号的黑鱼

黑鱼体有花斑，前部圆筒状，后部侧扁，嘴裂大，下颌稍突出，头尖而扁平，像蛇头，很显出几分诡谲。因为黑鱼性情残暴凶猛，故被喊作"豺鱼"（也有写作"柴鱼"），常在水下大肆杀伐，惊得那些弱小者没命逃窜……有时，则阴沉沉地潜伏在水草中伺机突袭。这黑家伙劲大力猛，徒手很难抓获，那炮弹一样的身段能轻易冲破渔网，所以又赢得一个"黑冲子"绰号。

黑鱼生命力极强，哪怕是在蒿草密布的浑浊小水沟里，也能活得滋润。冬天水塘干涸后，黑鱼和老鳖都早早"歪"进泥中，得挥着锹把淤泥划遍，才能捕到。即便如此，犹有漏脱的。十天半月后，从干硬开裂的塘坡找出的黑鱼仍是活的。这时可以看清它是尾朝下把身体坐进泥里，只留嘴巴露在外面。一九五四年长江下游破大圩，水退去留下一望无际的淤泥滩。我有个表舅每天带根麻绳出门，挽高裤脚，踩着软泥，一边走一边找。当发现软泥表面鼓起了小包，就知道那是黑鱼的嘴巴在下面顶着。走过去双手往泥下一插，用力一掐，哧啦一声，便把一条大黑鱼提出来。用麻绳穿了鳃口，放在泥上拖着，半天下来便可拖回一大串。

每年春夏间,黑鱼在水草茂盛的静水浅滩处缠绕相悦,荷尔蒙激生,异常活跃,有时双双跃出水面演出一段彩云追月的爱情故事。然后,雄鱼开始卖力地营建家园,把杂草咬断,浮拢于水面,用尾在中间扫出脸盆大小的亮水空洞,是谓"青窝"。在宁静的日出时分,雌鱼进窝"甩"下像黄油菜籽一样的卵,称为"黄窝"。夫妻双双守窝数日,仔鱼孵出,像小蝌蚪那样黑压压聚在一起,便为"黑窝",又叫"黑鱼花子"。两条大鱼一刻不离地随群保护,以致无暇摄食,传说就有仔鱼频频自动填入大鱼腹中,以报养育之恩,故民间又称黑鱼为"孝鱼"。也是这个原因,有些寺庙里就用大水缸供养着黑鱼。在九华山那个最热闹的寺庙前水泥池里,密匝匝地沉浮着数百条黑鱼,看着叫人心惊。

钓鱼的人才不管你"孝鱼"不"孝鱼",他们正是利用黑鱼护窝的特性,钓起来十拿九稳,比到菜园里摘菜还容易。一般是在结实的大钩上穿只活的小土蛙,朝着"窝"上轻点,首先被激怒的是雄鱼,闪电般蹿出,张嘴咬向鱼饵,到被人拖上岸都不松口。小"黑鱼花子"受惊四散逃开,但片刻间,又聚成一团,慌慌张张旋转着离开这丧父的伤心之地。钓鱼人故伎重施,再次用小土蛙去骚扰挑逗,直到哗啦一声,那条胖大的母鱼奋不顾身地张口扑上来,则大功告成。也有人在这季节里提一竿七股头利叉,整天逡巡在那些向阳有水草的河湾塘梢处,一旦寻到"窝",就睁大眼睛耐心守候,待水底有大黑影浮上来,手腕一抖迅捷将叉抛出,很少有落空。不幸被叉齿穿身的黑鱼因为愤怒而扫动有力的尾巴,搅得水花四溅,弄出很大的动静,通常会有一只受了惊吓的水鸟从丰茂水草丛中飞起,发出短促的啼鸣消失在远方。而失去父母的保护,那些散了窝的鱼仔，立刻就成了众多鳖鲦鱼轮番追逐的美食，结局很是悲惨。但是，那些弱小善良的鲫鱼、鳑鲏，从一出生到走完生命的全过程，在任何时候都会成为别人吞噬的对象，这就是生物界弱肉强食的残酷性。

尽管外貌不善，但黑鱼生得利索，只有一道脊刺，肉厚而鲜嫩，且能去风湿、利尿、去腐生新。沪人和粤人最是迷信黑鱼的滋补作用，他们相信黑鱼能活百岁，是长寿鱼，而且死后肌体不易腐烂。可以说，黑鱼的身价是随着改革开放进程、随着卷舌头的广东话侵入内地被抬高的。早先生产队分鱼时，黑鱼是不大被人要的，嫌它肉粗。其实在我看来，作为食材，黑鱼起码有两个优点是别的鱼无法企及的：做鱼片和做酸菜鱼。

黑鱼骨少肉有韧性，切时不易散碎，是炒鱼片的佳料。将黑鱼开膛洗净，中间劈开取两面肉，切薄片，拌上盐、糖、淀粉、黄酒、鸡精，略加几滴白酒，无论是爆炒还是氽汤，都鲜美异常。也有人将其切成二三分厚的大片，做黑鱼浓汤。其法亦简单，先将冬笋片下水焯过，取出凉凉；锅中放油烧热，红干辣椒和葱、姜、蒜一起炸出香味，投入经盐和料酒浸过的鱼片，煸透后，下冬笋片、香菇、榨菜，加足量水，煮至汤汁呈乳白色即可。

做酸菜鱼也不复杂。酸菜是菜市场边的小店都能买到的两元钱一袋的那种。整鱼去鳍、尾，切下头，两腮刹开。鱼体切成半寸一段，每段再从中间切开，剔出主骨，放入小盘里，打入两个鸡蛋清，加入盐、料酒、白糖、姜末、少许酱油，搅拌并泡半个小时待用。酸菜切段，先投红干辣椒在油锅里炸，再倒下酸菜翻炒几下，看油吸得差不多了，倒入高汤烧开。汤开后起白沫，先放入鱼头和鱼骨，调小火烧三五分钟,再放入鱼肉片,用大火烧五六分钟,加入鸡精、胡椒粉。一盘酸菜鱼,遂大功告成!

　　黑鱼就是黑鱼,无论活在水中,还是给人做了食材,都是那么利索,绝无一点优柔寡断和窝囊。

长江鮠鱼的身份确认

就像我无法在网上查到淮河淮王鱼一样，我也无法找到一点有关长江鮠鱼的信息资料。但鮠鱼却常会出现在宴席上，而且它的旷世奇珍般的美味，总是轻易就令我们为之倾倒。

我们这里有个桂花桥，没有拆迁前是8路公交车终点站，靠江堤边，属于郊区了。我刚调来报社时，常去那里吃野生江鱼。这里的餐馆，只有几间简易房，长条凳，包厢不隔音，且拥挤异常，生意却是好得出奇。主要是这里鱼烧得好，又新鲜，都是刚从江里捕上来的，才特别吸引人。每年三四月份，正是长江鮠鱼最肥美的季节，一到晚上总是有那么多人开着车或坐公交车来此吃鱼。埂上有一家，埂下有一两家，我每次来，都是吃埂下那一家烧的鮠鱼，没办法，我自己根本做不出那效果。有时是一人"打牙祭"，就点一个鮠鱼，红烧的，端上来也就是浅浅一小盘，却要七八十元钱，够买十几斤大草鱼了。那鮠鱼，色泽红亮，微溢酒香，鲜嫩不腻，汤汁稠浓粘唇，真是鲜美绝伦。

常吃的那一家，厨房就在进门的左手一侧，有五六个打杂的女人，只要不是人多得转不开身，我就站在那里看。厨师两人，年龄都不大，瘦瘦的，他们烹饪时十分讲究火功火候。比如红烧鮰鱼，起码是"两笃（炖）三焖"，至少烧上半小时。其中两次用旺火，每次二三分钟，大部分时间用文火焖，使鱼块完整而鱼肉酥绵细糯，鱼肚自然成芡为佳。每当一盆盆色泽红亮的红烧鮰鱼由厨间端上桌，常能听到不隔音的包间里那些食客一阵阵的喧哗喝彩。

鮰鱼体态粗长，色灰白，无鳞，腹部膨隆，一张扁阔的大嘴，唇两边长着细溜溜的肉质胡子，尾巴也是侧扁的，整个模样就是一条超大的鲇鱼。鮰鱼终年栖身于十多米深的水底，捕捞不易，为稀有珍贵鱼类。刚出水的鮰鱼，身子两侧绯红，鱼肚雪白，犹如轻云中晕染着浅浅红霞，十分娇美。我吃了这么多年鮰鱼，至少都是在七八斤、十几斤以上的大家伙，菜场里见到的，也都是放地上砍成一段一段的卖。春暖花开和仲秋锁寒之季，鮰鱼体硕膘肥，是品尝的最佳时节。

鮰鱼太大，很少有整条入烹的，多是切成块下锅。红烧出来，汤汁深浓，鱼块嫩白，色形皆美。因为刺少，有也是那种大脊刺，剔除后可以放心地大口吃，无须有鲠喉之忧。有的食府烧法出神入化，先将鱼块用蒜蓉煎烤，至两面焦黄，鲜嫩的肉质里吸收了蒜香，再下齐作料烧出来，味道分外动人。鮰鱼皮很厚，特别有韧性有弹性，且多胶质，滑糯滋润，油而不腻，切不可错过。鮰鱼有"春化"和"秋化"之分，一般认为春季鮰鱼味道最佳。深秋季节，鮰鱼在深冷水底与湍流石隙中饱食了小鱼小虾，体态甚是丰腴肥美，烹出来肉白如脂，味如乳酪，说不尽的鲜、嫩、滑、爽。

鮰鱼除了鱼色娇美和肉质鲜嫩外，其头颅也是难得的好食材，特别是嘴角和下颌的皮层尤厚，全是鳖裙那样的胶质肉，无比地滑爽鲜美。我在本市以烧徽菜出名的黄山园吃过两回好菜，一回是豆豉蒸鱼划水——就是鱼的腹鳍，一回是吃鮰鱼唇，至今想起仍舌底生津。有人说鮰鱼的精华全在于吻部软肉，就像鹅之掌、蟹之黄一样。鮰鱼的吻部软肉十分发达，又肥又厚实，有犴鼻猩唇之肥糯，也有河蟹鲥鱼之鲜嫩，用火腿、冬笋加豆豉煮出，汁如乳，食之肥美可口、软嫩相彰，实是难得的珍馔。鮰鱼的鳔也特别肥厚，加满把的蒜瓣烧出来后，汤汁黏滞，鲜香满口，一点不逊于徽菜中名贵的鲇鱼肚。

暮春时，一个姓杨的朋友请我在中山桥头一家店里吃饭，席间有一道鮰鱼竹笋汤煲，味道十分独特。工艺品般的鼎状器皿装着鮰鱼竹笋，雪白的汤乳，看上去有点妖风怡人，用勺轻轻拂开表面一层白白油花，喝了一口，有着说不出的鲜美；鱼片滑润柔嫩不失其形，醇香中透着笋鲜，似乎是柔情一汪又一汪，让我勺不停手，大快口舌。大约是一个月后，作协开会，晚上小聚，我因挂念那个鮰鱼竹笋汤煲，就把大家又带到中山桥南那家，结果不仅煲没了，连其他的几个我指名要的菜也没有一个如意的，弄得很是不爽。

在外面吃得多，知道鮰鱼的做法甚多，有白汁鮰鱼、汤煲鮰鱼、红烩鮰鱼片等。我自己出手做鮰鱼，到目前为止，全部的记录也就是一个红烧。因为不论哪种菜红烧都是最把稳的，技术含量不高而少有失手，但出新也难。简单说来，就是先把作料下锅爆香，再投入切好的鱼块，加绍酒、生抽焖烩。据说，做得好的红烧鮰鱼，鱼皮无丝毫破损，不加一丝芡粉就能产生浓郁的汤汁，上桌后立马被一扫而空，就连汤汁都拿去就饭吃了。虽很少做成酸菜鱼，但我还是在江边吃过一回，红红的辣油汤中，浸着白嫩的鱼块而不是鱼片，深绿的泡菜沉浮其间。尝一口，唇齿间交织着咸酸劲辣，无骨刺的鱼肉尤显秀润剔透,看别人都是吃得又开胃又过瘾……我虽给辣得口中咝咝有声,却也是欲罢不能。

现在突然想起来了,为什么找不到鮂鱼的资料,是鮂鱼的那些资料都让鲴鱼占去了,把鲴鱼和鮂鱼混为一谈了。如果鮂鱼其实就是鲴鱼,那么,只长到一两斤重的鲴鱼——也就是我们通常所称的"江鲅"或"鲴鲅"的真身又是什么?但苏东坡品尝鲴鱼后,曾写下《戏作鲴鱼一绝》专门赞颂鲴鱼的美味:"粉红石首仍无骨,雪白河豚不药人。寄与天公与河伯,何妨乞与水精鳞。"这描述的就是鮂鱼的外形和滋味,如果苏东坡没有搞错,那一定就是我搞错了。可是,同样美味的"江鲅"或"鲴鲅",我们总得也要给个明确交代呀……

长胡子的鱼

长胡子的鱼，有昂丁佬、鮠鱼、鮰鱼和鲤鱼，大家都是出来混的，胡子能显派，甚至泥鳅也长两撇胡子。昂丁佬嘴唇上下共蓄着四根胡子，上唇的胡子半截白半截黑，下唇的胡子则与体色一样是明黄色。鮠鱼胡子要长得多，鲤鱼胡子最短，嘴角两旁一边一根，有时还会一翘一翘地动，那种怪异的样子让你心生疑惑，忍不住要细看它。

我有一位姓汪的朋友，是开茶叶店的，却文人气十足，常涂抹一些很富有民俗情景的画，悬在那些茶叶桶上方与香茗一起出售。他画的鱼，都是大头宽嘴的所谓"丰鮎（年）鱼"，拖着两根夸张的长胡子，透出一种世俗的喜气。他以浓墨绘鱼背、鱼鳍，以淡墨绘鱼肚，只几笔点染，数条滑溜溜嬉戏于清流中的鮠鱼便跃然纸上。他也画一些大嘴巴鳜鱼，题款时总是写作"贵鱼"。但我以为，那些死脑筋的鳜鱼，根本比不上平上活灵活现、首尾灵动的鮠鱼那般讨人喜欢。

鮠鱼在我们家乡谓之"鮠胡子"，这就不会与那种常见的毫无趣意的鲢鱼（长江四大家鱼之一）叫混淆了。也有喊作"鮠胡狼子"

的，盖因鲇鱼不是吃素的，它与水中暴徒黑鱼一样，专门狩猎小鱼虾。它的小鱼秧子是金黄色，也像黑鱼那般聚群，有老鱼在水底下看护。"鲇（鲶）鱼效应"这个词，算得上前些年经济学和经管学科最常见的时髦词汇——在长途贩运的鲫鱼或其他什么鱼的水箱中放入一条鲇鱼，与狼共舞，谁敢掉以轻心地打瞌睡？鲇鱼生命力特别顽强，在鱼群中左冲右突，以"搅活一潭水"而得名。

　　鲇鱼昼伏夜出，力气极大，是很难钓到的。在一些斗门塘里，水底通常会有洞穴，里面住着手臂粗的老鲇鱼。你把塘弄干了，洞穴里却始终汪着水。伸胳膊进去掏，手被什么触了一下，滑溜冰凉的，怎么也抓也不住，因为它溜到洞的深处去了。

　　但鲇鱼再精灵强悍，在人面前，也逃不了为刀俎的命运。那次在昆明，我们几个人开了两部车到抚仙湖玩。抚仙湖是高原最深的淡水湖，比滇池和洱海深多少倍，盛产天下最优质的鲇鱼。我们就是专门赶来吃鲇鱼的。厨师三两下弄好鱼，剁块，投入那种高腰铜锅中，下水煮沸，倒去水，重新续水烧，捞尽浮沫，即抓起一把鲜绿薄荷投入，再放进一些盐、姜、芫荽叶。前后不过五六分钟，铜锅鱼就"水煮"做成了。满满一锅乳白色汤，浓鲜，白生生的原汁鱼肉，则可以蘸着辣呀呀的调料吃，特别适合喝我们自带的那种醇香的干红。

　　只是过后想想，还是我们江南的鲇鱼味道醇美。这些年在长江三角洲一带跑，或公差或私游，吃过多种风味的鲇鱼，有时是在上档次的大酒店里，有时则是循着招牌在那种路边小店里。比如大蒜烧鲇鱼，将鲇鱼切小块，腌片刻，锅里下一小捧老蒜头，连同姜、糖、料酒和辣椒等一应作料爆香，倒入满满一大碗水，水沸，下鱼，煮十来分钟，蒜软即好。沸腾鲇鱼是最够辣的，一盆红汪汪的辣油，咕嘟咕嘟地正冒泡，颤颤地翻滚着红里泛白的鱼肉，间杂着一些绿芫荽、青蒜叶一起肆意飘香……这样一盆鲇鱼火锅摆到你面前，不要说瞅，就是闻着，脚下也挪不动步了。

印象最深的是多年前的一个傍晚，我们从黄山下来，抄了太平湖畔一条近路转道去宣城。那时宣桐高速公路还未修，在太平湖湾旁的一个小山坡上，一边是渡口码头，一边是一湾浩渺的湖水，有个"红烧鲇鱼"的灯箱广告朦胧地亮在暮色里，很有点宁谧而简远的意境。我们学着用当地话报了个菜名：鲇胡子笃豆腐。老板让我们自己选鱼，我捋起衣袖在那个大水泥池子里旋了几圈，掐准胸鳍抄起一条极滑溜的有暗斑的青灰色鲇鱼，有两斤多重。老板有点诧异地望了望我，说："看不出你还有这一手呀。眼光真准，这是刚从湖里送来的，最鲜活了！"

于是现杀现做。坐等期间，四野月华，水气氤氲，窗外树影斑驳，远处渡口人声隐约……一时竟上来了满腹的心思。鲇鱼上桌时蒜瓣极多，汤汁浓稠红亮，鱼块入口，舌头稍一卷就化了，一根细刺都没有。尤其是那条精灵的鱼尾脊上的肉，尤是说不出的腴嫩香鲜。即使一颗方圆而扁的有须的鱼头，腮颌两边的厚皮及眼窝旁的活肉，也是美味精华。豆腐"笃"出了细孔，很是入味，更是顾不了鱼有没有刺，性急一点，拣起一块鱼肉入口一抿就滑进了嗓眼深处。

鲇鱼做到了如此极致，实在是有点高处不胜寒了。

鳜有怒,亦讨巧

画国画的人爱涂抹两种鱼,须尾灵动的鲇鱼和隆背阔嘴的花鳜鱼,而跳龙门的鲤鱼多在年画里出现。扬州八怪之一的李鱓画鳜鱼,一根柳条穿过大嘴,引领向上,傍着一根大蒜和两块姜,题曰:"大官葱、嫩芽姜,巨口细鳞时新尝。"由口腹之道而导引出画面语,既是世俗生活的真谛,更是芸芸众生所需要的一种乐观积极的生活态度。而八大山人朱耷却只画那种不通人情世故的白眼鳜,怒气冲天,鱼鳍戟张,寒光闪射,压着铁器的森冷……朱耷是明室王孙,亡国遗民,家仇国恨,满心悲愤,纵是落发为僧,也无一日心安神定。他画鱼、鸭、鸟等,皆斜目向天,充满倔强之气。

其实,鳜鱼谐了"贵"音,还是很讨巧的。亦有人写作"桂鱼",乃其幽门垂多而成簇,俗称桂花鱼。

"西塞山前白鹭飞,桃花流水鳜鱼肥。"鳜鱼有幸,在中国最优美的诗歌和文人画里悠游了千百年。鳜鱼在水中游弋时黑乎乎的,捞出水面,体呈灰褐色带着青黄色,加上下颌长过上颌的嚣张巨嘴,看上去很突兀精怪。

三十多年前,我在当中学老师。青弋江流经我们那个古镇时,搅了个大深水湾，长长一段岸石护坡，水下就有了很多石穴，正好给有卧穴习性的翘嘴鳜栖身。每年四五月的清晨或傍晚，鳜鱼到了甩子繁殖期，在水中激烈游动，成群结队在水面逐出浪花。那时吃得最多的就是鳜鱼。特别是我的小儿，因鳜鱼长的是无刺而结实紧凑的蒜瓣肉，我们有时就当饭喂他；以致喂得他脑袋超常地大，提前上学、跳级，仍是特别地不安生。朋友打趣说，这都是高蛋白的花鳜鱼过分营养了他的脑细胞。

一般来说，凡肉食性鱼，味道皆鲜美。鳜鱼主食小鱼虾，一些像小麻条那样纺锤形或棍棒形小鱼，最易被吸食。鳜鱼有手独门绝活，吞下鱼虾后，会吐出鱼刺和虾壳。其性懒，白天多卧于石缝、坑穴中，不大活动。"一根筋"的肠子很短小，几乎就是顶着一个连到腮口的大胃袋，里面通常鼓胀胀装着被囫囵吞食的小鱼。它的背鳍刺和腹鳍刺均有毒，若不慎被刺，那种锥心剧痛，令你龇牙咧嘴、倒吸凉气加跳脚！生长速度快的是翘嘴鳜，我见过最大的重达四十八斤，体色深黑，尽管离水上岸就死了，但看上去仍是怒气冲冲，白眼朝天，一张布满锯齿的骇人阔嘴，足能塞进一个大拳头。

对于鳜鱼这类食材，过多的加工处理都是画蛇添足，洗净加葱姜上锅一蒸，就是绝佳。平时在餐馆里吃清蒸鳜鱼，上桌后就有一股香气萦绕，肉嫩味鲜，滑润有加，而在家里自己动手做，则难以达到这水平。要说有点诀窍的话，那就是挑鱼要挑八两左右的，超过一斤，肉质就嫌老。把鱼剖洗净，在背部斜片一刀，刀深至骨，里外抹一些精盐，放置一会。蒸鱼省不得葱，用一个大碟铺上足够的葱，摆好鱼，也有人加垫双筷子，以使鱼受热均匀，再放料酒、食油、姜片，大火蒸八到十分钟，见鱼眼球突出，再关火焖三四分钟。这个"焐"非常重要,很多人不知道,不经过"焐"而直接蒸熟,鱼肉干老,鱼皮易翻裂。然后倒去汤汁,浇上一勺滚油,哧啦啦一阵响,香气就全给逼出来了。

如果是煲汤,则选挑五六两重的鱼两条,起油锅略煎一下,放水投入拍扁的姜块,中火烧二十分钟即可。食前加鸡精、葱花。此汤白浓如牛奶,鱼肉鲜嫩,若加上一点冬笋片,尤能起鲜。醋溜鳜鱼亦较易制作,将鱼片出十字花纹,揩干水,均匀地涂抹一层鸡蛋清搅出的淀粉糊,下油锅中炸至金黄至焦黄色时捞出装盘。另取锅上火,放油烧热,下葱、姜末煸香,加醋、料酒、白糖和清水烧沸,用淀粉水勾芡,再淋上麻油,投入葱段,即成糖醋卤汁。卤汁趁热浇至鱼身上,"吱吱"发响,充分地渗透到鱼肉内。外观色泽金黄,食时外脆里松,甜中带酸,鲜香可口。食坊里的松鼠鳜鱼、葡萄鳜鱼,制作大致同理,只是片鱼时颇要点刀功和耐心。我没做过,谅是无此道行。

特别要提到臭鳜鱼。臭鳜鱼原名屯溪鳜鱼,又名"臭实鲜",是徽菜的头道招牌菜。臭鳜鱼最大特点,就是"闻起来臭吃起来香",既保持了鳜鱼的本味原汁,肉质又醇厚入味,同时骨刺与肉分离,肉成块状。当一盘臭鳜鱼端上桌子,即有一股浓郁的臭香气扑鼻而来……用筷子轻轻撩开覆盖在鱼身上的白蒜、红椒、青葱,再拨开鱼皮,搛起一块凝得很紧的蒜瓣肉入口,舌头一裹之下,竟然有那么多纷杂的鲜美在齿舌间缠绵缭绕!

相传早年间,商贩每年入冬将长江边鳜鱼以木桶运至山区出售,为防变质,就一层鱼喷一层酒水和盐水贮存,并定时上下翻动。三五天后鲜鱼运至屯溪等地,鳃仍红,质未变。经油煎,小火细烧,似臭实香，咸鲜透骨，流传至今，盛誉不变。古往今来，凡到过徽州的人，若是未品尝臭鳜鱼，率引以为憾事。

　　有一年，我同两个朋友路过绩溪，车停城外一家饭馆，因还要急着赶路，故只点了四五个菜。哪知内中一盘臭鳜鱼竟吃了个欲罢不能，遂高声叫店家再上一盘。那位颇有点风韵的老板娘走过来，连说对不起，家中暂无存货了。见我们一个个意犹未尽的样子，老板娘含笑说了声"稍等"，竟端走了我们桌上吃剩的头尾骨架。几分钟后，老板娘给我们端上来满满一大青花瓷碗菠菜豆腐汤，笑吟吟地告诉这是用臭鳜鱼头尾骨架氽出来的。我们先是半信半疑地尝了一口，其味之鲜美，超乎想象，三个人遂一气吃光喝光。一个朋友说，那头尾骨架恐怕还能再氽一碗透鲜的汤……

别离还有/经年客

记不清有多少年没吃过"棉花条子"了。

二十世纪八十年代第一春,我大学毕业,分配在青弋江边那个古镇上教书。那里江清沙白,河道里盛产一种当地人喊作"棉花条子"的小鱼。此鱼体狭长,圆滚滚的,大小如一根稍细的胡萝卜,鳞片上有迷彩麻点,头骨隆起,嘴前突,这样有利于在沙里啄食。早年,用手摇纺车纺棉线时,得先将棉花处理成手指粗细的"棉花条子",好抓在手里一段段续接。当地人认为,这种被借形喊作"棉花条子"的小鱼,专在沙里寻找那种黄灿灿的金箔吃,有月亮的晚上,金箔会反光,它们成群结队跑到浅水处来觅食嬉乐,将水面拨弄得银鳞万点。所以,它们也就很容易被粘挂在渔人的丝网眼里。

楝树开花、青豆鼓荚的初夏,我通常在早上踏着露水下到河边,寻夜渔的小船专买清一色的"棉花条子"。那是一种低于平地贴着水的方头小船,头天傍晚就开始捕鱼,多是一双夫妻,有时是一对父子或兄弟,一人坐船头弄网,一人坐船尾划桨,桨行船行,桨住船止,指东打西,收网起网,配合极是默契。捕到了鱼,或装入篓里,浸入水中悬于船后梢,或养在船前一个隔舱的水中。到了早上就把船停在靠近小镇渡口的沙滩边，有人来买鱼问价时，就拎起竹篓，或拿一捞网去前舱里兜抄，抄得鱼噼里啪啦直跳，水花四溅。"棉花条子"这种鱼总是出水就死，当然享受不到竹篓或水舱的待遇，就搁在竹篮里，任你挑选。那些渔船，都有着陈年暮岁的色调，免不了这里渗那里漏的，总是当家的渔人弓着脊背拿一个硕大的蚌壳往外舀水。你挑挑拣拣弄好了，他才望一眼你，慢腾腾停下手来给你称秤，报账，收钱。

"棉花条子"几乎整个是实心的，腹腔很小，一根粘满油脂的细肠贯通两头。肉细嫩，刺极少，以文火煎烤成焦黄色，下调料搁水煮透，入口香软，回味鲜，缠绵细致而挥之不去。当地人惯常以"棉花条子"炖糟，味道真是呱呱叫，鱼在饭锅里蒸出，盛在白瓷盆子里，褐黄的鱼体上，粘满白生生的被油脂浸透的糟粒，尝一口，又甜又咸的鲜嫩中溢满酒的醇香味，真是风味别致。若是把"棉花条子"用盐腌后，再裹上面粉炸酥，和骨吞渣，香脆可口。

前不久，我在本市一家鱼府竟然貌似吃到"棉花条子"。是用一根铁丝头尾贯穿，包着亮晃晃的锡箔纸，放在青花大盘子里码在一堆，也不知是通过怎样的厨艺做出的，反正是外面香酥，内里鱼肉却白嫩如羊脂，热烫烫地吃在口中，极是滑润鲜美异常。末后主人结账时，我无意中正好瞅到菜单子，见上面写着是"酥烤船钉鱼"——船钉鱼，呀，倒也十分形象。只不过船钉鱼是长江鱼，且有一股无鳞鱼那样脱不了的腥气，肯定不是真正的只产于水清沙白的青弋江中的"棉花条子"。

将"棉花条子"盐腌后晒干，直接放饭锅里蒸熟，或是喷上米醋酱油加点姜蒜焖出油来，都很有咬劲，是佐饭的好菜。因为"棉花条子"形整,可以像做糖醋排骨那样做成糖醋爆鱼,咸甜可口,为下酒佳品,既简单实惠,又富于特色,不必是名厨也可成佳肴。"棉花条子"又称"蜡烛鱼",据说,若是在其体内插上一根捻线,可以当油灯照明。盖因其体内多油脂,肉极度细嫩,才有如此非同寻常的美味。

说到江南水泽中的鱼,我是知根知底见识不谓不多了,唯这"棉花条子"学名是什么,却无以作答。江河里还有一种放大版的"棉花条子",七八两到斤把重一条,通体着暗黄芦花斑点,我们喊作"鸡腿鱼"。但这"鸡腿鱼"除了多细刺、少腴嫩之外,味道要差得远了。

"鸡腿鱼"的学名是什么?亦于此姑且记之存疑。

三亚如莲,浮生慰藉

三亚有着连绵的椰林沙滩,碧海蓝天,叠浪起伏。

亚龙湾围聚了南海最好的沙滩和浴场,沿岸排开的,全是五星级酒店和豪车名媛出入的度假村。不甘其后的海棠湾,除了楼高天阔,更连系着多条通往雨林的越野探险之路。要想尽心大啖海鲜,大东海和三亚湾是最好去处,热闹,烟火繁华,霓虹闪烁之下的众多家庭式旅馆尤能照顾钱包。如果兴趣在赶海上,你就去搜寻那些小海湾吧,荒僻之处,有可能会带来连连惊喜。

牛车湾是一个U形小海湾,处于亚龙湾与海棠湾之间,对面就是蜈支洲岛。海水清澈见底,水下漾晃的沙子洁白细腻,混杂着许多贝壳和珊瑚残肢。连着沙滩的礁盘区,退潮后水浅及膝,里面非常出货,虾蟹小鱼啥都有。碰巧还能遇上八爪鱼(章鱼),这家伙见缝就钻,浑身滑黏且力气不小,八条绕来卷去的触手,看着就邪乎,很难对付。风轻浪平之际,结伴租条船出海垂钓,运气好,钓到一条大石斑鱼,或是黄鳍鲷,过足老瘾。回到岸上,趁着鱼鲜活,拿刀削出背肉,做成生鱼片,摊放在洗净的蕉叶上,蘸山葵酱吃,绝对是口感一流的人间至味!暮色降临,生起篝火,将所有赶海的渔获物全部放到火堆上烤，开几罐啤酒，一边品咂，一边看灿烂烟火在海天之间散开，脑海里往事浮现，却那般遥不可及。

其实，无论走东线还是西线，只要避开人多的景点，水际线边的沙滩和礁盘区都藏匿着众多海洋生物。拎一只塑料桶，带一把夹钳，趿拉一双防扎脚的拖鞋，估计哪儿有货就往哪儿去。要是觉得心里没把握，就瞄上当地赶海人，跟在他们身后捡漏也不差。看人家翻动石头你也搬石头，有的蟹傻到躲都不会躲好，一下就被人发现并夹走。但你去弄，却发现一个个都是精灵附体，根本逮不住。

那些赶海人有时会带着袖珍水泵，见到大水坑，放入泵一时三刻抽干水，跳下去就拾货。你不好意思下手，只有站在旁边围观助兴。要是水坑太大，就得和涨潮抢时间，有时还有许多存水，那边海面已经起了白花花水浪往上涌来，只好放弃。更多时候他们并不抽水，而是下到水里摸起地笼，地笼很长，都是拉到岸上倒货，大大小小的鱼虾螺贝都有，最多的是蟹，青花蟹、红花蟹、梭子蟹，每只都在六七两以上。看久了也乏味，因为总是人家的成就，与你毫无干涉。于是，降低目标，借得一把小锹在沙滩上挖沙蟹。沙蟹比拇指大不了多少，好歹也是蟹，找到洞，下手要快……沙蟹跑得飞快，所以当地人又喊作马蟹。

沙蟹好抓也好做，带回家，洗净对半斩开，煲粥。米锅里水开下蟹，十来分钟后搁盐，再煲几分钟就喷香了。弄一把叶菜切碎放入，搅一搅，锁住鲜味。蟹红菜碧，米汤稠黄，越吃越馋，一碗两碗根本收不住手。据说，当地人煲蟹粥，有时会加上椰子水和椰肉，这粥如果是由青花蟹、红花蟹煲的，那鲜味……啧啧，简直不敢往下想了！

我的常住地是桶井村，是所谓三亚湾最后的候鸟村。桶井村南面临海，东边紧邻凤凰机场，西接天涯镇，海榆西线公路贯穿而过，什么南山文化旅游区、大小洞天、亚龙湾、大东海都在附近。说是村，其实是条不断扩张、不断有强拆建筑物出现的街道，这里的东北人最多，四川、湖南和两广的口音也充耳可闻，黏性十足，我的几家重庆亲戚已在这儿寓住好几年了。

住这里最大的好处，是方便吃海鲜。从丁字路口往西走百余米，就是农贸市场，里面很大，卖什么的都有，我通常买回一些花蛤、花螺还有鲍鱼。东边一个门，出口处的一截过道里，全是蹲着卖海鲜的，说是刚从海里渔船上过来，鱼通常不大，虾蟹较多。只要你眼神好，就能淘到称心货。我是几乎每天上午七点多钟就过来，挑挑拣拣，同许多渔公、渔婆都混了个脸熟。

鱼买得最多是小黄鱼、马掌丁等。有一种蓝圆鲹，是海南特产鱼，肉厚刺少，适合做刺身或炖煮，若是煎香后简单放点料酒、豆豉、姜蒜，添水焖上一会，满室飘香。"臭肚鱼"大肚里装满未消化的暗绿海藻，剖开来腥臭刺鼻，但一点也不影响烧出后的夺口浓鲜。还有一种当地人喊作"大眼眶鱼"的大眼鲷，通体艳赤，仿佛红绸缎做成的鱼鳞紧贴鱼皮，让你不忍心下手刮，干脆就像我们江南人过去做鲋鱼一样带鳞煮，肉质也如鲋鱼一般极细嫩鲜美。买蟹，多是挑一些性价比适中的中号梭子蟹，还有倒堆买来的面包蟹，回去清蒸，或斩开裹点面粉、葱油爆香，再炒年糕。

有时，不想在家做，就出去提拔一下味蕾。这里每家店，不论大小，进门处都有一长排鱼缸，各色各样的鱼蟹螺蚌在增氧泵气泡安抚下或游动或静伏。客人过来，指哪儿捞哪儿，水湿淋漓地过了秤，即送去后面厨房加工。石斑鱼70元一斤，皮皮虾大个的30元一斤，生蚝两三块钱一个任你挑……奢俭由己，咱的味蕾咱做主。不待一时三刻，一盘一碟依次端上来，热气腾腾，香鲜撩人。即使有时被"套路"了，比如海胆蒸蛋光有蛋没有海胆，炸虾串里只有面粉不见虾，咋办？要么拍照留证，较真儿地吵一场，要么自我宽心一笑：随他去！老婆饼里不也没有老婆吗？

我常去的那家，在桃源河桥边，黧黑面孔的老板是湛江人，不怎么说话，多在后厨忙。当家老板娘高挑惹眼，满脸含春，说一口卷舌粤普，手下几个服务小妹都蛮机灵的。我特喜欢她家鲜嫩多汁的蒜蓉青口贝，椒盐虾蒜末焦黄，香味逼人，尤能挑逗食欲……还有爆炒鱿鱼片，肉质弹牙，有嚼劲，麻辣鲜香，配有百合与青蒜，特别下饭。这种店里没有所谓"饭点儿"，随时都是一拨一拨的人进，一拨一拨的人出，尤以情侣居多。三亚是很多年轻人向往的"巴提雅"，来到这里除了感受椰风海浪之外，不放怀大啖几顿海鲜，能收得住到处乱瞟的眼神吗？

到了夜晚，许多饮食摊点摇身一变，成为烧烤档口和露天大排档，新意不多，干货种类却不少，牛肉串、羊肉串、烤鱼、烤虾、烤生蚝、烤八爪鱼、烤空心菜、炒花甲……文昌鸡、椰子鸡、黄流老鸭和油亮醇香的东山羊肉在这里也都有供应。油烟影里，哧喇声不断，说明油温全部满满到位，炒勺撞击，杯盘叮当，话语声，嬉笑声，咳嗽声，生生扯混在一起。一桌一桌的人气十足，其中不乏一对对小情侣，光着膀子喝酒的大叔中间总是挤贴着几个细腰吊带妹子，满满一幅夜市生活浮世绘。午夜咸湿的海风吹来，卖唱艺人弹拨着乐器，搅和起浓浓的舒畅的情感……

夜生活满满，早上迟起，日上已不知几竿，肚皮总是要填的。烧烤的早已收摊，海鲜暂搁一边，换成另一拨经营特色小吃的摊铺，椰子饭、糯米糕、海南粉，还有螺蛳粉的亲戚抱螺粉等等，以及清爽的椰奶和各种红的黄的绿的鲜榨果汁。要想上点档次，整理好仪表，提起精神往海边走一两里路，连排的海景酒店里，有78元、128元的早茶自助，也有500元的特供早餐。

　　桶井村的早晨和黄昏都很动人，阳光从茂密的树丛里斜射下来，光斑点点，有微尘迸散。每一棵椰树都是那么挺拔、俊秀，结满诱人的果实，却从未见过它们是怎么被人摘下来的。往东西两头走，绿荫深处，有许多老房老树。高大的酸角树树干上长满绿苔，抬头仰望，枝头结满荚豆，此乃当地人做菜少不了的天然调料。菠萝蜜随处可见，这东西好奇异，能凭空长在树干上，连贴地的根茎上也能长出来，大的有冬瓜大，中号的如绿刺猬，小的却不到鸡蛋大，从上到下不分轻重地一齐长。人迹罕至的村道尽头，卫生差了许多，能看出早先生活的痕迹。坍塌的石墙上爬满仙人掌属植物，有的正开着黄花，有的已垂下果实。间或能看到祭祀神祇的小庙，半人高，地面上遗留着酒瓶和碗盏，及一堆堆灰烬。杧果树也多，可能都是老品种吧，绿叶缝里吊了许多猕猴桃大的果子，有的熟了落到地上铺了一层，散发着酸醇好闻的水果发酵味。

　　无论是街头还是路口，到处是水果店、水果摊，一堆一堆的椰子放在路边。本地水果除了青杧果、红杧果，还有菠萝、山竹，而龙眼和木瓜则是在菜市场里和蔬菜放在一起卖。洋蒲桃像个大号红辣椒，很有点视觉冲击力，其实也就是个青枣加强版，要冰镇过才好吃，上端那部分最好，根部有点噎嗓子。许多当地女子头上戴着黄黄的风车状鸡蛋花，妩媚而俏丽。以为鸡蛋花谢了就结出鸡蛋果，其实，它们分属两种植物，扯不到一起去。熟透的鸡蛋果像蛋黄而粉面甜美，真的太好吃，吃急了会噎嗓子。人心果甜到让人迷醉，番荔枝的甜度更胜一筹，但要拣软的捏才行。香蕉有多种，肥短的芭蕉又称野香蕉，人家门前屋后和山林野地里都有，最好吃的是越南过来的粉蕉，又称贡蕉。海南不产榴梿，大部分榴梿都是从东南亚来的，你要听到喊什么卖猫山王榴梿，那肯定是假的。

　　三亚和美食，有时意外得不得了。但你独在海边，连绵浩阔的椰影长浪看久了，会凭空生出一种旷远的落寞感。

"糠糠屁"游西湖

一两寸长的鳑鲏，小巧，略扁，像是鲫鱼，更似缩微的鳊鱼。鳑鲏是水中最草根阶层的小鱼，经常群聚在悠缓流水处觅食，很容易被各种网具捕捞到。从来不被人看得起的鳑鲏又称作"屎鳑鲏"，就是因为这种小鱼肚子特别大，一旦挤尽那一大团肚肠，身子立马就空瘪了。夏天，捕来一堆小鱼，总是鳑鲏肚子烂得快。大概鳑鲏最易用碎米糠诱捕，故它们又被讥喊成"糠糠屁"，"糠糠屁游西湖"这句俚语，是专门用来讥笑小人物见大世面的。

鳑鲏属水面上层鱼，很随和，敢于亲近人，却又与人若即若离。在那些绿隐隐的水草丛中，成群的鳑鲏不紧不慢地游来游去。它们嘴一张一合着，有时不经意间一翻身，鳞片在阳光下发出五彩迷幻的光亮，漂亮极了。

鳑鲏有一种相当古怪的习性，到繁殖期时，尾后的肚皮下会拖出一条一寸来长飘带，那是它的产卵管。当它相亲一样选中合适的河蚌后，这条产卵管便会伸进蚌壳里产卵，鱼卵发育成幼鱼才离开河蚌。几乎在鳑鲏产卵管插进河蚌的同时，一直闷在贝壳中的幼蚌就乘机离开母亲，附在鳑鲏体外寄生，直至可以独立。所以鳑鲏和蚌有着一种相辅相成的共生双赢的关系。

据说颜真卿当年任湖州刺史的时候，曾与张志和尝到过长达五六寸的鳑鲏，惊为鳑鲏中的庞然大物。但在我们家乡那里确实有一种鳑鲏，横阔的身子，足有成人的掌心那般大，最显眼的特征，是胸鳍特别是尾鳍下方有一大块标志性的白斑，看上去很像热带鱼中的扯旗。这种大鳑鲏喜爱成群地游动在水流的中上层寻觅食物。有时你坐在船上，不经意间可以看到一些淡青色的影子一闪又没了，只来得及看清标志性的黑白胸鳍。

"八鳗九蟹十鳑鲏，十一十二吃鲫鱼。"这是我在苏南听到过的一句食谚，当时就很感到奇怪。我们这里的人，一般不太愿意吃鳑鲏，因为这东西实在不起眼，还特别容易烂肚子而染有一股洗不净的苦味。没有人专门捕捞这种小鱼，那些跟在网里一道给捕上来的鳑鲏，通常都是在卖别的鱼时免费搭送给人家。收拾鳑鲏，只需用手一掐肚子，挤出绕成一团的肚肠，指甲再顺势略劈一下鳞片就完了。

不过，倘是尚未烂肚子，这样的新鲜小鱼洗净后，拿油煎透保形，放足水磨大椒红烧，直烧得骨刺酥烂，略撒些芫荽末儿，味道之鲜美，截然不同于大鱼。搛一条入碗里，淋着红汤的肉又香又细，牙齿轻剔下背脊和肚腹两边的肉，用舌头细品，然后才能感觉到那种小鱼独有的平和的鲜美。若是再给自己倒上一杯稍具品相的干红，筷子头上夹着鳑鲏，慢饮细嚼，余味极是绵长。"正月鳑，二月肉，卖田卖地尝一尝。"我认识的一个老家是湖州的朋友，他说下的这句乡谚或许正可为佐证。难怪现在越来越多的人不喜欢吃正经的大鱼，倒是专寻一些乱七八糟的小杂鱼来调剂口味。

在苏南水乡那些临河的食肆里，从菜谱上看，鳑鲏的烹制方法，有红烧、清蒸、做汤和炖糟、干煸等等。那一次去古镇同里,被人招待了一餐富有水乡特色的菜肴。冷菜中便有一道椒盐鳑鲏,置于很精致的垫衬着淡蓝纸巾的小藤篮里,数量不多,油炸过,还配上细碎的干红椒和干豆豉,脆生生的,而且又绵韧耐嚼,颇具风味。

但苏浙人如此嗜食鳑鲏,终归给人出息不大的感觉。

野生江鮰 / 还在周旋的口舌周旋我们的

许多年前，我还在青弋江边古镇上当老师时，二弟携女友来看我。我去街上买菜，在一黑瘦中年妇人摊位上，一堆杂鱼中，有一条体滑无鳞、形若纺锤，约两斤来重的大昂丁鱼吸引了我。细看，那鱼扁圆的口腔位于头的下部，且背部于鲜黄中稍着一抹灰黑斑彩，尾巴开叉……我一激灵，这不是鮰王鱼吗？

那条仅以十元钱被当作昂丁鱼成交的极品鮰王鱼，被带回家，尽管我那时手艺不怎么样，但斩作两段后，佐以少量料酒和葱姜红烧出来，鲜、嫩、滑、爽，个中滋味还是挺叫人倾倒……只觉黑鱼少其肥美，鲇鱼则多其腥腻，食之不能停箸，令我们大呼过瘾！鮰王鱼属杂食性底层鱼，多静居在湍流外的岩缝和石穴中，同鳜鱼一样，以猎狩小鱼小虾为生，故肉极细腻，且无刺。鮰王鱼另一特点，同我们江南水泽常见的黑鱼和鲇鱼一样，孵化的鱼苗抱团，不四散乱窜，全部成群结队尾随着父母生长。

严格地说来，鮰王鱼盛产于寿县正阳关及凤台县黑龙潭、硖山口一带。每当淮河汛期，鮰王鱼凌波欢跃窜越，有的逆水上溯至河南的三河尖，有的顺流而下，可溜到江苏的洪泽湖口，虽畅流八百里长淮，但它们生儿育女的长期栖息地，却不离安徽境内淮河中游一带，因此，是地道的"皖地奇珍"。相传西汉淮南王刘安都寿春（今寿县）时，有人献上这种珍贵而不知名的鱼。刘安食后甚觉美味可口，因其体黄，就随口名之为"回黄"，并常以此鱼宴请王公贵人，因此渔民们又称其为淮王鱼。捕捞鲖王鱼也很有趣。据说，历代都有专以捕捞鲖王鱼为业的人。其法是在较小的木筏上扎成草窝，填些泥石，下沉到水底洞穴旁，让鲖王鱼感其环境舒适，自动钻进去栖息、生儿育女繁殖后代。待到一定时日，用绞车将木筏起上水面，便可收取大小成群的鲖王鱼。后来，淮河水质污染，加之往来如梭的船只噪闹不安，喜洁爱静的鲖王鱼数量遽降，少数则零星远遁他乡，如同晓风残月，四顾凄惶。譬如被我炮制的这一条，就是从水碧沙清的青弋江里捕捞上来的，既已摆到菜场出售了，你不吃别人也会吃。可惜，竟无人识得其曾为皇家珍馐、淮上极品的身世，而让其杂处寻常鱼中以致埋没了身价。

除了淮河鲖王鱼，还有一种长江鲖鱼。淮河鲖王鱼时下已很难一见，而正宗的野生江鲖，也只能碰运气直接在渔船上买到，平时所见几乎都是养殖的江鲖。

过去我们这里有"长江三鲜"之说，多谓刀鱼、鲥鱼与螃蟹。螃蟹算不得鱼类，故有人以河豚顶包；但河豚也是鱼中异类，于是又推出鲖鱼接替。其实，从皖江这里再往下游去，丰腴肥美的鲖鱼与刀鱼、鲥鱼一起并称"长江口三宝"，是当之无愧的。让人叹息的是，日渐稀有的刀鱼早已贵至一斤数千元，而多年前就绝尘而去的鲥鱼，更是"此情可待成追忆"，唯有鲖鱼，还在口舌间同我们周旋着。

同淮河鲖王鱼一样，长江鲖鱼一直被列为鱼中上品，其肉质细腻，鲜嫩不腥，除了一条大脊，肉中无刺，兼具鲥鱼之味、河豚之鲜，一般无鳞鱼无法与之相比的。就口味来说，如果硬要排一下江鮰的地位，剔除下多刺的刀鱼，那么我想，它应该还是随在河豚和鲥鱼之后吧……能与河豚和鲥鱼比一下肩，也是一种非常了不得的荣耀呀。

江鮰皮黑，有的作青灰色，不像淮河鮰王鱼那般通体明黄而缀有灰黑彩斑，它们尾部都是开叉的，有别于普通的鲇鱼和昂丁。背上的大刺，也是比昂丁的小，比鲇鱼的大，所以江鮰在我们这里普遍的称呼是"江鲅"或"鮰鲅"。它们都生有胡须，看上去每一位都是长老级的。江鮰为什么皮黑？我们这里有个传说：江鮰原为天上监督管理诸鱼之神，是一个相当于部长级别的领导，一次酒后乱性调戏仙宫侍女，被玉皇大帝打入凡界，压在暗无天日的长江巨石之下。有一天，一只黄鹤飞掠江面，听到江中有呼救声，遂潜入江底，见它凄苦惨状十分同情，便向玉帝求情，使其免去了苦役。

那年我去长江三峡参加一个有两岸三地学者、作家、报人围聚的会议。晚宴上当地主人介绍一道三峡名菜，说是"清蒸江团"，我往席上看去，嘿，那不就是清蒸鮰鱼吗？后来问了一下别人，果真就是江鮰，他们称作"江团"，不知道何所来由。听说，湖北和四川人都是这般叫的。不过那晚的"江团"确实大放异彩，灯光打在鱼体上，晶亮泽润，色形美观，能把鱼烧到这种功夫的人，身手定是不凡……主人在致欢迎词，我们却盯着鱼看，口水不经商量地满嘴泛溢。终于可以大快朵颐了，这鮰鱼身上除了那根大脊，细刺几乎是没有，基本可以无障碍入口，柔嫩润滑，油而不腻，给蒸得稍有绷裂的鱼皮还特别有韧性，真是不可让筷子错过了好辰光！

野生的江鲴越来越少，养殖的鲴鱼产量虽多，味道却难与野生鲴鱼媲美。住在长江边有一个好处，就是能吃到野生的长江鱼，但是必须是自己动手做，如果是到店里去吃，就很难有保障了。

下江菜喜欢红烧，所以红烧鲴鱼在下江菜里也算是一道经典菜式。也有店家创新，引入徽菜的粉蒸手法，将鱼身浸入料汁后裹拌五香米粉上屉笼蒸，口味独到，酱香浓郁。到了我手里的江鲴，则一概处之以红烧。鱼收拾干净，分头、尾、身斩作三段，葱姜和蒜头切细入油锅煸香，放鱼块滑炒，烹入绍酒去腥，加入豆瓣酱、生抽、糖及适量清水烧开，转小火煮半小时，至鱼肉入味，汤汁浓稠，撒上葱花，起锅装盆即可。

"长江绕郭知鱼美，好竹连山觉笋香"，是苏轼的诗吧。郑板桥亦有诗："江南鲜笋趁鲥鱼，烂煮春风三月初。"如今，长江鲥鱼已绝迹多年，但这并不妨碍我拿鲴鱼顶包来续接口腹的钦羡神往。这些年，每至春深时，我总是要寻来江鲴，做一款春笋鲴鱼，也别有一番滋味。锅中焖至鱼酥油出，投入切成滚刀块且焯过水的鲜笋，烧到汤汁收浓即成。品入口中，鲴鱼腴厚，春笋嫩脆，加上那种清香绵绵的笋味，仿佛咽下去的就是氤氲在时空深处的湿润诗情。

专会打水花的鲎鲦子

鲎鲦子和鳑鲏一样，都属于上不得台面的小杂鱼。水跳边总是它们最喜欢出没的地方，夏天，赤脚站在水中淘米洗菜，很快就有大群小鱼跑来，追食碎菜叶和碎米粒，并痒痒地啄你。若是把淘米箩或菜篮子沉到水下，看清有许多黑影子钻进去，猛地一提，就能兜起一把比火柴棒长不了多少的不谙世事的小细鱼秧子。那些长过手指的鲎鲦子则完全不同了，它们见过世面，经验老到，总是在你够不着的地方灵活地穿来游去，你稍身影一动，它一扭尾巴，打一道水花就闪了。

楝树开出一串串紫蓝小花的时候，夏天就到了。垂柳拂水的晨间或是傍晚，水面总是有众多青春年少兴致极好的鲎鲦子在游圈，搅碎清波。"唰鲎鲦子"便成了夏日的常景。这通常是一些半大的男孩，也有成年人玩的技术活。细竿细线，蛆虫饭粒还有苍蝇什么的做鱼饵，也不要浮子，全凭眼快手准，看见鲎鲦子游来游去，就将鱼饵抛过去。鲎鲦子以为是落水的小虫子，掠一道漂亮的弧线，就啄到了饵，你"唰"地一挥竿，一条亮闪闪的鱼就活蹦乱跳地挂在竿下面。水平高的，不歇手地往上提，直让旁边的观者看得津津有味。

如果是深水区，有一种叫"翘嘴白"的鳌鲦子，最大的甚至有五六斤左右，银鳞白肚，绿背弓起，嘴巴又翘又大，游动快捷，有"浪里白条"美称。这种鱼贯爱追食水面上一些蚊蝇飞蛾，吃起食来特别凶猛，叼着就吃，啄了就跑。瞅见黑影一闪鱼线下沉，就得快疾"唰"竿。

鳌鲦子家族中，成员复杂，大小悬殊，有尖嘴鳌（平鳌）、圆头鳌、黄郎鳌、红鳌、肉鳌，还有一种肚皮泛一层金色光晕、身材肥厚、呈梭形的油鳌。它们的共同特点，是有着删繁就简的形体，善于蹿游，活得野性十足，爱凑热闹，时不时就跃出水面，打一个水花给你看。总之，哪里水响哪里就有它们。

倘是不耐烦"唰鳌鲦子"，就弄来一条丝网，直直地拉在水中，然后撒些糠秕。没多久，就有许多的深青色影子在水里上下游动着，不停地变幻，分散，水面一片喋喋声。待水面糠秕风卷残云般啄尽，扯起丝网，每一个网眼都晶亮地滴着水珠，若网上银亮亮一闪一闪的，那是被嵌住的贪吃者在徒劳挣扎。拿回家掐尽内脏劈去鳞片，洗净，用油煎了，味道当然是鲜。美中不足是肉中刺极多，只有将肉同刺都一起煮酥了才好吃。

我们家乡有句讥人做事性急的土话，叫"拎着尾子煎鳌鱼"。要想把鳌鲦子烧出特色，油煎是关键。烧热油锅，一条条地摆好煎，火不要大了，放耐心一点，把一面煎黄，再翻过来煎另一边。直至煎出那种赏心悦目的金黄色，方铲起叠作一堆，浇上料酒、板酱、水磨大椒，投入精盐、姜、蒜，盖锅以小火煮到酥烂。若是将那种指头粗细的小鳌鲦子，稍稍盐腌后，拖上面粉（现在可直接从超市买炸鸡粉）油炸，入口极脆，包括鱼尾都是至味。

  餐馆里有一道清蒸白鱼，规范写法应是"清蒸鲌鱼"。鲌鱼就是大号"翘嘴鲎"，上海、苏南人呼作"白丝鱼"，以肉质鲜美味似江中刀鱼而著称。"翘嘴鲎"尽管在水中游动快捷，但出水即死，故市价昂贵。清蒸讲究原料，重在维护那点鲜气。洗净鱼斩作两段，加少量的盐腌一会子，一般家庭，可加上作料和料酒，上蒸屉蒸。清蒸后，肉特别细嫩，虽然刺多且硬挺，好在易被舌头抿出，不像刀鱼刺那样纠缠不清令人生烦。

  鲎鲦子最宜晒成干品，不像鳑鲏和鲫鱼，晒干了只有壳。捕得多了，一下子吃不掉，盐腌后，晒干存起。想要吃时，放在饭锅上蒸熟，咸鲜适度，极有咬劲，很是下饭。一般来说，山区是不产鱼的，但无论是黄山、九华山，还是天柱山，我都在那些卖干笋和干蘑菇的土特产店里看到整大袋的干鲎鲦子鱼，看标签，都表明是出自当地山溪里的绿色食品。我不知道那要多少水面才能捕获这众多大小划一的鲎鲦子？看那盐渍过重的黄褐色，肯定与我们乡土岁月时小咸鱼的味道相去甚远了。

遮眼大法 / 的"水菜"

就像你不看下文,怎么也想不到周作人文章标题《水里的东西》说的是水鬼,我们这里所谓"水菜",外地人想痛了脑子,恐怕都想不出究竟是什么菜?

水菜便是河蚌肉。觉得怪异吧,为何有此称呼?如果凡是水里出产的都能叫水菜,那为何又只有河蚌独享此称呼?大概是河蚌这东西剖开后,淋淋漓漓露出仿佛动物内脏那般滑腻腻、水歪歪的一团,看着让人不舒服,干脆就来个遮眼法吧。

不过,说归说,如果烧法对路,倒也不失为一道特色菜。水菜以煲汤居多。冬日,菜市上有现成干品,买回后,先剪开硬肉,用温水反复浸泡,直至漂尽污物。然后放入切块的咸鸭或是咸腊肉,同炖,炖到大伙儿几近酥烂,再投放几块笋片起鲜,最后撒上些葱花、胡椒粉,热气腾腾端上桌,香味飘入鼻孔,诱人食欲大开!

如果吃新鲜的水菜,和螺蛳一样,最好在清明前。此时水中蚂蟥还未曾出来,河蚌没有蚂蟥来叮,最干净,且肉质清纯肥厚。卖蚌人用镰刀剖开蚌壳,将裙边一样的腮肠收拾干净。回到家再用清水洗净,切成长条,肉突处有点硬挺,得用刀背捶扁。热油爆炒后入砂锅，投以姜丝、黄酒，然后放入豆腐，大火烧上热气，改小火焖，直焖到豆腐起孔，汤呈纯白色，和鲜奶无异。水菜属大腥之味，姜一定要放足，至汤味微辣，方才浓俨鲜美。

水菜、火腿、香菇烧青菜，算得上是一种不错的美食。选那种不大不小的青菜，开水烫过，菜头十字形划开，备用。咸鸭切块与水菜同煲，至烂，沥去多余汤汁再略勾上点芡。青菜码垫盘底，以水菜、香菇做浇头，深入浅出，相得益彰，不光河蚌好吃，青菜也异常鲜美可口。若是把青菜换成焯过水的豆腐丁，做法大致相同。纯白的豆腐丁，褐色的蚌肉块，还有鲜红的火腿片，再撒上碧青的芫荽末或是葱花，目注之下，岂能不食欲大动！

乡谚曰"清明喝碗水菜汤，不生痱子不长疮"，性凉之物多能消肿利尿。江南有的是小桥流水，凡为水泽皆生蚌。水蚌待在水底，是为了做它该做的事。哪一处水塘快要干涸了，残水里弯弯绕绕爬出一圈套一圈的泥槽，犹似天书，那便是河蚌在寻找逃生的线路。通常的河蚌，也就是手掌大小，外壳红亮清爽的是年轻蚌，肉肯定好吃一些。小时见过最大的河蚌，个头骇人，足有洗脸盆大，浑身长满深黑的苔藓和一圈一圈密密的纹，这种河蚌江湖走老了，肯定肉硬似铁嚼不动。二十世纪七十年代中期，我在下放的生产队一户人家稻仓上方见过一扇形似澡盆那般巨型蚌壳——当时就想，不知那扇壳中可曾走出过烧饭做菜的美丽河蚌精？

汪曾祺在他那篇《受戒》中，曾策动过一个很有地方色彩的用词"歪荸荠"。其实我们孩童时就常在沟塘河汊里扎猛子"歪河蚌"，只是我们家乡话将河蚌发音成"河刮子"，"歪河蚌"也就成了"歪河刮子"。夏天我们在水里闹腾够了，便比赛踩河蚌——稍稍在水底烂泥里用脚一歪一扫，嗯，一个圆溜溜的疙瘩，脚指头勾一勾，屁股一撅扎入水底，用手一抠就出来了。有时摸上来的竟是一只老鳖，则会引来一片欢叫。也有的孩子专门在身后拖了一个澡盆，"歪"到"河刮子"手一扬丢入盆中，要不了一时三刻就是满满一盆。不过，这些河蚌弄回家全都是做了喂鸭子的饲料。我们那块圩里到处是丰盈的水面，正经的鱼虾多得都吃不过来，螺蛳河蚌只在清明前后那几天才上饭桌稍露一下脸。

我自识得 / 菜花蚬

　　早先，河蚬大量生长在南方的湖泊池塘和沟渠内。"菜花蚬子清明螺"，蚬子和螺蛳一样，都是到了油菜开花时近清明天气，味道才好。

　　我的朋友黑白，在他那本《文人的美食》书中专门讲到蚬子："蚬子一般长在荷叶的反面或河蚌壳上，是寄生的贝类……池塘边多的是，用手在荷叶上将一下，便是满满一把蚬子。"这倒有点把我给弄糊涂了，在我的印象里，只在有泥沙的水域才长蚬子，蚬子通常都是把自己埋在沙中，所以蚬子又被喊作"沙蚬"，也有地方喊"沙河蚌"，江河沙滩上常能看到许多被水浪冲洗得发白的蚬壳。沙蚬怎么会一起结伙跑到"荷叶的反面"去了呢？或许那是另有的一种蚬子。看过汪曾祺《故乡的食物》，原来通晓好多世情的汪老先生也是这样写的，他甚至说蚬子"只有一粒瓜子大"。

　　蚬子到底有多大，我想我是不会在这个问题上出差错的。蚬子像蚕豆那般大小，壳顶鼓胀突出，或略呈三角形，玲珑又丰满。蚬子属淡水双壳贝类，壳有光泽，或黄或褐，黄色者肉最鲜嫩。蚬子确实喜欢结伙群聚，要是运气好，碰到蚬子窝，是最令人开心的事，一下子能扒出大半筐蚬子。

我们在酒店常会吃到一道菜——蒸鸡蛋,鲜美蛋羹中夹有许多带圆壳的小蚌,若是蚌壳小到只有纽扣大,那就是蚬蒸蛋了。沉没在蛋羹里的蚬子,壳皆大开,或仰着或反扣着。有时候,伸出汤匙舀来却是几个空壳,便有点悻悻然。但你心里清楚,这些壳里一定都是有肉的,只是在沉入蛋羹里的那么多蚬肉中,已找不出哪个是它们曾经的原配了……好在蛋羹因为有了蚬的加盟,滋味便深长了许多。

剥了壳的蚬子肉炒韭菜,算得上是清苦人家的一大美味。捞回来的蚬子养在水盆里,让它们悄悄地张开嘴,一夜吐尽泥沙。再放锅里沸水中一烫,一个个小扇子似的壳全都张开来,用手轻轻一抹,蚬肉就下来了。蚬肉除了炒韭菜外,烧豆腐、炒鸡蛋、炒蒜苗、炒青菜头,都是有着不可言说的妙味。要是将蚬子连壳洗净煮沸,煮到一只只都张开嘴,露出雪白腴嫩的肉,加上姜、葱、盐、味精,以及酱油、糖、黄酒、麻油一拌,夹一个放嘴里轻轻一嘬,肉就鲜鲜地落舌头上了。煮蚬子讲究火候,煮嫩了,蚬子门户紧闭,吃起来不爽,蛮硬弄开,里面半生不熟,鲜味明显没提上来。倘是煮过了头,蚬壳大开,鲜味都溶到汤水里去了。只有煮到蚬壳刚开一条细缝,作料渗得进,鲜味跑不出,蚬肉色泽晶莹,口感一流,才是恰到好处。

那年油菜花金黄时,我在吴江吃过一回蚬子,是产自元荡里的所谓黄蚬,像烧高汤螺蛳那样烹饪出来,辣、咸、甜、鲜、嫩,风味齐聚。就是将蚬子配以红尖椒、姜、蒜、豆豉、盐糖等作料,猛火翻炒到蚬口张开,再喷上料酒,搁点猪油,入一勺高汤后勾少许芡,香鲜袭人,味道浓郁。黄蚬很容易熟,受热过度,肉就会缩到极小难嚼,所以一定要大火快炒。有人说最好是蒸着吃,原汁原味,保留了蚬的浓鲜。只是蚬子入锅前一定要提前洗净从水里捞出,沥干水,要不然,入锅后会渗出来很多水,那就很难有浓郁的味道了。蚬子是腥物,清蒸时,少了醋辣压不住阵脚,故姜葱要舍得放足,加上一些陈皮丝,起锅时橘香四溢。

蚬子煮汤也很棒。以丝瓜、冬瓜什么的配上蚬子,煮成乳白的一盆汤,微腥里透着甜丝丝的鲜香,一气能喝下大半盆。一盆蚬子汤喝完了,桌上留下了一大堆的蚬子壳。想到此前伸筷子在汤里捞蚬壳,捞上来有的附了肉,有的却空空如也……就如同我们做着每一件事情时的那份结果之于希望,你不知道哪些会怎样,哪些又会怎样,却不会放下筷子。

在我早年的乡村岁月里,最惯常吃法,就是蚬肉炒咸菜。饱吸咸气的蚬肉,个个缩得紧致,比黄豆米还小,却又如同胶饴一样软中透绵有嚼头。蚬子和螺蛳一样命贱,都是根本不值钱的东西,有时白送人家都不要。春天到了,通着长江的小河里会进来许多捞蚬子的小船。船尾都拖着一张钢丝焊制的勺形蚬网,在有沙的河段贴着河底慢慢往前抄行,隔一段,起一下网。有时船会在某一处河湾泊下,下来几个穿着那个年代笨重防水衣的人,端个铁畚箕样的物件,像淘金沙那样一畚箕一畚箕地淘着河蚬。他们忽而弯腰,忽而挺身,在波光粼粼的水面上辛苦劳作,一兜兜的蚬子倒入船舱,再装进半人高的竹篓中。当地人都认为这些下江佬是为了得到蚬壳运回去做纽扣,没有谁相信这么多的蚬子肉会卖得出去。哪里不长蚬,为了吃点蚬肉,至于如此一番折腾吗?

眼下的长江到内河,蚬子几乎绝迹,沙滩上,再也看不到那一个个白生生的纽扣般大的蚬壳了,十来岁的孩子已不知蚬为何物。要吃河蚬,只有往太湖边去……我们真的早已喝干了自己的那碗蚬子汤吗?

又至油菜花黄到天边的时节,想来,真有隔世之感。

秋风响,蟹脚痒

蟹脚有毛,不耐秋风吹拂。秋风一响,所有水域里的蟹得了指令,沿河下江急急朝着入海处赶去。高天流云,菊花黄,蟹正肥,趁此节令,持螯把盏,浮一大白,不失为人间一乐事矣。

与刀鱼、鲥鱼并列的芜湖"长江三鲜"之金盾大毛蟹,又称"清水大闸蟹""金脚大毛蟹",向以矫健体硕、黄多油重而闻名。芜湖清水大闸蟹,比之今日戴"戒指"的阳澄湖大闸蟹肯定有过之而无不及。

蟹乃百味之最,民间有"一蟹上桌百味淡"的赞语。金秋时节,丹桂飘香,黄菊怒放,若是穿越到那个时代,与一帮朋友喝酒吃蟹,面对滔滔大江,吟诗作文,岂不快哉!有时还要行蟹酒令热身,众人揎袖击掌:"一匹蟹啊,八条腿啊,两个大螯夹过来啊……"酒还未入肠,那威风八面的气势就出来了。

秋天傍晚,中江塔边青弋江河道两侧便泊满捕蟹归来的渔船,在滨江公园岸边也能看到这种飘扬着"长江河蟹特许捕捞"旗帜、尾部系着长竿蟹网的小船,船头的塑料大盆里,螃蟹吐着白沫,张着大螯乱爬,这都是充满野性的青壳毛脚正宗江蟹。蟹贩子会准时赶来将大蟹高价收走，专供大饭店和苏沪等地，剩下的就以每市斤60—70元的价格直接在江边开卖。一旁，总是围满看热闹的人。

要说，早年的蟹那可真多，西风一吹，蟹就满处乱爬。特别是有雾的早晨，那些蟹，爬到河道边，爬到稻田里，爬到篱笆下，滋滋滋地喷一摊白沫，不留神脚下就踩到一只。记得有一次，我随人放老鸭在河滩过夜，因怕有野物祸害，就把马灯整夜亮着高挂鸭棚上方。到天要亮时，鸭子呱呱吵得凶，起来一看，鸭栏内一角空地竟密麻麻地爬满了蟹！

在我儿时，秋天田里拔净泥豆，外乡张蟹网的就来了。河岸搭个简易棚，一盏马灯照明，两岸灯火点点。星光下，河水静静地流。网的上下两根线急剧地扯动起来，蟹触网了。收网了，噢，好大的蟹呀！看得心痒，我们就近选一平滩，拖来稻草，搓几根粗草绳，一头系上块砖，扔到河中心，另一头集拢压在块大石下。打亮手电，睁大眼睛盯住水面，待看到一连串细水泡从河底冒出……草绳动了，一只蟹攀着草绳上来了，刚一着地，八条毛腿横着爬得飞快，迎着手电光柱兴奋地舞起两只大螯。后来，有人不知打哪儿学来招数，用条烧得半焦的草绳往河里一拦，说也怪，灯光照耀下，蟹闻到这气味，纷纷爬过来，把草绳收拢，蟹就捉上来了。

"九月团脐十月尖"，是说九月吃母蟹十月吃公蟹。餐桌上，酒喝到一定时候，上蟹了，若一只只去翻看蟹的私处自然不雅观，其实，一眼扫了，公蟹螯大，母蟹螯小，断不会错。但就算吃错了公母，公蟹虽说黄膏少，但脂厚，并且螯足都很充实，蟹美在肉，又何必专重团脐呢！倘若你真是热心主人，一定要把最好的蟹挑给座中尊者，那就传授你诀窍：一要胸部隆起，越隆起肉越饱满；二要看蟹盖与蟹底连接处，距离越大黄膏越肥美。数年前，我在繁昌新港，结结实实吃了一顿真正的野生江蟹，足足有六七两重一只，黄膏有鸡蛋大，硬得筷子都戳不动！

江南人多蒸吃蟹，但火候不好掌握，时间短了膏黄未凝固，时间长了，蟹肉变硬，香味锐减。其实，将一小碗水烧热（不沸），放进花椒、盐、姜、黄酒，再投入捆扎的蟹，中火煮一刻钟左右，蟹身变红，香味溢出即可。因为水分充足，肉质嫩，膏收紧，香味浓郁。但有一次吃蟹，座中一老者传我经验，将活蟹先用醋熏晕，再放入锅中蒸熟，别有一番滋味。

吃蟹要趁热，冷了有腥味。先解决八条腿，次揭盖品尝膏脂，再扳开蟹身按蟹肉纹理横着食之，最后吃螯。这样既不烫嘴又始终保持着温热。常见有人连肉带壳乱嚼一气，甚至连蟹须、"蟹和尚"——即蟹的胃袋也一并嚼入嘴中。

梁实秋雅舍谈吃，说起在北平正阳楼吃蟹，每人发一黄杨木小锤，敲敲打打，自以为是一种精致了。不久前逝去的美食家陆文夫，曾借笔下人物夸口，说苏州人吃蟹，工具有八八六十四件之多。据我所知，早年确有富贵人家吃蟹用"蟹八件"，为银制的小玩意，分别用以敲劈剪夹。传言有高人，窍肉食尽，其壳犹可拼出整蟹。不过一般食蟹老饕只凭双手和舌齿，也能吃出抑扬顿挫来：食腿如序曲，食盖入佳境，食膏黄乃高潮，食螯曲终，余韵袅袅。我的岳母，晚清长江水师提督李成谋后人，算得上有点出身背景，食蟹颇多讲究，每食毕，揭下蟹腿关节处硬膜，拼成蝴蝶图案贴在墙上。

尽管蟹于人口腹有大道德，但却一直脱不开被贬损的事实。宋时，有功臣赵某，性贪墨。一日，神宗赐宴，授意伶官自云姓旁；

一人持活蟹进,"旁"伶官见而惊曰:好长手脚,我欲烹汝,又念汝为同姓,且释汝……这个由皇帝自编自导的小品,旁敲侧击,实在堪妙,那位手脚好长的"长官"心知肚明,也该惊悚一下吧。

蟹酱之祭

有一种不起眼的小石蟹，江岸边、河沟里、水渠旁、田埂下、山涧溪流中，甚至只要是有水的石头缝里，到处可见它们活动的身影。这种蟹不大，除去几条腿，土棕色背壳也就有荸荠那么大，七八只加一起怕还抵不上一只大毛蟹的分量。因为这种小蟹腿上也长很长的毛，小时候的我们就喊毛石蟹，喊讹了就成了"猫屎蟹"。从浅水里捉来小石蟹，翻开腹下的盖子，掐根草棍捅，它会吐出一串串泡泡，然后就有小孩子跳着脚唱：猫屎蟹猫屎蟹……半个肚兜翻起来，吐泡当饭喂伢奶！

但是要捉到这些小石蟹并不容易，因为它们平时都住在洞里。一只小蟹在浅显的水中活动、觅食，连那两只支棱着可以向不同方向灵活转动的小眼睛都能看得清清楚楚。你想捉住它，可不待伸手，只身影稍一晃动，那小东西可快多了，早已转回头机敏地跑入旁边一个小洞里，连线路都仿佛事先设计好了。这洞可能很深，还可能和别的洞连通着，你知道它逃哪里去了？再一看，两边的水下像安营扎寨一样掘着好多小洞哩，有的洞口外还堆着新鲜泥土。这些洞，傍着水，倚着岸，两岸风光很不错，你不得不佩服它们很会选择住家环境。

但和人类一样,这些小石蟹中,也有许多懒惰不愿掘洞修建家室的,或者曾有过家室却因这样那样原因而丢失了,或者是觉得鱼虾们从来都不掘洞也能活得好好的,所以它们也不掘洞找那麻烦了,再或者就是蟹太多了,蟹多为患地皮紧张,大家都没法修建家室,索性就不要那劳什子的家,做个彻底的无产者了。总之是,在弄干一个水凼或堵住一截水渠放掉水后,通常能捉到和慌乱的鱼虾在一起的许多小石蟹。它们一旦连着泥水淋淋漓漓地给扔进四壁光滑的铅皮桶里,就没办法逃出了。

把这些小蟹半桶半桶地拎回家,洗刷干净,裹一层搁了鸡蛋的咸面糊,投到油锅里炸焦黄,又香又脆,里面小小的膏黄尤其好吃。一只蟹横竖两刀一斩成四瓣,放上油盐酱醋和生姜辣椒红烧出来,也是非常鲜美。油炸、红烧,肯定都是没法吃完,那就做成蟹酱长年累月地吃。在那个还没有味精鸡精出现的年代,蟹酱便是江南寻常人家最好的调味品。

做蟹酱其实也很简单,先在水里滴两滴香油逼蟹吐尽腔内脏物,再一只一只洗刷干净放进坛子里,加入盐、糖、烧酒、辣椒粉,用木杵一层层捣烂,最后扎紧坛口,外面抹上黄泥,封存起来。也有人家用石磨把蟹慢慢磨碎,一遍不够,就多磨上几遍,直至从磨槽里淌下淡黄的黏稠膏酱。磨好的蟹酱,在装坛时多放些白酒,不但能去除腥味,有利于保存,也会使日后蟹酱的香味突升。

个把月后,蟹酱发酵成熟,打开坛子封口,能舀出一层亮光光的蟹油卤汁,烧肉炒菜搁上一点点,鲜得死人。刚做好的蟹酱乳黄色,放饭锅上蒸出来,撒上点熟芝麻,酱香味浓,喝酒吃饭皆可。也有人家将辣椒去籽，切成一个个小圈，加入豆干丁，再舀上一勺蟹酱，兑上豆腐乳卤汁蒸出来，淘漉在饭上，那可真要当心给吃噎住了！嫩花生米、青毛豆米、茭白丁、红椒丁，都可以拌上蟹酱入锅里蒸。蟹酱也可以炒着吃，只是要多放油，以免粘锅。但还是蒸的蟹酱好吃，原汁原味有美味不可阻挡之感。

不光小石蟹能做酱，虾子也能做酱，叫虾酱。就连那些一时吃不了的大毛蟹，也常被拿来做成酱。大毛蟹先去掉腮、钳等杂物，斩成小块，捣烂，蟹爪也剁成一截一截的，用刀背将壳都敲碎。拌上盐、姜、辣椒、烧酒，放在大吸水坛里封好口。经过一段时间的发酵，中间来回翻动几次，一坛蟹酱就做好了。乡下人走亲访友，携上一小碗蟹酱，就是很好的礼物。

眼下大毛蟹都是养殖的，然而野外的小石蟹仍有不少踪影，街头小吃档口，常将这种小蟹穿在竹签上在油锅里炸，专卖给那些嘴馋的女孩子吃。有一次我跟别人在一处"农家乐"吃饭，等待的时候，照例喜欢踱到后面的厨间看做菜。正好厨师刚把一堆斩成块的小石蟹投锅里炝爆，腾起明火的锅端起来颠了几下，伸勺在旁边钵里舀了满满一勺汤放入，火顿时没了，再一一舀了调料放入，又把先已炝爆好的肉末倒下，最后伸勺到水淀粉盆中搅一搅，舀了小半勺往锅里勾芡，装盘时再淋明油。这道菜端上桌，我夹一块放进口中，辨出里面还放了甜面酱，显得更有嚼头，碎蟹壳在口中与牙齿细细地磨合，有一种说不出的鲜香和津美甘甜……忍不住就要啧啧称赞，可未等我出声，我们中的一个女声已经飘出："太鲜美了！太鲜美了！"

前不久，我在我们住宅小区那片水景下看到几个洞眼，连续几天留心，终于看到了水下联袂出行的两只小蟹。它们是从哪里来的，是好事者放入的吗？我一时无法弄清。但愿它们能在此开心地生活下去，并能繁衍后代。

田螺脚 / 的风味

田螺是螺蛳族群里的腕儿，超级大块头，最小的也比鹌鹑蛋大。螺类都有个螺旋形的外壳，那是它们的标志性房屋，走到哪儿都把宅屋背到哪儿。"螺蛳壳里做道场"，是说在极其狭小的空间里极尽腾挪之事，十分了得。乡下人把田螺壳喊作"仓"，螺肉紧粘的那个塑料片一样的圆盖子，就叫"仓门盖子"。通常看到田螺伸出外面带有两根夸张的尖长触角的肉身，实际上只是它们赖以行走的脚，一有动静，这团像是长了眼睛的肉脚就收回壳里，"仓门盖子"随之严实关紧。在动物分类学上，螺蚌都属软体动物。软体动物可食部分，就是发达的足肌。它们在水底走过之处，会留下弯弯绕绕如同天书一样理不出头绪的印痕。

三个指头捡田螺，意味着手到擒来。这田螺也着实好捡，唾手可得，从清明过后小秧上苗床的秧田沟里，到初夏的刚刚分蘖的稻棵脚边，它们一个个心平气和地静伏在清明如鉴的浅水下，特别是早上太阳刚升起时最多，多得你走完两三条田埂就能捡拾半篮子。有时还能见到两个亲热热粘在一起的，正在行百年好合之事，似乎人间风月，连田螺也能搔到痒处。那时田里不打农药和除草剂，也不施用化肥，黄鳝、泥鳅、小鱼秧子，还有青的黄的蚱蜢，以及带条纹的拇指大的灰褐色小土蛙，活蹦乱跳，到处都是。

在清澈流动的小溪中，也很容易找到田螺。通常，这些田螺的外壳上长满长长的绿苔，随水漾动，仿似有人养的小绿毛龟。如果外壳淡黄而薄明，仓房鼓圆，就表明是品质优良的年轻螺。田螺也跟人一样，年轻的好动，尽管行走迟缓，但毕竟能看出点变化；纹丝不动的累世老螺，虽然"仓门盖子"一样是打开的，却如打着瞌睡坐禅的老僧，以长时间的一动不动来讲述沧桑，讲述生命的隐忍与不易。

那时，田螺的吃法很简单。让田螺养在水中吐尽灰色絮状秽物，再投入滚水中氽去"仓门盖子"，剔尽螺尾胃肠，挑出那团肉足，洗净，切成硬币厚的薄片，舀上点酱豆子、水磨大椒涂上，淋几滴香油，放饭锅上蒸出来，除了略有点泥腥外，味道十分不错。我的祖母却惯常做成渣粉田螺，做法同粉蒸肉一般，只是事先要用刀背把田螺肉拍松，否则那团极有韧性的足肌太硬，断难蒸烂。

半个世纪时光流去，留给了我们太多的世事翻新。眼下，田螺早已成了大排档和星级酒店的风味美食。其实，要是想学一学围裙丈夫，家厨做田螺也不难。锅里油热，投入朝天椒、姜、蒜，炸出香味，再倒进事先煮过的田螺翻炒数分钟，放酱油、黄酒和白糖、大料等调料翻炒几下，加点水改小火略焖煮片刻，最后放味精拌炒几下起锅，一道鲜辣兼具、红艳四射的快感美味就出来了。如我这等接近沪浙口味者，就少放辣料，多些淋漓尽致的酸甜，只要不是过火走老，一样的是螺肉脆爽，回味悠长。

现在的一些食场食府，爆炒田螺很是走俏，以至在北京的夏天傍晚街头，也常能见到端着啤酒杯大啖田螺的膀爷食客。田螺本是江南风物，北方的田螺，大都是人工养殖出来的，是异化的田螺。我在北京光明桥那边劲松地面风味大排档上看过爆炒田螺，小工用老虎钳子一个个剪去螺尾，淘净，沥干，递给大师傅倒入油锅，喷上酒哗啷哗啷一顿爆炒，加入姜、蒜头、盐、糖、红干椒、五香、味精和少量水，焖五六分钟后起锅，撒上葱花，就香辣味浓地上桌了。其诀窍，务使汤少，成黏稠状，田螺才入味。有的食客吃法却古怪，用牙签挑出田螺肉搁汤料里蘸蘸，然后放到嘴里细嚼，再举起啤酒杯咕咚一番痛饮……你会想象到，那是一种星级酒店无法体验到的逍遥自在的品食妙处。

上海老城隍庙，糟田螺做得最入味。一是剔出净肉带上白糟渣清蒸，另有以糟汁连壳卤。味皆忠厚绵柔。去年暮春，儿子来到南京参加一个国际会议，我们亦赶了过去。晚上，特意选在流光溢彩的秦淮河边吃饭。菜上来后，儿子又分别给我和他老妈各叫了一盅燕窝和雪蛤。但我感兴趣的却是干锅田螺鸡，实际上那也就是子公鸡切成小丁炒田螺肉，再下底料汤锅，以金针菇和黄豆芽作配菜，姜和蒜放得重，汤红油亮，螺肉鸡肉皆鲜嫩爽口。

田螺塞肉也算得上是一道蒸菜，非常好吃，且有别具一格的精致意味。但我却从未自己动手做过，只是在一本烹调书上看过介绍：将田螺肉拌猪腰眉肉中，加鲜虾仁（或是蟹肉）一起剁成糜，放入调料，制成馅。再将糜馅塞入田螺壳内，逐个置于有香葱段、姜片、料酒铺垫的深碟中，入蒸锅蒸上十来分钟即可。书上特意指出，田螺肉嫩，千万不能蒸过了头。

如果说，虾仁蟹肉是阳春白雪，田螺是下里巴人，那么，循着田螺塞肉的香鲜,去追忆当年酱油豆子蒸田螺的滋味,似乎当是在繁华之后的一次精神回归。

记得当时年少,因为羡慕连环画上沙和尚胸前那串髑髅佛珠,我曾将田螺壳涂红,用毛笔画上眼口鼻黑洞,再在螺壳底锥出细眼,用线穿起一串髑髅田螺壳项链,又恐怖又有趣。挂在赤膊的胸前到处炫耀,专吓一些小屁孩,撵得鸡飞狗跳,得意极了。

菊蔘芽蔬

甲簇青紅

彩云之南 / 野生菌的信仰

每年入夏,云南进入漫长的雨季,时晴时雨,空气潮润,山林间无数野生菌争先恐后破土而出。野生菌是大自然对云南的珍贵馈赠,铺延了一年一度的味觉盛宴。

"雨季一到,诸菌皆出,空气里一片菌子气味。无论贫富,都能吃到菌子……"抗战期间在昆明待过七年的汪曾祺,离开后数十年里,每有朋友去云南,总要推荐吃菌。在雨季里到达云南,放下行李,直接去吃一顿菌子火锅,是对这位有趣的文化老人最直接的感知与怀念……而一碗滚热的有乌鸡打底的菌汤暖暖贴贴喝下肚,所有的风尘疲倦,都微不足道了!

云南人只认野生菌,那些人工养殖的,是不配有名字的,只能统称"蘑菇"或"人工菌"。如果你请当地人吃啥香菇、金针菇,他大概会和你绝交。而要想恭维人家阔气,就说:"没见你们家买过鱼肉,平时吃的都是菌子呀!"即便大家都是野生菌子,还有相当严格的等级划分:那些有奇香萦绕的才能称得上"菌子",诸如干巴、鸡枞、松茸、牛肝菌,是贵族阶层;竹荪、羊肚菌、虎掌菌等而次为"中菌阶级";最底层日常杂菌是鸡油菌、青头菌和红菇等,却一样救人口舌于水深火热中,心存美好,大慈大悲。

在眼花缭乱的菌界,鸡㙡身架较大,谦谦君子,横平竖直,阵脚不乱,与谁相处都行。该菌得名,是无论手撕还是切片都酷似鸡脯肉,且有鸡肉清香,其味甜鲜,更是无菌可及。与松茸相比,鸡㙡的伞盖要大,柄下端尖长,通常带着一层红泥。传说鸡㙡与白蚁共生,天造地设之材,就算是清汤白煮,也能完美呈现自身。选择未开伞柄长结实者,切滚刀大块同火腿同烩,还有云腿白油烩,都是最快活的吃法。鸡㙡在热力作用下与云腿相遇,所遇皆喜,胃口大开。鸡㙡油炸后,色泽金黄或褐黄,香气醇厚,与鸡㙡酱一样,能长期间候你的口舌。

昆明人心尖上的松茸,都是产自高海拔香格里拉松树林里,最贵能卖到26000元一公斤,至于数百元一公斤的便宜货睁大眼也能淘到。松茸菇体肥大,肉质鲜嫩,香味浓郁,常用来煲汤,炭火慢烤,则能逼出一种浓郁的类似烤坚果的香气。刺身是豪横吃法,把洗净的肥厚松茸片开,蘸卤生吃,就像生鱼片一样,瞬间化在嘴里的可不是简单香鲜了!爆炒松茸、干煎松茸、炒鸡片松茸等,都是味蕾的深刻记忆。有人用老人头冒充松茸,它们顶着未打开的菌伞时,都如头陀一般,但二者口感差别很大,老人头味似杏鲍菇,菌肉有弹性……而松茸出名就出在那种有灵魂的清香,且口感如鲍鱼,极甜润滑爽。

干巴菌是近年新贵,催生了一句炫富话,叫"我在家炒干巴菌"。干巴菌香味,带有强烈的霸道式攻击之意,但我却没有特别的感受。汪曾祺有过描述,说看起来有点像被踩烂的马蜂窝,或者是干瘪皱缩的绣球,是中吃不中看的一类菌子。在我吃过的菌菜中,干巴菌都是作为点缀，与猪肉和辣椒同炒或干煸，被先下手夹入口中细嚼，却很难嚼出有通灵醒脑的香气。它的价格贵得离谱，没有四位数免开尊口。在篆新农贸市场，低于1300元一公斤别想拿货。摊主会从外围剥下半干木屑一样灰黑一小扇让你尝，问香不香？而当地朋友老蔡告诉我秘诀，关键是看那个扇面顶层要有一线暗黄镶边。处理干巴菌要有极好耐性，市场中摊主们都是一边做着生意，一边不停手地撕扯干巴菌。

竹荪最有颜值，这是寄生在竹子根部上的一种隐花菌类，顶端有一围洁白的网状裙从菌盖向下铺开，摆在地摊上十分膨大显眼，而又奢华靓丽，被称为"雪裙仙子""真菌皇后"。几乎所有的菌锅和汽锅鸡里都少不了竹荪，吃在嘴里，滑如锦缎，清脆绵纯，鲜香袅袅。鸡汤里放入竹荪，不仅能吸油除腥增味，更让一份美好期待变得亮丽通透。

因为菌盖颜色似牛肝而得名的牛肝菌，厚实有肉感，味鲜肥嫩，通常拿来切片炒。与松茸相比，牛肝菌具有更奇异的香气，适合爆炒或焗饭。这是一个种类繁多、有趣有料的大家族，黄牛肝菌和黑牛肝菌较为常见。还有比较邪门的见手青，当地人称作"红葱"，说是有葱香味，属于牛肝菌家族里红牛肝菌一类，轻轻划它一下，就会现出青紫色，传说中神秘到能让你上天入地见"小人"。这货跟松茸、鸡𤇆比，虽谈不上名贵，却令许多昆明人魂牵梦萦，味蕾蠢动，在中毒边缘疯狂试探……见手轻切薄片，配螺蛳椒以猪油慢炒，但一定要炒透炒熟，一旦幻现怪异画面，就很不好玩了。传说有某女着了道儿，躺在床上手舞足蹈，说看到小精灵了。"红伞伞，白杆杆，吃完一起躺板板。"板板是啥，不须脑筋急转弯也能想出来。

云南人对菌子的爱，天地可鉴，即便大半夜到医院打吊针，次日回家仍不能放弃嘴边美味。坊间戏称，吃野生菌要做到"三熟"：吃熟悉的菌子，吃烧熟的菌子，熟知去医院的路。

餐饮店菌菇火锅，熬煮老道的乌鸡汤里，还有虫草花、红枣之类的配料打底调味，店家当面把一碟碟切过和没切过的诸菌掀倒在水深火热中，其间或许就有见手青。桌上放个计时器，不到半小时，筷子严禁入锅，只有捞勺像个百毒不侵的和事佬，这里搅一下，那里抄一转……几番下来，锅里已是混沌一片，咕噜咕噜冒着泡，菌子上下翻涌。计时器响过，先舀一碗盈盈闪光的菌汤吹开热气喝下，在独特的山味野气里沉沦一番，然后，红口白牙，直接开吃。蓄谋已久的美味在舌尖上如游蛇乱窜，一时间吃得头晕眼花，不能自拔。

我常买鸡油菌和青头菌，价格便宜，配上当地螺蛳椒和切片独头蒜以猪油猛炒，是下饭神器。鸡油菌菌盖喇叭形，澄黄如花，悦目可喜。炒倒后很吸油，家常吃法，迷人尤深，一口咬下去，美美地热汁溅出，一股独特的杏香味从舌间盈盈而出。鸡油菌经得起水深火热，用来煲汤久炖，那种特别的味道就会沉浸在汤里。鸡油菌炒火腿是滇中名菜，给人的感叹，就是火腿常有而美味不常有！青头菌也呼作青铜菌，肥厚伞盖面长有铜绿斑点，炒熟后会释放黏稠物质，如勾了芡，自动挂汁，拿来拌饭，碗底扒光，直把肚子给塞到打嗝。

篆塘河边的篆新农贸市场所以成为网红，因为这里有代表各少数民族边地风味的五花八门、千奇百怪食材，看得你要掉眼珠子。迷宫一样四通八达的巷道，哪怕粗粗逛一圈，没半天也转不过来。市场二楼有一个野生菌专卖区。当你听到五六十元的价格时，先别急着高兴,这里都是以两为单位报价。如果买的是昂贵菌或是量多,就应去木水花野生菌交易市场,价格会便宜一半。木水花号称全国最大的野生菌交易市场,环境嘈杂,人声鼎沸,询价时如果不蹲下来大声说话,都听不清楚对方在说什么。我有时也去滇池湿地旁边的宋家河,那里连绵不尽的地摊上能淘到更平价的野生菌子。

当别人在市场里拣拣挑挑时,有心数的老饕已经钻山了。最好的美事,当是自己直接去林子里踩着落叶采捡,收获满满而后朵颐称快。但上山采菌并不容易,大自然有如画风景,菌子却多生长在阴暗潮湿之处,虫蚁多,常有蛇出没。然而,亲历跋涉捡一篮新鲜菌子,熬一锅土鸡打底的好汤,方才不枉浮世流年,山长水阔。

我曾在大理苍山之麓跟着几个矮小的白族老太太看她们找菌,看得心痒难禁。两年前,随一干人去菌言花园餐厅的山林基地,地点在晋宁东北山里。这样的山林,积满落叶腐树,有岁月也有气韵。同去的几个精灵女孩人手一个二齿小耙,在脚底耙来耙去,口里哼着"高呀高黎贡,撞呀撞手碰"……有人找到好大的牛肝菌,暗红色,菌柱粗到两手对握。我采得一袋子菌子中有一株红见手,被认为最有价值。现场接受电视采访,当然讲得嘴头利索,人家难免惊奇,问是做啥的?"我们是同行……"如此道破,大家方才莞尔。采回的菌子,全部交给了餐厅的石锅处理。随着草帽腾云驾雾一番,开锅瞬间就被散开的浓郁鲜香提得精神大振。菌子是极鲜的,浸透了独特的山野香,搭配鸡汤恰到好处,轻啜一口,曼妙得像是在口中跳舞!

位于晋宁昆阳的菌言花园餐厅,是我同家人常去的地方,从昆明滇池大坝开车向西南而行,约要四五十分钟。最美的环滇公路像一个致命诱惑，迫使你常常停车下来，随手一拍，都是美景。这是一家相当规模的汇集了最全菌子吃法的豪华食府，被盆景和花草还有溪流包围着的全玻璃房，里里外外，抬眼皆是绿植，绣球径，石拱桥，一步一景，满满都是风情。旁边就是六街镇，雨季里每天会赶两场"菌街子"，可以吃到比昆明更好的干巴、鸡枞和鸡油菌及青头菌。这些久负盛名鲜美异常的菌子，几小时前还在山林带发酵味的落叶腐土下快活地呼吸。很多都不须水洗，只拿湿抹布轻轻揩抹，或者用瓷刀刮削几下，这样可以最大程度保留菌香。路两旁一家又一家的野生菌餐厅，门庭若市，客来客往。

去年除夕年夜饭，在菌言花园餐厅吃的，是一场真正野生菌的盛宴。老板特意为我们在地面铺上一层浓香松毛，行彝家至高待客礼仪。一口硕大的高温蒸汽石锅里卟噜着鸡汤，加南瓜煮成的，是谓黄金汤。锅里汤沸，菌香四溢，拿起汤勺搅几搅，就迫不及待舀汤啜饮。诸多滋味一起赶来问候舌尖，其中氤氲，胜过千言万语！配菜陆续上来，牛肉干巴炒牛肝菌，里面放了老树花椒叶，有一股特殊的持续的香气。清蒸青头菌，是在品质极好的青头菌帽里填入秘制的肉末，蒸到肉味里浸透菌香。猫眼菌炒芭蕉花，吃的是新鲜，简单的皱皮椒加豆豉炒羊肚菌，生辣之气一个劲往你嘴里扎。其他还有湖鱼、扎肠、肉圆、烤菌馅包子、折耳根等应节菜蔬，最后一道见手青炒饭，被称为绝命毒师的烹制，只会刺激感官神经，却绝无危险。

人生海海，世事浮沉，一盏酒，一阕歌……野生菌用至臻至朴的食材与真心，无休止地诉说着云南味！

山海野趣 / 是清欢

苏南：山肴野蔌且随宜

挟裹天地灵气的天目山，将余脉延伸到苏南的宜兴、溧阳，无尽竹海，莽莽苍苍，一直连绵到安徽广德和浙江湖州那边。

竹多笋多，一夜春雨，空气清新湿润，漫山遍坡的新笋争先恐后从土里钻出。山里人最忙就是这时节，担筐背篓出去，将笋刨回，剥净栗色厚壳，最嫩的投大锅盐水中煮透，再叠屉架放炭火上烘干，体大者切长片，煮后摊到水泥地上晒干，即分别为扁尖和笋干。有那刮破掘损的，就切成厚实滚刀块，与肉红烧，或携上小排骨并加入腊肉同煮，无须调料，肉烂即食，大钵大碗端上桌，烟火气里，满屋飘香。

最好吃的，是那种青润的小野竹笋。小野竹叶细枝韧，多长在大竹不至的崖沟石罅间，或混杂于野草荆棘中。笋如青玉簪，剥尽外壳，细伶伶一小条。焯水后切段同肉丝一起炒咸菜，再点缀些青莹莹的蚕豆瓣或是圆润的豌豆粒，极为爽口。在外玩耍的小孩，另有野路子招法，不论大笋小笋，连壳埋入火堆中焖香，剥出烫手的笋肉，蘸上随带的芝麻辣酱，好吃到巴掌打在脸上也不吐出来！

山道坡地藏的野莓，本地人喊作"羊蒙子"，和覆盆子有着扯不清的关系，春天开满小白花，麦黄时结出珊瑚小果。果如小红帽，调皮的孩子从有刺的枝上轻轻掠下，每个指尖各套一顶……还可用麦秆穿成一串，玩够了，再一个一个捋下放到嘴里，轻轻一抿，淡淡的酸甜味滋润到喉头。还有泛红泛黄的"树飘"，书上称作树莓，这儿一簇，那儿一簇，附在尖刺细枝上，甜嘟嘟的。野桑总是长在水边，熟透的果子乌紫紫的，吃多了，嘴和手也全乌紫紫的。高处够不着，就留给小鸟，落到水里的，全让鱼儿吃了。雨后上山，采来清香光亮的乌饭叶，捣烂，滤汁，泡糯米，晾干蒸煮，米饭乌黑亮泽，口感筋道有嚼劲。余下淘米水，还可给女生洗头乌发。

到了深秋，去山里面转一转，那是野毛栗最好的时节。带上弯刀和蛇皮袋上山去，连蒲带果采回家，晒上两三天，小指尖大的毛栗子一粒粒从带刺的蒲壳里蹦下来。炒香的野毛栗，有一种独到的醇甜，一嚼上就停不下来。在山沟里，有时碰巧遇上野猕猴桃，比鹌鹑蛋大不了多少，灰色的皮一剥，绿汁淌到粘手，一口一个……山里野趣多，但蛇和马蜂也随处在，不可轻易招惹。

产于溧阳南山里的雁来蕈算得上真正的山珍了。它属于野生食用菌的一种，往往只在深秋大雁南飞的时候才秘示于人。个头不高，菌体很漂亮，通常为橘黄色或是褐色，运气好的话，一碰到就是一窝。有人钟情于大伞面的菌子，以为大即好，实际是那种小小的菌子更提鲜。但从采摘到存放也更需小心翼翼，菌体稍有折损，受伤处就会变绿，一旦菌子变绿，就要加快吃，否则鲜味会慢慢消散。趁新鲜时炒青椒，炒杂碎，熬酱，或是焖在鸡汤瓦煲内，都是佳肴美味！

苏中：水乡泽国亦江南

苏中有高邮湖、宝应湖和白马湖，也是一片形同江南让人浮想联翩的水乡泽国。纵横交织的水系，奉献了一场场河湖盛宴，使得这里的餐桌与四季时令紧紧绑连，水八仙是最好的代表。

天下人都晓得宝应的藕最出名，小暑后，荷花开得正娇艳时掏上来新藕，即为花香藕。"头茬韭，花香藕，新嫁的娘子黄瓜纽"，还有"带刺的黄瓜顶花的藕"，都是说花香藕的清纯新嫩。花香藕白嫩嫩水汪汪的，入口脆甜，摔落在地便碎成一团白雪。"一枝莲藕在水面，不知红莲是白莲？红莲白莲都结藕，郎呀姐呀心里甜……"听着这反复回旋的俚俗小调，要上一杯压榨的藕汁，通过吸管徐徐咽下，真的好清甜好凉爽。待到荷花落尽，莲子老黑，此时采上来的藕，称之为秋藕。洗净后放在粗粝的破缸片上擦成藕泥，加上少许面粉和盐葱搅拌，做成一个个饼放进油锅里炸成金黄色，脆嫩又糯滑。做藕夹，只需将藕切成薄片，每两片夹进一筷子头肉糜，合二为一放入油锅里炸焦黄便成。因为藕夹是肉馅的，吃在嘴里鲜香四溢，又烫又急咬破了舌头都全然不觉。

北方人不识荸荠为何物，搞不清是树上结的还是像花生一样从土里长出来的。生长在高邮湖边的汪曾祺写过一篇《受戒》，写"荸荠的笔直的小葱一样的圆叶子"，还有小英子踩出的把明海小和尚的心搞乱了的那串美丽脚印……这个参透那么多世情的老头，在那片氤氲的水泽里，撒下了一个个平凡而又异常灵动的文字的荸荠。仅那一个"歪荸荠"的"歪"，就让人感受出多少趣意和童心的快慰呀。水乡的孩子，哪一个没像小英子那样"歪"过荸荠？光着双脚，在透凉的烂泥里"歪"，"歪"到一个硬疙瘩，伸手去摸上来，一个圆不溜丢的红紫红紫的荸荠！鲜红油亮的荸荠，带着清新的泥土香，浆水最足，咬在嘴里嘎嘣脆，甜汁四溅。生吃之外，那种老黑的俗称"铜箍菩脐"煮熟后，因为淀粉含量高，用手一抹就能将皮抹去一圈，更有一种别样的甜糯滑爽。风干的荸荠缩皱皱的，皮不太好剥，最宜生吃，因脱了水再加上糖化，所以格外清醇甜脆。雨雪天气坐在家里，拿一把小刀细细地削荸荠风干的皮，不急不躁，然后送入口中，那种脆甜爽口，就是最好的享受了。

除了水生植物，沼泽江畔里的河鲜也是不可多得的美味。如今霸占扬州普通食肆和大排档的两道美食，便是黄鳝和小龙虾。最出黄鳝的地方，是苏南和皖浙一带，但最会捕黄鳝的却是扬州人。黄鳝，俗呼长鱼，早先全是野生。每到入夏，乡下圩野和沟塘边到处可见捉长鱼的人。黄鳝喜在田埂下打洞穴居，但为了捕食方便，常由田坎向稻田中间打一条二三尺长的新鲜泥洞，伸进一根手指，全凭感觉顺着鳝洞细心往前掏。有的黄鳝能打上几个洞口，有回头洞、岔洞、坠洞，这就须随时作应变处理。遇上硬泥掏不动，将一只脚伸入，前后抽动，往里鼓捣泥浆水。黄鳝受不了这番折腾，就会"夺"洞出逃，只要看准了，猛地伸出勾屈的中指，快速夹起放入篓子里。掏回的黄鳝，置水瓮中，皆鼓颔昂头出水一二寸，那是它们最舒服状态的吸氧方式。

黄鳝都是天黑后出来填肚子，主食泥鳅、小蛙和蝼蛄、蚂蟥。于是当地人就专门设计了一种称作"闷子"的鳝笼，塑料条子编成，拳头粗细，尺半有余，折角转弯呈"L"形，内放黄鳝最爱吃的蚯蚓。笼口一圈薄篾朝里形成旋涡状倒须茬口，黄鳝进去容易出来难。黄昏降临，暮色四合，就到渠边田脚和浅水汊湾安放鳝笼，鳝笼顺着沟边下，捞点湿泥或水草盖上就行，次日一早收笼倒鳝。

有句地头话叫"全扬州的长鱼，就数宝应好"，没吃过北门外大街的"潘大大宝应长鱼面"，都不好意思说是到过扬州。黄鳝切段，下作料爆炒，颜色深红，油润而不腻，不但妥妥坐上热门菜位置，还经常以"压轴戏"角色出现在维扬地区的宴席上。响油鳝糊，因鳝糊上桌后盘中油还在噼啪作响而得名，按梁实秋的讲法，炒鳝糊是因为鳝不够大，做不成鳝丝的下策……但能把细小鳝做得这样咸中带甜、油而不腻，唯有江南了。

五月初夏，走在沼泽边，看到一片水草一动一动的，那下面肯定有小龙虾在游动。小龙虾很好钓，在钓端拴一块螺肉伸下水，不一会它就被拉出水面。小龙虾脂膏鲜美，虾肉极耐咬嚼的饱满和弹性，与啤酒相伴，是盛夏夜晚最好的慰藉，也是水乡泽国独有的馈赠。

苏北：逐浪赶海乐丰收

江苏可以赶海的地方，大多在苏北黄海之滨，比如大丰的条子泥湿地、盐城的新滩盐场，再到最北端连云港的海州湾，自古以来就是煮盐赶海的地方。海水每天两涨两落，刚才还白浪滔滔，水天茫茫，一会儿开始退潮，深黑的滩涂渐次露出。人们追着退潮跑向水际线，赶海，就是赶在潮落时过来收获大海的馈赠。

从盐城射阳往北是滨海县，老黄河曾在这里入海，"十里黄河九里湾，弯弯都是黄河滩"，而今，"废黄河"河道北移至响水县中山河口。新挖的淮河和苏北灌溉总渠还有射阳河、通榆河，也在这里一起冲向大海。由此形成广袤的沿海滩涂，有的地方长着大片大米草，历经水流冲刷与浸泡，显得异常青翠。

赶海选择大潮汛最好，大潮汛在农历每月的初二和十六前后两天。海水退得又快又远，露出的滩涂最大，许多来不及跑和行动迟缓的海生物就被截留下来。如果刮的是南风和西南风，潮水借助风力，退得要比没风时远得多。赤脚踩在退潮后松软泥沙上，一只只鲜活的泥螺从脚边冒出来，随手捡起就是。泥螺又称黄泥螺，当地人喊"屎螺"，肉屎同壳，物如其名。没一点嘴上功夫，是不敢吃的，但无论鲜烹还是醉螺，味道都是绝美。一大群人拖了筐子捡捡拾拾时，慕名而来的商贩早已抽着烟等在那儿收购了。

赶海的地方各有不同，有沙滩，有泥泞湿地，有芦苇荡，有礁石区。只要在海滩上看到两个相连圆孔，下面就是红褐色花蛤。得用铲子或齿耙迅速挖出来，否则它会溜到深处……此时比的就是眼力和速度。据说在东海那边，每年菜花一片金黄时，便迎来了南通人踩蛤的狂欢节。人们光着脚丫在海滩上踩，蛤憋不住气露了头，就被抓个正着。那是味儿更鲜美的文蛤，每个直径在10厘米左右，重达一斤以上。

海蚯蚓和蟹会留下更大洞眼，若是见到冒着泡的小孔，基本断定下面是蛏子，朝泡眼上倒点盐，待会儿借助小铲就能拔出一只露着白肉的蛏子。有的滩涂上，爬满大小不等的鬼蟹，从指甲盖大到巴掌大都有，它们极是鬼机灵，一有风吹草动，便立即躲回洞中。

更好玩的，是在一汪一汪的残水中扫货。小鱼小虾成群结队跟你来回兜圈，得截住逃跑路线，将它们赶进预设的浅水里或是用抄网才能捉到。梭子蟹最有意思，它会直直地弹起，快速在水里划动，被追赶一阵，又直直钻入细沙把自己埋起来，但你早已看好藏身之地，双手按下就能将其抄起。

在礁石区，能找到的东西更多。海蛎子和海虹附在覆满苔藓和海藻的石头上，得用专门工具才能铲下来，运气好还能铲到鲍鱼。各种长相的蟹也都喜欢藏在石头下，你在这里掏，它从那头出，或者干脆不出来，若是手里没有一截小棍或铁丝，就一点办法也没有了。翻动浸在水里的石块，能找到皮皮虾和虾虎一样的小鱼，有时会收获海星、海胆，至于捞到海参，那就是上帝的恩赐了。但在这里刨货，很容易被尖石划伤，海蛎子也能轻易割破手指。

有海的地方，餐桌上都少不了各种姓名的鱼，带鱼、沙光鱼、刀子鱼，海鲜为王，口味再挑剔的人，到此也得俯首。（有一道"海螺姑娘"，就是泥螺白灼之后辅以独特的秘制酱汁，在锅中轻轻翻炒，汇同四方的味道彼此融合，夹一颗入口，鲜得很！）在盐城的东进路美食街，那些网红店总是特别火，等座要等一两小时。海腥味和灶头烈焰爆烹的香气交缠一起，蛤蜊斩肉、白灼海虾、白炖鲳鱼、清蒸鲳鱼、伍佑醉螺、酒醉螃蜞、麻虾狮子头、海鲜火锅，一道道熨贴着每一位到来的饕客，萦绕不去，任人低徊……若是早上，随便踱进一家小店，叫上一碗东台鱼汤面，或是一两碟葱花炒成的虾仁、鱿鱼小豆腐，再配上葱油饼子……端起面碗舀一勺生蚝辣油浇上，吸溜入口，香鲜融合，人间至味大抵如此了。

若是乘兴西向而行，去寻运河船菜，换一片风景，即从喧嚣海浪转弯为眉宇安宁。

流淌了两千多年的京杭大运河，自扬州而上，经淮阴，至徐州蔺家坝，沟通了洪泽湖与骆马湖水系，大致与苏北海岸线相向而行。古寺钟声晚，花渡渔歌起，波光粼粼的运河水，不仅滋润出拉魂腔的泗州柳琴戏，也让各地的美食漂流汇集到这里，让你知道了什么叫味觉的巡游不可辜负!

"始于窑湾,恋于船菜",现在说起船菜,就要说到"苏北江南"的新沂窑湾古镇,说到窑湾的船菜馆。既往岁月里,在最繁忙的苏北段,船上人家行舟水上,食材自然少不了各路水生物。酬友待客时,鱼鳖虾蟹,菱藕芡茨,现捞现做,投入滋滋作响的油锅里,煎炒炸煸,或煮或炖,端上桌来,不仅色泽鲜亮,吃入口中,更有满满的水泽鲜香。到明清时又有御厨的推力,加上乾隆大笔挥写的"味极天下"招牌店幌,使得运河船菜声名大振。

缭绕水雾迎船出,红白船菜入馔来……大鱼切丝烩,莲芡间碧羹,光是五彩鱼丝、锦绣鱼米、头尾汤、蒸鱼头就让人看花眼,还有各种鱼丸排队恭候。当然,很少真能坐船上品尝,至多踏入一个船形餐厅圆一下"船上吃船菜"的好梦。倒是沿岸烟火最抚凡人心,观一段绿水碧树运河景,回味一段底蕴幽幽运河史,走累了,随便踱入一家小馆,招呼烧两个运河菜,特别强调要有闸头鱼,就是剁块的浓汤余鱼,辣咸鲜嫩,有一股征服舌尖的神秘力量。另外来一个蒜爆河虾,蒜是运河边长的野蒜,投入油锅和虾一同爆香,放入生抽料酒,还有他们自己做的一种发酵型"甜油",迅速翻炒,外脆里嫩,异香扑鼻。最了不得是鱼汤淘饭,不大叫快哉呼呼一气吃上两大碗也丢不了手,当地人怎么说的?家有万贯,不如鱼汤泡饭……还有,不怕你时间少,就怕你胃太小!

狮子头，一种即食的快意

二十世纪八十年代中期，我和一个同学总共凑了八十元钱坐火车到镇江，再从镇江过轮渡搭了车到扬州。两个穷小子找了一家有派头的馆子，记不清是富春茶社还是福满楼，特意要了一份狮子头，端上来一看，不约而同叫了起来：这不就是大肉圆子么……怎么叫狮子头哩？但那狮子头之鲜美，确实给我们留下难以磨灭的印象。

十年后，我又一次来到扬州，是同报社一批中层干部来考察的，扬州报业同行当晚隆重地招待了我们。烤鳗、酱鸭、白汁鱼、鳝丝、大煮干丝，晚宴的丰盛自不必说。这种场面吃饭有一个好处，就是能将口舌之欢享受到位。当服务员捧着一只大煲到桌上，嘴里报出菜名蟹粉狮子头，众人的目光一下被吸引了过去。盖子揭开，十多个圆圆的大家伙在里面躺着，每个大家伙的表面都黏附着一层橙色蟹黄，泛着丝丝红光。

来，来，主人伸手示意，我们一个同事立即伸过筷子，却是撺了几次都没撺出来。我连忙给他示范，拿起面前盘子里银晃晃的长柄汤匙托着，很轻易就弄起来了。一口咬进去，那狮子头竟如豆腐般的嫩，但却有弹性，整个口腔里都充盈了香鲜。大家吃着，口里喃喃着：好、真好……太好吃了！

这大肉圆子同狮子头有何关联？趁机请教身边扬州同行。隔座一位副总编听到发问，探过身来划动手里筷子对我说："不错，你们叫大肉圆子，我们扬州人直接叫成'大斩肉'。你看，它烹制成熟后，表面一层肥肉末已大体熔化或半熔化，而瘦肉末则相对显得凸起，似乎给人一种毛糙之感，于是，富有幽默感的扬州人便称之为狮子头了。一斤这样的"大斩肉"里，要加进二两左右的蟹黄和纯蟹肉。从选料到刀功、火功等都是大有讲究的，必须步步到位，才能保证蟹鲜肉香，柔嫩滑酥，肥而不腻，入口即化……"旁边又有人插话，说大闸蟹5毛钱一斤的时代，到了季节，扬州人总要把嘴吃出血才算罢休。孩子们吃蟹，大人在一边忙着拆蟹粉，挑蟹黄，留待做狮子头时派上用场。

说着话，大煲里狮子头已全部告罄，连同配烧的笋片、菜心都给捞揽吃光，甚至漂浮着一层黄澄澄蟹油的原汁蟹肉汤都有人舀了喝，边喝边吧嗒着。我们无不感慨，大肉圆子吃过多少回，只有到此才领教了什么是正宗的蟹粉狮子头……不愧是扬州的名菜哦！

回来后，我们当中即有人写了文章在自家报上刊出。其理由是，品鲜后无可言者，岂非美味之憾也？

我妹妹一直在镇江生活，镇江与扬州只一江之隔，许多扯不清户头的当地菜，像大煮干丝和肴肉她都能做，最拿手的当是狮子头。春节在父母处，只要她回来了，大家便有狮子头吃。有好几回我在家中请客，正好她也过来了，就让她露上一手，做一锅狮子头。她选用的都是肥瘦对半的猪肋条肉，将肥肉、瘦肉斜切成细丝，然后再各切成细丁，继而分别粗斩成石榴米状，再混到一起斩匀，即所谓"细切粗斩"。接下来，加入剁细的姜葱及盐、糖、酱油、味精、料酒、胡椒面、鸡蛋、生粉各种调料，在钵中搅拌，直至"上劲"为止。

然后，就是搓成大肉圆子在油锅里煎，镇江那边的行话叫"煎成面子"。做狮子头，最关键的是不能散碎，哪怕裂了一点缝都不行。将大肉圆煎至金黄色时捞起，放入碟内，如果是蟹子应市的季节，就弄点蟹黄放在顶端，加酱油、料酒、上汤、姜、葱，隔水蒸约一小时。下一步，烧热油锅，下香菇和剖成十字刀纹的菜心略炒一下，将蒸好的圆子连汤带水一起倒入锅内同烧两三分钟，勾点芡粉，收浓汤汁即可。装碟时，先盛上菜心，狮子头逐个排放于上，再浇上浓汁。

我妹妹做得最多的是白狮子头，白狮子头比红狮子头要小得多。红狮子头是油煎过再红烧，白狮子头则是直接放汤里汆出来的。我们常说写散文要形散神不散，做白狮子头似乎比写文章的要求更高，形和神一样都不能散，因此更须凭借搅拌功力，要搅到"上劲"——就是拉筷子的黏度。白狮子头还要讲究搓的技巧。我看妹妹每次搓时，都是先在肉馅盆前的一个碗里蘸点水在手心里，然后舀一勺肉馅放手心，手指并拢，手心呈窝形，用点巧劲两下一搓，就有一个光滑的肉圆出来了。放入砂锅的沸汤之中煮片刻，待汤再次沸腾后，改用微火焖约一小时就行了。白狮子头肥嫩异常，软腴堪比豆腐，汤尤肥鲜美润，食后齿颊留香。

事实上，还有一种更袖珍版的狮子头，既可红烧，亦可清蒸。做时，一样地把肉馅搅拌"上劲"，青菜心洗净过油，码入砂锅内，加肉汤烧开；拌好的肉在手心里挤成肉丸，码在菜心上，再点上蟹黄，上盖菜叶，微火焖一两个小时即成。也可以像大煮干丝那样，在汤里加火腿片、冬笋、木耳，特别是有一种水晶虾仁，比蟹肉更胜一筹，咬上去都能感受到虾仁肉在嘴里崩开，异常鲜嫩。

霜天烂漫 / 菜根香

多年前,南方一家报纸发表了我的一篇文章。在收到的样刊上,同版面恰巧有篇叫张拓芜的台湾文人写的文章,说他回皖南泾县探亲的老乡返台后送了他一罐香菜,这应该叫"乡菜"的难得的美味如何勾起思乡之情云云。

一种杆子白得像玉、叶子绿得如翡翠,每棵至少有七八斤的叫"高杆白"的大白菜,只有皖南才有,所以香菜只在皖南才能觅见芳踪。每年霜降后的大晴天里,常能看到腌制厂和酱坊的人到乡下收大白菜。一干人来到菜地里,将菜砍倒,过秤后就地摊晒,晒到一定工夫,分量大减,再运回厂里。这晒蔫后的菜叶不易折断,菜帮也好放在水池里清洗干净。菜洗好切碎,烘干水分,或用机器或用人工揉搓,挤去液汁,掺上辣椒粉、烘熟了的菜籽油、黑芝麻、盐,拌一拌,装进罐里,罐口要留点空,以便用捣烂的蒜泥封口。

青弋江上游的章渡,那是个往昔十分繁华的有着一排排吊脚楼的徽商码头小镇,至今每到冬天,镇上的酱坊一口口硕大的缸里便腌满了香菜和萝卜丁。凡到章渡旅游采风的人,回来时没有提一袋两袋香菜和萝卜丁,行程就算不得完美。买回家待一定时日开罐,新腌制好的香菜，青中带黄，非常亮泽，淋上小磨麻油，吃起来香鲜咸甜，韧而带脆，香中有辣，其味无穷，又有嚼劲，下饭可开胃，佐酒能醒神，且食后齿颊留香，是真正的地方特色美味。早餐配稀饭尤为上品，最常见的是用来配早茶，撕几块茶干，搭一小碟香菜，配上点腌红辣椒，或独自品嚼，或与二三友海吹神聊，将人生的层层百味皆析透，也抵得上神仙般自在。

皖南各地的香菜风味小有差别，但都香辣适口，风味隽永。相比厂坊，家庭制作的工艺，显得更加细致与投入。都是选一个天气晴朗的日子，拿把刀到地里将整畦壮实鲜嫩、水汁丰富的长颈大白菜砍倒，就地晒，就地洗。切成寸长细丝，摊放在竹凉床上或直接置于铺在草地的篾席、床单上晒。晒菜是非常讲究的，既不能晒得过干，干了就过老，吃起来筋筋拽拽的；如果没晒够，菜里水分过大，就不脆，缺少口感，且保存不长。一般来说，晒三四个太阳也就够了。然后就是搓揉，将菜揉出"汗"，才算揉好。捣碎蒜子拌入，撒上熟菜油和五香粉、辣椒粉、炒香的黑芝麻拌匀后，装入坛中按压紧，再用干荷叶封紧坛口，外敷湿黄泥，存放于阴凉干燥处。

那时，我几乎每年冬天都能收到各地亲友们的馈赠。有的是装在那种袖珍地上了釉彩的小罐里，开罐时，满室生香，令人食指大动，使劲吸一吸鼻子，即忙不迭拈数茎送入口中大快朵颐了。往后的每一个有稀饭啜饮的早晨，都显得鲜美而滋润……人情的醇厚，似这香甜的菜一样历久弥香。

在乡下，说香菜是美味，倒不如说是一种风情。对于乡村和小集镇上的人来说，每年洗菜时的那一个个艳阳晴日，不啻是一连串乡风酣透的节日。

阳光是那样好，冬天最干净的云和最透明的轻风，在抚摸着远处的山峦。你随便走到哪里，大河旁、水塘边、小溪头，满眼都是洗菜的人群，满耳都是说笑的声音。挑运菜和站在大澡盆里先踩去菜上头遍污水的，都是青壮男子汉，女人和孩子多或伏或蹲在用自家的门板搭成的水跳上，拿着壮实的菜棵在清澈的水里漂洗。水边的地上铺着干净的稻草用来晾菜，也有用竹凉床晾菜。杆白叶绿的菜经过泡洗，又吸饱了水，重新变得挺实、滋润、鲜活起来。鹅鸭们凫在水面悠闲地追逐那些漂开去的零散菜叶。年轻的女人们脱下红红绿绿的外袄，搭在身旁的树杈上、草地上，而她们穿着薄衫的身形更显俏丽可人。她们白嫩、圆润的小腿有时就浸在水里，逗引得许多小鱼成群围拢来用嘴亲昵，而她们的说笑声一阵阵荡起，比暖融融的轻风更能吹开水面涟漪……香菜之所以好吃，让人入口难忘，就因为香菜首先是被这些浓烈的乡风乡情腌制熏透了的！

大快朵颐,全凭鸡作数

人类吃鸡的历史源远流长,鸡菜从来都是桌上C位担当。世界各个角落都在吃鸡,但是论花样百出,谁也比不上中国云南。

鸡近山鸭靠水,当茶花鸡被认定是家鸡的野生祖先,大山里的云南无疑就成了鸡的精彩世界。丰富的天然资源,众多的少数民族,加上各种各样的香料和深山老林里特色各异的秘境制作,使得云南吃鸡套路变幻无穷。

在云南,一只鸡会以多少种形式上桌呢?建水汽锅鸡、武定凉鸡、峨山春鸡、昭通天麻火腿鸡、通海酱油花椒鸡、大理酸木瓜鸡、腾冲黄精鸡、丽江火塘鸡、沾益辣子鸡……都是个性十足的妥妥顶级流量王。行走云南,撞来撞去各式各样大碗米线和野菌锅子,少不了鸡汤作底,鸡肉作辅,能大快朵颐,全凭鸡作数。

逃不过的,还有无处不在的烤鸡。大鸡下了汤锅,上架烤的都是仔鸡,一斤出点头,用盐和调料仔细搓揉过全身,放架上烤得油光灿亮。拿一只过来,扭下腿,撕下翅,顺势从鸡身中部一扯几块,每块肉都连骨带皮……蘸着粉状调料入口,鸡肉不干不柴,紧实又入味,鸡皮焦香有韧劲儿,啃完最后一根骨头,吮吮手指,意犹未甘。

走过烤鸡一条街，场面更壮观，炭烈火红，一张张铁架子上摞满烤鸡。小桌前都坐着人，手撕干蘸，配上啤酒、茶水，吃得好过瘾！

有人说，云南最好吃的鸡是"汽"出来的，绝对是有见识的经验之谈。把汽锅放进蒸锅里，鸡块码在汽锅里，不加一滴水，全由水蒸气熏出汤，汤清如水，味道鲜醇，这也是所有烹饪方式中最能存鸡之本味的秘制。选择的一般都是武定壮鸡，这鸡又称"骟鸡"，别处"骟"的都是公鸡，楚雄武定鸡却是一种"骟"母鸡，因而鸡肉吃起来特别稚嫩劲道。但为什么要捎上"建水"名号呢？因为只有用红河建水产的黑陶锅"汽"出来才算正宗。另外还得有点博采众长的意思，少不了虫草、天麻、竹荪、鸡枞、松茸什么的提升一下，难怪汽锅鸡要成为当今国宴菜中的"扛把子"。武定壮鸡在许多地方都有专卖店，我常在篆塘农贸市场购回清炖，价格和重量都要高出普通鸡一大截，春节时更贵。此鸡还有一种处理，清水蒸煮，再放到冰卤水中浸透，即为武定凉鸡，蘸料吃，能吃出大牌味道。

舂鸡是玉溪市峨山县一道彝家名菜。盐搓揉过的仔鸡煮透，剔骨斩块，倾入石臼内，放进小葱、椿籽、姜丝、蒜蓉、花椒、辣椒等配料，于五颜六色里上演"舂、舂、舂"魔法，直到配料的诸味一齐融入鸡肉，酸甜苦辣咸一个不少。舂鸡脚，则是西双版纳地标美食，口味酸辣，许多夜市摊点上都有现场制作以供围观。

到元阳看梯田，有幸在哈尼老寨子品尝了特色鸡味。竹筒鸡就地取材，屋后砍来一节新鲜龙竹，把鸡装入，灌满水，拿芭蕉叶塞紧筒口，放火塘上烤得竹油滋滋淌，直至鸡肉熟透。倒入容器内，拈点盐，放一撮葱花、芫荽，搅拌几下，翠竹和蕉叶的清香融入鸡肉里，风味可想而知。哈尼蘸水鸡，白水煮出，点睛之笔是半碗蘸水。他们把薄荷、芫荽、香葱，还有什么不知来路的绿植切细捣烂，搁入盐，再浇上一大勺鸡汤，即成蘸水，比起我们平时吃火锅自配的蘸水，味道的层次要丰富得多。

滇西怒江大峡谷沿岸，有一片美食秘境。陡峭的山坡上，看不到人，只有一群鸡在草丛里啄食，远处有数间小屋孤对天空。德宏景颇鬼鸡，听起来诡异，其实却人畜无害。景颇人有杀鸡祭鬼习俗，祭献后，冷凉的鸡不能浪费了，就撕扯碎，佐以随手撸来的配料吃下肚。我寓住的滇池度假区西贡码头旁，有家很出名的彝人餐馆叫"滇声气"，也烧鬼鸡，把煮好的乌鸡肉撕巴撕巴，再为鸡丝注入灵魂——拌上柠檬、荆芥、姜蒜和火红辣椒片，色彩缤纷灿烂，比源出地的更好吃。景颇人也有舂鸡脚，走的另一条路，彻底与香柳舂合，吃起来酸辣劲道，薄荷味浓重。若加的是野生小米椒，辣得受不了，就只有望而闭口。

鸡肉烂饭，混合着手撕鸡肉，比稀粥要稠一些，佤族语称"布安纳亚"，是少数民族们对原汁原味保留的最后的倔强。进食时，围坐在矮桌边，菜饭都放在一个大簸箕里，如果搁桌上，那下面一定铺着鲜青阔大的芭蕉叶。山坡林子里，看不到白羽鸡，白羽鸡是忌讳。

辣子鸡重油、爆炒、辣椒红翻天，这道最受嗜辣者追捧的川味菜何时翻山越岭入滇的？已不可考究。但曲靖号称"天下第一鸡"的沾益辣子鸡，却绝对是土生土长的滇菜。沾益龚氏家族创制的辣子鸡，没有麻，却香酥软糯，辣得火爆，是直接把鸡丁放到辣椒粉里泼油猛火翻炒，香辣被激发出来，直冲天灵盖。为中和辣劲，不致被辣得败下阵来，可配上苦菜汤、酸笋汤卸火，炸好的洋芋条和臭豆腐也行……说是一盘鸡上桌，三碗饭也挡不住，毕竟不是假话。

昭通是一个饱含民族风情的小城，素以烤肉小串和凉粉、饵块闻名。这里炖鸡品位高端，必用到天麻与火腿，汤汁特别清醇宜人；有头晕毛病的人吃了最好，一口肉一口汤，吃完清清爽爽乾坤明朗。黄精本是滋补药材，有一种非常特殊的香怡气味，腾冲人把它和老母鸡放一起炖，在火力作用下，鸡肉甜咸，汤色浓黄，一碗下肚，抹抹嘴，再添一碗。通关黄焖鸡酱油搁得重，更像黑焖鸡，焖时极短，花椒舍得放，尤能考验人牙口，好在鸡小肉嫩，几无油脂，爽滑麻辣，味道独特。柠檬鸡是傣家招牌凉菜，脆生生鸡皮伴着带筋的鸡肉，上面撒了碧绿的薄荷和红椒碎片，浇上柠檬汁，吃起来一发不可收，直嚼得满嘴生鲜，吧唧吧唧连骨头都不肯放过。另有一种柠檬香浓郁的香茅草，类似芒草，用来烤鸡、烤鱼、烤肉，自带标签，是傣味烧烤的灵魂。将鸡剁块，扎上香茅草，用竹板夹成串，抹上猪油烤，烤熟后，解掉香茅草，蘸上绝搭调料"喃咪"吃，层层叠叠的鲜意和厚味，由舌尖上一浪一浪跟进。

西双版纳那边，许多地名带有"勐"，勐仑、勐棒、勐罕、勐腊，寨子则多由一个"曼"统领，曼听、曼掌、曼迈、曼回索。那次，我在西双版纳一处行走，下午三点多了，太阳烤得腿脚绵软，腹内饥渴难当。忽然鼻子里闻到香茅草烤食的余香，转过村中寨心塔楼，看到了一个长槽烧烤炉。一个男人从屋里探出头来，约莫四十来岁，非常干练的样子，听说要一只烤鸡外加一条烤鱼，点点头，让我坐下，并倒来一杯水，就夹炭生火忙开了。接着又走出一个女人，在一个小烤架放上鲜红的番茄和辣椒，一会子就烤得滋滋作响表皮焦黑。把烤软的番茄撕掉皮，挤上青柠檬汁，放入小石臼中舂成最具傣味的"喃咪"。尽管我事先打了招呼不能太辣,当带着香茅草味的烤鸡和烤鱼送上来,配着"喃咪"尝了一口,劲道的香辣还是让我打了一个激灵,昏沉的味蕾立马醒过神来……随后,那种口口暴击的快感让人爽到直呼过瘾!

真的,没在傣家领受过"喃咪",享用过香茅草烤鸡和烤鱼的人,何足谈论旅游,谈论人生?

春水新涨 / 说芦蒿

芦蒿两字到底该怎么写，我真还拿捏不准。东坡诗里"蒌蒿满地芦芽短，正是河豚欲上时"，这"蒌蒿"当然就是芦蒿。我之所以选择"芦蒿"，是从众，随了皖江这一带几乎所有餐馆及菜场里最通行的本土化的写法。至于芦蒿读音的由来，有一种说法，早先人家养的驴生病了，就牵到江边沙洲上吃蒌蒿，病就好了，所以本地人读蒌蒿为"驴"蒿。读作"驴"蒿，写出来是"芦"蒿，易"马"旁为"草"头，读音也是驴头接马嘴地不变。从"户"而念"驴"音的字例，还有安徽庐江的"庐"。但无论是"芦"还是"庐"，字典上均只注一个通行的读音。或许，口音里带上地域和民间的味道，才倍感亲切。

芦蒿是一种天生地长的野菜，散落在江滩和芦苇沙洲上。草长莺飞的江南三月，正是芦蒿清纯多汁的二八年华，十天半月一怠慢，就是迟暮美人不堪看了。二月芦，三月蒿，四月五月当柴烧；"听说河豚新入市，蒌蒿荻笋急需拈"，就是咏叹芦蒿青春年华之不容耽搁。

入口脆嫩的芦蒿，辛气清涩，不绝如缕，正是那股撩拨人的蒿子味，让你眼前总是晃动着江滩上那一丛丛青绿。远离长江的外地

151

人可能闻不惯那股冲人的青蒿气,吃不进口。上海人好像也不怎么吃芦蒿,但是从南京到镇江,这头再上溯到武汉,沿江一带的人都极馋这一口地道的青郁蒿气。那是清香脉脉的田园故土的气息,是饱含江南雨水的味觉的乡愁呀。按汪曾祺说的,"就好像坐在了河边,闻到了新涨的春水的气味"。《红楼梦》里那个美丽动人的晴雯爱吃芦蒿,我猜测,长江边或许正有她思念的桑梓故园吧。

市场卖的芦蒿,有野生和大棚的两种。野地里现采的,茎秆红紫,细瘦而有点老气,嚼起来嘎吱带响,但香气却清远怡人;大棚里来的,嫩绿壮实,一副营养过剩的模样,吃在口里味道淡得多。有一年我和几个朋友去长江中曹姑洲玩,看到不少人家的地里都养着芦蒿。他们把长到四五寸长的芦蒿齐根割起,堆放一块,也有放沙里壅着,上面覆盖稻草,隔一段时间浇一次水,外加薄膜覆盖,进行软化处理,两三天后肉质转嫩脆,看上去饱含汁水,即可摘除老叶上市。

芦蒿炒食时,可配之以干丝、肉丝、红椒丝等,吃起来色彩缤纷满口鲜嫩。从上档次的酒楼到大排档到家庭厨灶上,通行的都是腊肉炒芦蒿。炒锅上火,入油,投进干椒、姜、蒜、腊肉煸香后,再倒入芦蒿略煸炒片刻,调味后起锅装盘即成。很多大排档乃至大酒店都是这样的炒法,粗细搭配、青白相间,油滑光亮,绿意满眼,齿舌间都清香脉脉。

不过,我更喜欢的,是只同茶干丝清炒,将芦蒿掐成寸段,清水浸去涩味,再用盐略腌,炒食时才会既入味又保其脆嫩。锅内置油,最好是木榨菜籽油,或纯猪油。油热锅辣,用干椒炝过,将芦蒿倒入锅中略煸去水分,再加茶干细丝,在锅内稍跳几下就成,若伴以些许红椒丝,那就是翠绿中抹出几笔朱红了。这种清炒,将芦蒿的本味充分体现出来,吃在嘴里,脆而香,微辣而开胃,所谓满嘴留香。最值得一提是芦蒿炒臭干子,这已是本地的招牌一绝,凭借油香与旺火,芦蒿的清香与臭干的臭味浑然一体,芦蒿因臭干子的提携,吃到嘴里竟然是一种鲜窜的味——那真是可触摸到的"新涨春水"的清香。

那天在一家装饰有古典气息的酒楼里吃饭,照例上了一盘干丝炒芦蒿。正巧,包厢的壁上就挂了一幅苏轼的那首蒌蒿芦芽题画诗。先贤文字,流韵至今,品味起来倍感亲切。座中一位朋友告诉我,芦蒿还可以炖汤,也是美味,其做法简明,就是将芦蒿放入筒子骨中同炖。咦,这我可没尝过,会是什么样味道……哪一天不妨一试。

村上椿树

椿树不只生长在江南，但在我水软风轻的故乡，生长的肯定是最动人的"村上春树"。椿树是树中丰仪伟岸的美男子，树形挺直，材质深红油亮，脉络清爽动人。春天里枝头长出最美味的叶芽，初夏时，它们飘着细碎白花的浓阴会洒满江南乡村所有的院落。

当年，外祖母家的老屋前，有两株同根的腰身一般粗壮的香椿树，连体并立于竹篱笆边的院角之间。每年春天的雨水之后，阳光下，它们就一起摇动着满枝头乖巧的红叶儿，在三月的熏风里骄傲地生长呼吸，空气中流溢着一缕缕青涩的香气。

每逢冬去春来，百舌鸟一叫，沟渠里流水哗哗，满乡野都是阳春动人的微笑，远处一重一重的山峦，显得空灵而遥远，林间、宅边大大小小的香椿枝头开始喷芽。三五日春风一吹，那些屈曲挠弯的芽甲从紫褐色的绒层里争先恐后地钻出来，舒展嫩叶，在饱含水分的阳光照射下，远远望去，满树像燃起嫣红的火苗。姑娘和孩子们便可拿起竹竿和顶叉欢声笑语"打椿头"了。

树上长出来的菜，临风流韵，恣意高扬，肯定很有点另类，不会低调随俗。香椿头那股冲冲窜窜的清气，败火功能超强，尤能令人身心为之一快。将香椿头洗净投入开水一烫，切碎与豆腐凉拌，浇点小磨麻油，不待举筷，那动人的色香味早已由眼底飘入口中了——诚如汪曾祺所谓"一箸入口，三春不忘"。一盘雪白的豆腐片，中间码一小拢碧绿而细碎的凉拌香椿，在油荤很大的宴席上见到这样一道返璞归真的菜，那会叫人神情和口舌都为之一爽！而香椿炒鸡蛋，无论是草根的灶间还是豪华食府，都是最通行的菜肴。只是在食府里称作香椿头涨鸡蛋的，于其中增添了肉糜，有时还加上剁得极细的茶干，以重油煎得丰满鼓胀，味道真是没的说的。

在早年的记忆里，外婆有时会将我采来的香椿头切成细丝与煎黄的蛋皮同拌，码在白瓷盘里，淋上熬熟的菜籽油，盈绿轻红间着灿黄的一盘端上桌，不说吃，光是看，要多养眼有多养眼。嚼一口这样的香椿头，让清气在嘴里缓缓蔓延，那感觉就像把春天含在嘴里，一点点地品味消受⋯⋯即使是童稚的心里，也溢满了馨宁生活的安怡与美好。

与我们邻近的泾川那边，当地人将香椿头当作小葱芫荽那样用来提鲜去腥气。比如煮鲜鱼汤，撒上点香椿嫩叶，吃了鱼肉之后，那鱼汤，你还可以连喝两大碗。徽州人离乡出外，所带的干粮中，就有香椿馃，又叫盘缠馃，吃着这样的馃，千里万里不忘家园。而一种极具乡土风味的"香椿面鱼"，则有点情同恶搞，是将嫩香椿头洗净，沥净水分，在调好的面糊中没头没脑地拖一下，披披挂挂地投入热油中炸成金黄色，有着非同寻常的咸酥脆香，绝对比西餐馆里挂浆炸出的番茄生菜好吃多了。因为是整支香椿头炸成后，支张似鱼形，故有此名。

雨（谷雨）前的椿头雨后的笋，打椿头是非常讲究时令的。故乡的谚语有：雨前椿头嫩无丝，雨后椿头生木枝。故乡人只打侧枝和旁逸斜出的将舒未舒的芽叶，而不会去碰主枝顶端的壮实椿头。打下的椿头一时吃不完，外婆就晾干腌起，放入吸水坛子里封好，不管隔多长时日打开，都是那样壅香绕鼻，甚至连颜色都没有多少改变。

人们常将太和香椿推为极致。太和著名的香椿品种有紫油椿、黑油椿、红椿和青椿，又以紫油椿质量为最。相传唐时紫油椿曾专作贡品，每至谷雨前后，驿道上的快马驮的就是上等紫油椿芽，昼夜不停飞驰长安。真是一骑红尘妃子笑，无人知是"香椿"来！犹如环肥燕瘦都是美丽的哀愁，我不知道故乡的香椿是什么品种，只知故乡的香椿全部是嫣红的叶，油亮的梗，据说那是百舌鸟啼出的血溅在上面染成的，因为这种鸟总是喜欢停在高高的香椿枝头悠长啼鸣，一声声传播春的消息。

乡土的体温，味蕾的时光，有时我禁不住想，一个人对一方故土食物的喜爱，这同他个性的形成，会不会有直接的关系呢？我是一个有点诗性清扬的人，风来雨去，云卷云舒，每当我把乡情当作美食一起享用时，便总是止不住想起一些与我一同分享过它们的逝者。故乡的风味和流韵，如同一张旧唱片，它在我心的深处缓缓转动，风一样把我托起……

马兰头，拦路生

春天之美，在于地气上升万物生发，若能将春色移来餐桌上，春色亦无边。所以，春天的当令野菜适时而尝，不仅调剂口味，而且还能调出好心情。

"呦呦鹿鸣，食野之苹。"这里的"苹"，就是艾蒿，是春日最具乡土情怀的野菜。说到《诗经》，那真是每一页都长满了茅、蕨、薇、蘩、甘棠、卷耳、荇菜的芳草地，而《诗经》中的《小雅·鹿鸣》，便是宴会宾客的颂诗呀。所以，就我来说，对家乡最深切的体会，莫过于家乡春天的野菜的味道了！

早春野蔬，首推马兰头。马兰头，正是一种旺生于路旁的菊科马兰属多年生草本植物。"马拦头，拦路生……"这是存于明人《野菜谱》里的俚语歌谣。江南的初春，乍暖还寒。但一场春雨后，几乎是一夜之间，芳草连天鲜碧，<u>一丛丛</u>一簇簇茵绿翠嫩的的马兰头，在田野，在路边，在沟渠旁，群簇而出，遍地都是它们绿得鲜亮的生机勃勃的身影。要想咀嚼一下春天的味道，那就带上小铲或小剪采挖马兰头去。采马兰头，又叫"挑马兰头"，轻拢慢捻抹复挑，一个"挑"字，该让人想见多少春野上的轻盈风姿。

雨后初晴，异常的鲜肥的马兰头嫩绿的叶子上还挂着晶莹的雨珠，真正的青翠欲滴，而它们幽幽淡淡的红茎就在柔柔的春风里轻轻摇曳着。走在田埂上，星星点点的野花迫不及待跃出，你会觉得春光格外妩媚。你不得不相信，春天真的来了！便断断续续地忆起了陆游的诗："离离幽草自成丛，过眼儿童采撷空；不知马兰入晨俎，何似燕麦摇春风……"

一两个时辰的采撷，把盈筐盈袋的沾满田野气息的马兰头提回家，倒在地上，仔细地择去老茎、杂物，只留下一二叶嫩头。洗净，入沸水中焯去涩味，捞起过凉水冷却，挤干余水，细切。五香茶干切碎拌入，加糖、盐，淋适量酱油、香醋，拌匀，浇上香喷喷的小磨麻油。倘是上盘之前再撒上拍碎的花生米，碧绿色中点点洁白，岂止是赏心悦目……待夹一筷尝尝，满口滑爽鲜凉，掩映着那种惬意舒畅的微腥的泥土气，宛如久已熟稔的轻声呼唤撩拨着心扉，仿佛这就是人间最美的吃食了。如果将马兰头和春笋嫩头一起焯水切碎，拌上臭豆腐干，就着此菜喝啤酒，品味着舌尖上那种涩涩麻麻的沁凉感觉，怕只有傻笑的份了。

不喝啤酒，只就着一碟马兰头吸溜吸溜喝稀粥，清平淡泊，滋润身体，一啄一饮间，也是人间至味了。以我的经验，凡凉拌菜，食前放入冰箱略加冷处理，会更加入味。特别是酒宴场合伤了脾胃，隔宿的早上，最宜凭此调养了。袁枚在《随园食单》中写道："马兰头摘取嫩者，醋合笋拌食，油腻后食之，可以醒脾。"古人吃野菜肯定没有这么多的讲究，古人吃野菜很多时候是为了饱腹。马兰头经常得到文人墨客的赞美。家菜不如野菜香，这是套用了那句"家花不如野花香"的俗语。有人调侃南京城里打着野蔬招牌的馆店之多:"南京人不识宝,一口白米饭,一口草。"吃腻了体制内频现弊端的家蔬,再换口味尝尝应时而生的野菜野"草",苦涩中见甘美,要的就是那种来自原野的清邈香远。

那年初夏,陈平原来安徽师范大学讲学,我去听了一下。据说此前陈平原曾去开封讲学游历,在那里吃了柳絮,这位学者就当场给柳絮取了个很浮人心动的名字"月上柳梢头"。但中原人却不待见,要知道历史上他们对吃柳絮却是一点雅兴与情思也没有的,全是因为生存艰辛,才寻菜度日。确实,早期的先民采食野菜肯定没有这么多讲究,那时野菜多半是用来填腹疗饥的。汉乐府《十五从军征》里有"舂米持作饭,采葵持作羹",据汪曾祺老先生考证,"葵"即是野苋菜。

古书上说,礼失而求之野——上流社会礼坏乐崩,道德水平严重滑坡,那该怎么办?就去民间开座谈会,寻回古风雅韵以正世道人心。实际上在今天看来,那些峨冠博带宝马香车的人物,朝朝饮宴,夕夕作乐,肥鲜腴美不离口,不仅吃出了三高的富贵病,更败坏了社会风气,所以应多去乡野上走走,去民间访访,找几个老头来哼哼唱唱,餐桌上弄出点环保的青草气息回归自然……至于到底还有多少人吃不上肉糜,当然不在他们考虑之内了。

尝鲜无不 / 道春笋

脆嫩鲜美的春笋,趁着三月春雨绵绵的湿润,破土而出,成为盘中佳菜。因为它是春天的,吃在嘴里,自然就是春天的滋味了。

一夜春雨,笋与檐齐,是说春笋蓬勃向上,长得极快,故春笋必得适时而食。采春笋,挑那些刚钻出土层、笋壳嫩黄的,才特别好吃。笋的节与节之间越是紧密,则其肉质也就越为嫩滑爽口。圩区不产毛竹,所多的是水竹、油竹,还有雅称湘妃竹的斑竹。前二种竹,笋皆味美,唯壳上布满麻点的斑竹笋,乡人喊作麻笋或苦笋,苦不可食。下雨天,竹林里薄雾缥缈,刚破土的笋尖上挂着晶莹的水珠,清新无比。这就是"雨后春笋",其鲜嫩清雅,可想而知。采笋时,瞄着五六寸高的新笋,脚稍一踢,啪一声就齐根脆脆断了,虽是省事,但留下白嫩的一截在土中殊为可惜。通常是拿小铲贴住笋根斜着往土下一插,再拈着笋轻轻一提就行了。剥笋时,将笋竖割一道口子,约划至笋肉,从下到上完整地掀去外壳,笋不会断裂,切出来是完整的身条。

其实,最好吃的,是那种青润的小野竹笋。小野竹叶细枝韧,多长在荒寂无人处,如圩堤、坟滩上,混杂于野草荆棘中。其笋稍迟,约在四月末的暮春时钻出地面，恍如青玉簪，剥尽外壳，细伶伶一小条，那种绝世的不染纤尘气质，和清雅脱俗的纤纤体态，会令你观之动容。我尤喜爱小竹笋切段同肉丝一起炒咸菜，若再点缀些青莹莹的蚕豆瓣或是圆润的豌豆粒，那真是活色生鲜了。

"长江绕郭知鱼美，好竹连山觉笋香"，是苏轼的诗吧？数年前，我应朋友邀请，去九华山下一个叫茶庵的地方探访民间学人、也是制茶大师赵恩语先生，在那里住了两三日，餐饮山珍，无笋不食。笋是毛竹笋，肥矬壮硕，底部割断处犹有汁液渗出，非常新鲜。剥净栗色厚壳的笋，白中稍透着一层隐隐青碧，切成厚实的滚刀块且焯过水，与肉红烧，或携上小排骨并加入腊肉同煮，无须任何调料，肉烂即食。大钵大碗端上桌，满屋子氤绕着馋人的香气。其间，我们下到龙池大峡谷的陡坡上看野茶树，方才发现如同我老家的那种小野竹无处不有，只是在崖沟石罅间更显茂盛。春风吹拂，杜鹃花开子规啼，小竹笋从漫山遍野的灌木荆棘丛中探出头来，满眼皆是。我们住的那家，白天大人采茶小孩扳笋，留下一个老阿婆坐在门口的竹椅子上剥笋壳。她将笋先撕出一点皮，往食指上一缠，三绕两绕，就成一支脱去外衣的苗条嫩白的净笋。剥满了一筲箕，就端过去烧一锅开水焯一焯，赶太阳晒出去。竹树四合的林间，一声声鸟鸣清幽。

应时而至的春笋，本身的味道已是鲜极，无须多加调味，便能充分领略其腴嫩清新的本色。春笋越往上的部分，肉越是嫩，到了笋尖，连壳也是嫩得一碰就碎。春笋烧肉丁是最简单的做法，将笋用刀拍松，切成丁，油锅烧辣，入锅煸炒至微黄，即加入事先已烧入味的半熟肉丁、酱油、糖，续上水，小火焖至汤汁收浓即成。其色泽红亮，鲜嫩爽口，略带甜绵，虽是家常味道，却百吃不厌。若是花点心思，也可现学着做道春笋炒腊肉，腊肉切条，放水煮到肥肉呈半透明状时盛起，然后把切片的笋在锅中煸香，再放进腊肉同炒，加红辣椒丝和青白蒜，加盐、料酒、鸡精，就成了。笋最善吸味，可谓荤素百搭，炒、烧、煮、煨、炖皆能配合有致。浙人还把笋放坛中发酵制成霉笋，炖汤喝。

笋子好吃，大多情况下都处在配角地位。仿佛清新的小家碧玉，虽居于一隅，安宁沉静，却让你怎么也难以忘怀。同时，不事张扬，是那种淡泊出尘的意境，又略带几许文人清苦的气质。

春笋的前身，是"金衣白玉"的冬笋。与春笋相比，冬笋嫩白，尤显少不更事的甜美香鲜，因此越发招人怜爱。林语堂说他自小最爱吃的菜，就是"冬笋炒肉丝，加点韭黄木耳，临起锅浇一勺绍兴酒，那是无上妙品，但是一定要我母亲亲自掌勺"。而在袁枚《随园食单》里，收录有冻豆腐一道佳肴，就是用豆腐加鸡汤汁、火腿汁以及香菇、冬笋久煮而成。李渔则称冬笋为"素食第一品"，甚至认为"肥羊嫩豕，何足比肩"！

二十一世纪初，我在竹乡广德一处农家乐山庄，被人招待尝过一味冬笋名吃：将冬笋连壳埋入红炽炭火中，烧焖出香味，趁烫剥出笋肉，以辣酱、芝麻油和葱姜汁蘸食，味道热烈，风格独特，记忆颇深。但其奢侈的程度，却令我至今犹存愧疚⋯⋯

春深又一年，一支支碧玉簪般的新笋透土了，漫山遍野浮升着蓬勃绿意。老阿婆大约又是坐在门边的竹椅上，不紧不慢地剥着笋壳，从春笋一样的年华起，每年春天都要这般在盈耳的鸟语里剥笋、晒笋⋯⋯否则，春天就没有来过。

风月花香藕

　　荷花开得正娇艳时吃到的新藕,即为花香藕。"头茬韭——花香藕,新嫁的娘子——黄瓜纽",还有"带刺的黄瓜顶花的藕",都是说花香藕的清纯新嫩。花香藕上市早,小暑后,荷叶挤满水面,荷花次第开出时即掏上来。刚出塘时,白嫩嫩水汪汪的,若美人玉臂,一道道紫箍,更像美人的束腰,含羞的顶芽簇簇粉红,藕头黄绿半透明……你疑心那里会透出两道清澈眼神,温柔而令人心痛。花香藕入口崩脆,肉嫩浆甜,如同一团白雪,堪与最好的鲜梨媲美。

　　数年前一个盛夏的午后,我走在六朝古都南京街头,忽然听得一阵熟悉的家乡情歌小调,先怀疑是自己的错觉,停下脚步辨识了一下,声音是从巷口遮阳伞下传来:"一枝莲藕在水边,不知红莲是白莲?红莲白莲都结藕,郎呀姐呀心里甜……好一个风光好一个天,好一个月亮缺半边,藕要好吃趁花艳,郎要开船趁风好,姐要风光趁少年……"这反复回旋的俚俗小调,让我仿佛嗅着了家乡藕塘里传来的幽幽荷花香,心里好一阵感动。待走到伞下一看,原来是一个卖榨果汁的老头在唱,他的身边是一架压榨机,玻璃柜中放着一小截一小截白嫩的花香藕。巷子里有悠悠的风吹来,老头微闭双目仰躺在椅子上，口里兀自哼哼着，神情很是闲暇满足。正好有一对小情侣走了过来，老头一骨碌立起身，拿一截藕放到压榨机下轻轻一轧，木凳下的小槽子里即流出藕汁来，源源汇入下面小杯中。我因为被乡音和老头的怡然神情所感染，也站到那对小情侣的身后要了一杯藕汁润润嗓子。嘀，通过吸管吮入口中，再徐徐咽下，清甜凉爽，但缺了一点甜度。

"小暑大暑，上蒸下煮。"最热的三伏天里，土地晒得像火炉，叶菜类像苋菜、空心菜不是年华老去就是给烤萎靡了。一般蔬菜短缺的时候，花香藕从清凉的乡下水塘里源源而来，适时填补了"伏缺"。这种嫩藕切成细丝，旺火热油的锅里下红椒丝先炝，再倒入藕丝略翻炒几下，装盘前若是能点缀上些许青碧的葱花，极是赏心悦目，清新可口。凉拌藕片撒上白糖，装在青花盘子里，顿有一种女人走上T型台那般从容与自信；还有藕炒肉片，更是一个脆爽，适口之极；就算是用带花香的荷叶做出的粉蒸肉，也是能让人吃出一派田园风光来。

但是，最好的花香藕在菜市场里是买不到的，都是在塘边现采现吃，水灵鲜嫩，真是没的说了。乡下的孩子，快乐而单纯，在那个欣欣向荣、无限丰沛的夏天里，钻到绿叶仿佛把天空都填满了的清凉藕塘里偷采花香藕，放开肚皮大啖，是最平常的事了。这样的事，也经常发生在有月亮的夜晚。采花香藕，关键在于认准荷叶。在满塘肥大森碧的荷叶档里，搜寻一种瘦黄的只有菜碟大的小荷叶，因为营养都让下面的藕占去了，所以这种荷叶名叫后巴叶——乡民们顺藤摸瓜那样依着这种荷叶的秆往下踩，很快就能抽上来一段花香藕。花香藕太脆嫩了，若是稍稍用力将藕砸落于地面的石头上，叭一声脆响，一缕香魂散去，整段藕化为玉浆，犹如白雪撒地。

当一塘荷花开得纷纷扬扬时，莲子灌饱浆水，采莲女坐一个窄窄的小盆，在碧翠的荷叶中穿梭游弋。风是最清新自然的风，空气透明而洁净，碧水、绿叶、红花……此情此景，会使人感觉天底下的诗情画意，都让这眼前景色给占尽了。

待到荷花落尽，莲子老黑，此时采上来的藕，称之为秋藕。这种藕，少了花香年华那份不谙世事的水灵和清纯，如初显浓郁风采的丰满少妇，美白驯良，生吃入口颇多咬嚼，令人回味缠绵。

至今犹记得用秋藕做出的藕饼和藕夹的那种美味。把洗净后的藕在粗粝的破缸片上擦成藕泥，放入盐和葱搅拌，做成一个个饼放进油锅里炸成金黄色，脆嫩又糯滑。做藕夹，只需将藕切成薄薄的片，每两片夹进一筷子头肉糜，合二为一放入油锅里炸焦黄便成。因为藕夹是肉馅的，吃在嘴里鲜香四溢，又烫又急咬破了舌头都全然不觉。

桃花有泪/凝成胶

我同一大批人来到朋友老梁的山庄,赶桃花节。

雨后初晴,阳光下水汽氤氲,众多的"长枪短炮",五彩缤纷的人流,特别是画舫和曲桥水榭之上,还有高髻广袖的女子作汉服表演,真个热闹非凡!但无论是临水的桃花,檐角的桃花,还是山坡头连畦成片的桃花,她们似乎并未因人来得多而开放得特别妖娆抢眼。

这是在老梁山庄,热热闹闹开放着大片桃花,枝头上挂满了一张张粉红的笑脸,微风一吹,淡淡的花香贴面拂来,如一个浅浅柔柔地吻。桃花开得恣意无忧,人也是满脸的心怡,这显然是不适合那种清婉的抒情和伤感的。红尘万丈,漫过纷纭旧事。那浅浅敏感的诗心,恰似桃红一点,尖尖的,略带忧伤。

我们在老梁山庄吃过午饭后,便往回赶。在车上,同我邻座的搞摄影的王君,把一包东西打开给我看——是几小团琥珀色的几近透明的块状物,用手摸了摸,软软的,有点像QQ糖,稍有点发黏,隐隐散发着清香……呀,这不是桃树油吗?王君点点头,说这确实是桃树上长的油脂,但正规的称呼是桃胶。我说,桃树受了伤害,伤口里就会淌出这种东西,有人说它是桃花的眼泪呀……你弄这做什么?没想到王君的回答却很出我意外,竟然是"吃",说带回家炖成甜点心桂花桃露,或是同五花肉一同烧出来,味道都挺不错。嘿,见过有人吃桃花,那倒是挺诗性烂漫,没想到这桃树油也能吃。

因有王君这一说,从此我便多留了一个心眼。没想到仅仅两个月后,我和几个人在本市一家有名的徽菜馆子里吃饭,拿着菜谱点菜时,眼前突然出现一个"桃脂烧肉",这"桃脂"莫非就是桃胶?我就问服务员,服务员点头道正是。再问好吃不好吃?她嫣然一笑,说:"咬起来有韧性,很好吃的……""那我们就试试这个菜。"我说。

菜上来了,肉烧得极红润,一看就是香润可口,我们却都把筷子朝盘子里淡褐色的"桃脂"挑去。"桃脂"滑溜溜的,像果冻,但显然比果冻结实。好不容易攥住一块送入口中,感觉比木耳更加软滑,绵软耐嚼,饱吸了油脂且有桃香味……又有点凉凉的感觉,那味道太特别了。我们都是第一次吃这玩意,大家显然都是兴味大于口味,为数不多的一些"桃脂",很快就被挑尽了,光剩下肉块在盘子里。大家意犹未尽,招手再叫过来那服务员,问还有什么"桃脂"菜?服务员先是摇头,稍后又想起来说有一道跳墙豆腐皇里面有"桃脂"作配菜……我们说那就马上给我们来一个这样的菜。后来才知道这就是勾了浓芡的一大盘菜,里面的豆腐是炸过后又包了一层蛋清,滑嫩香软,配菜有虾仁、青豌豆、胡萝卜丝,那些黑黑颤颤的东西,一定就是"桃脂"了。用筷子挑了一块送入口中,果然正是刚才尝过的味道。

想不到早先我们见惯的"桃树油",竟然也能填充口腹之欲。我记得那时每逢下过雨,桃树的伤口处和有虫疤眼的地方,就会沁出一团团的这种东西,有白色、黄色、褐色,粘在树身上,干了,就成了一团硬胶,任你在手心里揉过来捏过去也弄不缺损。

那天,我在滨江公园又碰到端着机子左瞅右瞄的王君。我向他提起吃过"桃脂"的事,王君慷慨允诺说哪天请我上他家,他教我做桂花桃露。他说很简单,就是把桃胶泡开洗净,拣去杂质,要是大个的就掰开撕细,接下来就是加糖炖……等到汁水有点稠了,加入切成丁的随便什么水果,然后放入糖桂花,关火焖一会儿就好了。煮化的桃胶像是藕粉,等凉了后,再加入少量的蜂蜜和薄荷,放进冰箱冰成真正的果冻的模样……我听他这么一描述,真有点迫不及待了,恨不得马上就动手做出,盛上一碗品尝。我想,那一颗颗贮存了桃花泪水的桃胶……一定很有情调,一定饱满透亮!

有桃树和桃花真好,这会让你常常生出蹁跹诗意。我写过一篇《向往乡居》。我想,等我老去,就择一傍山近水的住处,植一片桃树,桃树开了花,看花开花落,听风去风来……或者,就寻一处比金庸笔下小而又小的桃花岛,孤绝,清极。桃子的季节下去了,还有桃胶。

蕾丝网裙的奢华妖艳

几年前在昆明，算是把形形色色的各路菌都吃够了，常常是几个人开了两部车满城找最好的菌王食府对比味道，有时更让熟人带了径自往山林里去翻找。什么牛肝菌、青头菌、鸡油菌、干巴菌，都拜见过真容。唯有竹荪是直接在菌锅里吃到的，几片网状的纱裙，有时是洁白圆实的海绵状菌棒，吃在嘴里，滑如锦缎，感觉就是清脆绵纯，鲜香动人，又有冰雪般的透彻……仿佛就是最深埋、最私密的缠绵与不舍。

后来，在徽州的歙城又尝过一回竹荪母鸡汤。满满的一大盆汤，绝对的经典，可以说吃遍千百家，唯觉这竹荪母鸡汤才是最鲜美。竹荪放得足，有几十根，据称里面还有多味中药材帮衬了一下，我们先吃竹荪后喝汤，每人都狂喝得了好几碗。那店里，整整一面墙上喷绘着图文介绍，我看了一遍，才知道这种自古就被列为"草八珍"之一的竹荪，是寄生在枯竹根部的一种隐花菌类。其形略似网状干白蛇皮，有深绿色的菌帽，雪白色的圆柱状的菌柄，粉红色的蛋形菌托，在菌柄顶端有一围细致洁白的蕾丝网状裙从菌盖向下铺开，漫漫风情，显得奢华无限，被人们称为"雪裙仙子""山珍之花""真菌皇后"。

皖南和浙西山区都是产竹荪的地方,但现在野生竹荪已经很难见到了。那次我们吃到的虽是人工培植的,却也因此有幸被主人领入种植园里见了真身。真是不看不知道,一见之后口里忍不住叫出声:呀,这不就是咱小时在家门口竹林里常见的吗?那时,我们随口叫它"蛇蛋""蛇娘衣"……避之唯恐不及,根本不知道这东西能吃,而且还是人间之至味。

在我度过童年时代的那片圩乡,绿阴蓊深的村落,几乎都被竹树杂合的林子环绕着。春深时节,密密的竹篱墙,形成幽深的甬道,鸟鸣清幽,蜂吟蝶飞,金银花、野蔷薇花醉人的芬芳,会染透你的衣裳。新笋破土时节,每天一早,总是怀着满心的新奇和激动到屋后的竹园里数笋,一支、两支、三支、四支……有的刚钻出地面,尖上还顶着新土和晶莹珠露。地面上覆盖着带着甜甜发酵气味的腐叶,雨后常会见到一种雪白的蛋,大小介于鸡蛋与鹌鹑蛋之间,我们都以为是蛇蛋。

不几天,"蛋"就破壳了,变成了一个吊钟。实际上是从蛋的凸起部分开裂,先露出一个绿盖,下面长出指头粗细的粉红或纯白色圆柱。然后就有一袭带网眼的白纱披下来,初似汽灯纱罩,当它完全打开的时候,特别漂亮,像是穿在风情少女身上洁白的蕾丝网状裙,很有点妖气……我们就称它"蛇娘衣",相信那是蛇要娶新娘了,是给蛇新娘送来的嫁衣。这东西闻上去有点淡淡的腥甜,还有点像面粉刚发酵时的味道。一两日过去,白纱变成红纱,菌托萎倒,婀娜不再,且有一种浓烈的猫屎那般臭气散出。

人间至味的竹荪,当然是最珍贵的菇类,从前只有高级菜肴才会使用。据说竹荪的那蕾丝网裙越长，味道越鲜美。有资料记载，清光绪年间，慈禧太后为求长生不老之药，动用官兵三千人，前往云贵苗区的深山竹林里，费时九个月，才觅得三斤左右的长裙竹荪，其珍贵程度可想而知！

歙城竹荪园的朋友曾交代我竹荪母鸡汤的制法：将土养老母鸡收拾干净后，先烧开一锅水，将老母鸡整个儿地浸在滚水中烫去血腥气，捞出后冲一下。砂锅中一次性加满水，放入老母鸡，加拍松的生姜块一块、料酒一小杯，大火烧开，改文火慢炖。为了防止汤水溢出，可以在砂锅上架两根竹筷，再盖上锅盖。约三小时后，鸡汤呈现金黄色，即可将竹荪切段投入。再炖，至竹荪充分浸润了鸡汤的味道，全部入了佳境后，加盐，关火焖上一个时辰，上桌前不要忘了撒点葱花增香。要点：给鸡焯水时不要弄破鸡皮，竹荪要多浸泡一会儿除净那股怪味儿；还有，就是竹荪不要放多，否则会夺鸡汤的鲜味。

新鲜的竹荪比较脆嫩，不便运输，在酒店食府所见，一律都是干品烩出的，味道当然要打上不少折扣。上个月，有朋友从徽州过来，带给我一把干竹荪。正好五月份我从北京回来时，儿子给了一盒极品干海参，海参煨竹荪，两种至美大味弄到一起，那可是火星撞地球呀。可惜这道菜我却做失了手，主要原因是海参没有很好地泡开，我小看了"水发"这道程序，结果是海参稍有硬心，而竹荪煮老，吃到嘴里就没了脆劲。

去年在杭州西湖边上看到有家竹荪鹅店，想必就是把竹荪同鹅同烩吧，注意到店招牌下面有小字，说是云贵苗区的传统特色菜，有显著食疗作用。可惜未能走进去一打牙祭。

地苔皮的前世今生

地苔皮，也有一些地方喊作地踏菇或地拉子。地苔皮就是地皮菜，又名地木耳，为一种季节性的菌类和藻类的共生体，地衣的一个科目，算是生物界特殊的类型。这令人想到大地的衣服和皮肤，它的学名也取得怪怪的，叫葛仙米，占着《百家姓》上一个姓，但和米却一点不搭界，不知其根据何所从来？

地苔皮类似于木耳，虽是单个只有指甲盖大，却长得有点夸张，呈波浪形片状，中间浅黄呈橄榄色，周边深黑近墨绿色。不同的是，木耳是对称生长附根在腐木上，皮大肉厚，地苔皮无根，它是在特定的环境下才能生长出来。地苔皮是真正的草根菜。春末夏初，只要一场雨后，在那有点陈旧零乱但却永远不缺少生机的堤坡草地上，就会长出一朵朵一撮撮这种黑不溜秋的东西来。而且在雨后刚放晴时才会出现，得赶紧捡，如果太阳稍微一晒，地苔皮基本就干了，卷缩成灰黑色，就没法捡了。地苔皮是雨季的匆匆过客，它们仿佛一下子从四面八方赶来，却又一下子就走完了这世上所有的路。新鲜地苔皮很软很薄，也像木耳那样富有弹性，但纤小柔嫩得多，抓手里滑腻腻的。

地苔皮也是多钙性土壤的指示植物，一般来说，长地苔皮的地方，土壤都不会太贫瘠，草显得浓绿而多汁，时常能看到野小蒜和牛屎菇。地苔皮很容易让我们想起孩提时的童心与柔嫩。小时候常捡这东西，雨后，阳光穿透云层斜射下来，仍有零星的雨点飘落，戴着草帽到野地里去捡。地苔皮像是雨后的精灵，黑亮亮地散落在堤坡上的草窠里，有蚱蜢和拇指大的灰黑土蛤蟆不断地跳，八哥在雨后远远地飞来飞去。那时有人相信，打过炸雷的地苔皮不能吃，吃了会肚痛生病的。

由于这东西是雨后湿漉漉贴在地上的，零散细碎，捡起来费事，上面会粘带着枯草叶、青苔、泥沙、蚯蚓粪什么的。回家后先洒点水，使它柔软膨大以免破碎，然后动细工一点点挑拣。又是用手择，又是动嘴吹，或是用手指弹。捡一筐回家虽然不易，择净洗净就更难了。不知洗过了多少遍，但地苔皮的褶褶皱皱间似乎永远也洗不净，吃时仍难免遭遇草茎细屑。

只是地苔皮烧出来后，搁点猪油，那个油润和鲜香，还有滑溜爽……滑爽到你舌头轻易裹不住！你只要尝上一口，就抵挡不住要尝第二口，一尝再尝收不住筷。地苔皮清炒，将油锅烧辣，投进蒜蓉、姜丝、辣椒先爆香，再哧拉一声倒入地苔皮翻炒，搁上盐，盖锅略焖片刻，出锅前撒上小葱或切碎的蒜苗提香。地苔皮下锅前要稍稍挤干水分，否则炒时渗水过多会冲淡口味。饶是如此，这东西缩水很大，看起来一大堆，炒出来只一小碗……但这一小碗就够你细细地品味了。地苔皮藻体富含胶质，虽说不易消化吸收，但因富含氨基酸类的鲜味成分，本身就是味精。所以吃起来才清脆滑嫩，绵软香鲜，比木耳的口感好，辣呵呵地特别能下饭。地苔皮炒鸡蛋炒土豆丝，或是和韭菜一起炒，味道都不错，放入汤中更有滑而不腻的口感，凉拌则别有风味，有一股雨水的清新和宁静。

　　好几年前，我在一家颇具特色的土菜馆里吃过一回地苔皮鸡汤烩豆腐。那次，我们四五个人各人点了一两样自己喜欢的菜，说着闲话，听着田园小调时，菜很快便一一端了上来。看着那些熟悉的野菜，飘散着淡淡苦味，夹带着一丝丝泥土的芳香，心情不由显得格外轻松和舒畅。那碗地苔皮鸡汤烩豆腐，真的可谓以柔烩柔，以黑间白，配上鲜红的海米，视觉上异常愉悦，吃在口中更是风味独具，很快就给我们最先干掉了。

　　雨后地里刚捡回的地苔皮，若是多得一时吃不了，洗净晾干，可以长期保存。日后拿出来用清水泡一下，做一锅鲜汤，仍是一道上好的佳品。我在江苏溧阳天目湖风景区，就看到盒装的"地衣菜"同砂锅鱼头及风干鹅摆放一起，作为当地的品牌土特产出售。

　　每次吃地苔皮的感觉都很好，想到那片雨后的天空，想到青草泥土混合飘香的味道，心情就湿润而有所思……或许，那就是对我的消失的童年生活的一种追忆和悼念吧。

青衫红袖 / 费吟哦

晋代那个背井离乡在外地当领导的张翰，不是一个有志向、抱负和大境界的人，每每秋风起时便想起家门前的莼菜和鲈鱼的美味："秋风起兮木叶飞，吴江水兮鲈正肥。三千里兮家未归，恨难禁兮仰天悲……"他终于熬不住而辞掉官职回老家解馋去了。此后，许多人想方设法跑去江南品尝莼鲈，似乎大家都染上一种文人的时尚病。陆游说："今年菰菜尝新晚，正与鲈鱼一并来。"欧阳修发感慨："清词不逊江东名，怆楚归隐言难明。思乡忽从秋风起，白蚬莼菜脍鲈羹。"就连白居易也有《偶吟》："犹有鲈鱼莼菜兴，来春或拟往江东。"尽管都是他乡风物，但并不妨碍这些本来就酸水颇多的文化人借题发挥，夹带抒发一下自己的思乡之情。

其实，莼菜和鲈鱼，两者很难同时吃到。眼下鲈鱼可到菜市场买，但肯定徒有其名，游动在吴江中的鲈鱼到底什么滋味，我至今也不能确定，而张翰那个时代的莼菜，倒是着着实实吃过几回。早年以为，莼菜既为秋风所催生，当是只有在秋天才能吃到。其实，春暖花开，正是莼菜最为鲜嫩的豆蔻年华，"花满苏堤柳满烟，采莼时节艳阳天"，是说西湖采莼场景的。

莼菜只出没于江南的湖沼池塘，只有烟雨的江南，水墨的江南，才滋长出这种水灵纤巧有着无比款软腰身的尤物。在杭州西湖、苏南太湖边，人间四月天，眼见所有娇嫩就要被夏季的蓬勃奔放取代，忍不住地怅然，幸亏还有款款曲致的莼菜，活泼泼地奔跑舞动于水泽间，抓住它滑溜溜令人心醉的味道，也就于口舌间留住了春天的遐思。

《红楼梦》第二十八回中一曲："滴不尽相思血泪抛红豆，开不完春柳春花满画楼，睡不稳纱窗风雨黄昏后，忘不了新愁与旧愁，咽不下玉粒金莼噎满喉，照不见菱花镜里形容瘦，展不开的眉头，捱不明的更漏。呀！恰便似遮不住的青山隐隐，流不断的绿水悠悠……"春日伤怀，吟不尽黛玉妹妹及一干红楼女儿的无法排遣的愁思和无奈。此处，是将莼菜当作食之极品了。

其实，同鱼翅一样，莼菜本身是没有味道的，只有把它加在汤里，搭配鸡丝、火腿一类荤食，才能引申其中的妙处。叶圣陶是苏南人，深谙此物之美，曾说过，莼菜"嫩绿的颜色与丰富的诗意，无味之味真足令人心醉"。三十多年前，我在无锡的一家餐馆第一次吃到莼菜。那是一碗汤，几片细长暗碧的叶子，似茶非茶，半舒半卷悠悠然浮在有玲珑肉丸和鲜青的春笋丝打底的汤中。连汤带叶片舀一匙入口，觉得滑滑脆脆的，细品，有一种爽口的清香，很是鲜美，教人一下就记住了那种从未有过的口舌享受。

后来一个暮春的艳阳天气，我跑到太湖边，为的就是看看莼菜的生长模样。莼菜星星点点地漂在水面上，铜钱般小小圆圆的叶，正面鲜碧，背面紫红，看上去滑滑嫩嫩，捞上来用手一摸也是黏滑黏滑的。这莼菜同我老家乡下水塘里一种俗称"蘅叶荷子"的水草十分相像，我们那里也有人初夏时采其嫩茎来凉拌了吃，但没见过有人食嫩叶的。看着那些太湖女子采莼菜，她们犹如采茶一般，左掠右捋，只采沉没在水中尚未及舒展开的新叶，指尖的感觉极其细腻精准。新叶小小细细若纺锤形，被一层清明的胶质包裹着，颤颤亮亮的折射着春水的光，充满灵气和诗意。据说，采莼菜是不能划船的，划船动作太大，引起的水纹会令细小的莼菜荡开漂走。只有坐在木盆里缓缓地靠近，在那些已经展开的圆叶间觅得将露水面未露水面的嫩芽，贴着柄上叶茎采摘，眼到手到，全凭指尖轻轻一掠。莼菜的收获期很长，从每年四月中旬至九月下旬，可每隔两三天来摘一次，七月份产量最高，唯春莼口感最好。想象中，每到采摘季节，满湖的莼菜荡漾于水面，姑娘们坐在木盆里，纤腰前探，十指尖尖，采呀采嫩莼……充满诗意。

杭州西湖边，莼菜被当地人叫作马蹄草，在曲院风荷、花港观鱼以及三潭印月等处浅水里都能见到。有趣的是，西湖非游览区那边池沼水面上的马蹄草多是扦插种植。有围堰的水塘，种植前先抽干水，再将一段段细软的茎苗像插秧禾那样捺入泥中。因属"体制内圈养"，看上去茎叶肥壮，鲜嫩而多汁，旺旺铺满水面。采下的嫩莼，都是被浸在水桶中，尽快送往餐馆的厨间，烹出新鲜"西湖莼菜汤"、"莼菜黄鱼羹"和"虾仁拌莼菜"。收获多了，一时输送不及，则可晒干长时间贮存。

烹制莼菜是有讲究的。有杭城的朋友告诉我，不论是做羹还是炒，都得先用开水焯一遍，除去苦涩。要是没有经验，火候把握不好焯老了，莼菜的颜色就会变黑变黄。所以最好是把莼菜放漏勺中在滚开的沸水里一带而过，保住碧绿的颜色，放入汤碗中待用。然后选鸡脯上最嫩的一块牙签肉（这块肉煮过了也不会柴），切成比火柴棍还细的丝，火腿也切成细丝，一起放锅内煮开捞起，浇在莼菜上，再淋上熟鸡油。碧绿的莼菜，搭配雪白的鸡脯、绯红的火腿，煞是漂亮。若做的是汤，汤中莼菜翠绿，鸡白腿红，色彩鲜艳，风味别致。

我在无锡、苏州和吴江吃过几回，薄衫宽袖的女服务员端上来的都是鲜莼做成的羹汤。莼菜碧绿清爽的样子，与在水中的生态没有丝毫改变，依然是紧紧裹起来的纺锤形，就像碧螺春一样婀娜有致。吃起来在舌尖有些微的弹性，火腿和鸡肉浓郁的香气和鲜美之间，是莼菜滑溜的口感和清香微苦的味道，很是令人心怡。在武汉也吃过一回莼菜，虽是保鲜的，却多少有点高规格招待的意味，不过也仅为动箸前送上的每人一小碗打底子汤，是所谓"酒前先喝汤，保住胃不伤"。加了几小片水发海参的很少的几片半卷莼叶，色泽灰绿，好不容易让齿舌勾住，一捎带，就完全散开，化了，像嚼一片泡过多次的茶叶，找不到一点那种裹在胶质中噗噗吱吱脆滑的感觉。或许这种姿质清纯的菜，只配细嚼慢品，根本就不应出现在推杯换盏、觥筹交错的酒气场上。

新鲜莼菜很难遇见，自己从未于此间动手问过锅镬。今春游杭城，带回一小袋脱水的保鲜莼菜，是那种不明不白的海带绿。回家后，泡发，用水焯了，将配料简化到只有肉丸和虾仁……喔，一碗清汤之中，摇曳着墨绿嫩白轻红的一片，清香满满，倒也颇对得起口舌。

记得在西湖边写下多首绝句，其中一首为：
彼自妖娆我自歌，青衫红袖费吟哦。
一笺莼素浓如染，绿到江南情更多。

石耳有精彩 也有忽悠

山珍野味"三石",南方山区许多旅游点都打这张牌。

石鸡、石耳、石斑鱼,本就是徽菜中的经典食材。其中石鸡,即是石蛙。那年我在绩溪参加一个铁路部门笔会,见过山民们出售的活体,不过当地人称作"石拐",据介绍是生长于深山流水边的洞穴中,只有晚上打着手电筒才能抓到。烹成"干锅石鸡""翡翠石鸡",浓香四溢,肉质细嫩鲜美,极是引人入胜,我已有专文写过。石斑鱼灵动于山溪清流和深潭底部,身带黑斑纹,只有指头粗细,素以味美著称。

这里说一说石耳。如果说地苔皮是长在地上的苔衣,那么石耳就是长在岩石上的苔衣。石耳亦不像木耳那样有耳的形态,石耳平坦,呈叶状,腹中有一块像肚脐一样的突出物,石耳就靠它吸附在岩石壁上,并借此吸收营养,繁殖生长。故石耳也被称作岩耳。我们平常所见都是干品石耳,真的无法叫人看上眼,就像从年长日久的老屋墙上刮下来的苔藓皮,更像是一堆涂了糨糊晒干后反卷的黑碎布。

第一次吃石耳,是三十多年前,回南陵老家时,恰逢一个亲戚从他承包的黟县工地回来，带回了一些山珍。于是那晚的餐桌上，便尝到了闻名已久的黟山石耳。那黑乎乎的薄毡片一样的东西，是半卷半展地一片片沉浸在琥珀色的炖老鸭汤中……用筷子夹了一片放在眼前细细观看，正面光滑深黑，朝里半卷的背面则显灰褐而遍布浅浅的棘梭，比海带还薄，纳入口中，有点脆，比木耳、地衣嫩软，细嚼有余香。

据说，以往的石耳都是只有药农才能采到。石耳附生在悬崖绝壁阴湿处的石缝里，得天风云雾滋润，一般要六七年才能长成。每年夏秋之季，药农们选择有石耳踪迹的崖顶，以绳系腰下到深谷里去采摘。采完一处，再摆悠绳索像荡秋千一样，飞身到对面另一处崖隙间觅采，颇似南海之采摘燕窝情景，唯更惊险刺激。因为黟山多劈地摩天，猴猿难攀，云生雾起处，但见采耳的药农在悬崖间飞来荡去，可以想象其身手矫捷之非比寻常！传闻亦有悬系性命的绳索被岩石或树枝挂卡而上下不得的事发生……此时，要么全凭自己以惊人的胆量和高超的技艺自救脱险，要么就是精力耗尽而最终坠落深渊。旧时黟山，确实每年都有摔死药农的惨剧发生。

据我那亲戚说，那时已有人工培植的石耳了。但他带回的确确实实是山养石育的野生珍品，因此硬要送了一小包给我。"真东西往后是越来越少了。"他说。

十多年前，我们一行人从庐山下来，又折往鄱阳湖边的共青城看胡耀邦墓。当晚宿在酒店，拧开电视，正好当地台播放一个庐山采石耳的专题片。耳农们长袜过膝，一身短打装扮，腰间吊一个特制的竹篓。新鲜石耳都是附生石壁上，小者朵朵如花，大者成片，如苔藓苍碧，望之如烟。耳农全凭腰间一根绳索悬于云雾峡谷的陡崖峭壁间，攀爬荡悠进行采耳……看得人心头扑扑地跳。在张家界，传统的采耳技艺，就被演绎成为一种地方艺术的舞蹈形式，在景区内表演传播，惊险神奇。

说来惭愧，我吃的味道最好的黟山石耳，不是在徽州，而是黄浦江边。那年秋天，在上海宝山区双城路徽宴楼，席间，一人上了一小盅野生石耳汤，味道特别鲜。看到里面有细细的肉块，问服务员，说是石鸡。当时心里存疑，环保查得很紧，能有石鸡上桌么？不过，汤则是正宗老母鸡加火腿吊出来的，吃到嘴里完全不一样，绵软醇鲜，过口难忘。

2000年的初夏，我在婺源县招待所食堂吃的石耳炖老鸡汤，汤味之鲜美，至今记忆犹深。那时婺源的旅游还不是太开放，我带队过去的是一个新闻采访团，故当地招待规格颇高，现在再去，不可能有那福气了。在任何地方，吃了好东西，总是想方设法掏点秘诀的。食堂大师傅架不住我的两根香烟贿赂，据他传授，母鸡宰杀后，放炭火上烤至略香，再用刀背均匀捶砸鸡身，然后斩块，入盐、姜、葱、料酒、胡椒粉腌片刻，加少许生粉拌匀，在盆内反复摔打，直至感觉黏稠、鸡肉入味。炒锅里倒入高汤，大火烧开，下鸡块烧沸，转小火煲制约15—20分钟后，下入泡发好的石耳，放入盐、枸杞、大枣，再小火煲制约5分钟后，淋入少许明油，即可装盆起锅。那次只记得老母鸡肉质细嫩，非同寻常，至于石耳，并不是主角。

近几年，人工培植的石耳实在太多了，连去井冈山红色旅游回来的人，都会带一两袋子石耳，以致收到别人馈赠的野生石耳，你只能一笑而已，哪会有这么多"野生"的呀。这些高级包装的石耳，都有一个让人头痛之处，难洗。包装袋上都注明是已处理过，或写着用淘米水洗，但是温水浸泡了好长时间，也用淘米水洗了半天，吃的时候还是有沙子碜牙。特别是要一片一片掐去蒂柄，那真是考验耐心……掐到最后，简直要让人抓狂。

如果手头有石耳，我经常是在炖好鸡汤快要出锅前放进去一些，或者是配其他的汤羹。还有，只要记住少沾油、少加热、多放点姜，它就忽悠不到你。

梅雨落苏 / 栀子肥

江南吴地一带称茄子为落苏。

大凡上点年纪的人，都能给你讲一个掌故：吴王阖闾有个瘸腿的儿子，因"茄"与"瘸"同音，为避免听着刺耳，吴王改称茄子为落苏。落苏落苏，垂落下来的流苏，吴王当时正好看到王妃的帽子上两个流苏垂挂，很像要落下来的茄子，就随口说出这个名字。但现在，落苏成了上年纪人口中的孤岛名词，年轻人一律称茄子。茄子与人们的生活实在是太密切相关了，以致人们在照集体相按快门前，为了求得表情一致，便齐口同喊"茄——子——！"

如果说冬天的菜园是一篇语辞沉稳的散文，那么夏天的菜园就是一首跌宕起伏、充满激情的抒情诗。夏天菜园里的茄子辣椒，要比冬天的萝卜白菜高大得多。冬天的菜几乎通体都能吃，夏天的菜往往都有个衍生过渡，比如豇豆架子、黄瓜藤子、茄子辣椒秸，这些母体是不能吃的，能吃的只是它们结出的果实和果实的包裹体。但就是这些茄子辣椒，几乎成为夏季所有蔬菜的代名词，成为一种清平生活的具体外化……而它们也确实没有辜负人们的期望。"夏雨早丛底，垂垂紫实圆"，在所有蔬菜里，要数茄子能耐最大，蒸炒炸熘，无所不能，甚至还可以煲汤，做法太多了。

茄子好性情，和谁都能处得来，但如果没有其他香味的提携，茄子总是过于清淡了。茄子在下锅之前先用蒜头腌制入味，以弥补茄肉清淡的不足。如果还嫌不够味的话，混着蒜末的白醋早已经在一边伺候着了，最后再淋上一点点麻油，立刻提升了味蕾的高度。炒茄子丝，最好适当放点酱，放些蒜片炸香，倒入茄子不断翻动，在快熟时放盐和蒜调味，再加入少量白醋或番茄丁，味道浓香可口。有一种茄夹，大约是抄袭了藕夹的版本，两片油煎过的茄子，中夹肉糜，或炸或煮，皆脆爽滑嫩。

大大小小餐馆里，菜单上常见鱼香茄子。茄子与鱼不知究竟有何渊源，被牵扯在一起，是茄子沾了鱼香的光，还是鱼香多亏了茄子的衬托？总之是，鱼香的鲜美在茄子淡淡的清香中，表露无遗。吃鱼香茄子这道菜，一定要趁热，否则不免辜负了香脆的初衷。

烹调茄子，首先要挑选刚刚采摘下来还留有清新泥土气息的嫩茄子。嫩茄子容颜令人心动，紫亮发乌，皮薄肉松，籽嫩味甜，籽肉不易分离。老茄子颜色收敛，皮厚而紧，切时易落下黄硬的籽，味苦。还有，茄子萼片罩着的那个地方，有一圈嫩白色环带，越宽越明显，就说明茄子正快速生长，妙龄当时；如果环带不明显，说明茄子已经韶华老去，停止生长了。在乡村，嫩茄子的蒂柄和萼片也能做菜，蒂柄剥去里面木心，切成丝和青辣椒丝一同炒了吃，生脆可口，很是清新宜人。

茄子有一个毛病，在烧煮中会变黑，若是添些凉水，就更加糟糕，等到把茄子盛起来，早已是黑乎乎一盘。如果事先放入热油锅中稍炸，再与其他的材料同炒，便能保住本色。茄子在切时，几乎碰着刀就变色，应边切边放入油锅炸，中间不耽搁，既能避免变黑，炖煮时又容易入味。我通常在一旁放盆水，茄子从刀下切出就浸入水中，待做菜时再捞起滤干，烧好后，茄肉淡黄或淡绿，口感也格外柔嫩滋润。

常说"茄子吃油"，在酒店里吃到的美味茄子，像锅塌茄子、油焖茄丁、炸茄盒等，难免油脂过多。如果要吃低热量的，最好是在自家厨房里弄出蒸茄子。把茄子从中间剖开，没有屉笼，就在锅里架几根筷子隔水蒸，只是火要大，小火就弄僵了，到时怎么也拌不开。在乡村，茄子都是直接放在米饭上蒸，饭好了，茄子也紫色褪尽，软塌稀烂。锅铲把子的一头倒过来将老蒜子在碗里捣成泥，再搁上盐，淋点熟菜籽油，一碗蒸茄子就拌得落落大方丝丝入味了。

将茄子切成棒状，然后与鸡丝、咸肉、冬菇一起在瓦罐中用小火慢攻，称作浓汤煨茄。《红楼梦》里有此做法。所谓的秘制，乃采用的老母鸡在微红的炭火上吊出的高汤。如此精煲，委实感人，不待揭开盖子，浓香已迫不及待地钻入鼻孔。待定睛细瞧，茄子虽然软嫩，可形还在，精神没有塌，原本的微微甜味里，吸收了鸡汤的鲜美，入口嫩滑……绕齿醇香让人几乎不能自持。至于已经贡献出精华的鸡肉，此刻退在一边，只能是闲坐说玄宗的白头宫女了。

茄子最奢华的吃法是出现在大观园里。《红楼梦》第四十一回写刘姥姥二度来做客，用餐时，贾母叫凤姐"把茄鲞搛些喂她"。已被一干人寻过开心的刘姥姥食后笑道："别哄我了，茄子跑出这个味儿来了！我们也不用种粮食，只种茄子了。"原来这个情商和智商都不低的刘姥姥吃这道菜时，只吃到"一点茄子香，只是还不像茄子"……于是，凤姐逮住这机会不厌其烦地显起摆来："这也不难。

你把才下来的茄子，把皮劉了，只要净肉，切成碎钉子，用鸡油炸了，再用鸡脯子肉并香菌、新笋、蘑菇、五香豆腐干、各色干果子，俱切成钉子，用鸡汤煨了，将香油一收，外加糟油一拌，盛在磁罐子里封严；要吃时拿出来，用炒的鸡瓜一拌就是。"凤姐说得轻巧，只是让那个乡下老婆婆不住"摇头吐舌"："我的佛祖！倒得十来只鸡配他，怪道这个味儿！"这么多有身份的东西缠绵纠结在一起，不好吃都难……别说是刘姥姥，我看了也抵不住要咂嘴呀。

沿江一带的人只知农历七月三十是地藏王生日，信男善女顶礼膜拜，大烧高香。其实，往苏州、无锡、常州那边去，这天还是民俗节日"落苏节"。落苏节点落苏灯，就是把落苏挖洞眼插根小蜡烛，便成了一盏落苏灯。孩童们啸聚一起，人手一灯，比谁的落苏大，比谁的灯芯亮，追逐嬉闹，走家串户，雀跃欢叫。又因是地藏王生日，众香客必往庙宇敬拜，有人便在祭拜时，将落苏周身插满棒香排在庙宇屋檐下。能挖洞放蜡烛或插满香火，想必要那种圆圆胖胖的落苏才能承受得住。

事实上，七月三十是落苏最后的嘉年华，过了这个日子，所有的韵事都快落幕收场了。落苏最美丽惊艳的青春年华，是在小蝶新蝉的梅雨初夏。黄梅天里，菜园里落苏长得最旺，赤马吴船，叶底光圆。被雨水淋过的落苏，紫格英英，黛痕浓抹，许配芳鲜的味道真是好极了，难怪民间有"六月落苏，好过猪肚"之说。

农历五月底六月初，菜园的一角，一树栀子湿漉漉地开了，一朵一朵，雨中显得格外肥白……

莴笋的风土人情

莴笋是土名，书上规范的称呼是莴苣。

我去乡下，最喜欢往菜园里转转。春天里，一畦畦莴笋列队一样齐崭崭的，比别的菜要高出许多。打眼望去，莴笋最为嫩绿，旁边生长着大蒜和起苔的芫荽，但谁也比不上莴笋那般宽衣大裳高身架。莴笋绝对是菜园里的模范生。

莴笋分为叶用和茎用两类。叶用莴苣又称生菜，在西餐店里吃三明治、汉堡或炸薯条什么的，常吃到这种叶面曲卷打皱的蓬松绿叶菜，脆而微甜。我们通常所说的莴笋，都是食茎的，而且确实呈笋状。削去皮的莴笋，清澈而诱人，像绿的翡翠，嫩且有玉质的透明感，有时感觉更像梳妆好的女子，清新可人待人品味。

莴笋作菜肴，可荤可素，可凉可热，碧绿盈盘，口感爽脆。将莴笋斜切成菱形条块，在油锅中翻炒，略显柔软后加食盐和豉油焖片刻，乘热进食，用筷子夹起嚼在口中，味极清隽。莴笋切细丝，脆数分钟，挤掉汁水，根据自己的口味滴入适量的麻油和香醋，一道淡甜脆嫩、爽口怡人的凉拌莴笋丝就做好了。有时候，我也将莴笋切成薄片，加上肉片和少许胡萝卜片同炒，就有点精致的味道了。

其做法：猪肉切好装碟子里，略略洒点水和生抽，抓一撮淀粉拌匀，投油锅里爆成大半熟，起锅装盘备用；再将莴笋片炒至半熟，投一些蒜段，放入肉片、盐、鸡精合炒……莴笋和肉的味道都很浓郁，很滑爽。

吃莴笋，选叶子油亮或有紫脉的那一种，叶子灰白的，似乎苦一点。油亮叶子的莴笋，清苦里有丝丝的甜。

许多年前，我在青弋江边的西河古镇上当中学老师。春天的时候，小镇郊外连片的菜地里，长得最动人的就是那种紫红叶子的莴笋。而学校食堂供应最多的便是各式各样的炒莴笋，有的和肉片同炒，或佐有青蒜和红的黄的胡萝卜片。莴笋有清明的色泽与质感，微红的肉片杂陈其间，就是我的清苦生活中最动人的味道了。那样的日子里，常看到食堂胖胖的赵妈坐在树荫下削莴笋，一把菜刀紧贴莴笋根部削入，食指中指捺住莴笋皮向前一扯，一会工夫地上堆了老高的皮。有一个姓鲁的家在外地的教师，老是用自备的小煤油炉子做一种放了很多醋的猪肝熘莴笋片，再炸一小碟花生米，斟上二两白酒，听着窗外的八哥和麻雀叽叽喳喳零乱叫声，悠悠然地慢慢品饮，有时也叫上我。那条被人喊作"老汪"的很瘦的黄狗，就卧在一旁，满脸讨好地看着我们。在那个小镇上青草疯长的春天里，莴笋便代表了一种心情——宁静，悠远，散发着微微的清苦。

莴笋以食茎为主，很多人将叶子抛弃，很可惜。其实，莴笋靠近梢头的嫩叶子，经水焯一下，凉拌甚好。或烧热油，放锅里速炒，搁点辣的豆瓣酱，若是在上面浇上点带渣的臭豆腐卤水，就成了极有风味的季节性家常菜。也可以烧热油锅后，将红辣椒和蒜末煸香，再把莴笋叶放下去，嚓的一声，搁点盐，这么炒出来，比馆子店里的油麦菜有味道得多。莴笋叶切碎与豆腐同煮，也别具风味。

吃不完的莴笋腌起来，在太阳底下晒干，装入瓶子或罐里，要吃时，切成碎丁，炒或不炒都行，淋几滴麻油，蘸点辣酱，咬在嘴中脆崩崩地响牙……就着喝粳米粥，不留意就吸溜两碗下了肚。

别看莴笋身架大，脚底下却没有多少扯扯绊绊的根系维生，稍一扯就起来了。莴笋主要靠宽大的叶片进行光合作用吸收营养，若叶片太密不透风，地气湿热的暖春天气里，根部经不住烘捂，常会湿漉漉烂秃了桩，顶部承接阳光的叶片虽仍在疯长，但轻轻一碰，就软软倒下来。到了初夏，莴笋的茎逐渐伸长和膨大，叶顶长出头状花序，花黄色，果褐或银白色，外面包着的冠毛，能像蒲公英那样被轻轻吹起飘向不确定的远方，充满了芳菲诗意。

莴笋是外来菜，我不知道它是否在唐之前就移民过来了。反正杜甫是很馋吃莴笋的，当年穷困潦倒困居夔州时，买不起市上很时尚的高价莴笋，就满怀希望在地头撒下种子。结果，却只有野苋满地，心心念念的美味绿菜并不见长出来，于是写下《种莴苣》一诗以宣泄悲愤。不过，这老杜倒是远比西方童话里那个怀孕的女人好，那女人隔墙看见人家园子里莴苣叶碧绿诱人，口里实在馋不过，丈夫无奈之下跳墙偷来给她吃，由此铸下大错——那莴苣是巫婆种的，受了挟制，孩子生下来便骨肉分离，被巫婆抱走。

早年辅导儿子读《格林童话》，有《莴苣姑娘》一篇，内容与《灰姑娘》相近。后来我无意中看农业资料得知，西方本土的莴苣，都是那种食叶的生菜。而莴笋这个名字，品咂出的是地道的江南风味，也更容易让我忆起过往的乡村岁月。想来，那个西方童话里大肚子孕妇所馋的，仅是碧绿的叶而已，她未必懂得食茎以及食茎之外的许多风味。

　　写过《雨巷》的戴望舒有留洋的背景，所以他称莴笋为莴苣，其诗集中有这样两句：因为小病的身子在浅春的风里是软弱的，况且我又神往于家园阳光下的莴苣……

　　如果有谁问起，我们有多少前尘往事都遗落在"浅春的风里"，隔了岁月的迢迢光阴，我们还能看清家园绿畦的方向么？

桃花颜色 / 苋菜饭

每次走到人家菜地边或看到人家的菜地，脑子里总要悠远地冒出两行古人的诗句："几畦蔬菜不成行，白韭青葱着意尝。"

地里的麦穗长出了头，茄子辣椒和豇豆青豆才起秧架藤子，南瓜也只次第连绵地开出一路黄花，此时"着意尝"的只能是瓠子和苋菜。尤其是苋菜，无论是间种在瓠子架下的空当里，还是齐崭崭地整畦呈现于地头，看上去总是那么爽心贴意的亲切可靠。风过云开的菜园里，雨洗后的苋菜，嫩叶尖下缀着水珠，更是有着一种情意绵绵的清新舒展，叫人灵魂静滞。

"苋菜不要油，只要三把揉。"洗苋菜时，一定要去掉草酸，揉出浮沫且把浮沫漂尽。沥干水，锅烧辣一点，多放点油，这是张爱玲说的，再放几个蒜瓣煸一下，哧喇一声倒入苋菜旺火旺油翻炒。那种有深赤脉络、叶片肥厚暗紫的苋菜，搓洗时就像打翻了颜料罐，能染红几大盆水。红苋菜宜炒得烂熟一点，直看着白蒜瓣也成了深红，挟到碗里时，白米饭和白瓷碗的边沿都会给染成鲜艳的胭脂色。过去糕点作坊里离不开的颜料叫"苋菜红",我们小时乡土岁月里吃过的欢团和馒头发糕上的那一点动人嫣红,其来源正是于此。最好吃的,是那种细叶初发的青苋菜,稍搓揉洗净,沥去水,投以拍碎的蒜头略加清炒,其香鲜柔嫩便伴着初夏的清新留在齿舌间。

读知堂老人那种人情冷暖的小品文,有一篇《苋菜梗》:"近日从乡人处分得腌苋菜梗来吃,对于苋菜仿佛有一种旧雨之感。"说的是那种老得不成样子"抽茎如人长"的苋菜梗,切段盐渍,泡入臭卤里,"候发酵即成,生熟皆可食",夏天晚上吃粥尤好。吃的时候一吸,吸出根茎里呈胶冻状的嫩液,然后把不中吃的外皮吐掉,大约就跟我们现在吮果冻吸奶茶差不多。在我们这里,苋菜老了就不中留,长到人高,叶腋下结出带刺籽簇的老苋菜也是有的,但那是养下来做种的,一棵两棵孤单地立于地头,其余的,到了季节该拔的早拔了,该散的早散了。虽然我们这里也吃苋菜梗,却另有一种吃法。那是在草木葳蕤的盛夏,苋菜青莹莹的梗给撕去外皮,掐成寸段,太粗太丰盈的还要从中间剖开,然后和青椒丝同炒,倒也甚是清新宜人。

我小时吃过一种蒸苋菜,那是早年缺吃少穿时"一锅烀"吃法:饭锅干汤后,把苋菜铺上,灶膛里续两把火将热气顶上来,饭熟菜好。拿一双筷子从热腾腾的饭锅上面将蒸烂的苋菜划进碗里,加上蒜泥和盐一拌,再淋上几滴熟香油,吃在嘴里味道也说得过去,只是显山露水的一锅饭尽成桃花颜色,就像打翻了颜料罐,那真是有的看了。

我在游玩徽州时，还吃过米粉蒸苋菜：将苋菜里放入炒米粉，加鲜汤、盐、鸡精、油，拌匀，大火沸水速蒸。苋菜鲜嫩不软烂，色泽红润，味道香糯，咸鲜爽滑。徽州过去往婺源那边，还有一种吃法，就是拿苋菜做春卷，或者是他们喊成的"苋菜合（盒）子"，味颇不恶。令人不爽的，是眼下都市的许多餐馆里，但凡绿蔬菜，都是先在锅里倒重油"拉"一下，嫩则嫩矣，但吃时腻嘴不说，蔬菜原有的清明味道也给粗暴地强"拉"尽失，这是典型的商业恶俗作风！

苋菜为江南特有，北方少见。但北京的超市里早已有卖的，是那种圆盾状大叶子的苋菜，整把地扎了出售，根本瞧不出一点红绿相间的水灵鲜活。可笑的是，在琉璃厂旁一家餐厅的菜簿上，我看到有上汤苋菜，想见识一下是怎么个做法路数，遂点了这菜。若是按规矩来，上汤的菜都是用高汤做的，就是说先略炒倒，再加高汤文火煨熟，起锅装入碗中，有时还有一点海米、黑木耳什么的加盟进来。但是，待我们要的上汤苋菜端了上来，一看，纯粹就是炒苋菜嘛……犹如循着一个清丽曼妙的名字，叫上来却是一个不堪看的俗妇人，而且那苋菜显然有点上了年纪，吃在嘴里粗糙糙地拉舌头……到底是北方水土比不得南方的软腴轻灵呀。

活色生香地长在《诗经》里大名鼎鼎的"藜"，就是一种野苋菜，大众的喊法是灰灰菜或灰苋菜，肆意生长于房前屋后和沟沟坎坎边。灰苋菜的幼苗和嫩茎叶，经水焯，再用清水漂去涩味，可炒食可凉拌或做汤，味道鲜美，口感柔嫩。胃酸多的人尤其适合吃灰苋菜，灰苋菜多碱，炒过灰苋菜的水用来洗碗很方便。

马齿苋也担了个"苋"名,却相去甚远了。但晒干的马齿苋同五花肉一起烧入了味,在溽暑夏日悠悠穿堂风的吹拂下,用来下饭,倒是很有几分情调的。

辣椒的 / 快意演绎

辣椒在暮春和初夏的阳光里嗖嗖猛长,一天一个样,半人高,碎花落,一群乖巧伶俐的小辣椒们在枝叶间探头探脑,吱吱喳喳,交头接耳。过了夏至日,辣椒们就出落得一个比一个水灵生动和美艳绝伦,或青绿或酱紫或鲜红,一串一串,在轻风里摇曳。

但是,到了厨房里,情形就变了,辣椒被推到前台展示自己容貌的机会并不多,通常就是个被使来唤去的丫鬟命。辣椒的尴尬,在于其无论切丝还是切片,大多只能作为配料,作为调味品,掩盖在主题后面,常常沦落到被熟视无睹的境地。即使是炒一碟辣椒丝,也是要加上干子丝配伍,才能出场。然而辣椒出人头地、独当一面的机会并非完全没有,炒辣椒片、辣椒瘪,就是全由辣椒来演绎,唱绝对主角。

青辣椒过一下水就洗干净了,握在拳眼里,按住蒂柄朝里轻轻一推,再抽出来,将籽芯拔尽。随手一刀拍成碎裂的片,入油锅炒,加蒜片、豆瓣酱,再放点盐、糖和醋,略焖片刻,装盘前勾点水淀粉,就是炒辣椒片。如果辣椒没有被拍裂,而是完整地下锅煎倒,再放盐、酱、醋等调料修理,就是炒辣椒瘪。辣椒瘪极能开胃口,光是用那汤汁淘饭就吃得风卷残云，别的菜可以免了……当你在一个近午的时分走进某个村头，突然闻到那种混合着辣椒的焦香味、板酱味、醋味的特有气味飘来，腹中饥肠一下辘辘地转动起来，就会忍不住咽一口唾沫。

由家常味的辣椒瘪再到虎皮青椒，技术提升上并没有太大的坡度……区别只在于，虎皮青椒由于外形的略微改变，又冠以雅称，就轻易地获得了出入家厨和店堂食肆的通行证，而有着土土名字的辣椒瘪，却注定只能情属农家的粗瓷大碗，在小蝉新蝶的江南乡村演绎美妙时光。对于嗜辣者来说，无论辣椒瘪还是虎皮青椒，都是至尊级美味，因为这道菜中辣椒不再是调味品，而是风骚独领快慰口舌的主角。

有人说过，对一个厨师的验证，就看他能否做好虎皮青椒，这是因为在初夏的餐馆里，虎皮青椒这道菜是最容易被客人点到的。其实，要让我说，能把一盘辣椒瘪炒得山清水秀，整治虎皮青椒自是不在话下。好厨师做出的虎皮青椒，斑碧绿透，身形苗条，像是一根根翠玉手指般清秀可人，的确既可口又风雅。

所谓虎皮青椒，就是青椒烧出后，表皮上附有均匀密集的白灰色虎斑花纹，菜形别致而不失自然，气味鲜香，口感绵嫩而不烂。餐厅中的虎皮青椒大多是先将青椒入油锅炸，炸出表皮的花纹，浓香扑鼻且又好看。在家里做虎皮青椒，则是先将青椒放锅中干煸，不着一点油星，失去水分的青椒除了变蔫，表皮还出现焦斑。此时加入色拉油，加点水，"哧喇"一声热气升腾，冷油冷水遇到热锅迅速被青椒吸收，青椒就薄皮膨胀，内肉收缩，皱纹剧增，即刻呈现出虎纹效果。然后，如同烹辣椒瘪一样，加入一应作料烧出来，那些斑斑点点的色泽，看上去尤让人食欲大增。

须提醒的是，在家中厨间干煸青椒，因锅中不放油，故而火不能大，要不断翻炒，让青椒均匀受热，避免焦煳。并且要用锅铲按压住青椒，目的是将水分逼出来，使其迅速蔫倒。待表面发白并有焦煳点，便倒油一起翻炒，视大面积虎纹出来，就要下调料放水盖锅烧了。烧到酱油和豆瓣酱在锅里结成一层薄薄的痂，就好了，吃到口里甜甜咸咸的，就可认作是正宗的虎皮青椒的风味。如果是太大太长的青椒，下锅前可从中一刀切做两段。要是怕锅里结上焦痂影响观感，就分作两步操作：青椒干煸，放油炸出白膜后，盛起；洗净锅倒油，下蒜末、酱、醋和白糖等调料煸香，放一大勺水烧沸，倒入青椒翻炒，勾芡入味，装盘……不待上桌，先以锅铲角尖挑一块到嘴里，那个味道啊，脆香软辣，妙不可言！

选料选鲜嫩肉厚、外表平整的大角青椒最好，小灯笼椒、羊角椒也可以。不要以为一根根完好无损的青椒就辣到吓人，"不辣""微辣"或者"巨辣"的等级，可根据口味选择，喜欢酸的多放醋，喜欢甜的多放糖，豆瓣酱也可换成超市里的老干妈豆豉。像我，因为不甚耐辣，即使买来是"稍辣"的青椒，有时不放心，在拧去柄芯时，顺带把腔里的白膜辣筋也刮掉。一般的青椒，只要刮掉白膜辣筋，就戾气散尽，心态平和，待人接物变得内敛中允。但我吃过一次亏，有回听从了卖菜老头的话，买回一堆"有一点辣"的青椒，就没有处理那些白膜辣筋，花了一番功夫做出来，最后却实在不能进嘴，辣得舌头上像着了火！

其实，正所谓上得了厅堂下得了厨房，无论是虎皮青椒，还是辣椒瘪，因其原料便宜和绝不复杂的操作，才决定了它们都是极其平民化却又是大雅大俗的家常菜。它们有个性，有一点小脾气，调理好了，既可自用，待客也不失其华。

如果不想让辣椒"瘪"在那里，而要继续提升味蕾的高度，就在空腔里塞进肉馅，一样的套路烧出来，或直接用油炸了再烹调——唯有炸过，才更能体现嫩滑的口感吧？如此兼荤兼素，又香又辣，即使吃在嘴里呲呲有声，额汗淋漓，也是吴钩任侠，快意恩仇，哪还再有话说了……

金黄的南瓜花，嫩绿的南瓜头

稻子秀穗时，南瓜藤子已蔓遍荒坡野地，有的攀缘在水塘边的瓜架上或是矮墙长篱上，有的借助树枝或竹竿的引领，会爬到有烟囱的披厦屋顶上。南瓜花开的时候，也是夏夜的星空下流萤闪烁的时候，孩子们举着放有鲜嫩的南瓜花瓣的玻璃瓶，对着一闪一闪的流萤喊着："油炸糕，油炒饭，萤火虫，家来吃晚饭！"其实，萤火虫可口的美味佳肴是蜗牛，萤火虫并不吃那鲜嫩的南瓜花，只有孩子们自己才爱吃南瓜花。

清晨，来到菜地里，见碧绿的南瓜藤上又一路逶迤开出了好多金黄的花儿。那些花儿，自绿意荡漾的大片心形叶中探出笑脸，随风轻舞，迎着刚露头的太阳，热烈奔放，姿态袅袅娜娜，妖妖娆娆……外公从菜园里摘了一抱茄子辣椒和空心菜后，走过那一大片南瓜藤蔓前，会停下来，将一些爬到了路口或伸向不该去的方向的瓜头轻轻牵回，再小心地走进藤蔓中，掐下一些南瓜花。出来时，露水已打湿了他的裤腿。

南瓜花有公母之分，掐来做菜的都是公花，又叫"谎花"，母花不能动，母花是要结小南瓜的。公花有一根长长的细细的花柄托起杯形的花朵，以便于传粉；而母花的花柄粗壮，与藤蔓不相上下，粗壮的花柄上托着绿色的南瓜宝宝，宝宝头上顶着一朵母花，像是戴着皇冠。有时候，这个小小的绿色南瓜宝宝会变成浅黄色，那多半是因为授粉不成功，已经停止生长。外公说，那是气死的……年少的我听了，半懂不懂，不知南瓜宝宝为何要被"气死"，却又信以为真。

南瓜花的柄和托，还有花冠都能吃。因为要很多朵南瓜花才能做一小碟菜，所以，每次都不会仅仅单炒南瓜花，总是连那花柄一并炒入锅里，那花就只是配料。花柄若是单炒，撕去有许多细刺的表皮，再捏碎成窄窄的片，青润润的，加上一点青辣椒丝，清炒出来，实在好吃，润滑怡口，感觉极好。在乡人眼中，南瓜花实在是不能抵事的菜，吃南瓜花，纯粹只是调胃口……新麦登场了，挖一碗刚碾的面粉，加水加盐，和揪碎的南瓜花一起搅拌，在锅里摊成红红黄黄的面饼粑粑，偶尔打入一个鸡蛋，就是那时的人间美味了。

这么多年来，我吃过很多鲜花入馔的菜，觉得口感最清香味美的就属南瓜花了。用南瓜花煎蛋，是较省事的做法。南瓜花去掉花蕊，清洗干净，轻轻挤干水切碎备用；鲜红椒切小圈圈，鸡蛋磕入碗里顺一个方向打成蛋液；将红椒圈、南瓜花放入蛋液里，再撒点葱花，用筷子稍微拌匀，撒入盐、鸡精调匀；锅中油热，倒入蛋液，小火慢煎，煎好一面再翻面煎；用铲子稍微地按压，使之成美观的扁圆形，两面煎成深黄色，即可出锅摆盘。

南瓜花、嫩水芹在沸水里焯过，切段，另有胡萝卜切丝，加精盐、麻油、香醋凉拌，红绿黄相间，清香怡人。要是荤吃，把猪腿肉、豆腐、粉丝共剁为馅，油锅烧热，用葱姜爆香，下馅料加盐、糖、鸡精略煸熟；然后把煸熟的馅料装入南瓜花中，再在南瓜花外挂上面糊，下油锅炸得焦脆，则是本人创意的一种吃法……一点不夸张地说，其味之鲜美，谁都无法拒绝！

南瓜头的清香滋味，同样绝对值得尝试。

南瓜藤最前端的柔嫩部位，就是南瓜头，这也是很难得的蔬菜。南瓜头炒得好不好吃，关键就在是不是鲜嫩。一定要把南瓜头外表皮的绒毛连皮撕掉，折成小段，折的时候顺便将管腔捏碎，这样炒出来清丝丝的口感才特别滑嫩，微微的还有点甜味。有位文友，一直是城里长大的，有一次她在饭店里吃了南瓜头，跟我说，没想到这个菜也能有这么好的味道……于是赶紧回家自己做，却苦于无处能获得南瓜头。

父亲还健在时，我在夏秋季节每次回乡下看望父母，总能吃到最鲜嫩的南瓜头。父亲是个环保主义者，一直提倡绿色生活，年年都在房前屋后还有水塘边种下好多南瓜。他喜欢端个竹椅坐在那些长势良好的南瓜藤蔓前吟诗填词，吃饭时，南瓜的嫩蔓是菜，青的南瓜老的南瓜就是一半主食。我知道，父亲当年投笔从戎参加新四军打游击时，南瓜常常是他们的唯一食物，所以对南瓜一直有较深的感情。奉伺父母的保姆，我们喊表嫂，她做过饮食，能烧菜，当初我们正是看中这一点才着力将她请来的。表嫂炒南瓜头，手法很是奢侈，只取藤蔓尖上最嫩的那一小截，洗净切碎，锅里下拍裂的蒜瓣，柴灶急火，油烧到冒烟，倒入南瓜头，"哧啦啦"几下一翻炒，喷点兑了烧酒和醋还有盐的水，再炒两下就盛起。一盘鲜碧的色彩，看了就使人食欲大增。

　　我回市里时，父亲让我尽量多带上几个或老或嫩的南瓜，此外，总是招呼表嫂多给掐上一些南瓜头。有时他亲自给我装袋，弄得我心里一阵阵的潮热……这些南瓜头，带回家后存进冰箱里，吃上个把星期，虽然蔫了，但炒出来后，味道之鲜美，仍是菜场上买来的那些绿菜所无法比拟的。

扁豆花如蝶,蹦跶过秋风

扁豆形如柳眉,更似新月,故在我们老家被叫作月亮菜,很有点新月照清溪的诗意。

扁豆好养,只要做个脸盆大的墩子,下点底肥,撂上两粒豆种,三五日小苗萌出,在风里摇着稚拙的宽卵形嫩叶,颤着纤细的藤缠绕于周围,攀到了篱墙上。初夏时一场又一场雨水,会让它们蓄足力量,依形就势,盘旋蔓延,不多日就将整个篱墙变成一片浓绿。有时甚至会缠到晾衣绳上,要是不留神给攀上高高树梢头并开出一路撒欢的繁花,你只能等候收获黑皱的老扁豆了。

扁豆有白色和紫色之分。白扁豆俗称洋扁豆,阔而肥厚,白皮白肉,豆粒饱满,富足而优雅。一簇簇白花,如一只只振翅欲飞的蝴蝶,藤子攀到哪里这些白蝴蝶就飞聚到哪里。紫扁豆身形苗条而饱满,一嘟噜一嘟噜的紫色蝶形花开出来时,头挨着头肩抵着肩,嚷嚷着吵闹着谁也不让谁,前面结了豆荚,后面还在继续开,一直开进深秋里。紫扁豆老了,豆粒黑亮诱人,且有一道白痕如喜鹊的羽毛,故紫扁豆又名鹊豆。你白扁豆也好,紫扁豆也好,从篱墙上采下来后,都得在灶间收拾,一掐一拉,撕去弓弦和弓背处的两缕筋络，折成几截，在水里稍稍焯一下，等待下锅。

扁豆最常做的一道菜，就是干煸。锅里放油，投大料炸出香味，放入肉片煸炒断生，加入姜、蒜、酱油、精盐，视肉上色，投入用开水烫透的扁豆翻炒几下，加少许水，略焖一会，肉片鲜香，扁豆绵软而有韧性，并能保持色泽碧绿。这样的菜端上桌，几乎所有的筷子都抄向扁豆，最后，剩在碗里的只有肉片。用火腿肉炒扁豆，亦同此理。将扁豆码着斜切成丝，热油锅干炒，再佐以青红辣椒丝和一定量的蒜蓉，还有那么一点点芝麻酱，顷刻便是清香可口了。扁豆烧五花肉较省事，先把五花肉加老抽、糖、盐烧上色，烧出油，再投进经开水焯过的扁豆及蒜瓣，盖锅焖到最后收汁就是了。这样焖出来的扁豆，亮汪汪的吸饱油香，浸润得软绵可口，特别是那些绽离了豆荚的饱满豆粒，用筷子一颗颗挑入嘴里，能让你咂出悠远岁月沉淀下来的那种甜糯和绵软。烹制豆类，不管是豇豆、眉豆还是青豆，一个最基本定律，就是少不得用蒜来提鲜，除了中途加入切碎的蒜瓣同烩，出锅前最好再放上蒜蓉略翻炒入味。

多得吃不完的扁豆，用开水煮过，在太阳下面晒干，将满腹心思收起，以后可随时拿出来享受。数年前，我去皖西参加一个会议，在花亭湖水库一个开满扁豆花的小岛上观光时，中午餐桌上便有堆尖的一大盆扁豆干烧肉。黑黑的卷曲的干扁豆中，佐以鲜亮的红辣椒片，看上去有一种农家风情的宁静与古朴……而我，却更喜欢干扁豆里面的那种阳光的味道。

作为一种暖老温贫的菜蔬，扁豆开花并不是着意让人观赏的，但这并不妨碍塑出活泼而优雅的花形为自己的豆蔻年华做最生动的标记。尤其是每瓣花的下半部都有两个小点，多么像一双飘逸而秀媚的眼，在眨呀眨……天气凉透，篱边野菊金黄，远处的乌桕和枫叶已红透，而寻常草木则多呈颓萎寥落之相。此时，一串串扁豆花依旧鲜亮地高跃梢头，对着青天，张开一双双想飞的翅和眼，不惊不惧……花如蝶，蹁跹过秋风，偶有坠落，也是那样迷人！

夜里忽来一场雨，把篱架下的虫声浇灭了好多。早饭后，一位老婆婆坐在门前小凳上，抓一把扁豆在手，一掐一拉，撕去弓弦和弓背处两根筋络，折成几截丢入筲箩里。一只麻栗色猫卧在脚下，还有几只鸡在篱笆下钻来钻去，挠着落叶寻食。那些带着小兜的蝶翅一样的花儿，在昨夜的雨里扑簌簌掉了一地……一个穿绿罩衫的小女孩从屋里跑出，手里拿着针线，从地上捡起花兜，一个一个穿起来，一串串的，小风铃一样，最后把它挂在脖子上。

扁豆总是和篱笆结缘深深，特别是在某一个秋日里，一片落入眼中的篱墙，仅仅因为开满了扁豆花，便让我们心头顿时感受到了家园的宁谧与温馨。扁豆眷念家园，更青睐故人，"白花青蔓高于屋，夜夜寒虫金石声"……想到儿时的扁豆篱架下的晨露与绿荫凉风，想到夜色中的蛐蛐和纺织娘幽远的叫声，于是便有了怀念，便有了乡愁。如果说清人查学礼的"碧水迢迢漾浅沙，几丛修竹野人家。最怜秋满疏篱外，带雨斜开扁豆花"，一如扁豆花开放的寂寞，是带着一种生命浅浅的哀愁，那么郑板桥的题画诗中那句"满架秋风扁豆花"，则于农耕的乡土气息中对平静岁月的流逝表露出淡淡的眷恋。

水一方 / 伊人如莲

那天走在中山桥上，却见有人已推着小车卖莲蓬，翠绿的梗，水灵灵的蓬，蓬上还留着些许水露。一颗颗莲子就像乖宝宝一样住在里面，让人想起《西洲曲》中的"低头弄莲子，莲子清如水"……那些莲蓬特别浓绿，剥出来的莲子，嫩得能掐出水来。

抚摸着这一粒粒饱满圆润的莲子，似乎就是回到了故乡那些水塘的田田莲叶间，许多往事翻涌上来……盛夏或被称为"秋老虎"的初秋，坐在一只小小的腰子盆里划入藕花深处，采莲。累了，就躺倒身，将两腿叉出盆外，掠过一枝嫩嫩的莲蓬，随剥随食，那真的是舌下生津，满心清凉呀。而在贴水的荷叶上面，匍匐着无数鼓腹而歌的小青蛙，见有人到来，却并不怎样惊惧。

更多的时候，是我们脱了衣裤直接跳下塘，踩着水往莲荷深处去采撷。荷叶梗子上有锯齿一样的细刺，常把身上剺出一道道血痕。采回莲蓬坐到塘埂上剥着吃，屁股下面垫一张荷叶，从蓬座里抠出的莲子，颗粒胖大圆润，剥掉外面绿色的壳，就是一颗乳白色的莲子。它的外面还裹有一层薄衫般的皮，再将这层皮揭掉，就露出了光洁无比的莲子肉，因为嫩，里面的莲心便一点不必管。

曾和报社几个文字摄影记者去水韵陶辛采访，镇上姓贾的女书记陪同我们乘船上了香湖岛。清风阵阵，眼前浮现的就是盛夏最经典的场景，圆挺的荷叶，头挨着头，肩碰着肩，高低涌伏，参差重叠，一层层，一片片……荷花浓艳多姿，开得铺天盖地，生机勃勃。

那时岛上的大餐厅还未建成，我们中午吃的饭就是在员工食堂里烧的，菜肴有刚打鸣的小公鸡、新鲜的大鲫鱼、黄鳝、米虾炒青椒和肉烧菱角米，还有一大锅肉丸子汤氽莲子。莲子都是现剥出来的，女书记陪我们在外面大树浓荫下打牌，两位大嫂坐在近旁剥莲蓬，空气中弥漫着莲蓬被撕裂和从断梗处散发出来的特有的汁液味。有人从荷塘里上来，提着满满一篮子莲蓬，倒在我们面前，让我们尽情剥食。莲子脆嫩多汁，含在嘴里好像都能融化一般，轻轻一咬，清甜的口感，令人精神一振。到了吃饭时，就搬了些凳椅凉床摆在树荫下，清风入怀，满襟荷香，真是喝啤酒的好情境呀。

下午我们归回时，女书记给我们每人装了一袋子莲蓬，带回家后放进冰箱保鲜。我用那些莲子氽过一回鱼片汤，因为两者都娇嫩，锅里水沸顶开，下鱼片，盯着鱼片半沉半浮时即下入莲子，水再沸鱼片漂起就关火。要的就是满口鲜嫩的效果，鱼片入口就化，莲子更是滑嫩清甜，有形胜无形。

外人不知，用荷叶蒸糯米饭，荷叶清香渗入糯米饭里，风味非常独特，是暑天里很受欢迎的应景食物。在蒸屉里垫一张鲜荷叶，倒上泡好的糯米，上面再盖上一张。大火蒸出来后，饭粒晶莹清润，口感润滑，淡淡的荷香直抵心底。可以是再添上板栗、大枣和糖桂花什么的，弄成八宝饭那样，走的纯甜那一路。还有一种做法，因添加了一些诱人内容，便稍显复杂了，当年我的外婆做过几回。就是将贮藏在吸水坛里的腊肉或咸鸭子取一些出来切成小丁，芋头也切成小丁过油炸至表皮金黄，加在泡胀的糯米里，再拌上盐和酱油，裹上荷叶大火猛蒸，直到厨房里水汽弥漫，一阵阵香味从窗户里散出，就好了。如果用的是梅干菜和肋条肉，外婆会先将梅菜和肋条肉另行蒸出味，再和入糯米中垫上荷叶同蒸，有时还加上点切碎的香菇，蒸出来，一个村子都香味透鼻。

如今，一些饭店推出了荷叶蒸饭套餐，就是一份荷叶蒸饭，还送上炖汤和一小份清纯素菜，搭配好让食客吃得满意。这类荷叶蒸饭，采用荷叶煮水泡米，蒸出来饭粒青褐，以散发荷叶清幽意蕴为特色。另外，也有一些食店推出纯荷叶蒸白米饭，加上一点芡实、莲子，有点像八宝饭，扒入口中，满是江南水泽的气息，霭烟水雾阻断了都市的喧嚣，不用太出色的配菜，也能吃得情投意合，依依不舍……

在馆子店里，荷叶除了包叫花鸡外，还可以用来包排骨甚至包起鱼虾蒸。那些荷叶是从超市里买来的，或是给冷藏了一段时日，怎么能与清清莲塘里那些仿佛正做着绮梦的翠碧荷叶相比呢？

炎热的夏天让人吃什么都没胃口，如果采来一两张将舒未舒的半卷嫩荷，煮荷叶粥吃，一定能让人胃口大开。其实也就是煮粥时让荷叶漂在米汤上，等米粒化开，米汤变稠时，就将荷叶拿走，荷叶的清香却已留在粥中。如果是将小饭桌摆放在暮色四合的阳台上，端起这样一碗粥，闻着那熟悉而又久远的气息，足以叫人暗自销魂呀。

如今，家乡早已是荷叶满塘了，朵朵莲花，宛如一个个浅笑的少女，张扬着自己青春的美丽……风起处，我仿佛闻到了荷叶蒸饭与荷叶粥的清香。

被水红菱挑逗的不止味觉

晚间，在朋友家吃饭，正巧桌上就有一道菜，叫"毛豆菱角"。不老不嫩的元宝形菱肉同肉末及木耳一起煸炒，再配上青青的毛豆，碧的碧，紫的紫，黑的黑，赏心悦目，吃在口里既滑爽津甜，又有水灵气，并让我一次次想起那些遥远的水泽。

江南的水泽特别能滋润万物。水红菱颜色深红鲜亮，气韵生动，一篮子水红菱就是一篮子花。水红菱壳极好剥，抓住两个腰角一掰，莹白的元宝形菱肉就出来了，一层薄薄的内衣上犹自洇出一抹飘逸的轻红，在嘴里稍一嚼，真是连渣子也全无，唯有满口水灵灵的甜浆合着袅袅清芬，在心头缓缓释放。

最具水泽之气的嫩菱，当然生吃最好，以之做菜，不管使上什么手法，若不能保住水灵清甜本味，都是弄巧成拙了。水红菱切片，红椒也切片同肉片先炒，将熟，再放入菱肉片略翻几下，菱肉堪堪半熟就装盘，肉的香鲜，菱的甘脆鲜嫩，正可各行其道。水红菱壳薄肉厚，适宜切片待用，子鸡的腿肉切丁以料酒、豉油浸渍，下锅滑油断生，加调料加水稍焖片刻，再入菱肉片略翻炒至收干汤汁，即成。

北方人不识菱角为何物，搞不清是树上结的还是像花生一样从土里长出来的。但在艰难的年代里，秋天的菱冬天的藕，都曾是圩乡人的"活命粮"。在菱角采收季节，家家都飘出焖菱角的香味。腾腾的热气中，揭去盖在菱锅上的大荷叶，一家人——有时也有串门的乡邻，便开始了菱角代饭的晚餐。一片"咔嚓""咔嚓"的响声。吃饱了，站起来拍打拍打衣襟上的粉末，女人则忙着打扫满地的菱壳。小孩子通常是白天采菱时坐在腰子盆里就已吃饱了脆甜的嫩菱。

那时，哪一口水塘不是铺满菱叶碧油油地发亮，许多鼓着眼睛的小绿蛙和不知名的水鸟就在这些绿毯上面跳来走去。菱五六天就要翻采一遍，多得一时吃不了，就晒干舂成菱粉，也有人家挖一口水窖，将整筐整筐的菱倒入储藏，什么时候想吃，就用长柄的瓢舀出一些。而到冬腊年底，生产队车塘捉鱼，便有许多黑乎乎的菱水落石出，于是，孩子们有的捉野鱼，也有的专拖了一只大筐箩拾捡落水菱。

这些甜津津的吃在口里有一股淡淡沤臭之气的落水菱必须拾尽，否则年复一年，长出的就是角刺粗而肉少，俗称"狗牙齿"的野菱。落水菱当然捡拾不尽，来年夏初，水塘里会蹿出好多瘦细细的菱芽，抓住轻轻一提，就能拖上来下面乌黑发亮的母菱。这时菱壳黑亮，已蚀得很薄，菱肉仍然莹白，而且由于贮存的淀粉变成了糖分，吃在口里别有一番醇甜味。

在浙江嘉兴风景区，所见最多便是卖这种黑黝黝落水菱的摊贩，用特制元宝篮装着，兜销给游人，空中浮着一种淡淡的沤臭之气。当地习俗，老菱有意让其沉入水底，冬日起塘时拾取，即"乌菱"。新年里煮了乌菱招待孩子，取菱与"灵"同音，孩子吃了读书聪明。

诗人车前子说:"江浙一带,我吃过湖州的水红菱和常熟的水红菱,那两个地方也有灵气,过去生活过一群出类拔萃的文化人,出得文化人的地方,往往也有优秀食品生产。"嘉兴的乌菱,在未落水之前的二八年华里,也是一样出落得红艳姣俏、水灵动人,花见花开,人见人爱,犹似西方芭蕾舞剧《红菱艳》里精灵一样舞动的红衣佳人。

菱的叶柄生有枣核一样的浮囊,内贮空气,故能浮生水面。圩乡人栽菱很有意思,先把在别人家水塘里扯上来的菱秧盘好,堆码在木盆里,每一棵根部都打上结,然后用撑盆的竹篙顶着这揪结,缓缓插到深水下的淤泥中。也有省事的,只在菱秧根部系了个瓦片扔到水中,照样能沉底分蘖发棵。菱开始开花于立秋,白露果熟。向晚时分,菱塘开满星星点点细小的白花,每花必成双,授粉后即垂入叶腋下,落水中结实。菱角对生,抓起菱盘,摘下一菱,不要看就知对应一边一定还有一个或两个。菱两端伸出的角叫肩角,两腹下角叫腰角。儿时斗菱,就是互以抱肋的腰角勾挂,然后扳拉,角折为输。"鸡婆菱"最甜嫩,粉红色,鼓鼓的。也有无角的菱,称为元宝菱。桀骜不驯的野菱结出的果实,倒是特别粉,特别香,比栗子还好吃。野菱与肉或仔鸡同烧,浸透了肉香,油光润亮,清甜粉酥,远胜出板栗不知多少。

菱的植株菱角菜,利用价值更大。其捋去毛的嫩茎和掐掉浮囊的叶柄用水焯了,切碎再下锅炒一下,拌上蒜子淋几滴熟香油,便是农家饭桌上从夏到秋不变的风景。即便到了寒冬腊月,端上桌的仍是一碗发黑的腌菱角菜。世事变化,谁会料及当今豪华食府,一盘蒜蓉爆香、放足了麻油的切得极细的凉拌野菱藤端上桌,于酒红灯绿的光影里,被一双双精致的筷子挑入一个个精美的碟盏里,其受欢迎的程度，绝对超过那些大荤之烩。

水乡叫莲的女孩多，叫菱的女孩也多，红菱、秋菱，《红楼梦》里还有个叫香菱的不幸女孩。香菱原是甄士隐之女，乳名英莲，幼时遭人拐卖，后被薛蟠霸占为妾，死于难产。贾宝玉有《紫菱洲歌》："池塘一夜秋风冷，吹散芰荷红玉影；蓼花菱叶不胜悲，重露繁霜压纤梗。""芰"，即为菱；《离骚》有"制芰荷以为衣"句。多情的诗人李白，有"菱歌清唱不胜春"的吟咏。倒是陆游一生落拓，晚年放荡水泽，自咏"八十老翁顽似铁，三更风雨采菱归"。

1990年夏，华东六省举行民歌大赛，我创作《耘田歌》和《采红菱》，分别获创作和演出奖。现在想来，"十指尖尖采（呀）采红菱……"虽不免有点矫情，但采菱女儿坐一只窄窄的腰子盆，穿行在葱碧的水菱之间，毕竟那是一种挥之不去的清纯意趣，在我遥若隔世的岁月里轻轻摇曳。

/ 鸡头菜，民间的话本

早年，鸡头菜遍布大小池塘，圆盾形绿叶大如荷叶，但不似荷叶那样挺水，浮生水面更似南美那种边缘上折如盆的王莲。其实，性喜夏日阳光的鸡头菜，同睡莲、王莲正是一科的。只是这鸡头菜却绝不似让人观赏的睡莲那般妩媚和厚道，满塘的叶子像被擀面杖擀开的一般，看似挤挤挨挨亲密无间，实则叶、梗、苞无一处不满布尖刺。

逢上夏秋无雨，地里的茄子辣椒青豆多奄奄一息而无暇他顾，筷子只好向水塘里伸。两个半大孩子弄一个腰子盆，下到水塘里，看准那一张张大浮叶，先用绑在竹竿上的锯镰刀贴水面割掉浮叶，再将刀伸向水底齐根割断叶柄。一人割一人收，运气好，一刀同时割断几根叶柄、花柄还有苞柄。因为都是中空的杆，底下一割断，立马横着浮上水面，捡到盆里就行了。

但这东西遍身是刺，怎么抓都会扎手的。弄回家一根根撕皮，待撕出一堆光滑清润的"鸡头苞梗子"，一双手——尤其是拇指和食指，密麻麻地扎满暗黑的小刺，挑也挑不尽。好在都是软刺，并不阴险，你不去管它，任它在肉里埋藏着，十天半月后就一点感觉也没有了。

鸡头菜多是清炒。将其折成寸段，洗净，用刀拍扁拍裂，入盐稍捏一下。锅里倒油烧热，投入红辣椒丝、蒜泥先爆，再放鸡头菜翻炒片刻，就好了。鸡头菜梗如藕茎肠子那般有许多中通小孔，生吃甜津津的，爆炒则脆生生的清新可口，还沁出幽幽的清香，一股来自水域野泽的大自然气息。盖锅焖烂亦自有风味，吃在口中柔软而绵回，辣呵呵的，最能下饭。鸡头菜入坛腌上一段时日，再下锅用红辣椒炒出来，吃稀饭最好了。也有人家将腌鸡头菜抓到碗里，搁上水大椒、拍碎的老蒜子，再淋上几滴熟香油，直接放在饭锅里蒸烂，一家老小就着这一碗菜吃得风卷残云。

鸡头菜的花开在悠长夏日里，挺出水面，紫幽幽的。布满尖刺的粗壮花梗，也是紫红色，顶着绿色花苞，从众多浮叶隙缝里挺出，或从厚叶下撑破一个洞升上来，水淋淋的样子。有多少荒僻的水面，就有多少鸡头菜花，蜻蜓喜欢绕着花苞飞，累了就停歇在刚打开的瓣尖上。白脸秧鸡踩着满是尖刺的叶盘子跑来跑去，被踩过的一角会在瞬间塌陷下去，但很快又从水下浮上来……居然有翠绿的小青蛙一直伏在叶盘子上一动不动。近岸处，茂盛的茨菰禾子上，开满一朵一朵小碟子样黄花。

每年这个时候，圩野里到处飘浮着阵阵清香。一场雷暴雨后，一颗颗晶亮水珠在叶盘的尖刺间滚来滚去，像顽皮的小孩，一刻也不肯停歇下来……花苞上也挂着雨珠，就像挂着夏日的梦幻。

紫梗鸡头菜开紫花，如果是白梗，就开白花。它们花苞都有四枚萼片，萼筒和花托基部愈合。花瓣像彩纸那么薄，外面是紫的，往里渐渐晕染出霞红，明黄的蕊柱头呈辐射状排列，汇合成一个小小的圆盘。鸡头菜的花只开一个上午，开完后就从戳破的叶子洞窟原路缩回，沉到水底孕育刺包里的鸡头米去了。

鸡头菜在水下都是一窝一窝的，一棵根茎上先后能长出十多个花苞，花谢苞沉，水底坐果。孕实的"鸡头苞"，海绵泡里包满石榴籽一般的果实，嫩时鲜红，可以连壳嚼，是乡间小儿专享的零食。老了，剥掉黑壳，里面的白米就是芡实，炒着吃，甘而香。要是春出来洗成粉，用沸水冲了再撒上糖桂花，比藕粉更稠更香郁。我们平常烧菜时勾的"芡"，就是这东西。现在，许多淀粉是豆粉、玉米粉、马铃薯粉加工出来的，若再说"勾芡"，就不正宗了。

严格地说来，"芡"是植株全称，花苞叫"鸡头"，果米"芡实"是中药柜里药材的称谓，做菜用的是"芡粉"。诗词中则多以"鸡头"称之，本名芡反而少见，如郑板桥诗里的"最是江南秋八月，鸡头米赛蚌珠圆"，还有唐代诗人王建《宫词》中的"如今池底休铺锦，菱角鸡头积渐多"。

芡有南芡和北芡之分，北芡茎叶果皮上遍布尖刺，花白色，果小。产于太湖流域一带的芡，无刺或少刺，也有人把它当睡莲栽培以供观赏，一朵一朵的花，像飘在绿叶水面上的幽幽紫焰，有着姹紫嫣红都已开遍的阅世清凉……

无论是珍珠粒苞头米还是芡实粉，都可卖到供销社去。收获鸡头苞的季节里，常见一些老人聚在一起，边拉家常，边用一把鱼形钳剪鸡头米，飞珠溅玉，手法极是灵巧。他们脚边分别是两个笸箩，一个装黑溜溜的果，一个装莹白的米仁，地上留一堆空洞的壳……仿佛就是那些盈满水泽气息的紫花们遗落的梦。

秋天水还不太冷的时候，便有一个满脸胡楂的瘦老头在水沼里收割鸡头苞。老头沉默无语，从水下割出一堆鸡头苞，就坐在塘埂边剥刺，他用脚踏住一只，拿镰刀对着外壳轻轻一拖，脚一碾，皮就脱掉。将一个个白色紫色海绵泡包裹着的石榴状果实摊在埂坡上晒，到晚上就半干了，收入两只麻袋里一肩担走。

他的扁担上有暗槽，内藏一截钓竿，随身携带着一个小酒壶和一个小罐。每到近午时，就地找处坎沿，用镰刀掘个灶洞，再从掘出的土里拣几条蚯蚓，往塘口撒一小把米，钓竿一伸就有鱼上钩。太大和太小的鱼一律放回不要，只留下巴掌大的鲫鱼，收拾到罐里，灶洞塞进干草点燃，一会工夫便有香气飘出。老头掏出小酒壶就着云淡风轻，慢慢享受着……

供入五脏 / 庙里的荸荠

原产印度的荸荠，圆肚中间凹下一个脐印，所以我们这里喊作"菩脐"，菩萨的肚脐，这种缘物赋形的叫法很有意思。苏浙人则称"地栗"或"地梨"，喊讹了就成"地雷"，还有称"乌芋"的，纯粹取其外观了。据说四川人荸荠茨菇不分，荸荠叫作茨菇，那茨菇又被他们喊作什么呢？

古人把荸荠和菱、莲、芡列为泽食类，与瓜果类相区分。荸荠皮色有紫黑、暗红等，肉质洁白，味甜多汁，清脆可口，自古有"地下雪梨"之誉，是我们江南"水八仙"之一。周作人说起甘蔗荸荠、桃李杏柿时，曾感喟"水果也是家乡的好"。有种"清水马蹄"罐头，就是削了皮的荸荠。那年冬天，我出差去北京，顺便带了些儿子在家爱吃的荸荠。儿子的那些北方同学，见了这斜着鸟嘴状、顶芽、扁扁的小陀螺一样的东西，皆不识为何物。但隔了两年再去京城，已有不少小贩像卖糖葫芦那样，用竹签串着蜜汁荸荠叫卖了。

早年乡下，地里长的水里养的树上结的，山芋菱角花香藕，桃子梨子，还有蚕豆花生什么的，都是上苍对孩子的厚爱与赐予。所谓冬吃萝卜夏吃瓜，秋天过后，孩子们就到放干了水的荸荠田里偷采荸荠吃。荸荠圆不溜丢的，村里小丫头，蓄着被称作"马桶盖"额发的脑袋也是圆不溜丢的，斜斜地梳一根丰子恺画笔下的朝天辫，这也使得知堂老人的那首小诗越发意趣丰润："新年拜岁换新衣，白袜花鞋样样齐；小辫朝天红线扎，分明一只小荸荠。"

甚是佩服汪曾祺摆弄文字的手段。记得当年看《受戒》，读到"荸荠的笔直的小葱一样的圆叶子"，还有小英子踩出的把明海小和尚的心搞乱了的那串美丽脚印……真是如见一片新天地，原来文字竟可以这样侍弄！一个参透那么多世情的老人，在那片氤氲的水泽里，撒下了一个个平凡而又异常灵动的文字的荸荠。仅那一个"歪荸荠"的"歪"，就让人感受出多少趣意和童心的快慰呀。江南乡村的孩子，哪一个没像小英子那样"歪"过荸荠？光着双脚，在透凉的烂泥里"歪"，"歪"到一个硬疙瘩，伸手去摸上来，啊，一个圆不溜丢的红紫红紫的荸荠！

荸荠大量上市是在冬天，其时，枯黄的荸荠禾子早被烧成一圈圈黑烬。一排排人撅着屁股齐头并进，用双手插进烂泥里扒，场面十分壮观。提着篮筐的孩子们，和捡麦穗稻穗一样，紧跟在集体劳动的大人们身后，双脚不住地在泥里搗动，搜寻漏网之鱼，捡到个大的，忍不住甜美诱惑，在衣服上搓两下，就往嘴里送。经济萧条的年代里，乡亲们唯有靠荸荠换两个油盐钱。寒冷的夜晚，一灯如豆，一家老小围在大筐前，手法飞快地削着荸荠。那些在十指间转动的荸荠，转眼就由暗红变成无比玲珑剔透的纯白。次日一早，一队队挑着荸荠疾行的人，把一行行脚印，留在通往供销社途中结着厚霜的小木桥上。

种过荸荠的田再改种稻子，一连数年总断不了长荸荠禾子。耘田休息时，坐在田埂上用这东西编蓑衣，披在身上很是凉爽且意兴盎然。沼泽水洼处，野荸荠禾子像细葱一样连片生长，一捋一大把，编成戏台人物的胡子挂在耳朵上，就能让孩子们胡乱嬉闹一气。野荸荠乌紫发亮，野毛栗大小，入口极甜，有一股很重的如知堂老人所谓的"土膏露气"。

荸荠以个大、圆润、甜脆无渣者为上品。鲜红油亮的荸荠，带着清新的泥土香，浆水最足，咬在嘴里嘎嘣脆，甜汁四溅。生吃之外，那种老黑的俗称"铜箍菩脐"的荸荠煮熟后，因为淀粉含量高，用手一抹就能将皮抹去一圈，更有一种别样的甜糯滑爽。风干的荸荠缩皱皱的，皮不太好剥，最宜生吃，因脱了水再加上糖化，所以格外清醇甜脆。雨雪天气坐在家里，拿一把小刀细细地削荸荠风干的皮，不急不躁，然后送入口中，那种脆甜爽口，就是最好的享受了。

荸荠可以烹调成多种美味佳肴。所谓贱有贱鬻，贵有贵供，乡人将荸荠切成薄片，撒上白糖待客，清爽朴实。而在城里人的厨艺中，荸荠则是做宫保素丁、辣子鸡丁的好配料，荸荠炒虾仁，纯白中稍带几抹轻红，更显得有品位。有一种荸荠狮子头，将荸荠剁碎拌进肉糜中，加蛋清、料酒、淀粉、味精、葱姜末及盐，做成大肉圆，入油锅煎至两面黄，下高汤，加酱油、糖，小火焖透后，盛入垫上菜心的青花瓷盘中，浇上卤芡，浑然天成，鲜嫩带脆，咸中有甜，红绿相衬，真正是色香味俱全啊。

荸荠质嫩多津，可治疗热病津伤口渴之症，还可预防流行性脑炎及流感的传播。记得1966年的初春，一场流脑在乡村蔓延。有一天，我们那里来了一队红卫兵，用铁皮筒喇叭喊话宣传预防流脑的措施，还散发许多红红绿绿的宣传单。此后，我们就天天吃荸荠蒜苗炒腊肉,直吃到荸荠长芽蒜苗抽薹才躲过了瘟疫。

　　数年前的一个冬日午后,我同两个朋友踩着当年大诗人李白的足迹,同游铜都故址大工山。山脚下有一小寺庙,当地人呼为"老庙",只有一个年轻僧人住持。我们走进光线幽暗的简陋佛堂,倒也见香烟缭绕,佛幡悬垂。如来坐像前的供盘里,盛放着两个苹果和一小堆圆溜溜黑乎乎的东西,凑近一看,竟然是荸荠。有趣的是,因为当时口干腹饥,我们手中拎着一个方便袋,里面装的正好是刚在来的路上买的新鲜荸荠。想想这荸荠本来就跟佛有缘,我在投了五元香火钱后,遂又抓了一把本应供入自家五脏庙里的荸荠,续添至如来座前的供盘里。不知这一把荸荠是否就算修成了正果……

青藤缠树的那些纠葛事

当年东晋道教理论家、医药学家葛洪，领着弟子云游采风兼带炼丹，来到长江边。哪知弟子修行不深，毒火攻心，病倒不起。有人建议山上有青藤可医，采来一试，果然有神效。自此，青藤便姓了葛，叫葛藤。葛藤有根，根中贮粉，这粉自然也姓葛，叫葛粉，是美食。

我在"皖南事变"发生地泾县茂林吃过葛粉圆子，是将猪肥膘、白糖等做成圆球状馅心，外滚一层葛粉，如是者三四次，然后上笼，蒸至外皮发亮并现出小泡即成。茂林有一句流行语："十碗大菜九碗粉，攥块肥肉捞捞本。"你在茂林吃酒席，除了雾粉外，葛粉、山芋粉、芊子粉、栗子粉，常能撞个满怀。葛粉算是"大众情人"，跟哪道菜都合得来，在锅里打好，切成细条块垫在碗底，上面码了鸡鸭鱼肉，就算被筷子勘破情面，也不觉有什么窘迫难堪。葛粉扣肉名头最响，两块褐色的走油五花肉，中间夹一层颤颤的葛粉，就像朱古力夹心饼干。烧三鲜，也只是在葛粉块上盖上一点肉片、金针菜、香菇罢了。

那次我们吃的是当地"十八碗"高规格的宴席，十七碗菜全部上完,最后上的是身世清白、跟谁也不搅和的葛粉圆子……圆子圆席,意味着菜已圆满。那些葛粉圆子,外皮呈酱褐色,发亮,个头略大,表面还有许多疙瘩小泡,很粗糙,像是家里过年时炸的圆子,滑溜溜的很难夹住。要是将筷子插进圆心,轻易就弄进嘴里,牙齿咬下去,感觉质地柔韧有劲,裹着一种奇特的肉香味,越嚼越清甜滑爽……那就是葛粉的味道。

"山中只见藤缠树,世上哪见树缠藤。青藤若是不缠树,枉过一春又一春。"过去,葛藤只在山区像刘三姐飙歌那样互相缠绕搅扭,现在不管山区还是平地,村子边缘和林子里都长满葛藤,它们有的是自生的野葛,有的则是种植葛。春夏时,葛藤攀上树梢,攀到电线杆上,抓住什么就缠绕什么,在最茂盛处开出一嘟噜一嘟噜紫艳艳的豆科植物的蛱蝶形花。夏季的阳光跳跃在油亮而肥厚的绿叶上,一簇簇绛紫或瑰红的花序娇娆卓立,宛如飘然的仙子……白头翁跳跃啼鸣着出入其间,许多蜜蜂和蜻蜓还有黑衣的豆娘飞来飞去,让你感到生命的空间真的博大。

"北有人参,南有葛根",若论滋补和养颜美容,还是把葛根烀熟了直接嚼食为好。一个冬日里,我陪市电视台两位记者去老家弋江镇采访。街上有好多卖葛根的,有装在篮筐里,有摆放着刀砧指哪儿切哪儿,看着这些黑树根,两位记者不识为何物。我要帮他们找点感觉,掏10元钱买了几小截,抓手里站大街上大嚼特嚼,全然不顾风度。这样的葛根嚼在口中,筋筋拽拽的,但在那些筋络间却黏附了极多的淀粉,带着一股天然的药香,甜津津十分黏糯适口。

葛根像树根,但又与树根不一样,一锹锄砍到根上,便有富含淀粉的白汁渗出。春节没事,便同小弟扛了锹锄在林子里"起"葛。

这纯粹就是力气活，顺藤摸瓜，找到地面上的根茎，照着往下刨。要是运气好，能碰上飘根，飘根入土不深，避开树根竹根飘着长。挖上几锄，根据走向，刨开泥土，就能顺势把它掰下来……遇到垂直往下长的，扎得太深，往下挖太费事，便找来绳子拴紧上面部分，用竹杠穿了，竹杠一头斜撑在地，另一头放肩上，慢慢用力往上抬，下面的葛兜就会给"起"了上来。这要讲究点巧劲，不能让它滑掉、断掉，周围的土一定要松好。新葛嫩黄，粉足，而有一把年纪的老葛就像犁弓一样，外皮灰褐，大腹便便，一蔸就有好几十斤重。

把葛根洗净，剁碎放石臼里舂烂，再像滤豆浆那样放在布兜里反复地淘洗，最后沉淀在水池子底的就是纯白葛粉。野葛洗出来的粉，冲入沸水，变成透明的膏体，像玉和琥珀一样，安静得如同秋天的澄蓝天空。加点白糖、蜂蜜或是酸梅粉、糖桂花什么的，吃在口里既黏稠又滑爽。也有人掺上酒酿、水子（果名。椭圆形，长约一寸，有木质薄壳。）或赤豆糊，冬天吃热的，夏天吃冰的。

葛根也是常用中药，在老中医的处方上，写作"甘葛"或"粉甘葛"，显得很有情感。葛根切片，既可以泡茶也可煲汤。炎炎夏日，泡一杯野生葛根茶，祛暑下火，加两三粒冰糖，味道错不了。1976年，我在下放的那个地方生了一场大病，内耳眩晕症，又称梅尼埃病，辗转治疗了半年，最后医生嘱咐要长期服食葛根。我就把葛根切碎晒干，泡水喝。一直喝了多年。

"菰羹"最下　"雕胡饭"

菰就是茭白，俗称茭瓜，广生于长江流域，古书称"蒋"，又写作"苽"。唐人韦庄《赠渔翁》："草衣荷笠鬓如霜，自说家编楚水阳。满岸秋风吹枳橘，绕陂烟雨种菰蒋……"犹记得鲁迅在一篇文章里，曾拐了不小的弯以"茭白"指代一个姓蒋的校长。这话要是广泛传出，只怕天下姓蒋的人都同茭白难脱干系了。

茭白的根系在水底错综纠缠，颇有浮力，称之"茭瓜墩子"。李时珍《本草纲目》有云"江南人称菰为茭，以其根交结也"，道出茭名之由来。春深时节，新苗从水底根盘上长出，苍翠娇嫩，映照着蓝天白云，一眼望去，连人的气息也跟着无比地清明起来。这种新苗的水灵灵嫩茎被抽出来，取名茭儿菜，炒肉丝极清甜可口。

茭白久负盛名，在太湖那边，与莼菜、鲈鱼共称江南三大名菜。因茭白肉质白嫩，外观犹如性感的小腿，故在浙东有"美人腿"之称，倒是有点让人浮想联翩。

当茭白长成时，其细长的叶鞘和叶片的交接点，有白色带状形斑，乡人称为"茭瓜眼"。当你往塘边一站，根据"茭瓜眼"的膨胀程度，就可知道这支茭白的老嫩状况。茭白当水果生吃，脆甜脆甜的。鲁迅在《朝花夕拾》里忆起儿时吃过的极其鲜美可口的菱角、茭白和香瓜，称那是"使他思乡的蛊惑"。

茭白适用于炒、烧等烹调方法，和荤菜一起油焖红烧饱吸汤汁，则其味更妙，酱烧茭白、茭白炒肉片、肉糜红焖茭白……都是美味，最值称道的是茭白炒毛豆。将茭白削去老根与外皮，沸水烫一下捞出，切成薄薄的斜片；红辣椒切成稍小的长片，毛豆投入冷水锅煮断生后捞起。油锅中放入葱姜末煸出香味，投茭白、毛豆、红辣椒、酱油、白糖炒倒即可。味道嘛，柔绵淡雅宛如秋水，脆滑而略带柔性，微甘中蕴有一股清香，充分展现出江南饮食的婉约风味。茭白肉丝，是一道简简单单却很经典的美味，白白嫩嫩的茭白，携手肉丝，口感滑嫩，再搭配色彩鲜艳的青红椒，增色不少。我最常做的茭白菜，就是这切丝小炒，或切成丁与肉丁、干子丁、虾米、豆瓣酱一起焖烩。

用刀剖开茭白成四瓣，像蒸茄子那样放入饭锅中蒸熟，加麻油、豆豉酱、盐等拌开，入口香嫩柔糯，无渣，咸中带甘，食之难忘；也有人喜欢做一只调料碟，蘸着吃，一样味道纯正、鲜美。茭白温婉而低调，和其他食材相配，不会抢了别人的风头。

茭白又是一种很有趣的植物，只有当它被一种黑粉菌侵入感染，抽穗开花的生殖优势被抑制，并且其基部细胞受刺激增生，才能形成肥大的嫩茎。从这一点来说，茭白实际上就是营养丰富的菌瘿——这很有点蚌病成珠的意味。黑粉菌之于菰，倒像我们人体接种疫苗。少量感染，植物体做出保护性应变，倘使过量，冲垮了自身防御体系，结出的茭白不但小，而且内里尽是一包黑粉，即俗称的"牛屎茭瓜"，你倘有胆量吃，必是染得黑牙黑唇。不让黑粉菌泛滥成灾，高温控制的办法最有效。但乡民们并不懂得这曲里古怪的道理，他们只知道年年水枯季节要放火烧菰塘。在乡村，每至冬腊年关，四野冥暮中，菰塘里野火熊熊，映照着孩子们欢呼窜跃的身影，似乎已成风俗。

只是这黑粉菌也颇具爱国的品性。我看过一份科技情报资料，说是北美洲的水泽中生有大片的菰，但却从未孕育过"白胖小子"。他们的农业科技人员便从中国引进黑粉菌入赘播撒，但怎么忙活，也是"只开花不结果"，实在让老美们生气。

茭白属禾本科，同稻麦是本家宗亲，其野生植株抽穗结出的籽，细长如梭，颜色深红若玫瑰，即我们家乡喊作"高苗"、古书中称它为"雕胡"的。竹也是禾本科，竹开花结籽是败亡枯死的前兆，竹籽也是细细长长的，古人称为"覆"。覆白而雕胡红，它们煮出的饭都黏糯可口而且形体整，有一股难以言述的清馥之气。要是将雕胡磨成粉，粉是红的，做成粑，锅里便是一朵朵盛开的玫瑰。我做中学老师时，认识一位瘦脸上密布胡楂的姓张的农民，此人"文革"时搞农业科研上过报纸，行径怪异，特拗，常年在自家水塘种养野茭白收获雕胡，我才得以享有了两回难得的口福。要是那人能挨到眼下这个年代，一根筋拧到底，将此做大做成产业，与时俱进开一处"雕胡农庄"，往复古养生的路子上走，保不准食客如云名动江左。只是郭沫若一生未闻雕胡，才把李白那句"跪进雕胡饭"解释成"像胡人那样跪在雕床上进上饭来"，闹出不大不小的笑话。

对于西晋官员张季鹰来说，尽管在外的日子长长短短，流年暗换，但故乡吴中的菰菜、莼羹和鲈鱼脍的滋味总是纠结难解，秋风一起，满腹都是思念，最后，竟至弃官南归，为文坛留下一段掌故。连辛弃疾也曾借以曲折表述自己"报国欲死"的抗金决心："休说鲈鱼堪脍，尽西风，季鹰归未？"我在"拜读"一家颇有影响的杂志上的一篇文艺理论文章时,却见那位操觚先生几处写成"菰羹、鲈鱼脍"。当即一笑,呀,只闻有莼羹,持菰做羹,会是什么味道呢?

初夏的水果

野杨梅

在水果里面，一向喜欢杨梅这名字，觉得它同湿润的江南很有渊源牵连。后来知道，古时誉称杨梅为"吴越佳果"，江南确是杨梅的发源地。

夏至杨梅满山红。杨梅，标识了六月的江南。

杨梅紫红，果肉如丝，呈放射状包紧果核，看起来就像一颗血丹，煞是诱人。都说余姚、仙居、常熟和萧山的杨梅最好，又大又紫，拈一颗放入口中，轻轻咬开内里红嫩的果肉，一股酸甜的梅汁，就立即把你包围了。不要眼馋鲜红的杨梅，鲜红的杨梅尚未熟透，你只挑那些乌紫但依然硬扎的往嘴里投，牙齿一叩剔下果肉，扪嘴啜足一口甜味，吐出核，另一果随之纳入，一颗接一颗，不须消停，直到吃倒了牙。"玉盘杨梅为君设，吴盐如花皎白雪"，这是李白的诗句。多年前，有朋友从上虞给我带来一筐二都杨梅，说是市场上罕见的水晶杨梅。其果大而色白，晶莹如玉，味清香鲜甜，肉脆爽无渣，果然是闻名遐迩的珍品。难怪当年苏轼品赏之后要留下"闽广荔枝，西凉葡萄，未若二都杨梅"的感慨。

那年梅雨初夏,我们去婺源采访。在婺源城里,看到街边或蹲或站着许多卖杨梅的男人和女人。那些装在竹篮里的杨梅,水灵灵红艳艳的,因过分熟透而饱满黝黑,散发出一种妩媚妖艳的香甜气息。我们有人馋不过,10元钱买了三斤带回宾馆,用自来水冲洗后,几个人一气猛吃,吃得两手都是紫红黏稠的果汁,抬眼一看,有人白衬衫上果汁斑斑,暗红浅绛,活像是从战场上血拼归来的。更要命的是,因为太甜,吃得多了,舌头一舔,发觉牙齿又酸又软,晚餐怕是连豆腐也咬不动了。

次日上午,小雨初歇。去里坑时,路遇塌方,不得不中途下车,转进附近的一个有着一大片典型徽式老旧古宅的山村里观光。我们都存心想找一点古董,所以就喜欢往人家光线不太亮的厅堂后面跑。我发觉那些人的家室内都有一种好闻的水果发酵的气味传出来,先不明白其中的原因,直到有一户男主人自野外归家,把一只挂在身上的背篓卸下来,倒出一堆沾满莹莹雨水珠的杨梅,里面还杂有不少新鲜树叶,我才明白了原来那都是杨梅的香甜气味。斑驳的绿叶反射出晶莹的光亮,红红的杨梅愈加饱满欲滴。见我们一个个露出向往的神色,热情的主人便一再邀请我们随便尝尝,说这都是山上摘来的,野生的,又不花本钱。看看那些杨梅,虽是只有指头大,个头明显偏小,但红艳得近于紫黑,罩着一层山野的清亮光泽,一个个如此生动新鲜又一往情深。我们都是平生第一回见识野生的杨梅,想象着置身于青山绿野、徜徉在滴红流翠的野生杨梅林间,心里很觉有趣,所以也就没了太多顾忌,尝了几个。初入口,甜中窜出一股酸劲,有点令人龇牙咧嘴……稍后,一股津液自舌下漫出,在唇齿间游走、穿荡,直入脏腑,方觉得那真是未曾尝过的甘醇!

随后抓了一把在手，一气猛啖。

其时，村头传来喊声，是我们的车子重新发动了。于是我们好说歹说丢下了二十元钱，还有一包作为感情回赠的未拆封的牛肉干，将那些杨梅统统扒进一个方便袋里，喜滋滋拎往车上去了。

宅边的杏子

杏子非江南所独有，但一句"杏花春雨江南"，却把杏同江南联系在一起。范成大《四时田园杂兴》中有一首："梅子金黄杏子肥，麦花雪白菜花稀。日长篱落无人过，唯有蜻蜓蛱蝶飞。"诗中描绘出了南宋时江南农村优美宁静的情景。江南五月的天气里，我们和诗人嗅到的是一样的果香，看到的是同一片风景呀！

春天，小桥流水边的杏花，只是白色略带羞涩的粉红，到了五月，南风初起麦子黄熟一树树的杏子就带雨黄透了。微凉的清风迎面吹来，夹带着淡淡的雨雾和丝丝甜醇的气息，这里一树、那里一树坠满枝头的杏，晶黄得像玛瑙，让人望一眼舌下便生出津液。

有些枝条茂盛的老树就长在房前屋后，推开窗子，果香扑鼻，触手可及的水灵灵的杏子，黄中透着红，闪着诱人的光泽，在枝头微微颤动。周遭的景色也因此而生机勃勃起来，鲜亮的果色映衬的也是一份田园生活的情趣呀！端一架梯子上到树上，随便想吃哪颗、想吃多少都可以。通常，朝南一面接受阳光多的枝头上的杏子，更大更甜更橘黄温润一些，一口咬下去，酸甜的汁水会溢满唇齿间。若是一大片连绵不尽的杏树林，在果熟时节，那该有着怎样繁盛的场面，怕是连空气里也浸满了浓得化不开的果香吧！

有一种俗称"五月黄"的小山杏，比一般杏子都要娇小可爱，先诸果而熟，繁星一般缀满枝间，洋洋洒洒，妩媚而又纯朴，谁见了都忍不住诱惑。摘一颗放手里擦擦，撕去果皮，含在嘴中，牙齿轻轻叩开果肉，再以舌尖抿住，剔出小小的果核，清清爽爽的甜，平平缓缓的微酸，在口中漾开，真的是美极了……仿佛就是早年邻家的小妹妹咬住你的耳朵，吃吃地笑着说悄悄话，那种滋味很难向外人道出。

万缕丛中点点黄，千般朱唇疑带津……有时禁不住想，生活在麦黄杏熟的五月江南，一个遍地氤氲着果香的地方，真不啻是一种福气呀。

若是年成好、杏子收得多，一时吃不了，就把杏子对半掰开，摊在阳光里晒成杏干，便是自制的果脯。对于乡下的孩子来说，杏核也是好东西呢，拿砖头砸开，取出杏仁，嚼在嘴里，那股略带苦味的特有的清香，令你一辈子都忘不了。

三潭枇杷

"五月江南碧苍苍，蚕老枇杷黄。"五月底，六月初，正是江南名果三潭枇杷满山遍野黄熟的季节。这一次，我是沾了几位画家的光，跟随他们去新安江山水画廊赶枇杷节。

我们先从歙县县城驱车赶到深渡，再由深渡弃车登船，逆流而上。深渡的下游筑坝蓄水，千峰竞秀的群山变成了著名的千岛湖，而在深渡的上游，也就是我们这次去品尝枇杷的地方，被誉为"中国枇杷之乡"的三潭，现已成为歙县旅游胜地。"深潭与浅滩，万转出新安。"流淌千里的新安江，两岸青山起伏，连绵数十里枇杷林层层苍翠，点点金黄的枇杷浮耀在绿叶之中，如锦云一般煞是好看，映衬着白墙黑瓦的徽州民居村落，真的就是一幅幅美妙绝伦的山水画廊！

"天上王母蟠桃，地上三潭枇杷。"漳潭、绵潭、瀹潭为三个大而深的水潭，也是三个村名，这里群山环绕，终年云遮雾绕，雨量充沛，气候温和，为枇杷的生长创造了得天独厚的自然环境。所产枇杷特点是皮薄、肉厚、汁甜、水多，清香爽口，并以早熟优质而天下闻名。

在一处渡口上了岸，夹在许多挑着篮子提着钩子的果农中前行，立即有人打着手机过来联系，将我们领往山上枇杷林。其实，路边就有连绵不尽的果树，熟透的枇杷，一丛丛一簇簇挂在枝头，澄红晶亮，闪着梦幻般的光彩，看得人垂涎欲滴。我这才明白了为什么国画家都喜欢画枇杷，实在是枇杷太漂亮了。听说这里就是漳潭，没走多少路，就看到一个建在园中的八角凉亭，里面有茶水、五香蛋、糕点供应。显然这些都是多余的，所有人都左顾右盼，所有的注意力、所有的眼睛，都被那些挂满枝头的满天星一样的枇杷吸引着。这里的枇杷集中了好几个品种，有的红彤彤，有的白粉粉，有的黄灿灿。我们顾不得多说话，钻进林子深处，见着嫣红的大个枇杷，攀着枝条就摘下来。

熟透的枇杷皮极好撕，我从枝头摘下一颗枇杷，扭掉顶头斜斜的蒂柄，三两下就剥了出来，塞入口中，牙齿轻轻一叩，吐出滑溜的果核，鲜甜绵软的果肉被舌头一裹，捎带起一种醇酸的味儿立刻满口弥漫开来。走了十来步路，一气吃了十多颗，直吃得双手沾满糖汁，一个嗝打上来，胃里翻上醇浓的香甜之气，真的好惬意。有两个老外，索性像猴子那般攀到树上，坐在较粗的横枝上，背靠一根枝，双脚各撑住一根枝，腾出两手想吃哪果就摘哪果，大啖特啖，还朝下面的我们做鬼脸。林子里，到处可见孩子们欢快的身影，和女人们的轻盈身姿。

我见不远处有几棵树上枇杷明显要白得多，个头却都不小，遂伸手摘了一个，剥出果肉也是白色的，水分好像特别多，塞进嘴里，味道好鲜！一直陪在我们身边的歙县朋友老汪告诉我这叫白花枇杷。接着，老汪又让我们见识了名贵品种"大红袍"和"光荣花"。"大红袍"呈橙红色，果形略长，皮有芝麻斑点，果肉晶红，软而厚，入口鲜甜；"光荣花"则因花蒂处长了一个明显的五角星而得名，其特征是柔软多汁，甜中孕酸，清香爽口。

其实，杭州的塘栖"白沙"和"红沙"枇杷也是饮誉天下，但其地名却不如三潭这样好听也好写。听说诗人流沙河品尝了三潭枇杷后，曾以惯有的诙谐写下："浔阳琵琶三弹，歙县三潭枇杷，琵琶三弹涌清波，三潭枇杷挂金霞。琵琶，枇杷，流连难返，主人忘归客不发……"

茨菇叶底／戏鱼回

小区里有几处水景池塘，长着睡莲也长着几丛极有风致的茨菇。整个夏季，睡莲都在开花，红的、黄的、白的，纷繁而静美。茨菇长在池塘边假山的石缝和栈桥栏杆旁，有的延伸到深水区，长长的叶柄挑着箭头形的叶片。眼下，它们从水底根茎抽出的花梗上，正开着许多纽扣一般大的小白花。每一朵花，都有三枚圆形花瓣和杏黄的蕊，模样与水仙有几分相似，并不是很漂亮，而且什么香味也没有，却干净，玲珑，冲淡宁和，有身腰纤纤的小野蜂萦绕飞于其上采蜜。花底叶下，附着一些螺蛳清晰可见，许多红鲫鱼和锦鲤来回悠游，闲适而惬意。

我每次散步到那些水景边，总是长时间地注视着这些生长着的茨菇，它让我想到家乡。家乡的河港塘汊和溪流的浅水处，总是旺旺地长满野茭白、野荠子草、蓑衣草和茨菇。茨菇最显眼了，因为茨菇与众不同的箭头形叶片还有它的白花，老远就落入眼帘。"茨菇叶子两头尖"，但茨菇的根部，却能长出许多乒乓球大的椭圆球状茎。球茎浅紫或土黄色，有两三道环节，我们喊的"茨菇嘴子"——也就是顶芽，弯弯的那样子，就是一个放大的蝌蚪形逗号。所以，才有那么多画家都喜欢画茨菰绿的叶子和白的花，还有它弯嘴顶芽的可爱球茎。齐白石有《茨菰虾群》，笔底的穿插和聚散，你不知道谁是谁的补景。李苦禅的《茨菰鱼鹰图》看上去更经典：鱼鹰立于岩上回首远眺，映衬着脚底的犁尖燕尾般茨菰的绿叶，还有浅浅一点的小白花，显得那么朴素静谧，水汽氤氲……

茨菰为泽泻科水生或半水生植物，也有写作"慈姑"的，意味着有慈悲心怀，可慰人间冷暖。

在我家乡的那片圩野上，冬天到了，水塘干枯，茨菰叶子也枯败了，一些大人和小孩子就会拿着锹到处挖茨菰。犹如采撷那些无主的野藕野菱和鸡头米，谁出力气多谁的收获就多。一般来说，一个十来岁的孩子，一上午挖满一篮子不成问题。挖茨菰时，常能捎带挖到那种瘦精精的铁锈色野藕，还能挖到黄鳝、泥鳅什么的，若是刨出了一只砂锅盖大的肥硕老鳖，那就是中大奖了，一声欢喜的叫喊，引来许多人围观。

茨菰挖上来，保留着包在外面的泥，可以放上很长时间，许多人家的灶台边、菜箩里，都会有茨菰的影子。临到做菜前才洗净泥，放在热水里浸泡一下，拿块破瓷片刮去表皮，就能去掉不少涩味。茨菰的吃法很多，除了烧汤外，还可先煮熟再切碎与腌菜同炒，腌菜绵柔，茨菰粉嫩润滑；也可切成薄片，与咸肉和大蒜在一起炒熟，有苦味，也有异香。最常见的，还是和肉一起红烧，茨菰饱吸了肉的脂香，粉嘟嘟油汪汪的，虽仍有点涩涩的苦味，但是风味独具。做茨菰烧肉时，一般将其切成大拇指般大小，最好带着顶芽。也有人喜欢把一个茨菰切两三刀，成滚刀块状，理由是块头大点儿有嚼头。

茨菰切开来黄白色，天生的好色相，加上材质脆实，烧五花肉又好看又好吃。农家的烧法，将五花肉切块下锅翻炒，至肉色发白时搁上盐和麦酱，放点姜，添水至淹没肉块，烧到水半干肉已上色并入了味，倒进切好的茨菰块，翻炒后续水至淹没肉块茨块，一气烧到汁干肉烂，撒点嫩蒜苗即可盛起。有一回我在一处"农家乐"吃饭，吃到了一份茨菰黑木耳炒肉片。那菜是加了辣酱的，看起来殷红一片，我错把茨菰片当成了蘑菇片，一尝之下才发现，原来是茨菰片，心下便很有点喜不自禁。

茨菰烧肉，比土豆烧肉或萝卜烧肉好，再怎么烧和焖都不烂糊，酱红的是肉，粉白的是茨菰，油润而清爽，再撒上点青蒜末，便是色、香、味俱全……吃到嘴里就更妙了，酥酥的，粉粉的，是那种很有咬嚼的、浸透了肉味而又带有淡淡苦涩的粉，粉得极有个性，有独立品位和格调，让你过口难忘。沈从文喜欢吃茨菰，他给茨菰的评价，是比土豆"有格"，真是非常精妙，大作家就是大作家，一下子就能像点穴道那般切中要义。

我当中学老师时，有一次家访，那学生父子俩正在菜地里忙活。便也拿起一把铁锹加入其中，一边干活一边拉话，气氛甚是融洽。忽然，我见那菜地边水塘一侧有大片枯萎的茨菰杆叶，便拉过学生提了锹走下去，没费什么大劲，就刨到一大堆圆不溜秋带着弯弯顶芽的茨菰……晚餐就留在那学生家，炊烟升起时，铁锅下面是熊熊的柴火，屋子里充盈了喷香的肉烧茨菰的味道。

深藏白根的水芹菜

芹菜家族，有几类不同身形和个性的成员：身大粗苗而憨厚的是西芹，白杆黄芽而华丽优雅的是旱芹，踮着一茎小根、通体翠绿气味浓烈的叫药芹。水芹则为一种野菜，又叫河芹，个头不高，叶伞形，茎秆细圆中空带节，根细白韧长。在野外，绿莹莹的水芹天性爱凑热闹，毫无顾忌地你扯我牵，挤挤挨挨地成片生长于水塘边、溪沟畔或低洼地方，都是一样的青翠欲滴，随风起浪。人工栽培的，叶柄更充实肥嫩，它们大面积挤满水面，尽情尽兴地掩盖起水下的秘密。即使是在雨雪霏霏的日子里，它们也齐齐地招展着绿叶，在水泽中向你款款致意。

江南水乡的人，冬春季节里爱吃水芹菜，除了口味清香外，还因为它寓意吉祥。水芹菜细圆的秆茎是空的，俗称"路路通"，为了来年事事通达，讨个好口彩，除夕三十晚上通常都要随心做上一盘。

因为这份秀外慧中的美食，日常餐桌上，水芹菜备受青睐。水芹菜和腊肉一起炒，味道清香宜人，那是不必说的了。炒前，先将水芹菜切好用盐腌上十来分钟，腊肉下锅爆香，倒入水芹菜，放上白糖提鲜，大火急炒几下，鸡精调水泼入，趁鲜青未退、香气袅袅时即可盛盘。茶干丝炒水芹菜，可同时加入切细的红椒丝，数色相间，颜色搭配十分养眼，透露出一种勃勃生机，让人看着就食欲大增。水芹菜炒臭干子，既香又臭，可谓殊途同归。水芹菜那种清香与众不同，败火功能特强，就算什么也不拉上，只寡炒，也能让你吃出很不错的心情来。将水芹菜用开水焯一下，挤干，切成小段，加盐、鸡精、辣椒油和醋，拌匀即可上桌；慢慢咀嚼之下，你会觉得，那丝丝的清凉香味，竟如同一种故人情谊在舌底氤氲。

挑选水芹菜时，掐一下杆部，嫩者易折，韧而不断的为芳年已过的老水芹。

种养水芹菜是很吃苦费力的艰辛事，有句话叫"水芹菜养不得老又养不得小"，就是说没有相当的体力和毅力，做不得此营生。水芹菜生长在水里，扎根于淤泥，收割时，正值朔风凛冽的隆冬。有一年雪后初晴的下午，我乘车路过镇江郊区，看见一处水面围了好多人，先以为是冬泳爱好者，后来才看清楚是穿着黑胶衣的菜农们下水采水芹菜。他们在水里扭来抱去的，有人把刚割下的水芹菜吃力地往岸上拖，几个包着头巾的女人则蹲在水边一把一把地清洗整理。

然而，采野水芹却很轻松舒畅。有好几回我在徽州游玩时，看完了主要民居景点，就到村外瞎转悠。山区天空，一年四季都是明净的，无论大水沟或小山坑、小溪流旁近岸没脚深的浅水里，都能见着旺生旺长着的野水芹，在阳光下散透着强烈生命气息，映对着残垣断壁，有一种落魄而丰韵的美。野水芹地下的根茎肥美白嫩，很容易被扯断，须耐着性子慢慢拔，或是将淤泥扒开，先掏出根茎，才能拔出完整的植株来。每一回，或多或少都能弄一些带回家。野水芹除了上半部略有点嫌老外，凉拌了，有一种稍带淡淡苦味的安谧静远的清香。若是全选取那种美白驯良如新妇的嫩茎，好生调弄出来，脆嫩清口，轻轻咀嚼着，余留舌间的香气，让人不由自主地想到明媚的春光和清新宜人的大自然。

　　杜甫有"盘剥白鸦谷口栗，饭煮青泥坊底芹"的诗句，这里的"芹"，除了外来的西芹外，很难确定是哪一种芹。而清人张雄曦《食芹》诗文："种芹术艺近如何，闻说司宫别议科。深瘗白根为世贵，不教头地出清波。"此处"为世贵"的"白根"，只能出自两种芹，不是旱芹就是水芹了。

梅子酒与草莓醪

"黄梅时节家家雨，青草池塘处处蛙"，挂在枝头随风摇晃的梅子开始由青变黄了，味道也由青涩转向酸甜，正逢江南细雨缠绵的季节，便称之为黄梅天或黄梅雨。走在梅子树下，也许梅子逸出的清香味会浸染雨季里的心情，给人带来一丝快意。

盛产于太湖边东西群山中的梅子，以光福邓尉的最为著名，有"邓尉梅花甲天下"之说，相传"香雪海"即由此而来。那年我行走在太湖的西山岛上，见到好多杨梅、青梅，还有茂盛的橘子林，我在连绵的梅子地里，看到大片大片红的青的果实。感觉那些梅子都是女性一般的丰腴，饱含汁水，仿佛一口咬下去，酸酸甜甜的味儿就会流进心底。

江南的梅子不是入口的佳果，却是不错的蜜饯的原料，可制作糖渍青梅、奶油话梅、陈皮梅、甘草梅等，还可做成酸梅汁。江南一带的女子都喜欢吃蜜饯的梅，所以江南的女子就有些缱绻妩媚的酸甜，引人向往。

古人书中青梅煮酒的场景我没见过，可我品尝过青梅泡出的酒。太湖边上有一写手，因为投稿和编稿，我们成了不曾谋面的朋友。此君知我嗜好口腹之乐，忽一日给我发来短信：酿得新梅酒一瓮，良朋可饮乎？当然可饮了，可惜我一直未能如愿前往。再后来，我收到快递过来一袋保鲜的微黄的梅子，内中附一纸，教我加白酒加冰糖密封浸泡入味。我遵其言，果于三月后得梅子酒满满一大瓶。此酒兼容了果酒的温柔缱绻和蒸馏酒的酣畅浓烈，两样风情糅合一体，饮来，觉得微酸甜美里透露着一种分外醇厚的质感。因为梅子汁渗透到酒中，加上糖化的作用，酒在嘴里，有点黏稠，有绵长的回味，又颇有几分女儿家的袅袅清韵。我总是先稍含呛一会，再以舌尖轻轻搅一搅，把酒液尽量压向嗓眼处却不急于咽下，以便满心感受那股浓稠爽滑的醇香……真真是方才浅尝，便已醺醺然了！

再来说说草莓醪。

若论果形与色彩之美艳，恐怕没有能超过草莓的了。草莓形似鸡心，鲜红艳丽，既可食更可赏，而且还是家庭养花中的佳品，地栽盆养均能出彩。我认识的一位退休老师，年年春夏之交，都能在家中庭院里吊出好几盆结着红灯笼一样的草莓，连墙壁间、窗台上也悬垂着和摆放着，果既诱人，花也洁白清雅，看得人实在是心生羡慕。

"采草莓鲜果，品农家美食"，是好多地方做的旅游招牌。从上海郊区到南京浦口周边，从黄山脚下到西去武汉的沿江高速路旁，随时都能见到拦路高悬的横幅，或是彩虹门。当你走入采摘园，一畦一畦的草莓植被向前延伸着，望着那些隐在绿叶丛中红扑扑水灵灵、娇艳欲滴的鲜红草莓，手捧果篓亲自采摘的兴致，自是重温孩童心情那般大好。有意思的是，那一回在岩寺附近的新安江对岸，我们发现一大片野草莓，翻动那些粗壮的叶子，有星星点点的小绣球藏于其间,像煞惹人怜爱的小精灵。小心地摘下来捧在手心里,红色的汁水似要溢出来,吃到嘴里,甜津津的,但也只是甜到为止。野果的感觉就是如此吧,它不会很浓烈地去打击你的味蕾,只有在你舌尖脉脉浸润开来的一点点甜和清香,却是纯朴真切的原野的气味。当我们渡江回来,开车走不多远,瞥见车窗外正有一处热热闹闹的草莓采摘园。

今年暮春时节,草莓大量上市。我的先前的一个学生是乡下草莓种植户,那天托人给我带来了满满一纸箱色泽鲜亮的上等草莓。那么多红艳艳的草莓,一时根本吃不了,家里的冰箱也放不下,我决计试制出"草莓醪"。我的一个表弟早先是电影院放映员,后来成了"江南春"的点心师,在他的电话指导下,我的操作便有了充分的技术保障。我先将糯米蒸成干饭,再将草莓用盐水洗净略上锅蒸熏一下杀尽细菌,捣碎,放入糯米饭中洒上酒曲拌匀装好,放进电饭焐子里封好,在电饭焐子底垫上几层布,打上保温档。发酵两日后启开盖——一股甘洌的清香芳醇之气猛然蹿入肺腑之内。鲜红色的"草莓醪"好像自梦中被惊醒,闪着女性一般绚丽柔和的光辉莹然欲笑呢!

这倒让我想起了儿时的用杨梅泡出的那种瑰红的酒液,长辈们一般以小盏盛酒,浅饮慢啜,盏白酒红,内有数个杨梅泡在烧酒中,看我们直勾勾地眼馋,便以筷子捞出两个杨梅打发我们。如此莹然深红的杨梅,吃多了也能醉人呢。

黄心菜 PK "春不老"

冬天的菜园里，大蒜、莴笋刚刚长起来，萝卜早已舒展开宽大的羽衣，菠菜、茼蒿和芫荽从先前紧贴的地皮上撑开了身子，水灵灵的一片油绿。最好看的还是黄心菜，像一朵朵开放的黄花，齐崭崭排列在地里。那些地头和人家屋宅边的菜地，总是让人看不够。

傍晚时候，和几个同事、好友坐在城郊一家路边饭店里，对着刚端上桌的几盘菜蔬，指指划划说到往事，很容易便勾起了对乡园的眷恋。饭店的窗户外面那片菜地，在暮色里朦胧地绿着……唯有一畦畦的黄心菜像花儿一样展示着，我甚至能清楚数出它们的数量，并清晰地想起它们的模样。它们确实是一朵一朵的大花，黄的花蕊，墨绿的花瓣，盛开在冬天的菜地里。

黄心菜个子不高，外叶绿色塌地，心叶黄灿灿，叶尖向外翻卷。秀润饱满，一如乡村妹子的清纯模样，委实可爱。黄心菜在我们老家那里还有一个名字，叫"菊花心"。如果是晴朗冬日，黄心菜会把自己嫩绿的身子和灿黄的心思晒在阳光下。

"小白菜，心里黄，十二三岁没了娘……"早年听人唱的民谣，凄凄惨惨如怨如诉，说的就是黄心菜。但是直到现在，我也没有弄明白，黄心菜不是在地里长得很滋润么，这跟没了娘有啥关系？看过汪曾祺的书，知道古人将白菜统称为"菘"。而黄心菜正是由一种"乌塌菘"变化而来，在江南地区有千年的历史了，古人早有"拨雪挑来塌地菘，味似蜜藕更肥浓"的诗句。黄心菜一定是要留待下雪天吃，飘雪天气里，黄心菜味道最正。从雪地里扒出来，稍炒即烂，吃在嘴里，芳甜，鲜润，别有一种平和恬淡的滋味，犹如冬日午后的阳光，娓娓道来，令人全无争世之慨。

在黄心菜圆形叶片上，有无数的麻窝，显得分外肥厚细嫩，用来烧豆腐，是绝佳的搭配。把菜洗净切碎，先在大锅里炒至半熟，盛起来。豆腐用刀划块，用姜水汆一下。然后将菜先倒一点进小炉子锅里垫底，上面放上豆腐，豆腐上面盖满菜，撒上盐，搁点猪油，盖上锅，大火烧开，拿掉锅盖改小火笃几滚就行了。豆腐耐煮，越煮越有味，但黄心菜不可久煮，所以最好是吃多少往炉子锅里划拨多少，始终保持口感的新鲜。有菜叶在下面垫着，豆腐再煮也不会焦底。若是事先在锅底放几片咸肉和香菇，一同烧出来，那就是豪华版的青菜豆腐了。

南方的青菜，除了"过冬白"外，就是黄心菜和"春不老"了。"过冬白"通体泛绿，连菜梗都带着一种淡青的颜色，棵高、细，吃口清脆。"春不老"又叫"乌冬青"，也是冬天里应时蔬菜。"春不老"长到一定的高度，便不再长高，它的菜帮极矮而肥，半椭圆的勺状叶片凑得很紧，表面可以看到筋络。叶片绿得发亮，像是打了蜡一样，即使放上几日，整棵菜也是不塌不萎。"春不老"处处拿得起，放得下，清爽如邻家新妇。

"春不老"最优秀之处，就是柄短叶厚，炒出来，一盘青翠欲滴的颜色,煞是好看,味道尤佳。炒一盘黄心菜,绿叶的成分并不多,多的是白而厚的叶柄;如果炒的时间短,叶柄吃起来有些硬生。而"春不老"绿叶多,虽然也有些叶柄,但是极柔软,吃在嘴里,带些微微的甜润,几乎不留残渣。

"春不老"还有一个长处,能烧汤。洗净,嚓嚓切几下丢下锅,只需油盐两样,煸至菜帮有些瘪了,再加入足量的水——当然,有高汤更好。盖锅煮两滚,放点鸡精和麻油,就成了。无论吃菜喝汤,皆别有一番清朗意味。要是将豆腐煮入味,再加进炒得半熟的"春不老",放水烧汤,顺便在汤里撒一点姜末……绿的身影和白的身影就会在汤里卿卿我我,成为平和生活里的一种温润美丽的景致。

眼下,我们在这个路边店里,主菜就是一炉子锅黄心菜笃豆腐。几个配菜,分别是萝卜烧肉、腊肉蒸千张、豆瓣鲫鱼、猪蹄子炖黄豆、臭干子炒蒜苗,还有一盘深青浓绿的香菇炒"春不老"。都是一些低调子菜,犹如我们几人各自的人生,闲适,清静,虽是小聚,也别有情趣。

新蒸
作熟
餅油
　香

幽幽酱油 / 豆子香

忽然想起，已有多年不曾谋面酱油豆子了。

酱油豆子是最好的下饭菜，也是我在农村生活那段艰难岁月里的贫贱之交。那时，从菜园里现摘几个青大椒，切碎，舀一勺酱油豆子，兑点水，搁饭锅上蒸熟，倒也自有一份别的菜肴所不及的清贫的香鲜。双抢大忙季节，好多人家早晚饭桌上摆的就是一碗酱油豆子，一家人淘汤滗汁，照样将几大碗干饭稀粥扒下肚子。若是在其中添上豆腐干或是晒干的小虾米蒸出来，那简直就是过口不忘的乡土版的美食教材了。

秋冬时，农家灶头素炒大白菜、萝卜、马铃薯，断不会忘了搁上点酱油豆子提鲜。酱油豆子用于烧肉煮鱼，愈煮愈香，胜过酱油。豆腐烧肉至八成熟，放上一两勺酱油豆子同烩，特别能除腥、添咸、增香。以酱油豆子代酱，同姜蒜辣椒等一应调料在热油锅里爆香，倒进一碗水烧开，再放入煎得酥透的鲫鱼，顺带搁点猪油，盖锅略煮上七八分钟即盛起，那味道绝对没的说了。早春时蒸腊肉和千张，我最不能忘怀的，是铺在上面的那一层酱油豆子——刚端出锅，晕黄的酱油豆子粒粒泛着梦幻般的油亮光泽，枕着肥白瘦红的腊肉和纯白美净的千张，看上去，真有一种"千声玉佩过玲珑"的动人诗意！

江南农家的大婶大妈和瘪嘴老外婆，差不多都有一手做酱油豆子技艺。看得多了，连我也能侍弄。将黄豆在冷水中浸泡至颗粒饱胀，煮至七成熟，然后倒入竹簸箕里摊平晾干，上面覆盖一层干黄蒿或稻草让其发酵起涎。一星期左右，豆子长满白毛——乡民们谓之"出白花"。拣去个别黄霉豆，在太阳下稍晒一下——又谓之"出胎气"。然后搓搓捏捏拌上细盐、料酒（米酒）、姜末、红辣椒干，装入小口大肚的坛子里，用干荷叶和湿泥封严坛口，置阴凉处半月左右，酱油豆子即成。开坛时，清香扑鼻。此酱油豆，色淡黄，粒饱满，黏稠有丝，酥烂爽口，鲜味中略带些麻辣味，别有一番风味。随吃随舀，放坛子里可保存较长时间，香气也不会散发掉，唯忌生水入侵，以防弄出杂霉造成变质。

在书上只能找着"豆豉"，却找不到"酱油豆子"这名号。酱油豆子就是豆豉，稍不同的是，豆豉大都由黑豆做出，因是发酵后再经太阳晒过才装坛，所以干巴巴的，看上去有点黑瘦苛刻。而酱油豆子则一律黄豆出身，胖乎乎的有憨厚之相，入口也是绵软无渣。若是让酱油豆子发酵结饼，白毛长得旺，就成了近似臭豆腐霉千张之类的"毛霉豆豉"。早先我是识不得这个"豉"字的，后来我当了中医，有一味中药叫"淡豆豉"，功能祛风散寒，清热败火。我也就因医识"豉"了。豆豉按风味分，有淡、咸、辣、香和臭等类型。在一些大饭馆里，"豆豉鲫鱼""豆豉煮牛肉""走油豆豉扣肉"等可算是有身份的菜；另外，路边大排档上，像炒辣椒、炒土豆丝、烧麻婆豆腐也都少不了它。

北人嗜酱，南人嗜豉。中年后踯躅蜀中过着辛酸日子的杜甫，诗中就说，莼菜汤要放豆豉调味才鲜美。一辈子里大多数时光都是踯躅江南的陆游，有诗曰："梅青巧配吴盐白，笋美偏宜蜀豉香。""南宋中兴四大诗人"的另一位大诗人杨万里，其诗所咏，亦多是江南风土人情，他曾致家乡某名士一书，说要点"配盐幽菽"。其人不懂，杨万里便讲这四字出自《礼部韵略》，写的就是我们家乡最普通的土特产豆豉的制法呀！（事见《齐东野语》）真的，要是这老杨自己不说破，被忽悠的，除了那位江西名士恐怕还有你我许多人。倒是如此一来，土巴拉叽的豆豉让这"配盐幽菽"十足优雅了一回。其实，细看清了，这也就是个动宾结构的联合词组："配"的是"盐"，"幽"的是"菽"。"菽"是豆的古称，像菽水承欢、未辨菽麦、饮水啜菽、鱼菽之奠等等皆是，"幽"是密闭的意思……连着译出来，就是：将豆子蒸熟，加上盐作调料，放在密封的缸里发酵而成。刘熙《释名》释得较为详细："豉，嗜也，五味调和，幽之而成……"原来，豆豉的"豉"就是嗜好的"嗜"。

纪晓岚本是北人，像他这个级别的文人，当然是什么好吃就爱吃什么了。他被乾隆派至当时还是"瀚白荒城"的乌鲁木齐公干，一天好不容易吃到了豆豉，遂激动地写下长诗记述："配盐幽菽偶登厨，隔岭携来贵似珠。只有山家豌豆好，不劳苜蓿秣宛驹。""菽乳芳腴细细研，截肪切玉满街前。只怜常逐春归去，不到柳红蓼紫天。""新榨胡麻潋滟光，可怜北客不能尝。初时误认天台女，曾对桃花饭阮郎……"切切幽怨，明眼人一看，就知绝非仅止于表达口舌之味了。

只是，不知以上所说，是那种干硬浓香的黑豆豉呢，还是我们江南农家的胖硕鲜酥的酱油豆子？然唐人一句"金醴可酣畅，玉豉堪咀嚼",可知此"玉豉"断非色素沉着的黑豆所为。

说来别笑,当今打网球数一数二的世界级顶尖高手西班牙神奇小子纳达尔,被人谑称"纳豆",纳达尔自己绝不会知道,纳豆,正是我国唐代时豆豉的民间称法。习惯牛排和面包的纳达尔大约从未见识过豆豉,更谈不上食酱油豆子了,这东西方文化里的两个"豆",也就压根对撞不起来。

梅雨与梅干菜

就像梅雨也叫作"霉雨"一样,梅干菜也被称作"霉干菜"。其实梅干菜同梅雨并无时间上的关联,只是都产自长江中下游的梅雨带地域,于是,梅干菜才有了浓郁的江南味道。

如果认为梅干菜就是芥菜、大白菜或雪里蕻腌后晒干而成,将咸干菜和梅干菜当作一回事,那就错了。其实,真正的梅干菜,都是从腌菜缸里拉出来放锅里蒸煮后,再扎成一小把一小把的,挂在竹竿和绳索上(有的直接摊放在桥头或河边的石头上)晾透晒干而成。有时,晒得半干时还要回锅蒸一次,再晒干。一般来说,那大多在阳光明媚的暮春的时候。也有人家,事先把蒸好的咸菜切细放在竹匾中晾晒,直到浸透了舒缓而沉静的暮春阳光的气息。好的梅干菜,无粗茎与老叶,捏手里咸潮咸潮的,色泽深浓,有一种勘破世事的沉黯与洒脱。

到绍兴旅游,通常都要带回一点小包装的茴香豆和"霉干菜"作纪念。说起绍兴霉干菜,那真正是"霉"字当头,因为他们的咸菜蒸煮后不是放太阳下晒,而是像制作霉豆子那样放暗处阴干,多呈黑红,且是越陈越香。而我们这里的梅干菜,则稍显黄亮清爽,那种扑鼻的蕴蕴之气也淡得多。但这两种菜无论是做扣肉还是烧五花肉，都是一样的好吃，下饭宜口，而且二餐后再放饭锅上蒸，越蒸越体贴腴软，越蒸越油光闪动，香气袭人。说起来，它们真的就是这个命，最需要傍肉，需要吸收肉的脂与香，所以在缺油少肉的时代，它们只能暗自叹息英雄无用武之地。据说，1972年尼克松破冰访华，在杭州楼外楼的宴会上，周总理嘱咐上一道绍兴霉干菜焖五花肉，尼克松吃后连声称"Very good!"（非常好！）。

1935年3月6日，身在上海的鲁迅，在发往绍兴的信中对母亲说："……小包一个，亦于前日收到，当即分出一半送老三。其中的干菜，非常好吃，孩子们都很爱吃，因为他们是从来没有吃过这样的干菜的。"他还在文章中特别提到过："在绍兴，每当春回大地，风和日丽之时，便是腌制霉干菜的大好季节……"人，总是这样充满怀旧的情绪，对于一些口味，一纠缠上就是一辈子。你的味蕾上的偏爱，就是这样养成的，因为一方水土，因为早年的成长岁月，那些普通但又神奇的风味食物，就演绎为某种文化和情感的蕴积。

其实，梅干菜一点也不尊贵，以前的乡下，几乎是家家制作户户必备。这东西味道厚，特别能吸收肉香和油脂，那些腥荤气味在梅干菜的沉郁芬芳中早已是没了踪影。其中尤以梅干菜焖肉最为行之有效，肥瘦适中的猪肋条切出的方形肉块，配以绍酒、糖等作料，只要火候好，定是被整治得有型有款，肉质弹性十足，甚至连肉皮上光泽也有着几分予人遐想的沉静古朴。它的诀窍，是先焖后蒸，蒸的次数越多越香，干菜乌黑，入口软绵，略带甜味，肉块色泽红亮，富有黏汁，一口咬下去，连牙髓腔里都溢满了肉感。一些爱惜体形的人，平日里怕极油脂，但却很难抵挡得了梅干菜焖肉的诱惑。

梅干菜做扣肉，无论是色泽还是口味，都是引人注目的。若是能耐得此中烦琐，不妨一试，其法：用电饭锅将五花肉上屉蒸至五成熟，放酱油腌渍待用；梅干菜切末，放酱油、肉膘、糖，亦上屉蒸至酥烂；五花肉投热油中炸至皮起泡，捞出沥油；另置炒锅留底油，下姜、蒜煸香，投入五花肉、料酒、酱油、糖、水适量，小火焖15分钟，收浓卤汁；把冷却了的五花肉切成薄片，整齐地码在扣碗中的梅干菜上，蒸至肉酥烂，浇以勾成薄芡的卤汁即成。其菜香肉味相互渗透，油而不腻，鲜香糯甜，味美妙不可言。

在徽州，无论是歙县还是屯溪、休宁，脆香鲜辣的梅干菜烧饼，由街头炭炉中现烤出来，焦黄的一面还嵌满粒粒爆香的黑芝麻，绝对是令人过口难忘的风味食品。时下，就连梅干菜馅的中秋月饼，也能搞出个满堂彩来。还可以将梅干菜煮烂后，切碎配肉末做馅料，做成风味包子。

把豇豆、扁豆、小竹笋甚至茄子蒸熟晒干，在名字上略作调整，叫成梅豇豆、梅扁豆什么的，到了冬天与五花肉同烩，味道也是呱呱叫。

臭干子更能千里飘香

我在浙南吃过一回"蒸双臭",据做东的朋友介绍,是集结了当地两种最臭的东西——臭豆腐和臭苋菜梗,加入少量油、糖、姜片等调味品,放到旺火上隔水蒸,上桌前,撒上葱花、椒丝点缀一下。出于礼貌,我稍稍尝了两口,臭烘烘的,堪比我们家乡的臭菜豆腐。以后又在家门口宣城敬亭山下吃了一次砂煲臭豆腐,内容倒是丰富了许多,是把笋片、木耳、肉末、香菜加臭豆腐放一起炖,臭豆腐给"笃"出了无数细小的孔,既饱饱吸进了肉香,且尽情释放了自身的臭,味道真是香得诱人又臭得霸道,一上桌就给一帮手捷眼快的朋友举箸使勺瓜分了。闻臭吃香,嗜好此道者尤不肯放过这样的食机。

早年,我们这里寻常人家的饭桌上,随时可以见到一大碗臭烂菜豆腐,单看那内里容物,很有点混搭和恶搞的画面:墨绿的菜卤里,浮沉着未经世故的白玉般的嫩豆腐,刚从锅里蒸出来,散发着一股热腾腾的浓烈臭味……只是这臭味好多人都馋它,闻了食欲大动。时下,在一些装潢精美的餐馆里,这黑是黑白是白的臭烂菜豆腐,就有一个动人的名字叫"千里飘香"。其实,除了臭烂菜,还有臭豆腐乳、霉豆渣、霉千张、霉豆子等都能"飘香"。北方人可能就看不懂了：好端端的东西，为何要特意让它变霉变黑变烂，弄得臭到令人掩鼻才来吃？生长于明山秀水之地的江南人岂非都有"逐臭之癖"？这话有点好讲不好听，所以，如周作人那般深透练达之人，也忍不住要出来护短辩解几句："读外乡人游越的文章，大抵众口一词地讥笑上人之臭食，其实这是不足怪的……"

口之于味也，未尽同嗜。俗话说"闻起来臭，吃起来香"，怜香逐臭，人各喜好。比如说到臭干子，就是最具广泛群众基础的美食。

早年的大小茶馆里，哪一处不是人语嘈杂，热闹非凡。那些茶客，有的是数十年如一日、每天早晨都要来喝上一壶两壶的老客（早上泡茶馆为"皮包水"，晚上泡澡堂为"水包皮"），也有亲友聚会或为成交生意来此边喝边谈的，更有是行云野鹤一样南来北往的过客。众茶客们情有独钟的不仅是一杯接一杯宁馨宜人的香茗，更倾心于切成小方块摆在碟子里佐茶的臭干子，且这种臭干子如同时下晚会中常见的歌伴舞一样，又总是和腌制的蒜头、生姜片还有红艳的辣椒片联袂相伴，有白有红有黄。臭干子本身外面靛蓝，内里嫩白，再浇上亮汪汪香喷喷的小磨麻油，别说尝，单是看一眼，嘴里就上味了！

我本人从来不吃烂臭菜、臭豆腐乳、霉豆渣，但却不拒绝臭干子。芜湖的臭干子真是尤物，它不像臭烂菜那般烂歪的浓臭，而是一种款款温柔的臭，臭中蕴香，香中壅臭，就像一对情人，说不清是谁挽住谁……它可以拌上芫荽、花生米佐酒，可以煮吃、蒸吃、炒香芹、炒芦蒿，还可以先油炸成形，再塞以肉茸配上冬笋、香菇氽汤。但在街头巷口最常见的吃法，是映着夜市的灯火，从吱吱响的油锅里捞起炸起了壳的臭干子，蘸上水磨红辣椒，坐在摊贩的小凳上，端着小碟，对着幢幢人影现捞现吃。那种油炸臭干子，带着一种娇媚的世俗的风尘味，外老内嫩，又香又臭又辣，再加眼底生情，情人至味，尝过一次，直叫你终生难忘！那一次，散文家吴泰昌先生从京城来芜，直言要吃一点老芜湖味道，我特地叫出酒店老板，加点了水磨大椒蘸臭干子和冬笋、火腿汤煲臭干子，令他食时连呼过瘾。

芜湖历史上最入味的臭干子，当然是"王怡泰臭干子"。"王怡泰"是一家酱坊的号，旧址在中长街90号，前身是泾县人于二十世纪初创办的"查元泰酱园"，一直以大臭干子享誉江城。据说，那时商家极讲究品牌，再好的市场，每天也只上市15斤臭干子，多一两也不做。

做臭干子的工艺说来并不复杂，就是以白坯干放卤汁中浸泡，失身堕落而成。一般的卤汁就是以炒焦的芝麻兑水制成。据说，传统卤汁配制除了焦芝麻外，还将笋子、芥菜煮熟后发酵过滤，同新鲜荷叶灰、柏枝灰，和炒过的盐一起，共同磨碎后加入。卤汁越陈越好，因消耗不断，故须每半月添料一次。白干坯下开水锅"出白"，但白干子不能煮起泡。出锅后晾晒半小时，晾透后投入卤汁缸浸泡8—9小时，夏天5—6小时即可。还有一种特制小臭干子，则须在卤汁中浸泡10天左右，如果拇食二指钳一块抖一抖，那空悬着的半块不掉下来，表示浸的火候还不到家。

卤汁因经年不换，且通常都是摆放在光线不太好的地方，恶臭熏人，不堪入目，倘若化验一下，绝对通不过卫生部门的那些检查仪器，但却能浸淫出雅俗共赏的美食，这也算是臭到极致有奇香吧！

麦和豆瓣在六月里的升华

夏天的乡村，晒酱是一道风景。家家户户晒场都搭着一个晒酱架子，上面摆着大大小小的酱钵，有的是小缸，老远就能闻到酱的醇香味。也有人家将一溜的大小酱钵摆放在院墙头晒，不远处的树梢上开满黄灿灿的丝瓜花，显得沉静而又热烈昂扬……散落的村庄，飞鸟盘旋，炊烟袅袅，酱香醇浓，构成了亲切、原始、真实的乡村画卷。

酱，都是"梅时做，伏天晒"。新麦登场后，人们就忙着做麦酱了。先用麦粉做成粑粑，蒸熟摊在箩筐或是竹笆子上，然后，砍来气味浓烈的黄蒿盖在上面发酵。大约一个星期，粑粑上长出一层金毛，并散发出一股浓浓的清香。这时候，已经进入伏天了。就把粑粑晒干碾细，装入钵子里，兑上搁了盐的凉开水，搅拌开来，放在太阳下面晒。

通常，麦酱和板酱同时做，晒一大钵麦酱也晒一小钵板酱。麦子和蚕豆联袂出台，麦酱有麦酱的香，板酱有板酱的鲜。麦酱由麦子做出，更平民化一些，板酱是豆瓣做出，身份稍高出一个档次，亦有人将板酱写作"瓣酱"或是"豆瓣酱"。做板酱，把蚕豆泡胀剥去皮，煮熟了，趁尚未完全冷却，加进面粉做成粑粑，蒸熟后跟麦酱粑粑一样平摊在竹匾中，盖上黄蒿发酵。晒干后碾碎倒进钵子或缸里，一样地兑上盐水去直面阳光的灿烂辉煌。

一般人家做麦酱，把麦粉粑粑蒸熟后发酵。我的外婆走的程序却不同，她是把黄澄澄的麦子淘洗干净，沥干水分，倒进锅里炒。麦子在锅里"噼噼啪啪"炸得正欢时，舀一瓢冷水绕锅沿一圈浇下，"哧"一声响，一股热气腾上来……连倒几瓢水，锅里才安静了下来，只有一股麦香在厨房里飘荡。灶膛里继续烧火，把麦煮胀了，薄薄地摊在草席上，盖一层黄蒿，同样长出黄毛。晒干了再磨成细粉，兑了盐水晒。白天晒太阳，夜晚吸露水，渐渐地，酱由灰白变红，等到吸饱天地之精华，就成了深褐色。

无论是麦酱还是板酱，只要一晒上，就很少搬动。晚上冷却后，才能抓起一直放在酱钵子里的长竹片把酱翻搅几遍。如果估计夜里会打雷下雨，就得给酱钵盖上斗笠或锅盖什么的。有时睡觉前天还好好的，后半夜突然电闪雷鸣，就得赶快起来盖酱。要是慢了一步，酱钵里落进生水，就会长蛆。第二天早上，雨过天晴，拿去盖在酱钵上的东西，顺手再把酱搅一搅，将晒过太阳的搅下去，没晒过太阳的翻上来。晒一天搅一回，钵子里麦酱越搅越稠，颜色越搅越深，香气越搅越浓。

酱晒到一定程度，就可以把洗净沥干了水的菜瓜、豇豆、扁豆甚至是青辣椒什么的放进里面浸渍。太阳烈烈，三五天就入味。晚上一家人围着一张竹榻喝粥时，径直从酱钵中捞出几根豇豆或是一段咸中带甜的酱瓜，用刀切了，就是非常好的下饭菜。平时摘几个青辣椒切碎，加一把青豆米，舀一大勺酱加水一搅，上面浇几滴熟香油，搁饭锅里蒸出来，只用筷子头挑一点，就能吃下半碗饭。这种辣椒酱，有时就是江南农家岁月里饭桌上不变的风景。要是烀一锅毛芋头当饭，摆一小碟子蘸酱，吃得照样香鲜死了，有一句话怎么说的："毛焐芋头蘸麦酱，吃出蟹子相。"

如果说麦酱适合甜烧，那么板酱则适合辣烧。板酱最鲜美，那时没有味精，烧小鱼小虾时挑点板酱，加点辣烧出来，滋味无穷地涌上，让舌头上每一个细胞都能获得一种超常享受……从正晒着的酱钵里滗出的汤汁，那是真正的自制鲜酱油，鲜香无比。这种酱油吃过，再去尝试别的酱油，就有了"除却巫山不是云"的感叹。

经过差不多一个夏天的阳光亲吻，晒好的酱装进了坛子里。放置时间越久，鲜香味越诱人。如今的商场超市里，能买到各种各样的调味酱，可是这些酱里，怎么也品尝不出那种乡村的味道。

由是想到孔子，这老头很有意思，他奉行精食主义，吃东西极讲究：割不正不食，不得其酱不食。肉切得不好看不吃，没有酱蘸不吃。只是不知道能对孔子口味的是什么酱？孔子是山东人，爱的自然是山东大酱，断不会是我们江南农家晒的麦酱……但他若是有幸尝过，会作何感哩？

我是极嗜豆瓣酱的。用豆瓣酱烩野生鲫鱼是必杀技，遵守农家的烧法，把鱼煎得两面焦黄，搁酱搁姜搁辣椒，加点糖和烧酒，千笃豆腐万笃鱼，笃到豆瓣一片片在鱼汤里若隐若现……那味道呵，你自己舌下生津去品哂吧。豆瓣酱蒸排骨、豆瓣酱烧肉末茄子、烧肉丁干子丁、烧江米虾，都是打你两个耳光也不想停筷的美食。还有那神奇的酱肉，看上去，其色红而发亮，其质软而不疲，肉块外面不沾一点酱末，但清甜醇浓的气息，早已钻进了肉丝里面。

记不清我在哪篇文章里看过，杭州有一道"鸡冠油蒸豆瓣酱"的菜，鸡冠油就是猪花油顶外一圈的褶子，样子如鸡冠，几乎无多少油水，却极香。鸡冠油和豆瓣酱在一起蒸出来，油裹了酱，酱渗透到油渣肉中，展示了一种古门独到的精致……据说，只要闻到这股香味，再没胃口的人，都想吃饭了，而且吃了之后的多少天嘴巴上还存留着香醇，精神格外清爽。想来，这道菜也只能产生在那个物质匮乏的久远年代，不知现在还能不能再吃到这菜了？

总之，酱是一种吸收了天地精华的东西。但是，台湾文人柏杨却造出一个"酱缸文化"来比喻中国文化……如此糟蹋酱的名声，酱何以堪？

茶干的 / 闲情逸致

茶干是典型的江南食物。人说，忧烦日子喝酒，心满意足日子嚼茶干。茶干不适合做下锅的菜，下锅滚油的事由酱油干子承担，茶干清高自许，专以品茶助兴、调节情绪、培植话题、打发闲适时光为己任。这类入口搅舌之物，首先身量要小而紧凑，温文尔雅，不能一下子就将肚子塞饱；其次是要筋道耐品咂，且越咂越有味；再一点，是内涵丰富，咸甜鲜香诸味皆不可缺。

江南集镇上老一辈人，都是很会享受的，"早晨皮包水，晚上水包皮"，早吃茶，晚泡澡。吃茶当然是去茶馆（早年的茶馆与酒家不分），款款地坐定，伙计送一壶香茗，捎几碟小吃，糖姜、水煮花生之外，茶干子是少不了的，当然，有时也会携上臭干子联袂出台。缓缓斟细细嚼，轻拢慢捻抹复挑。要是来点主食，则有小笼包子、油炸锅巴等。倘若邀了几位朋友，茶叙的口舌间，有茶干助阵，不仅意兴遄飞，而且无论是几盏青瓷小碟，还是一套朴拙紫砂，皆风雅入眼，既好吃也好看。即使是在自己家中喝早茶，也是要摆出几盏香菜、醋萝卜、腌红辣椒片，其中茶干是手撕的，看上去有一种残缺的美。再说那泡过澡之后，华灯已上，腹中正好虚空，披条浴巾，半躺卧榻之上，茶汤饮了一盅又一盅，佐茶的风味茶干两根指头拈了，细嚼慢咽，有时搭配听点收音机里的戏文……要的就是这份闲情逸致。

茶干酱茶色，通常又被叫作香干或五香茶干子。酱油干子掰开来里面的颜色稍浅，而茶干通体都是深深酱色。茶干比一般的干子小且薄，硬朗一些，制作时加进了特别的调味料，筋道，耐嚼。

最著名的茶干，当然要数马鞍山的采石矶茶干。采石矶有太白楼，和诗仙李白深有渊源，很是沾染了些诗仙之气。其实采石矶茶干也就三百岁的历史吧，不可能为诗仙助过酒兴，一种区域性地方小食品，流传至今，特色和口味才是最主要因由。记得早先采石矶茶干大大厚厚的，撕开纸包，茶干上都有清晰的布纹，掂在手里晃悠悠的。又因内中加了鸡丝、虾仁或是火腿，以鸡汤做卤，味极鲜美。那时坐绿皮火车，经南京、马鞍山，都要在站台买上十多包，回来遍散亲朋好友。现在食品大大丰富了，却难寻回往日口味和那样的经历了。眼下，产于当涂黄池的金菜地茶干后来居上，大有超越采石矶茶干的势头。好在这两种茶干都属于马鞍山，有裙带之谊、袍泽之亲。

数年前，我们去马鞍山市参加作家协会交流活动。在采石矶公园林散之纪念馆举行茶话座谈时，香茗水果之外，主人在盘子里还摆上一种极其精致的茶干，小包装，一袋一块，比邮票大不了多少，呈均匀酱红色，品质纯正，形薄肉细，韧性十足，对折不断，咀嚼之下，香、韧、鲜、嫩，回味特别悠长。听了介绍，方知是定量生产专用于接待外宾和出口级别的加料茶干。因为我们赞誉有加，主人高兴，连打了几个电话，请示协调之后，派一辆小车往外跑了一趟，拉来两大纸版箱这种茶干，让我们又尝又带，狠狠享受了一回外宾级优待。

若论豆腐产业之盛，不能不说到徽州。徽州有毛豆腐、臭豆腐之外，便是茶干。我去过休宁县五城镇双龙村，那里是五城茶干的产地，也是"山水画廊"新安江上游率水河和颜公河交汇处，古树，石桥，深巷，满眼徽景，绿意幽深，村里几乎家家做豆腐干。磨浆、滤浆、煮浆，空气中飘浮着醇浓的煮茶干所特有的桂皮、大料的香味。探身走入人家后院，若凑巧是茶干刚出锅，主人会笑呵呵请你免费品尝。刚出锅的五城茶干，其色深浓，如同国漆一样黑里带红，红中发亮，外表满是蒲包纵横交错、细密有致的纹路。咬上一口，细实紧密，如嚼鸡脯，伴随一种难以言说的异香，让你越嚼越入味，欲罢不能。主人为示范他们的货"硬"，会当你面掂一块茶干，从中间对折，却不断裂。

而一河之隔的对面白墙黛瓦连绵处，就是龙湾村。龙湾茶干飘香徽州数百年，更是声名远扬。相传，乾隆皇帝下江南，品过龙湾茶干，觉其味不俗，遂趁兴以手中把玩的印石在茶干上盖下一个深深无字印，无字之印即为口，寓意"有口皆碑"。那年看过世博会，我在上海闵行一家超市挑选可带的食品，其中就找了一袋龙湾茶干。每一块茶干上，果然都有一个圆形印章。

江南有名气的茶干老多了，像三香斋白蒲茶干，为清代湖州人屠氏开设三香斋茶干店所制，街坊邻里称之为"屠三香"，系白蒲一绝。南京人比较认同的桥林茶干，属于蒲包干子一类，咸鲜带甜。

大约是二十世纪七十年代初期，我老家的那个生产队有人领头办起"卫东豆腐店"，以物易物，你想吃豆腐或豆腐干子么，就得从家中称来相应分量的黄豆。加工盈余下来的黄豆即充任加工费，平时本队社员吃豆腐，可凭工分扣除。人说世上三样苦：撑船、打铁、磨豆腐,我是除了打铁外前后两桩苦差事都干过。好在"卫东豆腐店"的事并不算太复杂:黄豆磨浆做豆腐,豆腐可压成千张和白坯干子;白干子放墙角臭卤缸里沤成臭干子,若是投酱油锅里煮一夜,就是酱油干子。倘白坯进一步压紧实,酱油锅里再配上辣椒、肉桂、八角等(那时糖紧张,就以糖精替代),煮出来就是茶干子。那小小的茶干,韧而不坚,香而不烈,黝黑中泛着光泽,粗看上去貌不惊人,却端正四方,俨然是那个年代里的奢侈品。所以茶干子也只在过年过节时才做很少的大半锅,而且还要严密地瞒过上面的检查。

茶干当然也可以用来做菜,早春二月,茶干切碎凉拌马兰头,拌荠菜,清香爽口。茶干切丝炒蒌蒿,炒香芹,锅勺一响,满屋飘香。夏日傍晚,柳荫初凉,蝉鸣悠长,端上一盘茶干炒红辣椒丝,再就着一碟咸鸭蛋,将绿豆稀饭喝得呼呼生风,谁说不是清平的富足呢。若是硬要叫茶干由平凡变奢华,可去看一下《红楼梦》里制作"茄鲞"的讲究。虽是由一只茄子表现出来的,但参与者却有香菇、冬笋、五香茶干,绍酒、糟酒、酱油、糖、盐、水淀粉……下足了材料和功夫,尤重细枝末节,奢华处处体现。那种大家族的排场,或许一块五香茶干也会弄出"十来只鸡配他",说不清谁抢去了谁的风头,复杂的操作,早已超越口腹享受的过程,这哪有让焦大抓几块茶干跑下屋里灌老酒、灌足了老酒就骂娘那样痛快。

有时想想,品茶干亦如品人生,不过是压扁了的人生,浓缩了的人生,个中滋味,不可言喻。犹如某个时日坐在曾经的绿皮火车上,旅行保温杯泡好碧螺春,随手撕开一袋茶干,或饮或嚼,眼睛却是漫不经心地望着车窗外……人生之旅呀,注定没有归程。

豆干杂酱的 / 快意演绎

豆干体态轻盈，性格随和，善解人意，可以佐茶，可以做菜，虽是自身亦有不错的味道，却又能于最深的红尘里附依并顺从别人。

我儿子在家上学时，最爱吃我烧的豆干杂酱。把半斤肥瘦相间的猪肋条肉切成小方丁，锅里放入花椒、八角、辣椒炸香，先烧成富于油肉的楷模，舀入两勺麦酱和小半勺糖，让肉里的油把麦酱香味逼出，再倒进切好的豆干丁，搁水淹没，大火烧上出热气，抄一下底后，改小火细焖慢烩。水烧干了盛起，巴蜀的麻辣和维扬的清甜，就会相拥在一只青花瓷盘中。

另一种做法，是走的小炒肉的路子。将带皮的猪前腿肉切丁，加盐、糖、老抽和水淀粉先捏一下，有时加点咖喱粉也行，肥肉丁另作别用；油锅里投入切碎的姜、葱、蒜先煸，再放进一大勺麦酱炸出浓香，投豆干丁翻炒片刻盛起；锅洗净抹干，倒点色拉油烧热，投进肥肉丁炸出油，撇去肉渣，下肉丁急炒至断生，再倒入炸过的麦酱。有高汤舀入两勺最好，无高汤即以水代，猛火翻炒几下，撒点芫荽或青葱就行了。与前面那种款式的豆干酱相比，后者味咸带甜，更腴嫩鲜香。

还有一种只有在夏秋之交时才能做出来：嫩花生上市了，买回带壳的，一粒粒剥出来。嫩花生仁胖嘟嘟地顶紧外壳，穿着水红的内衣，肌肤似雪，清香馥郁；与之联手搭档的，最好是那种内质蓬松而多孔隙的蒲包干子。除了肉丁外，还有香菇丁和少量一点的火腿丁，都是煸过以后再焖烩，只是汤水要多加点，出锅前勾点芡。花生仁脆甜香糯，豆干丁刚比豆腐老到一点，因孔隙多而饱吸肉酱的浓鲜，入口温软，回味绵绵，有一种古朴、幽婉的意境……

豆干若是切成细丝，炒芦蒿、炒香芹、炒水芹、炒嫩蕨、炒辣椒丝、炒韭菜花，或是出手配合凉拌马兰头、凉拌香椿头、凉拌芫荽菜……那就是走的小家碧玉的清纯路子，彼此回首，皆有莫名的喜悦。我们这里有一种出了名的水阳干子，常被随手撕成不规则形状摆在小盘子里，旁边放一勺艳红的水磨大椒，亮汪汪地浇上点小磨麻油，算是一道凉菜，既可佐茶下酒，也可酒足后上主食时同米饭一同端上桌作下饭菜。不成文的"手撕干子"，还会与同样无厘头的"手撕包菜"混搭，在炉子锅里"笃"出极美妙的味道来。有一种比铜钱大不了多少的五香茶干，手折不断，特别醇香耐嚼，和带筋的牛肉、油炸过的鹌鹑蛋一同配套做成火锅，我是百吃不厌。

有一种豆干杂酱砂锅，就是辣酱多放，砂锅吸热保温，即使不在火上也是咕嘟咕嘟地翻腾着红浪。提味的小红椒，拖着长长的尾巴如小鱼般在满锅漂浮的豆干和肉块间浮上钻下。豆干有的经油煎过，外黄内嫩，入口松柔，有的则是滚油炸过的臭豆干……无论是香的还是臭的，只管夹入口中，麻辣咸烫俱从中来，直吃得你满头大汗，唏嘘不已。

一次，被朋友拉到商业街一家店里小聚，发觉其中的环境和菜色皆不错，花雕鸡、白汁鱼、鱼香茄子很具特色。更有一道干子杂烩吊人胃口，里面有一些肉片，肉皮很厚，据称是野猪肉，豆干油亮赤浓，极耐咀嚼，香、甜、酸、辣、咸五味俱全，颇让人留神。临走前，特意去厨房操作间问了一下，被告知那不是普通的豆干，而是腊八豆腐做出来的。

腊八豆腐是徽州民间风味特产。若是春节前夕你在西递、宏村或是南屏那些地方旅游，会看到许多人家赶大晴天晒制豆腐，而且多是选在腊月初八这一天，所以民间称作"腊八豆腐"。这种豆腐晒硬了可以雕花刻字，还可以在出门时系上穿绳挎身上带走。一大砣既柔韧又硬朗的腊八豆腐，实际上已经是另类的豆腐干了，直接食用简便，也能切丁、切片、切块，可炒，可煎，可杂烩，特别能吸附旁伴者的香鲜。其杂烩滋味，只有食后方知。

人生微醺 / 偶耽的意境

喜欢酒酿的滋味,喜欢老家那里把酒酿喊成"甜酒"或是"甜酒酿子"的醇厚清正乡音。

总觉得酒酿在气质上更属于江南。虽说我在北方也吃过酒酿,但离了马头墙,离了雕花窗,离了吴山越水,那酒精度里酿不出别样的情怀来。意识里,江南湿润的空气中总是浮荡着微微酸甜的气息,一点点酒意飘过老街旧巷,那是市井人生微醺偶耽的意境,犹如漫上老井和旧墙下的苔痕,天长日久的浸淫,便成了故土的风物和气息。

往时的冬夜,街头巷口的路灯杆子下,所多的便是酒酿担子。如果是在唱大戏玩龙灯的乡村,酒酿担子上总会亮着一盏马灯,随担子晃悠。酒酿担子的主人多为一位身腰佝偻、戴着旧绒线帽的老者。那担子一头是炉子和锅,一头则装着酒酿钵子和碗、盆等。夜风吹过,马灯和炉火都是忽闪忽闪,枯叶起舞,在担子脚边打转转。"下——酒酿子哇——"老者嗓音阻塞、喑哑,却自有着一份与冬夜、与人生的风烛残年相应合的穿透沧桑世事的力道……这样的酒酿担子,曾在丰子恺的那些粗黑线条的漫画里铺陈出满纸浓浓的人生况味。

除了酒酿担子,还有一种小贩,他们挑着装满甜酒酿的瓦罐,走街串巷,四处叫买。在菜市场也能买到酒酿,有时还能搭配买到"水子"——一种比黄豆稍大的用糯米粉搓出的小圆子,先下在开水里,翻两滚后挖一勺酒酿放入即可。晶莹润泽的糯米酒酿,珠圆玉润的粒粒水子,点缀着星星点点的黄色桂花,随着热气飘散着动人的醇香。所以芜湖街头的酒酿担子招徕人,喊出的是:"卖——酒酿水子哎——!"

早年,很多人家都是自己酿制酒酿的。做酒酿算不上什么技术活,一般老叟少妇都会。逢年过节,或是家里有产妇,都要做上一点酒酿,几乎成了一种习俗。向别人讨来做引子的好曲,问清楚了曲与糯米配比,然后把糯米洗净蒸熟,半温半凉时拌入捣成粉末的曲,装在罐钵里,四周抹平实,只在中间留一个锥状的洞,稍许泼上一点温开水就行。冬天时,罐钵外面须包上棉被保温。在几天的等待中,随着渐渐发酵,有一股诱人的甜香不可遮挡地散发出来;中间那个孔洞会渗满清亮的汁水,映得钵体粗陶的釉色泛出湿漉漉的幽光……这就是甜酒液,尝一口,好醇润呀。酒液越渗越多,最后那一大团缠结成饼状的酒酿就浮在酒液中了。自家酿制的酒酿味美汁醇,令人陶醉。许多不善饮酒者将此甜酒液灌入瓶子里,当作酒水,即使不在年节的日子里亦可自饮自乐,走进面红耳赤的微醺里,寻一份衣袂飘飘的快感。

将年糕切成薄片,在开水锅里烧软,再深挖一大勺酒酿连汁带水放入,就是甜酒下年糕。还有甜酒下汤圆子,甜酒打蛋——亦即甜酒水潽蛋。将赤小豆加水煮烂,入甜酒酿,烧沸,打入鸡蛋,待蛋凝固后加红糖调味。酒酿煮沸,淋入蛋液,加糖,略略勾芡,即成蛋花甜酒……现在想起来，这都是令人思念的早餐或是夜宵。此外，酒酿还可用来糟鱼、糟猪大肠、糟鸡糟鸭，糟出深红酣畅的色泽，香醇清朗自不必细说了。若是蒸在饭锅里，未掀锅盖，酒香肉香早缭绕其上，未至上桌，已酿醇一室。

近年来，夏天的街头出现冰镇酒酿，通常与冰赤豆糊或是冰枣子汤一起调出来，有时，里面还有数块橘红色的削了皮的南瓜，甜中带出微酸的酒香滋味，再撒上星星点点的糖桂花，味道轻盈香远。还有，将老南瓜去皮，切成方形小块，或削成橘红的小圆球，入屉笼蒸熟，取出冷却，放入酒酿，冰镇后撒上糖桂花，自然又是一番风味。炎天暑热，若刚刚吃了厚腻之物，喝一碗冰镇酒酿，或是吃上几块糯软酸甜的酒酿南瓜，心底被一层层的清甜皴染，那股若有若无的醪香，于人生的偶耽里，便迁出铺陈的余韵了。

将小笼汤包 / 进行到底

　　小笼汤包是地方风味小吃，也是许多市民生活的一部分。早晨时光里，除了那些老字号店堂食客盈门，深藏于坊间巷口的小笼汤包面点坊，还有夫妻小吃店，也总是透着热闹，门口炉子上垛码着高高的蒸笼，一派热气腾腾。店里人一边有序地忙着招待客人，稍有空隙即过去包一下汤包。看他们做活十分有趣：将一张皮子放在手心，填上馅，手指夹住皮子的边，顺时针旋转的同时，另一只手将皮子呈水纹形牵褶捏合。包好的小笼汤包比一只乒乓球稍大，顶部的褶痕，看上去竟然像极了肚脐眼。

　　皖江人不把它称为"小笼汤包"，而是喊作"小笼包子"。"喂，老板，上两屉小笼包子！""嗨，服务员……再来一笼蟹黄小笼包子！"比菜碟子稍大、经百千次熏蒸而变得乌黑的蒸屉端上来了，十数个玲珑白透的小笼汤包卧于其间，一个个外皮极薄，微微泛着油光，里面的馅料还加入了葱末，隐隐透出一丝绿意，看了就食欲大动。小笼汤包价廉物美，风味独特，既可以作为早间快餐迅速填饱肚子，也可以是楼堂馆所气派的大餐中间上的一道点心。芜湖人说起小笼汤包，自豪感溢于言表。

小笼汤包，顾名思义，就是用小蒸笼蒸出的有汤的小包子，其薄皮里除了包着鲜馅外，更有饱满的一口鲜汤。吃时要趁热，凉了，味道就会打折。长江三角洲一带，很多城市都声称自己才是小笼汤包的发源地，比如南京、扬州、无锡和杭州。以我吃过的口感，南京、杭州以咸提香，上海、无锡以甜提鲜，镇江的汤汁嫌少了点，扬州富春茶社汤包虽说吃起来也柔软可口，只是体态偏大不够精致……我要特别提到武汉的汤包，因其内馅放的皮冻多，感觉汤汁十分富裕，且汤包口形似鲫鱼嘴，肉馅微露，只是难免觉得油味重了。至于名称，一般根据所选辅料命名，如"蟹黄汤包"或"虾仁汤包""三大菌汤包"等等。还有像淮扬的"文楼汤包"、成都的"龙眼包子"也均为精品。在厦门看到满街"蟹黄汤包"，且都于褶窝里点缀着貌似的蟹黄，却一点汤汁也没有，空担了一个"汤包"名分。

按上海人的说法，正宗的小笼包，是百多年前起源于他们那里的南翔镇古猗园内。当年，南翔镇上的糕团店老板黄明贤经常挑着担子到古猗园内叫卖大肉馒头。后来竞争对手多了，精明的黄老板遂另辟蹊径，改成薄皮的大肉馒头，并想法子在肉馅里加进汤汁，由此制成了小笼汤包。他还规定，一斤湿粉要不多不少正好打出100个包子皮，且每个汤包的皮上要捏出14个褶。

有史可查，芜湖最早的小笼汤包，创始于1925年。当年同庆楼的蟹黄汤包极享盛名，为商家大户洽谈生意、招待亲朋的必备名点。同庆楼的汤包，皮薄而筋道，透光，夹一只，能看得到汤汁在流动，轻轻一摇，皮随汤晃。小小一只汤包，从购买原材料到成品出屉，要经过好多道传统手工艺，据说，仅汤汁的制作一项，就要用猪皮等熬制至少4个小时。好的汤包，除了汤鲜，内馅更有讲究，既要肉紧又要娇嫩,品在口中须爽滑、弹牙,是韧韧的一团,而不是一堆散肉渣。尤其是蟹黄汤包,蟹肉滋味美醇,配上香醋、姜丝,真是妙不可言!

我的一个朋友,网名叫一片冰心,诗文皆不俗,常有作品见诸报端,但他的世俗身份却是北门"一家人"小笼汤包店老板。他告诉我,做皮冻一定要用猪脊背上的皮熬制,猪肚子上的皮就差多了,一般每斤肉馅要掺皮冻六两左右。要使薄薄的面皮包住那么多的汤汁而不穿底,工艺十分考究,须用一定的子面加酵面来做,这样既可使皮子少吸水避免穿底,吃起来又柔软可口。蒸熟的汤包不能塌,像灯笼,馅成球,浮在汤中。像珍视自己笔下的诗文一样,他对自家的才艺极为推崇,他说走遍江南的城市,芜湖的小笼包子味道最纯正!这一点他敢和任何人打赌。

小笼汤包好吃,还要会吃。如果你初次尝试,性急地一口咬下去,可能会烫得吃不消,忍不住一口吐出来,弄得汤汁淋漓,损失了一口好汤不说,还溅污了衣裳。最佳的吃小笼汤包方法,简单地说,就是"一提、一移、一口、一蘸",还有一种说法,叫作"轻轻提,慢慢移,开小窗,再喝汤"……包子上桌后,用筷子夹住包子上口,轻轻摇一摇,让包子和笼底分开,然后横着夹起,放进调羹;也可以一手夹着汤包,一手拿汤匙接着,轻轻地咬开一个小口,吹吹里面的热气,待汤馅不太烫嘴时,吸完汤汁,再将包子入料碟蘸上醋一口吃下。吮吸汤汁时,最是美味无比,肉汁的醇香和醋香糅和在一起,渗透整个口腔,滋润着全部的味蕾,吃完后尤是唇齿留香。

将鸡鸭鱼肉弄成饕餮大餐是本分,将鲍鱼海参做成难以释怀的美味是技艺,而能将面粉肉糜点化成入口的极品,那才叫境界。

小笼汤包如美人，皮白馅红，多汁而味美。当一笼两笼三笼各式内容的香喷喷的小笼汤包摆放在你面前时，你就不必再去顾忌什么"三高""四高"了……唯一要做的，就是二目放光，拿起筷子狠狠地吃，不折不扣地将小笼汤包进行到底！

吃锅贴、喝鸭血汤的享受

说到馅嫩鲜爽、底座焦香的锅贴，常会让我心动不已。

锅贴全名叫锅贴饺子，尽管有的地方干脆就呼其为煎饺，但锅贴绝不是煎饺。煎饺是先把饺子蒸熟，再煎成金黄出锅，底部向上装入盘中——之所以底部向上，是免使人家以为你做的是蒸饺。但遗憾的是，无论煎饺还是蒸饺，皆一律肥硕，身形过于饱满，口感自是差了一截。大差不差的还有生煎，上海人精明一世糊涂一时，包子馒头不分，所谓"生煎馒头"，实则就是把生包子煎熟煎香。馒头不通世故何来馅呢，但上海人口中的"生煎馒头"，分明内馅鲜嫩，多带卤汁，上半部有黄澄澄的芝麻和碧绿的葱花，松软适口，下半部则色泽焦黄，酥脆可口……也算是沪上特色名小吃了。

锅贴情同"生煎馒头"，却没有人以"生煎饺子"相称。锅贴是将呈月牙形的纤瘦苗条的生饺子放在平底锅里煎焦香，底部金黄酥脆，外皮微黄爽滑，馅心细嫩化渣。我在嘉兴吃过一种"渔网锅贴"，是正宴过半后上的一道菜肴，煎出的锅贴，下面不知道用什么法子再添上一层金黄色的网纹，如同女孩子穿上了漂亮的纱裙，有着不尽的纤巧烂漫。

其实，锅贴除了焦香外，真正诱人之处还是在馅。锅贴之馅，一如饺子馅和包子馅，可荤可素，可猪牛羊肉，可虾仁海鲜豆腐，尽显地方风土人情而已。饺子当然也可以煎，只是饺子更小巧，如美人耳朵，馅也玲珑，内外精致，鲜美溢口，正是江南人对食之内容和外在形式皆完美的最佳追求。

先前我住二街，斜对面的楼下，即是名头很响的"二街老头子锅贴"每晚出摊的风水宝地。"老头子"虽是江南人，却长了关中演员李琦那般肥硕头颅和身架，看上去有几分凶悍，其实人倒是挺和善的，而且也很有一把年纪了。每晚，"老头子"即用板车拉来他的全部行当，在公交站牌旁的门楼外当街支起铁桶炉灶，摆上平底锅，略抹一层油，将锅贴整整齐齐地摆上去，排队上前线，行列俨然，向右看齐，前胸贴后背一个挨一个，迎接它们的将是浅油热火的考验。然后，就见"老头子"抄起一个小壶转着洒了一圈似是掺了油的水。盖上锅盖，热气上冒了，就抓两团抹布在手里，包着锅沿张开两臂旋转，听到噼噼啪啪的声音，就揭开锅盖，再洒一次"油水"，有时直接是沿着锅的边缘淋色拉油。蒸气迅速蔓延，盖上锅盖，将锅斜拉起在火上不断旋转，再次噼噼啪啪响并浓香四溢，就彻底拿掉锅盖，用一把老式烙铁那样的平头铲子铲松锅贴，下面则关了炉门。待吸干了锅里剩油，看到已经有硬壳子，锅贴就熟了。这锅贴底部给油煎得焦香，上面却是带油用水煮而柔和。用锅铲一铲，五六个、十数个连在一起，热气腾腾。若是煎的时间不够，有那么一排或是几个，底子几乎看不出油煎的痕迹，皮子偏软，吃在口里有点水涝涝的。所以我有时买老头子锅贴，避开人多时的高峰，专瞄他剩余的买，在锅里已炕了好长时，底座特别香脆，馅亦烂亦酥，香气扑鼻，回味无穷。

吃"二街老头子锅贴"，还有一种配搭的美食，那就是鸭血汤。

自从我搬离了二街，差不多有一年多未再关照"老头子"的生意了。那晚有事路过二街，见原先给"老头子"打下手的他的儿子独自照管摊子，就坐过去要了一碟子锅贴，和一碗从小半人深的大铁桶里打上来的热气腾腾的鸭血汤。正好顾客不多，我们聊了起来，方才知道他家老爷子早年竟还是医科大学的肄业生，凭借学医的底子，在做锅贴的同时，又创研了有独特口感与保健养生功效的鸭血汤。

一般说来，卖卤鸭的摊子上顺带也卖鸭血汤，且口味都很不错。"老头子"成名主要是锅贴，这鸭血汤早也是尝过，味道鲜美，只是不知还有如此背景，难怪汤里似有一股淡淡的药香味。汤里有榨菜、葱花、芫荽和胡椒等诸多调味料，刚好去除鸭子的腥味。鸭血嫩滑，切得细碎的鸭肠，绵韧耐嚼，汤水清澈而不油腻，浓鲜爽口又提神。喝一口鲜汤，抿一块鸭血，嚼几段卷曲的鸭肠，让人不由得感叹这些不起眼的东西竟能调制出如此世间美味！

吃着锅贴，喝着鸭血汤，若是在一个冬夜里，那真是要有多享受就有多享受！

锅里锅外一色红的藕稀饭

秋尽江南,圩区水乡塘港沟汊里那些原先密密匝匝的翠碧荷叶,全都凋零枯缩了,但留得残荷养肥茎,在水底它们根下的泥土中,躺满了壮硕中空的老藕,恰似优美的诗歌睡在诗集里。藕,既可为蔬菜,又可代粮作果,生熟皆宜,荤素均可,可甜可咸,吃法多多。

二十世纪六十年代中期,我家乡县城的大街小巷,常能看到挑着炉火担子走街串巷卖藕稀饭的小贩。他们边走边敲打着竹梆,沿街叫卖,随走随停,所挑的火炉上置有一口有中号鼓那般大的铜锅,锅里焖煨着酱红的藕稀饭。梆,梆,梆……"卖——热藕粥啦!——"秋风落叶之下,音调中似有凄然的意味。有时是一担深夜的挑子,挑子头挂一盏那个年代的风灯,玻璃方罩,煤油浸的棉纱捻子;还有一只红油漆的小桶,内盛清水,浸泡着一垛蓝花小瓷碗……炉子上冒出的白腾腾热气,香气扑鼻,伴着红红的炉火,锅里锅外一色红,能给瑟瑟夜行的人带来热乎乎的暖意。

当年我调来报社,因是单身在外,早上常是随处解决肚皮问题,渐渐熟悉了一些街头特色小吃。那时北门有个专卖铜锅藕稀饭的姓朱的老人,人呼朱爹爹。每天一大早,朱爹爹就支起一口硕大的紫铜锅，以劈柴烧着大灶，熬起稀饭来。糯米加上刮去皮的老藕，一次放足水，中间不再添续，大火烧开后改小火慢煨。一直熬到黏稠，将锅搬到架子车上一个固定的灶上，灶膛里也烧着柴火，靠车把这头叠放着几张矮条凳。朱爹爹就推着这车到北门口去卖。路上，他有时会停下来，不紧不慢敲起梆子招引客人。那口铜锅里的藕又粉又甜，粥则糯中有甘味。递上五毛钱，你可以要上一碗有藕片的粥，也可指着整段的藕让他给捞起，放在盘子上切下几片来。冬天的下午和晚上，常有些从澡堂里洗澡出来的人，顶着润湿的头发，走到朱爹爹的摊子前，要上一碗藕稀饭，吸溜吸溜吃得有滋有味。

后来，在朱爹爹卖铜锅藕稀饭的旁边，又新加入了一个用龙头大铜壶冲莲子粥的。大铜壶看上去也是古董级别的，由紫铜打造，身架不比煮藕稀饭的铜锅小多少，壶心里的炭火可以将水烧得极热，能把莲子粉冲成糊状，吸溜起来又香又甜又滑爽。铜壶上部和下部各有一圈铜饰花纹，壶身的上方翻滚着一条铜龙，龙头一直缠绕至壶嘴处，壶把也是由一条龙构成，龙须、龙爪、龙鳞都生动可辨。龙嘴上伸出的两根龙须，尖端有两个红绒球，随着那位大个子师傅倾壶冲水的动作而颤动不已。这硕大的铜壶，也是置于架子车上，大个子师傅一手端碗，一手掀壶，壶嘴向下一倾，一股沸水划一道银色弧线落入碗中，碗中有时是莲子粉，有时是细罗筛过的焦面粉，配上红糖、白糖、芝麻、核桃仁、糖桂花和青丝玫瑰，热腾腾一碗，甜润香醇，口味浓郁。在一些季节里，这龙头大铜壶也冲泡藕粉和一种杏仁粉，水满粉熟，藕粉清明，杏仁粉色泽隆黄，质地细腻，看着就让人心动。

大约是十年前的二十世纪末，在步行街靠镜湖边原华联楼下，常有一位身材矮小、慈眉善目系着白围裙的老人，推着一辆车停在固定的地方卖铜锅藕稀饭。这老人的藕稀饭特别黏稠，挂在勺口能拉好长的丝，并且放的不是赤砂糖而是绵白糖，有时还撒上少许糖桂花和葡萄干。那口大肚子香炉一般的紫铜锅，据说还是上代人传下来的，有六七十年的历史了。热腾腾的一股香气从挪开缝隙的锅盖下冒出来，很是引诱人。粥刚端上手，很烫，闻着香，下不得口，须用勺多搅和几下方能往嘴里送。有三两个小孩子蹦跳着来买食，老人会一边盛粥一边慈祥地小声提醒："哦，吃慢点。慢点呀……别烫着。"

在外地人看来，这也就是红糖稀饭加上切成小片的藕，只是，正宗的红糖稀饭和藕，一定要是酱红色的。煮藕稀饭必须要用铜锅，切藕要用铜刀和铜叉，要不，藕会变色，就不好看了。藕稀饭味甜喷香，清心爽口。虽是街头小吃，但选材挺有讲究。上等糯米，配以粗茎肥壮的铁锈色老藕，这样，熬煨出来的藕稀饭才会情到深处，浓稠香甜。

老一辈人说话做事爱讨个口彩，对糖藕稀饭也赋予了许多美好的希望：常喝铜锅藕稀饭，日子过得红红火火，甜甜蜜蜜；小孩吃藕，早开窍；大人吃藕，路路通畅；夫妻吃藕，偶来偶去，成双成对……

新一代网民爱以"偶"自称，不知此"偶"能否煨出红红的"稀饭"来？

大煮干丝的阔绰风范

上老字号店里吃早点，除小笼包、烧卖、煎饺之外，少不了再叫上一碗煮干丝。街头小摊子上或是那种夫妻档的小吃店堂里，煮干丝则被装在一个小半人深的白铁桶里，有顾客要，掀开桶盖，拿长柄勺子搅一搅，手腕一翻，连带汤水舀起，正好是满满的一青花碗。煮干丝是一道特色小吃，配以熟虾仁、火腿丝、黑木耳等，色彩鲜艳，干丝绵软，配菜香嫩，味道清而不素，鲜而不过。顾客吃完喝完，满意地擦擦嘴，喊一声："老板，结账！"问清价钱，掏出手机扫码付款，然后抬腿走人。

记得我小时候吃得较多的是一种卤干丝，卤干丝是先经油炸过再在卤水里煮出来的。在家乡的小镇上随着大人吃早茶，大人一壶绿茶，一碟卤汁干丝，再来一大盘热腾腾的烧卖，又吃又聊……常见邻座有个清瘦的老茶客，干脆就是一壶香茗、一客带辣味的卤干丝，别的什么也不要，筷子尖上挑三两根干丝纳入口中，细嚼慢饮，气定神闲，优游自在，小小的茶盅托在手心里……眼见是渐入"皮包水"之佳境了。此等逍遥，差不多令神仙也羡慕，足见干丝的诱人魅力了。

好多年前，位于二街的古色古香的耿福兴店还在时，我的一个当时在干道砂制品厂上班的堂叔领我走进去，踩着木楼梯上到二楼，坐在那里充过一回阔佬儿。我们吃到的那才是真正的鸡汤煮干丝，又叫大煮干丝，因为里面有鸡丝，有火腿丝，并配以鸡肫、鲜虾仁。干丝细长清爽，刀工极为了得，几乎找不到有断头的，汤汁清黄，鲜味浓重，特别是点缀其间的细葱，娇嫩翠绿，色彩和谐，其风味之美，让我历久难忘。我记得堂叔在服务台上买的是特价的干丝，为当时的最高价格，一元二角钱一碗，要知道我那年刚进医院当学徒工，月工资才只有十八元。

现今的煮干丝，大街小巷满处都是，只是与记忆中的大相径庭，味道先不论，只说那刀工，满目支离破碎，断头缺尾，入口也多是淡而无味。这也难怪，现在还有多少店主会在煮干丝里放进那种高质量的火腿丝和鲜虾仁呢？因此我便越发怀念从前二街老字号耿福兴的大煮干丝了。

所谓大煮干丝，就是要用去了油的鸡汤煮，汤要多，火要大，故曰"大煮"。以干丝、鸡丝为主，外加鲜虾仁，缀以各种配料，一直煮到浓香扑鼻，火腿和虾仁的鲜味渗入到极细的洁白干丝中，丝丝入扣。但却不见一滴油花，没有一毫豆腥，乃是典型的江南人脍不厌细的代表作。

假使你果真一心要追踪大煮干丝的流风遗韵，街头上遍寻不着，倒不妨于家厨中一试身手。

在菜场的豆腐摊子上挑选优质白坯干子——有弹性有韧劲抓手里对折不断不裂的，先将干子薄薄地片出来，码在一起切成极细的丝，要一刀贴着一刀地切。刀功好的人，切起来头头是道，一气呵成,没有一点拖泥带水;三四块干子,就能切出一大堆火柴梗一般的细丝,足可以煮出满满一大碗。家庭厨房里当然很难有如此刀功,如果切出来的细丝粘在一起,可浸入水中使其分开。然后放入锅中,加少许盐,用开水浸烫,除去豆腥味,捞出沥干水。火腿丝用温水泡软后加入料酒,隔水蒸透;鲜虾剥壳抽掉虾线,入开水锅烫熟备用;锅内加入高汤(有鸡汤当然更好),将干丝下锅,大火烧开后加盐、鸡精调味,改小火煮15分钟,起锅前放入葱末。盛干丝入碗,点缀鲜虾仁,撒上炸黄的姜丝,即成。

有的菜谱中特别强调,大煮干丝不仅要用鲜虾仁,还要用开洋。开洋是将海虾煮熟后,再晒干,去壳制成的。好的开洋,色红而亮,干燥又有弹性。如果追求口感的话,应该将开洋扯成丝;若重在看相,就将开洋原样使用。除"大煮干丝"外,还有一种烫干丝,是将干丝用沸水多次浸泡后,挤干装盘,浇以熬熟的豉油和麻油,撒上开洋、嫩姜丝,非常爽口。

我妹妹煮干丝也能拿得出手,每年春节回家给父母做。我留意了她的步骤:方干批薄片切细丝,滚水里浸烫,沥干后再烫,再沥干。热锅舀入熟猪油,虾仁炒至乳白,倒入碗中。锅中舀入鸡汤,放进干丝,稍后下鸡丝、鸡肫、鸡肝、笋,旺火烧一刻钟,视汤浓厚时放盐。加盖再煮5分钟,便大功告成。这样的大煮干丝,有一种清澈明智的调子,看上去安详而又自足。

去年仲秋的一个早晨,在南京,朋友陪着我来到夫子庙边。我们在古雅的景致中浸润着,汲汲于一场味蕾的盛会。什锦菜包、蟹壳黄烧饼、鲜肉小馄饨、蜜汁桂花藕,一一品尝过,秦淮河的大煮干丝便端上来了。清醇的鸡汤跃然眼前,噘口吹去,波浪不兴,自有一种超然的风华,仿佛软红轻尘里的过往岁月,俨然映现了一个鼎盛时代的六朝古都……雪白的干丝隐伏其间,丝丝缕缕尽显细腻温婉。经过精心炖煮的干丝,吸纳了虾仁、竹笋、鸡丝、木耳、香菇等多种美味,众多的芳魂全都附着其上,嗅之宜人,啜之则满口柔情,回味绵长,鲜而不腻,淡雅而不落单调……舌头上的每一个细胞都尽享来自这大煮干丝的美好感觉。不知不觉一碗罄尽,放下汤勺,抿一抿嘴,齿间的余香犹在。

见到美人 / 不说话

"冬至饺子夏至面",一年里最短和最长的两个白天,分别吃饺子和面条,是我们这里的乡俗。但外人不知,南方许多地方称作"饺子"的,实际上就是小馄饨。在过去,下"饺子"只有担子而没有铺子,在我们这里许多风情小镇上,"饺儿担子"可算是街头最寻常的风景了。乡下唱大戏、放电影、玩灯、赶庙会,只要是有人聚集的地方,肯定就有下汤圆下"饺子"的担子。露天之下,浮在汤碗里薄如蝉翼的皮儿,还有里面鲜红的肉馅,撒在上面翠绿的葱花、焦黄的油渣末,以及淳朴的乡音,都是那般亲切……

最难忘的深夜的街头,昏黄的路灯下,总有一位头发花白、身形瘦小、系着围裙的老人躬身打理着,那担子的一头柴火红红,上面锅里热气腾腾,另一头的极小的案板上码放着油瓶、馅碗、皮子以及包好待下的成品。旁有小桌小凳,有人过来,几分钟光景,一大碗热气腾腾的"饺子"就煮好端上来。由于皮薄个小,不必大口咀嚼,只是嘬吸,入口即化。那时我每每走在这样晚间的街头,总会下一碗这种皮子薄到透明、撒了葱花、飘着猪油花的"饺子",那香气,那暖暖的感觉,总能诱惑夜归的人。

相对北方那种皮肉厚实的大馄饨,皮薄馅少、晶莹剔透、汤料清澈的小馄饨,无疑最适合水软风轻的江南。小馄饨不似水饺和面条,不是用来撑肚子的,吃这种小馄饨,纯粹为了情调,为了享受那碗热气腾腾的鲜汤——不求吃饱,只求来点精神享受。小馄饨要的是皮薄滑爽,肉馅不能多,多了就荒腔走调不是那味儿。一大碗汤波荡漾的小馄饨端上来,用汤匙稍稍搅动,但见一片片羽衣缥缈,裹一团团轻红,上下沉浮飘摇,点点葱花如柳眼初舒……嘬吸一口汤,真是香鲜透骨!

在我教过十年书的那个西河古镇上,有几家馄饨下得特别柔软滑嫩,都是不知传了多少代的老手艺。有时阴雨天不出摊,我会带上一只大号搪瓷缸,走进那些建于清末民初的有天井采光、临街二楼之上有女儿靠倚栏的老旧大屋,穿堂入户去他们家中等候。去早了,看他们剁馅打皮子,拣一些闲话来问,也就知道其中诸多讲究。比如,馅要用当天宰杀的猪前腿夹缝肉,八分瘦两分肥连筋带绊的(若是纯精的后腿肉反而不好),双手各持一把刀上下翻飞,剁成肉末。再用一根圆筒状的槌棒敲打,肉打得越久越熟,越打越膨胀。打到最后,喷起的肉茸会起丝,很富有黏性。制作馄饨面皮,要加入碱,分量掌握不好跑了碱,在猛火沸汤里一煮一冲,馄饨就会破皮。擀面时还要加入鸡蛋。擀出的最佳效果,须是"薄如纸,软如绸,拉有弹性,吃有韧劲"。擀好的皮子垛起来,拿刀斜切出来,二寸见方若茶干子大小。一般12张皮放秤上称一下正好一两,再裹进一两馅心,便是一个小馄饨。包馄饨手法极快。看他们左手皮子,右手小竹签挑搭一点点肉糜,贴着馄饨皮上,包进馅心后,几根手指一窝,轻轻一捏即拢合,扔到一旁。小馄饨们个个姿色秀丽,色泽丰盈……它们之间都是撒了点儿面粉，基本上互不搭界的。馄饨下锅后，水沸腾，馄饨浮上，裙裾飘飘，如同烈焰之上的舞者。几次舞过，能看到粉红馅心的一面朝上，必熟无疑。

小馄饨的汤水甚为重要，通常是先在碗里放好盐、味精、酱油、猪油，用开水冲兑，以免汤水混浊，影响口感。再用笊篱捞出小馄饨。十来个穿了柔软蝉衣的小馄饨在碗里轻轻地打着转，几星嫩绿的小葱撒在上面很是养眼好看。舀上一个吹一吹，轻轻地咬上一口，满口的汁水，鲜美无比，忽然间就有了让你很享受的感觉，很心动，很温馨。

一些传统的小镇和传统的手艺已日渐远去，眼下的肉馅都是绞肉机绞出的，个头愈来愈硕大，再也吃不上过去那种精致玲珑、有情有调、有烟火味的小馄饨了。这些年，但凡有外地客人来，早餐我总是领他们到凤凰美食街上百年老字号耿福兴，上几屉小笼汤包，搭上酥烧饼，再给一人来一碗小馄饨，软的酥的汤汤水水，都齐了。耿福兴的小馄饨，胡椒粉或鲜红的辣油任由自己放，通常是配以骨头汤，别有一分鲜美。

若是哪一天，我能溯回曾经消弭了我青春岁月的小镇，端起一碗往日的小馄饨，心头涌动杜牧在此写下的"谁家红袖凭江楼"的诗句……还有什么话能说得上来么？

米面应犹在

米线、面皮、米粉，还有个河粉，都是大米打成浆（面皮是由小麦洗成淀粉浆）再蒸出来的，虽说有圆有扁，有条状有片状，但都是白生生的样子，相互间差别不是太大。若能将它们邀请到一个屋子里坐而论道，开个研讨会，犹如时下小圈子里常见的那般相互吹捧一下，场面大约还是很有点意思的。但不要忘了，还有个米面，当也在邀请之列，米面很乡土很传统。

说到早年的口腹之欢，一碗老母鸡汤下出的米面，那份香喷喷、滑溜溜的鲜美，可谓刻骨铭心！双手捧起碗，浓郁的肉香带着米面独有的米香味一起钻入了鼻孔，你再也无法抵挡这诱惑，赶紧喝上一口汤，一种异常鲜美的滋味，马上以闪电般的速度由舌尖向心尖上划去……下在鸡汤里的米面，又香又滑韧又清爽，用筷子去夹，会拉得很长，放到光线下照映，闪动着水晶一般的光亮。吹一吹，放进嘴里，那米面滑如锦丝，并富有弹性，从舌尖一下滑到嗓门口，要是来得及用牙齿轻轻一咬，从中咬断的米面会顺势回弹，砸在你的味蕾上，有劲道有嚼头，别提有多完美了。米面吃完，汤也跟着喝完，再是意犹未尽，也是暗自叹息。若是鸡汤米面下面再埋一只鸡胯子，那可是待客的最高礼遇。客人承受不住这一番浓情，往往就把米面往锅里回拨，或是把鸡腿攥往主人家孩子的碗里，必得经一阵拉扯方才带着无限歉意吃下去。

从口感上来说，云南的米线、桂林的米粉比较柔软，因为它们在制作时添加了淀粉而显得特别糯口；稍硬的米面则更韧滑弹牙一些，也就是更为筋道和爽口。就仿佛米粉本身淡而无味，做成美味关键在卤水，米面也属于"清淡的鲜美"，需要有鲜汤护持。因为是鲜汤而非卤水，米面吃在口中有点微甜，能牵扯出淡淡发酵的米浆味。

犹记得乡村每到寒冬腊月时，几家凑在一起做米面的情景。大米按籼七糯三配比，经一两夜浸泡，用手一捻就碎，便耐心地一勺一勺填到磨眼里磨成洁白米浆。然后就开始"淌面"，在一口沸水翻滚的大锅前，把已经有点发酵的米浆舀进一个长方形平底铁皮盒里——乡民唤作"饭盒子"，分量只是一勺，刚刚将盒底沾满，就放进沸水锅里蒸几分钟，待不粘手即可出笼。用一根削成了薄片的筷子沿铁盒四周快速一划，提住一角，这层白白嫩嫩有点薄的年轻面皮就被揭起来了。乱不成形的边角裁下来，趁着还冒热气，塞给在一边已望眼欲穿的孩子。厨房里热气腾腾，氤氲着浓浓的米香，人进人出，舀米浆的，把铁皮饭盒子的，划皮子的，专门揭皮子的，乃至灶下烧火的……众人各司其职，一切皆进行得有条不紊，气氛热烈而又昂扬。

将从饭盒子里揭下来的半成品搭在竹篙上晾得干软，叠起来卷成筒状，用刀切成晶莹透亮的细条，放太阳下晒得干卷，这才是成品米面。在乡村，米面除了招待客人，还有，就是过年过节时下在鸡汤、鹅汤或是排骨汤里，一家老少围坐一起，各捧一碗吸溜得喷喷香……但更多是留给妇女分娩后"坐月子"时吃，加上红糖，据说很是滋补身体。

三十多年前，我参加了"文革"后恢复的第一届高考，拿到了入学通知书。在离开南陵县石铺公社那个叫杨村的知青点的前一天，我刚下来时住过的房东杨妈杀了一只老母鸡煮米面为我饯行。当初我住到她家，吃的第一顿饭，就是她做的鸡汤米面。后来我生了一场内耳眩晕症，发作时天旋地转，只能整天躺在床上，好多日子里都是她在照料我。那回的米面特别洁白光亮，细滑，柔韧，筋力好，鸡肉酥烂，汤味浓醇……是我吃过的最味美的米面。

今年五一后在北京，为了寻得一份慰藉，我在王府井那家颇负盛名的云南店又吃了一回米线。在没有米面的日子里，我只能在北国的店堂里怀想南方的天空下那些流水一样逝去的人和事……

蒸饭包油条年代

蒸饭包油条在我们这里叫"粢米饭",上年纪人都这样称呼,好像上海、苏州那边也是称作"粢饭"。辞书里对"粢"释义,就是蒸饭包油条。

那个年代,仿佛就是纯真的大众文本,总是有着一种平实而安乐的抒情味。热气腾腾的摊点上,饭是在蒸笼里现蒸的,有白米的也有黑米的,白米稍软黑米稍硬,一粒粒的饱满莹亮,香糯有嚼劲;堆在一旁的油条也是他们自己家现炸的,都是炸成恰到好处的金黄色,不仅色感好,而且味道特别焦香。你只要往摊子旁一站,摊主——一个瘦瘦的中年人或是一位稍有点驼背的老爷子,有时也可能是位慈祥的大婶,就会问你"要黑的还是白的?",接下来就从蒸笼里挖出些蒸饭,平铺在一块湿润的白布上,饭上再放一根拦腰折了的油条,中间撒上咸菜或白糖,有时还有芝麻,然后将细白布包卷起来,两头抓了一拧,一个两头尖中间圆、虚实相间的纺锤形饭团就出手了,可以拿着边走边吃。

常有一个辫发乌黑的姑娘,手臂弯里挽个搭着布的提桶,用唱歌一样腔调喊"卖——乌饭——啦——!",通常只在河埠码头旁卖紫米的乌饭团而没有油条包。要是冬天,提桶外面会覆以棉被似的厚盖头保温。姑娘手里有个竹帘子样东西,饭舀在上面,把竹帘一卷就成了一个团。

许多人都知道,糯米饭蒸的比煮的好吃,尤其是那种蒸得粒粒分明的糯米饭,黏糯之外带着硬挺,裹挟在舌间,那感觉就是爽口。我不太喜欢日本的寿司,就是嫌那糯米饭太软,又是包在木棒外绕来绕去地卷过,矫饰太多,而且新鲜度也值得怀疑。哪有我们包油条的蒸饭这般磊磊落落,神清气定,加上油条的酥脆焦香,那真是让你倾心热爱了!

蒸饭配粉蒸肉,更是一种花好月圆的完美结合。一个个巴掌大的袖珍蒸笼,码成一摞,热气腾腾。打开来,上面是一层带八角茴香味的粉蒸肉,肉下铺一层千张皮,用筷子揭开,下面的蒸饭似从睡梦中被惊醒,饱吸了油脂粒粒晶莹,益发光彩照人。肉块肥瘦相间,糯米饭板板的黏黏的,又很有点弹牙,饭香肉酥,油而不腻,筷子往口里扒拉时,尤要提醒自己适可而止。你看街头的那些摊子前,常是围满了等候的食客。但却从来不见有卖乌米蒸饭配粉蒸肉的,是乌米蒸饭处理起来要多费不少手脚吧?不是。主要因为暗红的粉蒸肉被莹白的米饭衬托,首先就有了一种视觉上的享受,而粉蒸肉若是同乌米饭共处一笼,色差上拉不开距离,就没那效果了。

乌米饭一般都是让糯米在浸泡时饱吸了乌饭叶乌黑汁水蒸出来的,菜场里有时能碰上卖乌饭叶的。乌饭树我见过,这本是小灌木,我们老家那里却喊作乌饭草。乌饭树长得跟我们常栽培的观赏植物南天竹非常相像,也就有齐膝盖那么高,只不过南天竹结果如珠,鲜红莹亮,而乌饭树果呈紫黑色,味甜,我们小时候常钻到山上采食。

有了乌饭叶，在自己家里也可蒸出乌米饭。选取那种颗粒饱满的上等糯米淘洗干净，放在乌饭叶揉出的水中浸泡半日，上屉笼蒸之前，中间用筷子把糯米扒散，以使其蒸出来后软硬均匀，黑亮且清香。糯米有长粒糯与圆粒糯之分，前者适合煨粥，后者蒸饭最好。还有一种质量上乘的乌壳糯，米粒却是洁白晶亮。糯米饭不要蒸得太软，以稍稍硬一点为好，香糯有嚼劲。

我在宣城那边吃过一回香米饭蒸肉。据当地的朋友介绍，那是将肥瘦相间的猪肋条肉切成两寸长的长条，用八角、花椒、桂皮、盐、酱油腌渍数日，拿出来稍稍晾干，于热油锅中炸至半熟，再放到糯米饭上蒸出来……这让我想到了老家的糯米饭蒸咸鸭。

昨夜风 / 昨夜灯火

　　街头小吃总是能叫人怡情的，就像那些清清浅浅、有滋有味的心灵文字。小发糕、小馄饨、小笼汤包、煮干丝、乌米饭、渣肉蒸饭、铜锅藕稀饭，还有赤豆糊、桂花酒酿元宵，当我们数着这些历久弥香的名字，心头会一一滑过许多温暖馨宁的感觉。仿佛又回到了从前，在某一个灯火朦胧的夜晚，坐在街头烧着煤饼的铁锅前，吃着香香的臭干子和炸得黄黄的腰子饼；忽然有一阵轻风扑面吹来，眼前的那些人影仿佛也都飘移浮动了起来……在我们无数次不期而遇的口舌的经历中，正是因为有了那些单纯的信任和向往，让味蕾很轻易地就找到了目标。

　　早先的街头，常可以看见有人在巷子口和路边支个小炉子，架个油锅，炸臭干子和腰子饼。臭干子闻起来臭吃起来香，特别是经油一炸，外面起了一层焦壳，里面仍是白嫩白嫩的。要吃臭干子有一样东西少不了，就是水磨的红大椒。臭干子原来蓝汪汪的，油锅里一炸，表面就起泡变成黑色的了，拈起插在罐头瓶子里的小勺子，舀一勺红艳艳的水磨大椒浇上，一口咬下去，水磨大椒的辣味、油炸的香味、臭干子的臭味，还有那个烫劲……一起袭来，真是爽口极了！常看到有骑车的人停在炸臭干子的摊子前，人也不下车，一只脚撑着地，叫上一声，递出一元两元钱，那里顺手就接过一个装了几块炸臭干子的小食品袋，收起撑在地上的脚，一拧车把，就骑着远去了。

腰子饼，顾名思义就是形如腰子（肾）那般的一种饼，但又不是通常意义上的那种烙饼，而更像是一种炸糕。一般是把白的和红的萝卜切成丝，搅在稀稠的面糊里，再用小勺舀入一个腰子状的铁皮模子里——业内也称"饼端子"，抓着"饼端子"的长柄放进油锅里炸成了形，翻转手腕将"饼端子"在锅沿上轻轻一磕，里面的腰子饼就掉落到锅里，滋滋冒着泡。再炸一会儿就夹起来，放在锅沿一边的铁丝兜里沥干油。炸好的腰子饼是金黄色的，一股熟萝卜的香味随风飘散开来。腰子饼一定要趁热吃，吃到嘴里烫乎乎的，外面是脆的，里面却是松软的，有一点点蔬菜的清甜的味道，在清甜的味道当中，又透出诱人的浓香。

若干年前，我住二街时，常在夏夜里跑到邮政局旁边那条巷子里吃腰子饼。路灯下，一个中年妇人操持着营生，除了炸腰子饼的火炉和装着面糊的小桶，旁边放着一张小桌和几只凳。我在等候的间隙里，看着她用一个小勺往那个腰子状"饼端子"里舀满面糊，放进锅里炸，有无数的小油泡在翻腾着。一会儿，饼便成了淡金黄色，表面并不光洁，凸凹不平，显出一点丝、一点白、一点泡壳……炸好了，沥了一会子油就夹过来给我。咬一口，烫烫的，软软的，微咸，还有点甜的回味。

我有时便和炸腰子饼的大嫂聊天。听她说，腰子饼好吃不好吃，就看面糊拌得好不好，最关键的是萝卜丝一定要新鲜，不能走了辛辣气味。若是早上出锅炸,夜里三四点钟就要起来擦萝卜丝,若是头天晚上擦,擦早了会变味。晚上炸,萝卜丝就在下午擦,擦好后加一些盐,用力搓揉,挤出表层的水分,清洗后,留下的便是内部的水分。之后,加入葱、盐、味精等调料。这样炸出的腰子饼才会水分适中,不会因水多而无味。其实,芜湖的腰子饼里,除了萝卜丝,也经常加入藕丝,而且用藕丝做拌料炸出来,味道更胜一筹。因为藕丝富含淀粉,吃起来,浓香甜脆,又有充斥满口的黏稠感觉。

若是了却俗事的羁绊,打着赤膊坐在悠悠夜凉的风里,一心等着吃炸好的腰子饼,清香,平凡,真是难得的人生闲适呀。

我的一个熟人,从北京回芜湖,曾满大街找敲白铁皮的师傅,他要买一把炸腰子饼的专用工具——铁皮的"饼端子",就是那种勺把很长、直竖着、呈腰子形状的大勺子。他说自己打小就爱吃腰子饼,但在北京却只能凭空怀想,刚好一年前父母也过去了,父母就让他从芜湖带回一把"饼端子",在家里自己做,反正北京的藕和萝卜多的是。

其实,北京本地也是有腰子饼的,我在南方的泉州也见识过腰子饼,那完全是另外一种风格。北京那边是将猪肉末加调料拌成馅,白萝卜擦成细丝,略腌后挤去水分;从面团上揪下小面剂逐个搓成条,刷上油,再擀成长方形,放上萝卜丝和肉馅,卷起成腰子形,用手稍按,放饼铛内,烙至两面金黄。而泉州人则是将面粉、白糖、小苏打一起拌匀,打两个鸡蛋加进去,揉成酥面团,搓成长条后再摘成剂子,做成一个个腰子形状的饼坯,入烤炉中烤酥。杭州的腰子饼,与泉州的大致相同。

今年春节时,我同那个买了"饼端子"带回北京的朋友通了一次电话，我问他，如今是否常能吃上自家做的腰子饼？他连说常吃、常吃，并告诉我真正想吃腰子饼的是他的父母……还说，腰子饼好做，做过以后你才发现，原来幸福的感觉离自己是如此之近！

  本来我想问他，没有家乡的水磨红大椒蘸着吃，那还叫腰子饼吗？但见他兴致那么高，我就什么也没说了。是呀，就算是千帆阅尽，口味却永远没有机会重叠……有句老话怎么说的，叫"吃不如喝，喝不如闻"，只有坐在朦胧灯火下的铁锅边，吃着炸得黄黄的腰子饼，闻着那香香的臭干子味……才像是又回到了从前。

唱歌 看花 吃酒

有江湖味的/老鸭汤泡锅巴

英雄不问出处，一些菜肴师出无名，却可能给你带来意外享受。从《金瓶梅》中的绚烂食色到《水浒》里的大碗喝酒大块吃肉，莫不江湖。口腹之乐，少了江湖味，就不能算是完美。

一些美食，本来就是可遇而不可求。皖南山区同圩区交界处的葛林分界山，是218国道边的一个小镇，二十多年前兴起一种名吃"老鸭汤泡锅巴"，许多人是打这里路过时，于无意中享受了这种颇有江湖味的美食。

这当然是南方的江湖。分界山这里有山有水，林秀水清，自然环境宜人。当地出产一种俗称"瓦灰麻"鸭，细颈平背，不肥不瘦，略具骨感之风韵。一般选用的都是两斤半左右的二龄母鸭，经宰杀、褪毛、剖腹收拾干净后，放入大锅中先用大火滚上一遍，捞净浮沫，再放入葱段、生姜等调料，用树蔸柴火慢慢煨透。只是盐一定要在中间时段放，盐放早了，鸭肉僵硬，其味蹇滞难出。

煨好的老鸭，盛在大瓦钵里端上桌，汤汁澄清如水，上面漂着青碧的小葱和薄薄一层黄亮油花，喝入口中，那股鲜醇滋味，绵绵柔柔，直渗入你的味觉深处。鸭肉暗红，肉丝细腻，酥而不烂，筷子一拨即能脱骨，用不着你呲牙大嚼。锅巴，则是当地出产的一种细长晶莹的小稻米经柴灶炕出的，焦黄光亮，芳香扑鼻，干吃，入口松脆，极勾人食欲；若投入老鸭汤中，尽吸汤的鲜味，又脆又香，入口酥融，用俗语说法，是"打耳刮子也不放！"。

盛夏或秋燥时，界山的老鸭汤最是招引人。尤其到了红日西斜的傍晚，喝老鸭汤的餐桌连片成阵摆到了屋外，或是浓冠的树影下，许多车子就停在路旁。瓦钵大碗，食具极是简单朴拙。而来客——无论你是开宝马还是坐三轮车来的，抑或从大货车上跳下来的，都是抖抖风尘随便拣张桌子就坐下。风生水起，南腔北调，这比那些名为空调雅座实为闷罐的食府包间有意思多了。

鸭属凉性，这种老鸭汤健胃解暑、清热生津、利尿，很适于体内有热、上火的人食用，为食疗滋补的风味小吃。我想，若能推出以补中益气和养血养肾为方的黄芪老鸭汤、当归老鸭汤、枸杞老鸭汤，扩大内涵，做好老百姓喜爱的品牌，当是功莫大焉。

追寻口腹之乐，并不见得都是些害馋病的人。其实，冬日夜晚与三五好友开辆车来分界山，叫上一钵热气腾腾的老鸭汤，再让店家炒几个下酒的菜，送上一堆锅巴。屋子里暖融融的，先来一碗烫嘴的汤哧溜着喝下肚，一身寒气顿消，再慢慢品尝那些筷子能夹得着的美味，谁说不是一番境界？人生本是五味瓶，想吃的无缘多食一口；寻常味道或是一些苦口酸涩的无奈，倒是时时在嘴巴中驱之难去。如此说来，鲜，也就是人生一种最佳状态了。犹如我们双手捧着那老式青花碗，嘬起嘴，溜着碗沿畅快地连汤面上的油花儿一起喝下时，虽欠文雅，但却很江湖，也最接近美食的本源。

曾听人说起过一句话,叫"前半生吃肉,后半生出家",到现在也不能精确弄清其所指。却是想起梁实秋曾说过的那句话:一饮一啄,莫非前定……

持刀切肴肉，洗手作汤羹

舍妹秀衡，小名里有"梅"字，在镇江工作生活多年，入乡随俗亦能烧得几样苏菜。舍妹本来厨艺就不错，几年前我与她合伙开过饭馆，可惜好景不长，因为种种原因，两个月后我们那个承接"青梅如豆柳如眉"无限诗意的"青梅酒家"，就转租给别人改作"铜陵狗肉馆"了。

舍妹有样拿手的菜是肴肉，又叫水晶肴肉，为镇江一款名菜。她做出的肴肉，皮白肉红，卤冻透明，一块块晶莹发亮，煞是玲珑可爱。其香酥鲜嫩，一吃再吃仍津津有味，如果再蘸点姜醋，更是别有一番风味。

二十多年前，我就在镇江尝过这清醇鲜香的水晶肴肉。那年秋天我们考察报业，去扬州前，先在京口逛街。京江晚报老总设宴于镇江宴春酒楼，席上有一道冷盘菜叫水晶肴肉，近乎透明胶状的猪皮，凝脂似的滑爽肥膏，胭脂红玉般的腱子肉，眼球被锁定的同时，阵阵清香已扑鼻而来。一尝之下，留下印象真是深刻。后来在街上看到有装在盒子里卖的镇江肴肉，就像我们曾在无锡和嘉兴知遇酱排骨以及火腿粽子那样，未及出手掏钞，已传言有人盛情给备份放在车后备厢里了。

肴肉，说白了也就是一道猪蹄髈菜。提起猪蹄髈，各地都有，红烧蹄髈、五香蹄髈、酱蹄髈，而在乡下，用大海碗盛装的蹄髈，更是沉实实极有势头的压阵之菜，红白喜事若没有蹄髈上席就算不得大宴。周庄刚热火时我去那里，就是满街卖"万三蹄髈"了，但那时能满处转悠的人，大多已是肚子微微凸起有点身份模样了，对于硬傍上财神爷沈万三的蹄髈，终觉太过酱赤肥厚油腻，不想肆意于口腹。相比之下，选料之严格、加工之精细、口味之鲜美的这水晶肴蹄，就很是有点曲径通幽的意味了。在镇江买肉时，只要跟师傅说声做肴肉，他就会帮你仔细剔出骨头来，再把肉切成四大块，回家做起来就省事多了。

我看过制作流程。剔了骨的猪蹄髈刮洗干净，用竹签在瘦肉上戳一些孔，然后均匀地洒上硝水，再抹上盐、八角、桂皮、花椒腌上三天。锅里水烧沸，搁进一只竹垫，放上蹄髈。旺火烧沸后撇去浮沫，放入葱姜，绍酒，盖上锅盖，改小火煮两小时，将蹄髈上下翻转，煮至九成酥烂时捞出。将蹄髈皮朝下放入平盒中，压平，舀入煮蹄髈的原汤。约一天后便成肴肉，取出切片即成。排列在青花碟中的嫣红嫩冻，颤颤地发亮，恍如惊鸿一瞥之羞答答的春闺少女。

肴肉引诱人之处，在于肉质清香而醇酥，肥而不腻，瘦不嵌齿。但凡吃过肴肉的都知道，"水晶"指的就是肉皮，肉皮有嚼头而不梗，瘦肉有劲道而不硬。夹起一片肴肉，蘸着混有细姜末的镇江香醋吃入口中，肉香、醋酸与姜汁调和、互动的结果，会叫你想起三千年前就将治大国与烹小鲜一样操持的名相伊尹对于美食的感叹："味之精微，口不能言也！"

同江南许多地方一样,以前,镇江人习惯清早进茶馆,泡壶香茗,将肴肉蘸着香醋姜丝当点心吃,所以有"不当菜"之说。镇江"三怪",为"肴肉不当菜,香醋摆不坏,下面煮锅盖"。"锅盖"面我曾下力气寻到,就是一种有浇头的小刀面。

"洗手作汤羹",汤羹多是一种肉圆,大过普通元宵,以五分精一分肥的比例剁成糜肉,加盐、糖、鸡精等调料使劲搅拌,锅里水开,以汤匙刮下。再入姜葱大料,改小火煮半小时。直到肉圆里油汁逼出,汤水酽浓,肉圆既嫩又韧,香鲜滑爽。若配上香菇、金针菜或是冬笋,就有几分羽扇纶巾、才子佳人的玄妙了。

长毛的豆腐

徽州两大名菜，臭鳜鱼和毛豆腐。论名气，毛豆腐当在臭鳜鱼之上，因为毛豆腐更有人缘。在屯溪、歙县、休宁一带行走，随便找一家路边店，就能吃上非常道地的毛豆腐。毛豆腐，顾名思义，就是表面长出一层或灰或黑霉毛的豆腐。和臭鳜鱼一样，好端端的东西不趁新鲜吃，却让它臭了长出毛了才吃，好像有点不可思议……然而，正是凭借这种发酵，豆腐原有的蛋白质被分解成多种氨基酸，化腐臭为神奇，才有着无比的鲜美。

"骗孬子不吃煎豆腐"，是一句坊间俗语——"孬子"即傻子，智障者。我的一位长辈坚信这句话错了，原本应是"骗孬子不吃毛豆腐"。他的理由是，煎豆腐无论于视、于嗅其香美都是没有疑惑的，只有外观不好的毛豆腐才容易让不明真相的人错过品尝机会，而且毛豆腐之味美远胜过煎豆腐。毛豆腐闻着臭烘烘，如果没有一定的心理承受力，是不敢染口的。当你经人撺掇，尝上几口之后，就会应了徽州人常说的那句话，叫作"吃着毛豆腐，巴掌打到嘴上都舍不得吐"了。一方水土养一方人，这就是地方特色。

我孩童时生活的那个县城，地缘接近徽州，故常在街头见到卖毛豆腐的。他们挑着火炉担子，一边"的的嗒、的的嗒……"敲击手中竹板，一边拖长声喊着"毛——豆腐哦！"。担子的一头多层抽屉里盛着毛豆腐，上置香油瓶、辣椒酱罐子和碟子筷筒等物，有的还置有酒坛子；另一头是带柴连炉的平底锅，上有沥油的小半圈铁丝网，炉下存着细干柴。有人光顾，就歇下担子，取下挂在扁担一头的小长条凳让客人坐下，吹火筒一吹，毛豆腐在炉子锅上"嗞啦啦"响着现煎。微风吹过，香气阵阵散开。待到豆腐上白毛倒伏，煎到两面金黄，用小碟盛上，倒点酱油、浇点辣椒酱递给客人。看别人吃得那般津津有味，你在一旁不馋也要吞咽口水——特别是在你已有过几次品尝经历之后。

  这些年，每去徽州，只要有机会，我都尽可能上街头吃一回道地的毛豆腐。刚刚出锅的毛豆腐，油光光的，那层长毛的表皮，经过油炸之后，齐齐倒向一边，成为筋拽拽的很有韧性的一层，包裹着里面酥软的豆腐，吃在口里满颊生香。而在馆子店里，传统的烹饪方法，同样是将毛豆腐煎至两面发黄，再加入多种调味品烧烩，香气溢出后，涂以辣酱端上桌。咬上一口，烫得哈气，香得叫绝，辣得吐舌……尤其是像我这样既怕辣、又禁不住鲜美诱惑之人，真是遭罪了。

  毛豆腐除煎着吃外，还可以油煎后用笋干冲汤，那也是一道鲜醇可口的徽州名菜。在诸多烹制方法之中，我最喜欢红烧毛豆腐。红烧毛豆腐有种独特的气味，淡淡的臭与浓浓的香在空中飘荡缠绕，勾人食欲，令人垂涎。当然，红烧毛豆腐不要放太多的辣才好，应有冬笋、香菇、火腿助阵，烧到汤汁收浓时，撒入葱花起锅装盘，将毛豆腐整齐盛放，盖上余料，即足以令人赏心悦目。

在滇中行走，到处都是烤豆腐的，把一块块麻将牌大的发酵豆腐放在炭火的铁架子上烤焦黄，蘸调料吃。徽州毛豆腐也能烤着吃，用文火烤到焦脆，浇上辣椒酱吃。毛豆腐的烹制方法多种多样，油煎、红烧之外，可蛋炒，亦可清蒸和汆汤，想怎么吃就怎么吃。只不过现在的煎法、吃法和以前的有些不同，尤其是饭馆里基本都是用油浸炸，或者用铁板红烧，口味较之以前当然改良不少，但毕竟少了一份传统吃法的情趣。

听徽州人摆谱，毛豆腐大致可分为四个品种，即鼠毛、兔毛、棉花毛、蓑衣毛。鼠毛较短，呈灰色；兔毛也短，起条，呈青白色；棉花毛稍长，整绺的，白色；蓑衣毛最长，紫酱色，色、香、味最佳。毛的长短、颜色的差异，除了豆腐本身质量的优劣外，还取决于气候的变化、温度的调节。煎的过程中，由于白毛厚薄受热的不同，金黄中会现出几丝深色条纹，这便是"虎皮"毛豆腐的由来。

说起这毛豆腐的来历，徽州地面上有几个版本，但无一例外都扯上那个苦出身的朱皇帝——朱元璋。通行的说法是，朱元璋还是小叫花子时行乞到徽州，在一个破草棚里安身。一天，讨得一碗长满白毛的豆腐，没舍得扔掉，就顺手点了一堆火，把发霉长毛的豆腐烤了来充饥。没想到烤出来的豆腐，竟有一股扑鼻香气，吃在口中感觉无比的美好……后来，随着这小叫花子坐了天下，霉毛豆腐的事一经附会演绎，徽州就有了这道名点名菜。

说来你也许不信，我的一个徽州籍朋友，就是因为贪恋家乡毛豆腐，多次放弃了去省城合肥发展的机会。用他的话说，是"至今思香味，不肯过长江"。其实，眼下不论是芜湖还是合肥，毛豆腐铁板烧都已进入菜馆酒楼，加入许多作料，成了徽州风味的地方名菜。我甚至还在北京雍和宫那一带吃过毛豆腐呢。当然，要想吃上本色毛豆腐，还是在有着徽州古民居背景的街头，那才入情入味。

毛豆腐个性鲜明，不自轻自贱，且随和易交往，它既扎根街头大排档，又能跻身各类盛餐大宴。

单县的美食

"羊大"为"美"

汉字会义构造,有的真让人莞尔,"羊大"为"美","鱼羊"为"鲜",而食羊为"養",直接就是满足一片"吃"心。羊史绵长,与食俱进,无羊肉,不成席,宋朝之前的宫廷宴,基本上都是羊肉坐江山。

看过有人在文章中极赞某羊肉味美,"连不食羊肉的南方人也啧啧称道"……不知为何有此说法?咱们长江边有许多地方就是凭羊肉出彩。一到冬天,老家那个古镇上就飘荡着一股诱人的香味,几人循着香味找到羊肉馆,要两个锅子:羊肉锅和鱼头羊肝锅,一辣一清淡,一羊一鱼,人间"鲜"味尽在其中。而在杭嘉湖平原腹地,德清那里有个仙潭,历来"崇羊抑猪",养羊多于养猪。因为旁近水潭有大片滩地,草极肥美,所饲之羊称湖羊。到了羊肉销售旺季,整个镇子都浸泡在浓郁的羊肉香味中,每个餐馆都有几样拿手的羊肉招牌菜,最有名气的要算百年老店"张一品羊肉"。那回,在朋友引导下坐入店中,数只咕嘟嘟响着的红泥小火炉,被有着杨柳腰肢桃花颜色的店家女儿端上来,一锅羊肉,一锅杂碎,一锅水煮鱼,加上一堆活色生鲜水灵别致的配菜,炭星飞迸,红光流溢,雾气升腾……酒过数巡,说话亢奋,羊肉作暖,直趋妙境,脸热心更热,脱了几层衣。然而,南方人似乎只倾心于羊肉,而忽略羊汤。

单县有三绝:羊肉汤、百狮坊、百寿坊。百狮坊夹柱上雕有一百个姿态各异、惟妙惟肖、栩栩如生的狮子;百寿坊雕有一百个不同书体的"寿"字。两坊结构精巧,雕工精细,刀法洗练,古朴优雅,繁而不乱,堪称艺术珍品。而造坊的石匠雕工每天要喝的就是羊汤。一天不喝就没精打采的,不出活儿。有人说:两坊是羊肉汤浇出来的,三绝之首又当属羊肉汤。

跻身于名吃行列的山东单县羊肉汤,与金华火腿、北京烤鸭并称"南腿北鸭中间汤"。在中华名吃谱上,以汤入谱,只有单县羊肉汤,妥妥地被称为"天下第一汤"。据说这里人两天没喝羊肉汤就想得慌,若是踩在饭点找人,很难。哪儿去了?不是在羊肉汤馆埋头吸溜,就是在去喝羊肉汤的路上。一旦喝到起劲儿处,那一声喝彩,比黄河还要长!而要惩处一个单县人,最搞笑法子就是不让其喝羊肉汤……

单县盛产青山羊。羊肉汤也有几千年历史了,直到200多年前,西关徐贵立将它加以改进,发扬光大,创出了"三義合"的牌子,名传四方。薪火传到四代后,又由"三義春"继承发展。

说起单县羊肉汤,还有一个故事。春秋时宋国和郑国在距单县不远的地方开战,战前,宋国主帅华元安排杀羊煮汤,亲自分赏将士,可能是灯下黑,唯独忘了分给驾车的羊斟。第二天到了战场上,这车夫恶狠狠地对华元说:"昨天分羊肉汤你说了算,今天的事我说了算。"于是驾车将华元送入敌阵做了俘虏。这就是成语"各自为政"的来历。据好事者考证,煮汤的厨师就是单县人。你看这单县羊肉汤的力量有多大！多年前，我曾喝过一回解冻的罐袋单县羊肉汤，觉得真空包装就这么美味，盛在大锅里的羊肉汤得好喝到什么程度？所以一直都想有机会到单县亲口尝尝。

直接被羊肉汤撂倒了

7月下旬，我们驱车数百公里赶来这个喝羊肉汤魔都——单县。

单县，古称单父，舜帝师单卷居此而得名，隶属山东菏泽市，位于鲁西南，鲁豫皖苏四省交界处。这里南有黄河故道，北有贯穿全境的大沙河，沙土肥厚，水草丰美，绿树成荫，气候湿润，是个天然的优质牧场，被称为"中国青山羊之乡"。单县羊肉汤被列入中华名吃菜谱，以其殊异的特质，发扬了汤羹一族，青山羊功不可没。

单县为山东省长寿之乡。家庭的一日三餐，顿顿爱吃羊肉汤，为何人家长寿？

单县羊肉汤呈白色乳状，鲜洁清香，不膻不腻，品种繁多，各具其妙。肥的油泛脂溢，瘦的白中透红，天花汤健脑滋目，口条汤壮身补血，肚丝汤健胃壮体，眼窝汤清火明目，奶渣汤沙酥带甜，还有马蜂汤、三孔桥汤、腰花汤等七十二种风味，口感鲜而不膻，香而不腻。

午餐又要说到羊肉汤，单县人吃羊肉汤一定要搭配的壮馍。壮馍是山东郓城著名的传统小吃，椭圆形，皮分4层，面皮肉馅，馅以鲜牛肉为主，也有素馅的，如鸡蛋、韭菜等，以葱、姜、菜蔬、香油等多种祖传作料搅拌而成。皮为小麦精粉，经过面板面、馅包装成形后，放在特制工具平底煎盘（铁制）中进行油煎炸加工，火候和时间要恰到好处，经几次翻动即成。熟后的成品壮馍，色泽金黄，外焦内嫩，食之鲜而不膻，香而不腻。

我们喝的第一顿汤，是在老城区这边三义春周氏总店喝的。醒目的招牌记忆着历史，大门复古风格，临着主干道，周边穿插一些乌泱泱老屋。正是华灯初上时分，店里客满。两碗汤上得也快，另有一大盘烧饼加白饼，满满一碟凉菜。汤浓似乳，色白浑厚，肉片隐约，浑然一体。以勺舀了入口，一点膻气都没有，满溢的醇香，直接就把我们给撂倒了。

第二天上午，来到政府广场后面另一家三义春总店，他们都是主营羊肉汤、全羊宴和鲁菜的。同样是轩楼飘红风格，门口挂着"教育部现代学徒制试点合作单位"的牌子，外面停满车。一楼长形店堂两头都是操作间，炉火熊熊，热气蒸腾，羊肉在汤锅里翻滚，一大群白帽厨师忙碌着，有人打沫，有人切肉，有人配菜，有人操刀劈砍……全部可由窗口围观，表明了十足的自信。我们见到了大师级掌门人窦桂明先生，目前店里所有厨师都是他的徒子徒孙，还有一批广东、湖北人在此习技。据其介绍，三义春是单县羊肉汤的始祖，十八世纪三十年代中期，徐家传人周氏、窦氏和吕氏共同筹资，联合创建了"三義春"羊肉汤馆。以仁为本，义字当先，以技为艺，精研口味，很快名声大噪，风靡天下。上午不到11点，已不断有性急的饕客走入店内。

晚上，我们在百狮坊旁近找了一个居家小店，点的是漂着一层辣油的红汤羊杂。无奇的外表，用料却很实在，大碗的朴实掩盖住了零零碎碎，配的是一饼两羊肉串，简直是齐活！凉菜的量也很大，稍微有点咸。

县城是整个浸在羊肉汤里，乡下集镇呢？别人告诉说，离县城五六十公里远的黄河故道边有个高韦庄镇，那里的混汤味道好。我们当即赶去，镇不大，就像鲁豫两省交界处所有的村庄和庄稼一样朴实，打着羊肉汤招牌的馆店一家连着一家，也不知道咋有那么多人来喝羊肉汤？所谓混汤，就是介于白汤、红汤之间，比白汤稍咸，羊肉很嫩，配的多是凉菜白饼，也有食客自带那种厚馍饼，像对付泡馍那般掰开了泡到汤里吃。还有一种白菜羊肉汤，白菜被羊肉汤泡过，很入味很好吃。

在窦家三羲春总店，有幸亲睹羊肉汤的熬制。羊骨剁开，羊肉切成大块，加足量冷水烧开，不断地撇沫——他们叫打沫；捞出肉骨头，流水洗净；再加入足量冷水，作料如花椒、大茴、白芷等亦同时投入，大火烧开，转中小火保持始终沸腾的状态；煮到能用筷子轻松扎透肉块时，汤呈现乳白色……取熟肉切碎，放入碗中，舀进羊肉汤，加蒜苗末、香菜，给客人端去。羊肉汤奶白，是在炖汤时放入羊油，不仅味道好，而且颜色漂亮。这样的羊肉汤才是货真价实，目测了一下，一锅汤也就够舀十几碗二十碗吧。单县请客，从不免费为客人加第二碗汤，一碗喝尽，再想喝一碗就得自购。

大师傅透露，熬一锅好汤，只需40分钟，关键是调料和火候的掌握。作料多了则料味重，少了则腥膻难去；火小了容易水脂分离，达不到水脂交融一色到底的效果；火急了熬不出味，反而丢失了营养成分。他还专门介绍了一种"排锅"技术，即羊肉、羊骨、羊杂一齐排放锅里，不仅出白汤，还一点不串味。在北京街头，常见"单县羊肉汤美食培训学校"招生广告，落款是一些不容怀疑的餐饮管理有限公司，培训内容主要就是羊肉的处理、核心中草药比例的配方、主要材料（羊肚、羊杂、羊肉）辣椒油制作及辅料制作……没有相当的底气,一种地方饮食,敢在京城如此地耍场儿?

实际上,中国北方共有四大羊肉汤名吃圣地:山西郭氏羊肉汤、河南灵宝羊肉汤,许多人去这两地旅游,就是为了品尝羊肉汤。山东枣庄羊肉汤也是蛮出名的,被称为鲁南第一汤。所有店家,皆称自己是精细标准的食材选用,运用的都是传统工艺和技术,与现代口味相结合,乃使其汤味道鲜美。但单县人说他们家的羊肉汤才是最"顶尖"的,如果你喝过单县羊肉汤,不会再喝别的羊肉汤了。

不独店里敞亮,民家也会熬一锅好汤。早晨在菜场打探,见许多市民买肉的时候都是请摊主把羊蝎子剁开,羊肉切成大块,有的还附带要点杂碎和骨架,实实在在地拎回家,等候的将是烈焰沸水的修理。若是拉住一位问诀窍,人家或许会强调:煮羊肉汤,一定要有羊骨才够味。卖羊肉的地方,专门有卖羊骨的。

起承转合引人入胜

单县人看中的是"鲜"的保留和释放,如果每天有一锅汤,整个人生会很满足。单县家家户户都会熬制羊肉汤,滚水下肉,打沫,加作料熬透,一桩桩做下来,很有仪式感。那烧出的羊肉,外观色泽红亮,酥而不烂,汁浓味醇,味道之好,实难形容。无论白汤、红汤,皆鲜香味浓,经济实惠,呈现了淳朴的民风和不拘的豪爽。

三羲春在北京有家连锁店,号称"连水都是单县拉过去的",这是一种绝对的品牌自信。

单县羊肉汤,无论白汤、红汤还是混汤,皆可泡那种折叠起来的有半个碟子大的软白饼吃,这种吃法倒是有点像羊肉泡馍。在西安新街口大街上,连着几家羊肉汤馆的招牌都特别显眼,但那个热乎乎的汤是用来泡馍的，与单县无干。手抓羊肉与孜然也是绝配，添加少许咖喱粉，会让汤中一点膻味都没有……那些民族餐饮区的味道，都相当不错。

若论羊肉汤名头之多，还是京城。北京广安门内大街的高老四羊杂汤，也属白汤，味道浓郁，底料足实，满满一大碗，有筋有肉有嚼劲儿。配合那种一掰就碎的烧饼，味道是绝对的妙，汤喝完了还可以续……每天都是一片吸溜声，让店家收获满满一众铁粉！北京东城区东四北大街开封第一楼，名字好记，汤也入味，配的不是白饼或者薄面饼、烙馍什么的，而是灌汤包，会让南方人眼前一亮。还有众多大街小巷里零零杂杂羊肉汤店馆，门脸不大，可以进到后院吃，一大碗羊肉汤里泡着足实的羊杂，自加调料，香菜香葱、辣油都有。薄片羊肉嫩香不散，粉丝筋道利索，胡椒粉可以放很多，一碗在手，热乎乎地吃下喝干，真的很过瘾！

不知从何时起，北京周遭不远不近处跑马圈地冒出来许多蒙古毡房。随处可见的马背民族的装饰，不经意间展现了内蒙古人的粗犷豁达，被浓浓的异地风情诱惑，来了就想吃肉喝酒。草原人绝不玩虚的，号称原材料统统都自内蒙古空运过来，纯正、天然，可以烤整羊，可以做全羊宴，肉给你做串，杂碎做成汤。羊脖和羊蝎子这两个部位剔出都是活肉，吃起来格外弹牙。羊排肉汁满满，软嫩出油，蘸着酱料嚼起来有些许回甜，让人大呼过瘾！而在青、甘、宁或是新疆食羊肉，都是快熟的时候放盐进去，也能入味鲜香，大块割食，吃起来更有嚼劲。

"伏羊"的情感关切

在江南人眼里，羊肉温热，是冬季时令的美食。天气冷，北风吹，这样的日子最适合对付羊肉火锅。羊肉作暖生火，夏天不可食。

而在单县，许多人对"伏羊"情有独钟。满满的烈日蝉鸣，满街的浓香走窜，随便推开一家店门走入，你看那些食客，其中有许多耄耋老者，一碗羊肉汤，一卷白饼，再浇上一大勺红红的辣油，挥汗而就，吃得满嘴溢香。

"伏天吃伏羊"的历史，可追溯到祖先的祖先——鸿蒙时代。传说，某年伏日，单父（单县的古称）一带疫情肆虐，舜帝急招神医拯救百姓，却是成效不佳。城外一富家却安然无恙，舜帝遣人探究，获悉其全家喜好酷暑吃羊肉。众皆效仿，疫情被克。至今，民间流传着"单父一碗伏羊汤，不用神医开药方"的说法。

实际上，伏天食羊主要受周边邻近风气影响。苏北、皖北习俗，每逢三伏，都要举办为期40天的伏羊节，民间载饮载食，歌舞乐之。单县顺势延入，大大丰富和发展了自己的"羊肉汤文化"。按照三義春传人窦桂明先生的说法，羊肉祛风驱寒，看似与三伏天格格不入，然而盛夏湿闷，人体积热，食欲减退，此时吃羊肉，不仅能刺激得胃口大开，还能激发汗液的发散功能，以热制热，驱散湿毒。通过食疗补虚健体，提升抗病能力，就是所谓冬病夏治。另外，羊肉在烹饪中添加多种中药作料，食用时加有辣椒、葱姜、香菜，皆可致人体溢汗，汗出毒散，周身通泰。因此，伏期食羊，既是对羊肉本身鲜美味道的追求，同时也是对羊肉药用功效的充分利用。

骄阳似火的暑夏，真的有那么多人放不下羊肉汤么？五所村菜场旁有一家老牌羊肉汤馆，快到饭点的时候了，在锅里翻滚长时的羊肉已经散发出浓香味儿，用撇沫的勺子轻轻敲打一下，就能感受到肉的弹性。老板说，过去一天煮6只羊，现在受疫情影响，外面来人少了，都是本地人消费，一天只能煮两只。

秋天到来，人们又以吃羊肉的方式来庆祝炎夏过尽，风调雨顺，祈祷丰收在望。夏秋食羊，不管哪种做法都可以，手抓羊肉、清炖羊肉、红烧羊肉等等都行，但是最美味的做法，还是来一碗鲜美的羊肉汤了，撒上葱花香菜，那滋味让人要多热爱有多热爱。

关于美食与节令的融合，无论是"伏羊节"，还是单县人已成功举办两届的"羊肉汤文化节"，皆堪称文化传承的经典。

美食江湖

单县地处鲁豫皖苏四省交界的平原地带，民风和煦，杂糅并济，少有抠抠搜搜的性格。所以美食上兼采各方，自古有"汇通南北"的佳誉，仅一城之中，就有多种不同风味的美食。

单县美食有馓子、吊炉烧饼、油煎包、蜜三刀、兴隆糕点等，可能三天三夜也说不完。在美食江湖中，谁是单县的美食杠把子？谁也说不清。光以羊杂为主料煮的羊肉汤，就有天花汤、口条汤、肚头汤、奶渣汤、心肝肺肠汤等，色香不同，口味各异。配食除了各种烧饼、白饼、烙饼、吊炉烧饼和炕馍外，还有火烧、馓子、油煎包和肉盒子。

尤其要表扬一下他们的凉菜，可以是花生米配醋味南瓜头，也可以是苦菊拌馓子，浇上点芝麻酱，这个馓子也太脆了……本地人或许觉得无甚惊奇，但对于外地人来说，每一种都能让吃货们的灵魂颤抖！

油煎包分荤素两种，都用发酵面做皮。荤馅包以羊肉泥为主馅，配以各种辅料，包成月牙形，颇似南方的锅贴。素馅包用韭菜、鸡蛋、豆腐片调馅，包成椭圆形。摆在平底锅内，浇上水糊，用火烧开熬干后，加上香油煎成，外表油光发亮，入口焦香酥软。

地域文化的林林总总和本地人的禀性都在小吃这个窗口里体现出来，单县鸡汤也是有着极高美誉度和极具平民化的一种招牌饮食。正宗瓦罐配上老汤，小火慢熬出来，汤很浓，白色的，超级好喝。光喝鸡汤是不行的，喝鸡汤必配主食——羊油饼，相当有特色。特别是当盛夏，白天累了一天，晚上喝碗鸡汤，会感觉特别称心解乏。我们住的酒店大堂里就放着单县鸡汤的招牌，写明12元一碗，可送入房间。早上自助餐，也有瓦罐鸡汤，里面鸡肉成丝成缕，入口即化，一点不塞牙，汤极鲜美。

当地上年纪的人一直念叨兴隆糕点，说有一种桂花酥，拆开纸包，轻轻一放，就会粉碎，入口清香甜爽，无渣酥化。像传统的蜜三刀，经过兴隆师傅的拿捏，更加味浓、酥香。还有蜂糕，用开水一沏就化，成了地道的"蜂糕饮料"，特别适宜老年人饮用。"梅花饼""莲花饼"也是颇具特色，单其外形美观大方，色彩鲜艳夺目，见之就会使人垂涎欲滴。

单县徼子在当地也是久负盛名，以盐水和面，再用手蘸油捋成环形细条盘于盆内，并逐层加油防粘连。油入锅至五成热，将面条一头拉出，以防散把，另一人用苇秆将徼子坯取下，慢慢拉到尺来长，放入油锅适当摆动，稍炸后，将苇秆抽出压徼坯中间，使之成为瓦状，待色泽金黄时捞出。它造型美观，酥脆可口，焦食、泡食均可，以佐粥为佳，一般作早点食用，也常作为走亲访友的礼品。徼子始创于二十世纪初，馓子因其形如中国古代皇帝的冕顶，被现代食客戏称为"黄金延"。馓子纯手工制作，用料讲究，品尝起来香酥可口，入口无渣，香而不腻。还有麻片。麻片，亦名焦切，选用优质白芝麻、绵白糖、饴糖等各种原料，采取传统工艺——芝麻去皮、熬浆、上浆、压片、切片等工序精制而成。该产品薄如白纸，洁晶透明，香酥可口，脆而不粘，回味悠长。

据称始创于明朝末年的蜜三刀，以色、香、味、形俱佳而久负盛名。采用精细面粉、植物油、白糖、蜂蜜、桂花、芝麻等为原料，经和面、成形、油炸、过浆等一系列工序精制而成。成品呈长方形，中间有两条刀痕，挂浆和黏附芝麻均匀，表面光亮晶莹，呈棕黄色。食之香甜可口，绵酥细腻。

单县油酥火烧有百年历史，是一种多层螺旋状的圆形面食小吃。吊炉烧饼始有近百年的历史，被人们誉为"传统名吃"。其制作工具"吊炉"，也颇有特色。一般制作烧饼的工具是烧饼在上面，火在下面烤，而吊炉则是烧饼在下面，火在上面，先用火将炉烤热，然后利用杠杆将火炉吊起放入烧饼，上烧下烘而成。其外观呈圆形，比一般烧饼直径小很多。选用精白粉、精油、核桃、花生、肉丁、芝麻盐及各种作料精制而成，以外酥里嫩、香酥可口、外形美观而闻名。

肉盒子，首先将面粉、水调制成稀面团，洒上植物油，饧半小时备用；取一块面团，用手揉均匀，擀成圆形片状，裹上调制好的肉馅，包成团子，再压成饼状，放进平锅浅油中煎炸成表面焦黄即可。还可将煎炸后的肉盒子挑开小口，灌入稍加肉馅的鸡蛋液，重复煎炸，皮酥馅软，香气浓郁。肉盒子多以早晚餐食用，与胡辣汤、油茶、鸡汤配食最佳。来单县，不吃完上面的这些美食，都是遗憾。

虽然济南也有糁，也号称是快失传的传统小吃，但是在济南喝过的，包括市中区小吃城也好，还是在微山湖鱼馆也好，都一般。只有一次去泰安出差，当地的朋友领我们去吃早餐，东拐西拐，到了泰安华联附近，有一家卖糁的叫作国华糁馆，一到门口我就知道肯定好吃，因为那里条件非常简陋，但是远远地就停满了来喝糁的车，找个车位都困难，进到里面，找个露天的棚子底下的桌子坐下，自己去屋里端糁，按人头收费，主食随便吃，有油条、花卷、馒头，还有一种当地最有名的泰安煎饼和薄饼，我最喜欢的是这里的油条，虽然是凉的，但是泡在糁里吃味道非常好。

单县人的生活习惯大多是早晨喝粥或者油茶，吃水煎包，中午的饭菜一般比较丰盛，晚上还是喝粥多一些的，这样规律的一日三餐大概就是单县人的长寿秘诀吧！

每一种美食背后都有一种精神，一种坚持和传承的精神，才会一代一代往下流传，品尝全国各地的美食，感受不一样的地域文化。

弋江镇上的"三老太羊肉"

江南的羊肉，烹制时不必用桂皮花椒等大香，至多加点芫荽青蒜，入口细嚼慢咽，自有一种绵绵而至的本色鲜味，不似北方的羊肉那般草腥味重膻气浓烈，非重料不能掩饰。北方所多的是红炖羊肉，煮得也算是恰到好处，舀到硕大的碗里，淋上红红的羊油，再撒上香菜末、蒜泥、花椒、辣油，吃起来满嘴咪溜泛油。打个有点出位的比方，北方烹制的羊肉，实在有余，风情不足；而在我们江南吃羊肉，却可吃出味蕾上的风花雪月，那种情怀就像跟你相知的女人，温馨绵绵又知情识趣。

青弋江边弋江镇，地处当年陆上驿道和徽商水运要冲，酒楼与青楼并立，美食同美媛共芳，舞榭楼台，笙歌竟夜。"门前多是桃花水，未到春深不肯流"，风土人情里自然亦多了几分旖旎。早年有民谣"青弋江水清又清，青弋江边姑娘嫂子分不清"，原是表达一种暧昧意味的，但也可从侧面得知，由于流风遗韵，加上清清弋江水的滋润，这里的年轻女子才格外肤色细嫩、俏丽妩媚。"垆边人似月，皓腕凝双雪；未老莫还乡，还乡须断肠！"杜牧当年流连此地，正是情人深处留下一段伤感韵事，才写下了那首《南陵道中》："南陵水面漫悠悠，风紧云轻欲变秋。正是客心孤迥处，谁家红袖凭江楼？"

弋江镇上的"三老太羊肉"，三十多年前开始出名的。那是只属于那块地面并且冬季里才有的真正美味。寒霜艳阳或是雨雪斜飘的日子里，你无论走在老街还是新街，抑或是大堤上的集贸市场旁，都有一般熟羊肉的扑鼻香味弥漫着。那些店家的灶头上，一口熬着羊骨头的大锅里，升腾缭绕着乳色高汤的浓香与水汽，一旁的盆钵内盛满早已煮熟烩好的羊肉、羊血、羊杂碎，还有放在碗盏里的切细的青葱黄姜和香菜。你只需看清店门外悬的是"三老太羊肉"的牌子，就尽管走进去拣张干净的桌子坐下，羊肉汤、羊杂碎、羊肉面条、羊肉粉丝、羊肉火锅，任凭挑选，店家立马就给调理好端上来让你朵颐称快。羊肉壮阳作暖，寒冬腊月天，好多人冷得跺着脚而来，喝了一碗羊肉汤后却是敞着怀而去。一碗羊杂汤味道如何，汤底非常重要，不少店家都有做汤底的绝活。看厨师动作麻利，抄起长勺把盆子里的生鲜肚丝、肺片、猪肝捞起来，在滚开的汤底里烫三遍，入碗后加上葱花、香菜、味精、白胡椒，再浇上一勺热汤底，添上羊杂，客人来端汤时店家再送上一个平泉烧饼。羊杂汤配烧饼，羊杂汤汤汁醇厚，鲜而不膻，烧饼香软松脆，富有嚼劲，两者堪称绝配。

"三老太羊肉"烹制有方，那种逼人的鲜香味，能一下子抵达你味觉体验的巅峰，是真正的地方美味。据说改革开放之初，三位结盟的老太太共同创出"独门秘籍"，为保护"知识产权"，三位老太皆传媳妇不传女儿，很是神秘。"三老太羊肉"选料极其讲究。

所宰羊，一律皆为散养于景色秀丽的青弋江大堤上的本地山羊。一方水土养一方羊，常经清风细雨梳理的大堤上的碧草，养分足，无污染，加上自由放养，羊活动场所广阔，整天奔上跳下，体内溶氧量高，肌肉饱绽而鲜红；又正是秋后刚催上膘的一龄羊，尚不及成年，未谙风流之事，故膻臊之气淡得多。这样的羊，牵来即宰杀，经秘方配料和特定火候烹调，肉块切得颇不小，瘦肉酥而不烂，极为适口，且一点不嵌牙，带皮的肥肉腴而不腻，特别滑香温润，汤浓味厚，香气内蕴。拿当地话说，是鲜到肚肠根子里去了！

这些年来，每至寒冬腊月，弋江镇的朋友都要给我送来正宗的"三老太羊肉"，半精半肥，切块烧好，调料放齐，有时还用食品袋装上一些有白色凝脂的浓厚冻汤。吃时，只需放入火锅内加热，根据爱好口味随意加配些青绿红白的香菜、菠菜、红椒、青蒜，或冬笋、香菇、豆腐、粉丝，汤干了再添水，味道却醇厚鲜美不减。

但我一直怀念多年前的一场情景，时届严冬，江浅沙白，三五好友围坐镇上某家小店一角。两只咕嘟嘟响着的红泥小火炉，被有着杨柳腰肢桃花颜色的店家女儿端上来，一锅羊肉，一锅杂碎，加上一堆活色生鲜水灵别致的配烫菜，炭星飞迸，红光流溢，雾气升腾……酒过数巡，话说亢奋；羊肉作暖，直趋妙境，脸热心更热，脱了几层衣。那一回我酒喝高了，把持不住自己，直讨了店家准备写春联的纸笔，龙飞凤舞地写下歪联两行：

羊肉火锅风味好

腮红酒热弋江青

写成，将笔一掷，直把几个朋友激动得嗷嗷直叫！

说着苏味是江南

江南的丰茂，最能于口舌上显见。江苏自然当得起江南，何况苏南本就是江南核心地带。而"蘇"字繁体写法，草字头下面左边是鱼，右边是禾，意味着鱼米之乡农林繁茂，物产丰饶，烟笼繁华，经久不衰！

江苏、浙江老邻居，苏菜、浙菜统称江浙菜系。许多人喜欢品尝，喜欢萦绕齿颊间的江南味道。江苏缺山不缺水，苏菜里鱼虾名堂尤多，还有家禽菜肴多，一个鸭不足，须弄成三套鸭，鸭子天性喜水……这些都是和沿江挂海、水网交织的区域特点有关。

"腰缠十万贯，骑鹤下扬州"，春风十里的扬州，是美食的天堂。扬州的清炖蟹粉狮子头、扒烧整猪头、拆烩鲢鱼头、菊花青鱼，还有清蒸白鱼和金钱虾饼，随时想起随时让你馋瘾发作。嫩豆腐切成麻将牌大小方块，加蟹黄烩出，一白一黄组合，细腻中透着优雅……带盖的青花小碗人均一份，里面卧一只大煲狮子头，得用银晃晃长柄汤匙托着进口，狮子头如豆腐般的嫩，却弹性十足，轻轻一咬，整个口腔里都充盈了香鲜！淮扬菜作为苏菜中独大的一支（也有人说，整个苏菜均是淮扬菜），以典雅见长，选料严谨，味和南北，清代时就曾入驻宫廷，以后又在国宴中多次露脸。淮扬以扬州、两淮（淮安、淮阴）为中，以大运河为主干，南起镇江，北至洪泽湖周近，东含里下河并及于沿海，可以说淮扬风味就是一条大运河传扬运转起来的。

都知道扬州刀工武德充沛，一道置于彩绘砂钵中切得细如发丝的文思豆腐，就让你不忍轻易动匙。干丝亦切得细如火柴棍，几乎找不到有断头的，配以鸡胗、鲜虾仁、火腿丝，清黄的汤汁上点缀着翠绿细葱，有着惊艳之美！其实，淮扬菜与徽菜颇有渊源联系，有人说这大煮干丝就源出徽山……当年若没有许多徽商起劲追逐长江运河的输盐运茶之利，就没有扬州的歌舞笙箫与灯绿酒红，正是他们将厨艺带到了扬州，扩充了淮扬菜的品种。

跨江之隔的镇江，一直被掩藏在扬州的奢华里。遥望北固楼，秋水澄澈，待渡亭早已江声远去，西津渡仍有着一眼望尽千年的沉醉……恰如一碟晶莹透明的肴肉，显现着另一番刀工，那是慕名而来的食客们心头之好，也是高光时刻与镇江香醋的绝配。

淮扬往北，便是以徐州、连云港为中心的徐海菜的地盘，霸王别姬（鳖鸡）、沛公狗肉、羊肉藏鱼、烟熏黄鱼为其招牌菜。地处苏北鲁南，民风淳朴，注重实惠，徐海菜给人第一印象，是习尚五辛，比较重口味。新沂乡间有"闸头鱼"，将大鳞鲜鱼剁块投汤中氽，佐以姜蒜葱椒及芫荽，出锅的鱼，辣咸鲜嫩且筋道。最了不得是鱼汤淘饭，不大叫快哉呼呼一气吃上两大碗也丢不了手。而在古汴河与洪泽湖交汇处，有临淮鱼圆，别是一种娟秀风格，雪白亮洁，入口滑润鲜嫩，几至若无。倘舀入勺中，以箸轻轻点破表皮，对着小孔吮吸，可将鱼圆由里及表整个吸入口中。

金陵菜又称"京苏菜",口味和醇,适应八方之需。仰仗长江之利,随手一抓,满满的都是江鲜……但金陵却是"鸭馔甲天下",以鸭制肴盛行。先有烤鸭,复有板鸭,继以酱鸭、香酥鸭和水晶鸭。所谓金陵盐水鸭,金秋桂花飘香时制作,用热盐、清卤水腌后,挂阴凉处吹干,吃时再添水煮熟,皮白肉红,幽香似无还有。变着戏法吃掉鸭肉后,鸭胗、鸭舌、鸭头、鸭膀爪依然可以一一摆谱,连鸭油都可打烧饼。鸭胰(贴肝)加冬笋、冬菇制作的"美味肝",为金陵百年清真老店马祥兴四大镇馆名菜(美味肝、松鼠鱼、蛋烧麦、凤尾虾)之一,口味有点诡谲,却是真正的"无上品"。以一段鸭肠和鸭掌,缠绕包裹起一块鸭肝加上一点肥脂,晾干后即为"鸭脚包",能嚼能吮,下酒极好,高淳老街的屋檐下都吊挂着这东西,几成一道风景线。

南京是一个比较特殊的超大省会城市,位置偏于东南,很能获得同饮一江水的安徽东南部几个城市强烈认同感,何况本来就同属"江南省",口音相近,饮食品味大家走的也是一个路子。安徽人调侃南京城里打着野菜招牌的馆店之多:"南京人不识宝,一口鸭子一口草。"野菜入馔,自带流量,就是那种来自原野的清新香远。荠儿菜、枸杞头、木鸡(苜蓿)头、菊花脑、地皮菜,这些俚俗称谓,在南京和马鞍山及芜湖之间都是一票通,烹制也一脉相承。芦(读音"驴")蒿散落在长江沿线所有滩涂和芦苇洲上,草长莺飞的江南三月,正是清纯多汁的二八年华。芦蒿择得很细,都是青青脆脆的秆尖,和切细的腊肉丝一起炒,加上一点香干丝和红椒丝,油滑光亮,绿意满眼,要的就是那份互相缠绕又绵绵不绝的清香蒿气。

苏菜四派系,最后说到苏锡风味。太湖的银鱼和莼羹是灵动而温情的，一如朝晖夕阴下太湖之水，在缕缕微波与水汽之中，闪现出吴侬软语的风骨和身韵。又因地近沪杭，苏南菜与海派菜、杭帮菜纠缠颇多，你中有我，我中有你，有着说不清的曼妙与暗通款曲。苏南菜精湛华美，口味总体趋甜。"春酒香熟鲈鱼美"，苏州文人美食家陆文夫已写尽其间的口舌之欢。粉墙黛瓦和依依杨柳掩映着千年古运河穿城而过，华灯初上时分，得月楼和松鹤楼则尽情演绎着全部的繁华与影影绰绰……太湖三白、碧螺虾仁、松鼠桂鱼、响油鳝糊、樱桃汁肉等，不仅菜名出彩，更在于制作过程中对于口味的精致布局。苏南菜对于味蕾的安抚，就是笙歌轻舞，烟笼繁华。

同是"夜市卖菱藕，春船载绮罗"的无锡，亦为老饕乐园。无锡满大街卖绫罗绸缎卖特大水蜜桃卖酱排骨和油面筋，一团色泽金黄的油面筋塞进肉瓤烧煮，饱吸汤汁，既弹牙又糯软。肉骨头分成南北两派，皆肉汁甜香，成糊状，色呈酱红，浓香扑鼻。无锡人整治大青鱼，从鱼鳞到鱼尾，各个部分都能成菜。他们的熏鱼不是熏出来的，而是油炸出来的，炸好的鱼，刚出锅就"滋"一声浸入冰凉的糖醋卤汁里，用来对付香熟黄酒最相宜。常言道，酸可去腥，甜能压阵，于苏南人而言，酸酸甜甜最能养护诸多人生杂味。只是不知，陆游那句"年来传得甜羹法，更为吴酸作解嘲"，到底是戏谑呢还是捧戴呢？

莼菜亦是野蔬，人间四月天，眼见所有娇嫩就要被夏季的蓬勃深浓取代，幸亏还有款款曲致的莼，活泼泼地奔跑舞动于水泽间。太湖边女子采莼，犹如采茶一般，左掠右捋，只采沉没在水中尚未及舒展开的新叶，指尖的感觉极其细腻精准。莼菜本身无味，须得吸附火腿、鸡丝和开洋虾仁的鲜美。几片细长暗碧的叶子，似茶非茶，半舒半卷悠悠然浮在有玲珑肉丸和鲜青春笋丝打底的汤中。虽然筷子很难夹住，然而一旦抓住它滑溜溜的味道，也就留住了春天的遐思。

不论口味如何远足和流浪，丝丝念念入骨入髓总是向着故园的烟火。每个地方都有属于自己的"味蕾上的乡愁"，若论乡土地标菜，洪泽杂鱼锅贴、宝应荷藕狮子头、盱眙小龙虾、张家港刀鱼、梁溪脆鳝、南京六合猪头肉、常熟叫花鸡、常州糟扣肉、天目湖砂锅鱼头、宜兴咸肉煨笋、昆山万三蹄、阳澄湖大闸蟹……道不完，数不尽。

最后说说特色小吃，首先想到便是秦淮河边的夫子庙，葱油饼、牛肉锅贴、薄皮包饺、开洋干丝、鸡丝浇面、熏鱼银丝面、豆腐脑、桂花夹心小元宵，以及黄桥烧饼和搭配的小香干，还有五色小糕……随便选个中意的坐处，一小碟一小碗端上桌来，只要有时间有肚皮，你可吃遍"秦淮八绝"。许多小吃尽显玲珑细巧，基本上是一口就能消灭掉一份。而当一碗鸭血粉丝汤端上来，汤水清透，粉丝晶莹似颤，细碎的鸭胗、鸭肠、鸭肝沉浮其间，红红白白，加上芫荽的翠绿，你会被一种说不清的诱惑缠绕。傍晚时分，挑一间临水包厢，对景品味，最是入情。

而姑苏玄妙观、无锡崇安寺的小吃，则又是一种繁花似锦，烟波流转。不说三鲜烧卖、鲜肉粽、青团船点，也不说采芝斋、稻香村的土特产，单一碗应时应季的三虾面，虾脑、虾仁和虾籽各有担当，简直把虾吃到了极致。小笼包子也特别有魅力，是正宗的苏南味，皮薄且韧，满满一兜甜咸鲜透的汤汁，包一小团紧实的馅，温婉中别有一番踏实心宁。晨间,合着一些微风、一些懒散,坐在廊檐窗下等待早食,那些枕河人家,那些静静流水上拱桥,连同诸多如烟往事……清隽的感觉,就那么一点点弥散开来。

秦淮桥下水，口舌惜繁华

十里秦淮，十里风月。

当现代商业文明的霓虹灯光照彻那些曾经的迷离韵事，秦淮繁华依旧。各式商号的旗幡幔帐，争相斗艳，穿着入时的游客摩肩接踵，就是徜徉在瞻园路、贡院街、贡院西街、美食街、琵琶路文化休闲街上，也依然能感受昔日衣香鬓影、笙歌彻夜的风流景象。站在那个真假莫辨的"李香君故居"媚香楼下，眼前闪过"秦淮八艳"的倩影，她们芳华绝代的风姿似在缥缈的楼阁和茶坊婀娜飘动。柳如是、马湘兰、寇白门、顾横波、卞玉京，连同那个陈圆圆……无论是娟娟静美，还是庄妍靓雅，巧伺人意，春意阑珊时，她们似水面白莲，一个个且歌且舞且自醉。

如今，顾盼倾城的秦淮八艳只有让人遐想的分了，少了往日的精彩，人们也只好从口腹之欲中找寻美食的"秦淮八艳"了。即当今八家小吃馆的十六道名点：魁光阁的五香茶叶蛋、五香豆；永和园的蟹壳黄烧饼、开洋干丝；奇芳阁的鸭油酥烧饼、麻油干丝、什锦菜包、鸡丝面；六凤居的葱油饼、豆腐脑；蒋有记的牛肉锅贴、牛肉汤；瞻园面馆的薄皮包饺、红汤爆鱼面；莲湖糕团店的五色小糕、桂花夹心小元宵。

金陵小吃，六朝时便有记载。如今夫子庙地区茶楼饭店，街边小吃，满目皆是，甜咸俱有，形态各异，形成独具秦淮传统特色的饮食集中地。粉墙黛瓦、飞檐雕栏尽显江南神韵。在这里，还可以吃到如意回卤干、状元糕、豆腐捞、蜜汁桂花藕，还有虎皮凤爪、鸭脚掌等等，各有各的拥戴者。虎皮凤爪说白了即鸡脚，却是一级棒，脂膏很厚，又软糯又有嚼头，啃完后，嘴唇都粘到一块了……

沿江一带人，都偏爱吃鱼吃家禽，我一向对名菜桂花鸭（有的地方则叫盐水鸭）情有独钟。棂星门外的码头上，秦淮八艳的青铜浮雕在巨型宫灯的光影里恍惚迷离，空气中可以闻到桂花鸭独特的香味。在南京，有关鸭子的吃法更是难尽描述，除啤酒烧鸭和金陵烤鸭以及八宝珍珠鸭外，桂花鸭、香酥鸭、卤鸭、板鸭、酱鸭，此外像鸭肠、鸭肫、鸭脖、鸭头、鸭掌……都是美味。总之，这里是无数鸭子的灵魂超越地。

鸭血粉丝汤是不得不再说一遍，味道好，看相也好。有客人坐下，摊主一边招呼着，一边利索地抄起漏勺，抓一把先已泡软的粉丝放入，在沸滚热汤里来回晃动几下，翻过漏勺将粉丝倒进碗里，再放上鸭血和油果子，加够汤水端过来。如果你嗜辣，可以自己挪过调料罐，浇勺红红的辣油。一块块深褐的鸭血被晶莹的粉丝缠绵绕裹，浸在米黄色的汤里，绿色的芫荽、褐色的鸭肫、泛白的鸭肠散落其间……看着就令人食欲大动，几不自持！

往年的鸭子都是从郊县用竹竿赶来的，由于一路走一路觅食，到南京后，只只练得脚力非凡、肌肉紧凑，因而与现在的饲料催肥的鸭子口味不可同日而语。盐水鸭又以金秋桂花飘香的时节最为味美，鸭肉会淹留桂花的芳香，故美其名曰"桂花鸭"。要想品尝最正宗口味的鸭菜，可以走进秦淮人家、贵宾楼、状元楼这些大餐馆品尝。而多走几步路深入秦淮那些背街小巷里，一鸭三吃，或许百来元就能扫码结账。

此外，在夫子庙的大石坝街和湖南路的狮子桥这样著名的美食街，有狮王府狮子头、尹氏鸡汁汤包、"忘不了"酸菜鱼等。我在那里的店堂吃过炒田螺、干锅牛杂、小龙虾，美则美矣，就是辣得够呛。他们上小龙虾的方式怪怪的，用画着唐装仕女的小木桶装上来。

桨声灯影里的秦淮河，无疑是一条流淌在男人心头的河。这里的旖旎迷幻，这里的口舌之乐，这里的琵琶古筝、二胡丝竹，连同雕栏玉砌风流才子俏佳人一起……注定永远属于江南。

野鸭子不是什么浮云

　　爱人从菜场买回一只野鸭——准确地说是人工养的野鸭，母的，麻褐色，手触之，叫声嘎嘎，两眉际各有一道黑线，吊出丹凤眼的俊俏相貌。这种野鸭，我老家那里称之"八鸭子"。缘由有二，一谓相对于两两联袂结伴的那种体形较大的"对鸭子"，此鸭则常结成八只小团伙出没水泽大淖，另有一说是此鸭往往只有八两的体重，八两正好是老秤一斤（十六两制）的一半。但这只鸭子买来时称重一斤四两，就算放到野外，这样的体重根本飞不起来的，只好填人口腹了。

　　正好手边有一小袋子酸菜，就来做酸菜野鸭吧。将野鸭宰杀收拾干净，剁成核桃块，放凉水中泡上一会子，再放开水锅内氽尽腥气，捞起滗水。油锅里放姜葱和尖红椒爆香，倒下鸭块翻炒，搁盐、糖、酱、料酒焖至汤半干，盛起。洗净锅抹去水，切上一点火腿薄片，下锅同酸菜一同煸出香味，倒进小半碗水煮上几滚，再放入鸭块大火烧上热气，改小火焖到收汤即成。酸菜最能收去杂味，凡腥膻之气，碰上酸菜，尽皆遁形。若是再偏重辣味，更是减肥人之大忌，遇此菜上桌，及早避开为妙，否则眨眼工夫两碗饭被裹挟下了肚子，过后还不知道是怎么下去的呢!

有人曾问过我,野鸭子和野鸡哪个更好吃?这还真不好回答,锅巴炒米各人所喜……但有一点须指出,野鸡刨啄植物种子及昆虫,野鸭子除了也吃这些外,还吃螺蚌鱼虾。一般人认为,食谱的不同多少能决定材质的差异,以鱼为例,吃活食的鱼,味道总是更胜一筹。

数年前去黄石,当地新闻界同行陪我们登西塞山。西塞山危峰突兀,中扼江流。晋太康元年,王濬船队自蜀地出,至西塞山,举火烧熔横江锁链,势如剖竹直下金陵,吴主孙皓出降。因为这一段历史,也就有了刘禹锡那首《西塞山怀古》:"王濬楼船下益州,金陵王气黯然收。千寻铁锁沉江底,一片降幡出石头。人世几回伤往事,山形依旧枕寒流。今逢四海为家日,故垒萧萧芦荻秋。"据称,当年系结手臂粗铁链的大铁柱至今仍挺立于江边的山石之中,想来早已是锈迹斑斑,可惜我们未能下去亲往一探。

立于望江亭上凭栏远眺,想到世事沧桑,那么多风云往事都如流水般逝去,唯有"山形依旧",怎不令人感物伤怀!其时,在我们身后,冬日的残阳早已没入城市西边那连绵的乱山之后,一弯冷月正悬上头顶。寒风猎猎,苍茫的暮色中,西塞山下的江面,沉郁而寥廓空蒙。只见一排排一队队的野鸭子从上游水天之际飞来,它们贴着江面连成长长一线,变化着,涌动着,朝江北对面大片湖泽水潦地带飞远。这一线消失,紧跟着又是一线,仿佛从时间的深渊里飞来,又往时间的深渊里飞去,无穷无尽……而那些有形无形的羽翼,分明正扇起历史深处的气息。

有同行者诘问,你怎么能肯定那就是野鸭子而不是别的什么鸟呢?我懒得同他们抬杠,这方面的知识积累,我们间的差距太大了。

他们不可能知道，野鸭子曾是怎样出没在我童年时的视野里——它们给我留下的印象真的是太深刻了。

那些阴沉沉的冬日，快要下雪的日子里，我们在屋子里烘着火或玩耍时，突然从天边隐隐传来聒噪的声浪，我们立刻蹿出屋子，抬头朝天空望去。就能看到一片奔掩而来的黑云，及至头顶，黑云阵里传出宛如万马奔腾一般的汹汹声浪，简直可以淹没所有外界声响。这就是龙兵过境一般的野鸭子！数量成千上万，它们庞大的队列像长河水一样，源源不尽，直到耳朵吵聋了，颈子都抬酸了，最后总有那么十来只、两三只掉队的"嘎——！嘎嘎——！"唳鸣着，落魄而又奋力地追赶前面的大部队。

野鸭子铺天盖地飞来，当然是为觅食的。有几回它们就纷纷歇落在我们村外满是枯禾桩的稻田里，啄食那些收获中遗落的稻粒。半里路宽的一大片稻田，像是盖上了一张巨大的麻栗色毡毯，那情景很是让人惊悚！记得有一年冬天雪下得特别早，我们邻近生产队有几块低洼田里稻子成熟稍迟一点，割倒在田里，还没来得及脱粒。突然，那天上午就碰到了漫天降落下来的"天兵"，只一会工夫就造成了灾害，将大约有十亩田里的铺着一层薄雪的稻子翻刨啄了个精光。等到人们反应过来，手舞棍棒敲着脸盆铁桶吆喝着冲到田里驱赶时，那成千上万只的野鸭子已驾着汹汹声浪升上了天空，变成了一片时而伸展时而收缩着滚动的黑色云团，朝西南方向飘去……说来也怪，野鸭子落下来觅食时，一只也不发声，一片静穆，而当它们展翅升空飞行时，此呼彼应，从无数张喉咙里发出淹没一切的巨大声浪，着实让人惊骇。

那时，没有人想到后来会出现一个叫"环保"的词，人们恨透了带来灾害的那些野鸭子，只可惜手中没有火器，要不然轰它一大片下来，既解恨又解馋。尽管如此，还是有人断断续续捕获到野鸭子，大多是扣到的。其法是用细麻线挽成活扣，一头用木桩固定好，野鸭子觅食时一只脚不慎踩进套扣里，就跑不掉。村子里有个浑人叫二五子，带两个洗衣棰槌藏身田头草堆里，待野鸭觅食到近前，突然跃起奋力投出槌棒，某次竟然一棒砸中三只！

　　说来难以令人置信，乡民们吃野鸭子从来不会红烧，嫌那太啰唆：野鸭子这东西也值得费油费柴去烧？那还不让老人骂死了！通常是把野鸭子收拾干净，斩成数块塞入一个灌满形状如小号哈密瓜那样的砂吊（罐）子里，放块姜，撒点盐，盖上盖，埋入做饭后的灶膛中。罐外包一圈谷糠，包到罐腰处，再全部用余火灰烬壅住。一夜过来，肉烂离骨，吃肉喝汤，香鲜无比！

再入徽州／当饕客

青山滴翠、碧水潺潺的徽州太奇妙了，活脱脱一幅令人神往的山水画，美得叫你魂牵梦萦。真的，就连徽州的菜肴，也会让你品出无尽的遐想来……

徽菜在南宋时发端于歙县，最初也被称为"歙味"。清乾隆年间，伴随着徽班进京的浩荡雄风，徽菜登足京城。从此，一代代的徽厨们身背盘缠裸，沿着新安江、长江两大水流走出深山，把徽菜馆开遍了大半个中国，使徽菜称雄世间二百多年。

徽菜长于烧、炖、蒸，而少爆、炒，重油、重色、重火工。寻味徽菜，自然离不开屯溪，因为这里是古徽州经营徽菜馆的热土。屯溪老街北依葱茏黄山，南伴终年如蓝的新安率水，山抚水养，天资卓越。今日老街最靓一张名片，恐怕就是牌坊口主打徽文化氛围和徽菜特色的老街第一楼。我曾在此用过几回餐，并写下文章发表。他们看到后，急切想同我见面，就将电话打到芜湖市委宣传部，几经转折，才同身在北京的我联系上。

8月初，刚从杭州周边一带游历归来的我，叫上老赵，由大李驾了他那辆"牧马人"，一行四人出芜湖，取道铜陵直奔徽州，一路青山绿水，令人心旷神怡。路过太平湖大桥时，实在受不住婉深碧透的湖水诱惑，遂停车选了一处近水平台，跟湖水煮湖鱼还有农家土鸡进行了一次"紧密接触"。

下午赶到屯溪，一楼集团的总经理助理唐杰已为我们安排好住处。在总部，见到了当家人——时为安徽省烹饪协会副会长的吴持龙，一位目光独具、手法精准，说话不多却喜聆听的传奇人物。据悉，他常带人泡在乡下，潜心挖掘，使得一批民间菜肴登上大雅之堂。对我的文章最上心的，是另一位女掌门人赵红霞，一见面就搬出了我的全套书，有一本竟然还包了封皮，谈起书中的内容更是头头是道，理解深透，让我想不感动都难。我为她补全《二十八城记》，并指给她看写到老街一楼的那几处，惹得大家连说有缘有缘。我心里也油然生出几分自豪，为受到的礼遇，更为徽菜。

徽菜的典型特色是山地野味，以食材的本味、真味为主，擅长炭火烧、炖，习用火腿佐味，芡大，油重。许多外地人对徽菜抱有相当期望，但由于所谓"重度好色，轻度腐败"，使得就餐体验有一定心理落差。故当今徽菜之改良，既要坚持原汁原味的根本，又要顺应清淡爽口、崇尚自然的时代潮流……不仅注重五味调和，更要善于把徽文化烹入菜中，与自然相和谐，与人文相和谐。

晚餐安排在"辉煌府第"，这是一楼集团的旗舰店，坐落在清澈妩媚的新安江边，绿竹丛丛，山水挂屏，盆景雕窗，古韵典雅的大厅连同78个大空间包厢，处处体现出一种市井与村落情怀。自助式点菜很有点小清新，拿个盘依次走过样品菜前，看中哪菜，就捡起菜前彩色小圆筹码放入盘里，最后聚齐交给服务员。

我手头正在写一部与胡适相关的书，"胡适一品锅"自是首选。

在食品匮乏年代，大块的鸡鱼肉还有蛋饺香菇一锅搅了，当然最能朵颐称快……但在今天，也就是吃个胡大博士的名气吧。好在锅中打底助味的红烧肉有来头，取自大名鼎鼎的休宁蓝田花猪。有句老话怎么说的，"金华火腿在东阳，东阳火腿在徽州"，和大阜瀛石鸡一样，蓝田花猪也是徽州原生态食材里的狠角色，这些红烧走油的厚皮肉块，就是出头单挑，亦自有一股动人香腴。世人尽道扬州狮子头好，岂知徽州狮子头亦色泽嫩黄，个头十足，每个有小孩拳头大，码在青花大盘里，上面撒着绿葱花，下衬一层金黄汤汁。用筷子拨开，内里颤颤，杂有剁碎的虾仁、鲜金针菜等，入口软嫩，极是鲜美。

如果说外皮筋拽、内里酥润的"秘制毛豆腐"，凭借轻度"涉腐"而挑逗味蕾，随后端上来一条气度不凡的臭鳜鱼则尤能抓眼球，大家纷纷举起相机一番拍照。过去吃臭鳜鱼，总觉偏咸偏臭，这回是标准化制作的，确切地说就是无明显臭味，伸筷拨开细嫩白滑的蒜瓣肉，挑入口中，舌头一裹之下，醇厚的鲜美满口沁开。艾草粿和葛粉圆子是最喜闻乐见的食物，不仅承载着古徽州传统的饮食文化，还体现出原料配伍的和谐。浅绿的改良版艾草粿，酒盅口大的小薄饼，却也有腴嫩的馅。相比较而言，我在深渡码头尝过巴掌大的粿就超巨了，想当年，多少登船上路的徽人包袱里装着"包袱粿"，将菜肉和豆腐香菇剁出的馅一起卷成乡思……山重水复，前程茫茫，不知可吃得思如泉涌，频频回首泪两行？葛粉圆子有我们芜湖小笼包子大，细碎的肉丁、笋丁、香干丁、红萝卜丁镶嵌在半透明的琥珀色粉团里，颤颤地，咬劲十足，让我有充分理由比别人多尝了两个。

问政山笋也是一道思乡菜，它有一种独特的脆、香、甜，我是百吃不厌。早在南宋时期，经商于临安的歙州人思乡难耐，便捎信给家人说特别想吃问政山笋。家人遂将笋子切片同腊肉一起用炭炉煨好,送到渔梁上船,好让亲人在船到时就能吃。这一传一吃,竟然吃出了名气。香气传进了宫中,皇上也流下口水,便找来学士汪藻"问歆味",由此,那句道出徽菜精华的"沙地马蹄鳖,雪天牛尾狸"便传扬天下。

鱼是徽菜中的另一重头戏,毛泽东诗词里乐道的"又食武昌鱼"就是绩溪厨师的杰作。"徽州三石"中的石斑鱼,还有荷包红鲤鱼、新安江翘嘴白,名头都是很响的。翌日我们移食"泉鱼"食府,入门一侧是典型的四檐落水徽州天井,这天井却做了池塘,半边有观赏鱼悠然游弋,另一边则养的各种食材鱼,使一长柄网兜打捞。天井上空,有一棵树伸进巨大枝丫,浓叶间有只鸟以一种带哨音的啼鸣表达着对自由的歌颂。餐厅楼上楼下全部是徽式老屋装饰风格,屈曲幽静,蕴藉雅致,薄凉的风,若隐若现的琴声,透着一种逸世的隐意……在此,真正感受了他们在鱼身上确实做足文章,爆炒溜烩炖蒸焖,种种技法巧妙运用,发掘创制了数十种招牌菜。顶着"安徽省十大金牌厨师长"光环的集团行政总厨程旭东,却一个劲打听我的那些长江小杂鱼、化鱼、刀鱼还有朋友们打趣的"谈氏漂鱼"的烹制"秘籍",他是将我的书琢磨了个透。我大感兴味的则是桌上的鲍参虾加火腿炖鱼头,汤白如羊脂,鲜香深浓,曲高和寡,但愿雅事不凋零呀。

徽菜的继承与创新,是一个深刻而久远的课题。汤显祖说"一生痴绝处,无梦到徽州",徽州有那么深厚的文化底蕴,完全应该打造出饮食文化的航空母舰来……口舌惜繁华,香鲜散不尽!

寻味武夷山

武夷山在闽赣两省边境,核心区为江西的铅山和福建的崇安。铅山县境内的黄岗山,是武夷山脉最高峰,号称"华东屋脊"。福建早一步将崇安县改为武夷山市,如果当时武夷山市建在了铅山县,现在江西旅游名片就不是庐山,而是武夷山了。不过江西人也没什么好吐槽的,婺源以前不是徽州的属地吗,我们安徽人又说过什么?

铅山中部有葛仙山,缥缈浮耸,群峰簇拥,奇秀峻绝。登峰及顶,圭峰、黄岗山、鹅湖山、七星山、独竖尖,皆在视野之内,极尽壮观……遥望日出于云海群山之上,尤为荡气回肠!葛仙山为道教灵宝派祖庭,晋代葛玄曾在山中炼丹传教,遗下此称。说来好笑,早年池沼稻田里生长一种可食用的珠粒蓝藻,会在水里滚动,就叫葛仙米。因此牵连附会,促动我跑来葛仙山看究竟。缘深缘浅,皆在知悟。

葛玄是晋人,众多游客却跑来穿上汉服不亦乐乎地体验拍照。我独自着意这里的美食田螺炖鸡和灯盏粿,本来都是徽州菜,但早已入乡随俗了。乡土菜就地取材,随形赋义,风味浓郁,有一种对家乡风物的原始眷恋氤氲其间。田螺腥味大,但和乌鸡一起炖,味道却是出奇地好，且螺肉肥美，口感脆滑，吃后回味无穷。馃原是徽州专有，灯盏馃呈灯盏状，锅里蒸出，外包晶莹颤动的米粉皮，以肉和豆干以及香菇、竹笋、红萝卜丝为馅，色香味俱全，食后齿颊留香。吃过灯盏馃，夜幕降临，葛仙村灵宝仙街花灯次第亮起，美轮美奂……满街的汉服唐装，人流如织，万般奢华，让人仿佛步入"三百内人连袖舞，一时天上著词声"的盛世长安里。

用舌尖感受地方气息，也是打开武夷山的方式之一。早餐时，在河口街头挑选铅山烫粉。铅山县城河口镇，昔时赣地四大古镇之一，曾称"八省码头"，有"买不尽的汉口，装不尽的河口"之誉。上百家烫粉店，蛛网一样遍布九弄十三街。埋头吸溜的，多是晨练者、上班族和学生，操着外乡口音选择三鲜粉和羊肉粉的，肯定都是游客了。久负盛名的铅山烫粉，实乃一团团事先制好的湿米粉条经煨烫后加入汤料而成。两口热气腾腾的大锅，一口烫粉，一口舀入骨头汤，旁边另有一个火舌吞吐的灶锅，可炒煮，可凉拌，放入姜蒜末及葱花，还有酱油、麻油、猪油、雪菜和黄花菜等，入口滑爽，香辣而鲜韧。

铅山红芽芋，淀粉多，香味浓，因芋芽根叶相连处泅染嫣红而得名，又俚呼"小娘子"。食单上排名有芋头羹、五香芋头糕、荔浦芋头、小葱鲜肉芋头饼、芋头莲子酥等。我们品尝了鸡仔芋头，碗中浓稠的鸡汁中浸渍着芋头块，芋香扑鼻，刚上桌，大盘就见底了。在周氏宗祠旁，吃了一道炒红芋泥，油润滑糯，香甜味美，色泽鲜艳。将红芋、蚕豆、红枣蒸熟碎成泥，放入猪油、白糖一起下锅炒，装盘后再撒上青梅、糖桂花，中间置玫瑰花瓣一朵，有点福至心灵的感觉。据称，炒红芋泥是当地婚宴席上的必备之物，有甜甜蜜蜜、婚姻美满之寓意。

酒糟鱼为传统美食，鱼肉劲道，酒香可口。醋鸡皮脆肉嫩，油而不腻。红菇炖番鸭，煲好的汤上覆盖一层热油，色泽红润，汤味香甜鲜美。油润滑爽的葛粉圆子本也是徽州特色菜，但在横峰葛源享用更显正道，葛源，即葛之源。山乡菜好，少不了佳酿相激。色泽金黄的清华婺酒，加有当归、砂仁、檀香、灵芝等12种名贵药材配制而成，曾为江西四大名酒之一，入口芳香浓郁，果然是美食与美酒不可辜负。古往今来，山乡都是历史文化厚重之地，美景与美食共同承载着漫漫岁月。许多包厢的墙上，挂着一串串老玉米和红辣椒、老蒜头，以及蓑衣斗笠之类的农耕符号，有的还有大红绸布衬着的牛头，给人满满的民俗感。

三日后我离开铅山，经宁上高速公路跨境来到闽省的武夷山景区。

茶、茶、茶，掉到了茶窝里了。茶缘、茶艺、茶道、茶具，卖茶的、做茶的、择茶的、品茶的，到处是茶……我们入住的度假区两边街道上，一家挨着一家，全是卖茶的，空气中充溢着浓浓的大红袍发酵味茶香。历史如水潺潺荡漾，才子佳人，謦笑扶摇，环佩叮当，借茶说山，如梦似幻。漂筏九曲溪，一个满身新闻的姓陈的85后女筏工尤其令人注目，白皙的脸庞，窈窕的身段，甜美的笑容，映衬着清亮的流水，让《九曲棹歌》深留记忆。而在万仞绝壁之下，信徒灵修，何其幽哉。朱子晚年筑武夷精舍于此，招了些跋山涉水赶来的铁粉为他们洗脑。真心佩服这些书生，与世隔绝，一心向学，该需要何等的定力呀！

虽为天游峰、大王峰和九曲溪而来，但口舌寻味尤不可怠慢。从武夷山市区到度假区，除了卖茶的，卖熏鹅的店也是排满大街。

我们入住的民宿，老板兼营熏鹅。当日晚餐，便尝味了他家招牌菜。鹅色金黄，熏味重，吃起来刚刚好，肉筋道不柴，咸淡适中。次日一早，看到有人骑车送来一批宰杀好的净鹅，被放进大锅加水煮至外皮绷紧，捞起沥干水，周身涂抹辣粉、盐和油。再置托盘上放回另一口垫有糯米的锅里，糯米中杂有茶叶，以文火慢慢烤熏。中午过来用餐时，熏鹅已是香味四溢，鹅皮金黄透亮，加上点点辣椒粉映衬，十分美观……就此要了一份带辣味的，食之香辣醇厚，鹅肉紧致，鹅皮酥脆，融入茶香，回味悠长。再后来，看街上店招牌，有翁家的，有沈家的，都称是最正宗"岚谷熏鹅"。人家介绍说，岚谷是武夷山北面偏远乡镇，传统熏鹅做得到底怎样？你打那里过，浓浓的香熏味飘出老远，你会停下来不由自主地深吸几口！

九曲溪上筏影缥缈，水中所产红眼鱼，形体独特，肉肥白嫩，无泥腥味。或许是久历湍流急滩，味清鲜而少刺，只是简单的清蒸也非常美味。店里烹鱼，是连鱼鳞一起炸制，鱼鳞焦酥脆香，入口无渣。这里的鲤鱼亦颇有特色，巴掌大，据说是稻田里养出的，有泥土味，但肉特嫩，和豆荚一道煮，倾倒无数食客。

只要是南方，无论在徽州还是天台山、雁荡山，哪一条山溪里都灵动地悠游着一群群身带彩纹的石斑鱼。武夷石斑鱼自不例外，每一条清亮流水中都能看到它们的身影。烹饪时先油炸定型，再加入调料快煮数分钟即起锅，最大程度保留了风味，颜色金黄诱人，肉质细嫩洁白，吃起来又鲜又香，口感特纯。有一种小笋酸菜石斑鱼，什么配料都不用放，只有脆嫩的鲜笋和浓郁的酸菜共同围壅着石斑鱼，咸香融合，各个相得益彰。

田螺，本是生长于稻田和沟渠里一种大号螺蛳，个头超过鹌鹑蛋；但武夷山菜单上的田螺，说是螺中翘楚，实际上就是普通的水塘螺蛳，蚕豆大。乍一听五夫田螺这名头，且谓之个大肉肥，煲汤或爆炒，皆鲜味十足，遂要了一份……待端上来一看，有点傻眼了，不就是我们芜湖街头老太太们早先推车叫卖的五香螺蛳么。好在试吃了几个，肉肥汁多，以辣为主，辣感十足，口味重一点的可能更喜欢。

胡麻饭又称神仙饭，与朝鲜打糕相似，许多店里有示范制作。以糯米为主料，蒸熟倒入石臼，先用木杵舂捣，再用木槌打烂，打酥，捏成铜板大小片团，最后撒上白砂糖和黑芝麻末。色彩黑白分明，入口细腻甜爽，软韧适宜，别有一番风味，终归是在糯米食品的框架内。由胡麻饭想到铅山的麻滋，走的大致一个路子，都是糯米蒸熟舂烂，捻成一个个小坯，粘上白糖和芝麻末、花生末，以筷子或铁叉夹着食用。不过铅山还有一种深加工，将麻滋圆坯劈开，塞入炸香的薄面条丝、麻糖为馅，封口拧成杧果状肚兜，当早点用。武夷山市这边也有稞，叫"稞仔"，用加料湿米粉捏成小手指般条块，垫上精肥俱备的猪肉片，上屉蒸出，形态美观，风味别具。

距景区20多公里远的下梅村，是一处极具地标意味的古民居村落，也称文化古镇，有国庙、邹氏宗祠及大夫第多所。青山四围之下，徽派建筑的身影在延伸，临溪水流上的美人靠，典型的江南风情。这里是万里茶道的起点，有梅溪、当溪多条流水，当年的武夷茶就是经此输送天涯，塞进鼻孔的都是茶香。在下梅人家土菜馆要了一份大红袍鱼，看菜单上介绍，就是直接将大红袍茶叶投到鱼锅里煮出茶味……茶的回甘和辣味的冲击，口感丰富，味道确实很惊艳。

在许多人心目中，武夷山是一座茶的圣山，山与茶，说不清谁绑定了谁。武夷岩茶属半发酵的青茶，汤色如瑙，深橙黄亮，清鲜甘爽，回味悠长，既有红茶的甘醇，又有绿茶的清香，是乌龙茶中极品，中国十大名茶之一。武夷多悬崖绝壁，茶农利用岩凹、石隙、石缝，沿边砌筑石岸种茶，有"盆栽式"茶园之称。因为有"岩岩有茶，非岩不茶"之说，岩茶因而得名。景区内辟有专属茶园，分为大红袍、名枞、肉桂、水仙、奇种五种，以大红袍最为名贵。

在有限的人生里，抽空来一趟武夷山，亲履原产地茶园，坐下来饮一盏武夷岩茶，方不负吃茶人本质。

芜湖的鸭子是如何炼成名的

就像北方人说到吃饺子总要溢满一脸幸福，北京人提到烤鸭，那是无比地骄傲。

在北京，要想吃到皮脆肉香的正宗烤鸭，未必一定要去全聚德。使馆区附近有家大董烤鸭店，据称是英国和日本使馆招待贵宾的指定餐厅。他家烤鸭上桌，果然不负众望，鸭皮酥松，不肥不腻，面皮松软，而又韧劲十足，有甜面酱、葱段、黄瓜条、蒜泥相佐，另外加上腌橄榄碎末，味道独特，尤其解腻。要是不惧停车难，挨着使馆区、日坛的东北院墙外，倒是有几家很具品位的食府。我比较爱去羲和雅居，重重门帘，四合院格局，院内有大树，树下或四周包厢内皆可用餐，从偏门出去就是日坛公园。他们的烤鸭卖的是噱头，当场给你片，更像是演艺。有些食府为招徕顾客，会隔出一面玻璃墙，让你观看大火烧烤下果木劈啪作响，烤鸭师傅一脸油光忙得不可开交。

其实，北京烤鸭再贵宾级，哪比得上芜湖的红皮鸭子入味可口呢？这并非"人人尽说家乡好"，但我再怎样描述芜湖的红皮鸭子如何好吃，人家也一脸不以为然，或只是礼貌地笑笑。知道芜湖的红皮鸭子皮实又好吃，只有芜湖土著和到过芜湖并在芜湖吃过鸭子的外地人。问题是芜湖的大酒店很难吃到红皮鸭子，红皮鸭子都在街头小摊上挂着，也没有统一的正式称谓，通行的叫法就是"红鸭子"或"红卤鸭子"。

江南食物之好，绝不完全在于它的好看，就是很普通的原料都能做得很到家。红鸭子的制法，是选用一岁左右不太肥的鸭子，褪毛洗净，掏尽肚杂，拿毛刷蘸糖稀或蜜糖浆刷遍周身，放油锅里炸。其实，说"炸"也不准确，只是锅里油烧至中热，下鸭子滚几滚，至鸭皮收紧时捞出，行话叫"放油锅里爆一下"。之后，挂炉烤至金黄透红即可……不过现在已改成全油炸了。红鸭子皮，不同于北京烤鸭那样油光泛亮，而是泛着一层蜜光，脆而不酥，有一种特别的咬劲。毋庸置疑，红鸭子也是烤鸭的一种，但跑遍全国，只有芜湖的烤鸭有卤。蘸了这种秘制汤卤的鸭肉，咸中带甜，特别鲜美。

芜湖街头卖的，有红鸭子和白鸭子两种。红鸭子是烤出的，白鸭子是卤出来的。据说光是城区，每天即有50000只鸭子经600多家小摊及门店卖出。芜湖卤鸭，皮色乳白，肉质红润，肥而不腻，香嫩皆具，实际上也是盐水鸭的一种。家里没来得及做菜，或是突然来了客人，就去摊子上"斩"（读成第一声，毡音）点鸭子。摊主持刀问你选择取向时更简捷干脆：要红的要白的？斩好后还会问你"要不要卤"？这卤不要太可惜了，无论红卤白卤，用来烧冬瓜，在芜湖很是通行。要是红鸭子配白卤，效果会更好。将冬瓜切片下卤汤先烧入味，再放进几块红鸭子，为了保持鸭肉香脆，煮一两滚即盛起，方便又好吃。

鸭长前后胯，大部分人喜欢"斩"后胯，后胯敦实实，看着就养眼。除了鸭颈子是与身子搭了卖，其他零碎都是分开卖，鸭肫、鸭肝、鸭血、鸭肠子、鸭膀爪，价码各不相同。鸭头从中间剖开，专门有人买了半边半边地吮啃，吮的是脑腔里的精髓，啃的是鸭脸两边细碎而又筋筋绊绊的肉……但是鸭舌没有了，鸭舌早被捋下来，连着两边细长软骨另价卖的。一个地方的食物特点，应该是来自这里人的生活。夏天小巷里，晚风正凉，常见有人赤膊坐在矮桌前，一手鸭头，一手生啤，悠悠然享受。吮一口髓，喝一口；掏一缕肉，再喝一口。

那些年，有几家鸭子做得好的，弋江桥下面有个叫大仙的，他家鸭子皮脆，肉滑，香甜可口。更早时，东郊路澡堂子口有个鸭摊，摊主好像是回民，出的摊总是比别人迟，他的鸭子卖光了，别人才能卖得动。我现在居住的小区门外，分别有叫"老四"和"花脸"的人卖鸭子，每天中午和晚上，摊前都排好长的队……享受口福，没有耐心万万不行。无论是红鸭子还是白鸭子，都不像北京烤鸭那样价格贵得死人。芜湖的鸭子一点不高贵，只在街头摊子上安身立命，永远那么草根，亲和而自然。

那年春节边，京城的《三联生活周刊》找上我，这并非多年来我一直订阅这份杂志，而是因为一个叫俞力莎的记者网购了我的几本吃货书，算是循踪而来拉我做美食向导，帮她完成一篇贴近年味的系列皖江菜撰稿。为了让这位北大出身的才女彻底信服芜湖的口舌美事，在耿福兴和金隆兴，我特意请大师级厨师做出别致的鸭馔和鱼菜，还有和府，也和盘托出一道改良版的"脆皮烤鸭"。后来，我又领着她和摄影师跨过长江去了无为。一路所见，几乎每一处水塘都有许多鸭子在悠游，有的在呷呷戏水，有的在梳理羽毛。有时，某一种鸭子忽然无来由地放声大叫，引得一群伙伴也一起呱呱吵嚷起来。

无为是著名的水乡泽国，许多菜都是与水关联。在无为餐饮协会许会长的店里，摆了满满一桌鱼和鸭制作的菜，令第一次来皖的两人大开眼界。有一个清炒虾仁，是河虾剥出来的，每一个都十分精致，曲弯自抱，色带玫红，吃到嘴里很有弹力。得赞美最多的是一道滑爽划鱼片，黑鱼片划到入口即化的水准，却还保持了鱼肉的形整与嫩滑，堪称惊艳。老鸭煲显然很扣主题，鸭是老麻鸭，切块的腌萝卜做底料，加以嫩玉一样的冬笋，鸭肉中融进萝卜的鲜咸，滋味浑厚而鲜香。每人舀上一碗，满载老鸭精华的汤水啜入口中，那个冬日的午后便分外温暖而明媚。

无为的鸭子当然是板鸭了，也是回民研制的，有款有识，早在清朝乾隆年间就已出道，名气要比芜湖街头的红、白鸭子大得多。其实，无为板鸭与腌过再卤的南京板鸭不一样，是以新鲜的本地麻鸭卤制的，称其板鸭是不对的，似乎更应该叫作熏鸭。面色温润的餐饮协会秘书长老涂带我们闯堂看了卤水配料和熏烤现场，鸭子宰杀褪毛后，用铁钩从肛门处掏出五脏六腑，再配以多种香料先熏后卤……一炉杉木锯屑，一锅数十年不换的老底卤，还有擦盐、挂晾和不得超过沸点温度的焖浸，其中的窍门，既简单又深奥。刚出锅的鸭子遍身酱黄，通体流油，香气四溢，现斩现吃，真的是鲜嫩爽口，虽不是怎样的香艳四射，但细嚼之下，的确有挡不住的诱惑……而浸润其间的一股烟火味，就是一种风尘气了。

茂林檀郎 / 春风客

"小小泾县城，大大茂林村。"在过去的年代里，泾县茂林称得上是江南名镇。青山环绕，溪水相抱，以府第园林为主的建筑物鳞次栉比，气度恢宏，民间有"七墩、八坦、九井、十三巷、三十六轩、七十二园、一百零八座大夫第"之谓。这里是发生过"皖南事变"的地方，也是并称"茂林三吴"的文学家吴组缃、画家吴作人和书法家吴玉如等人的故乡。

由于茂林历史上官宦人家较多，生活极为讲究，在传统的乡间宴席中，自然形成了"八大碗""十二碗"和"八盘八碟山海席"等一整套菜肴体系。至今，泾县城里以土菜为名招揽客人的，多以茂林土菜自居。芜湖美食街有一家"桃花潭"，正是凭着几样茂林菜打出招牌来的。

数年前早春，电力系统一位喜爱摄影和文学的朋友老徐，开车陪我们去泾县观光采风。先在丁桥看了红星宣纸厂的一整套工艺流程，饱览了青弋江两岸秀丽风景，一路上溯到太平湖大桥附近，又采访拍照一番，12时左右赶到了茂林。茂林是老徐的老家，故中午那餐招待很是实惠受用。

满满一桌子菜，鸡鸭鱼肉和山菇蕨菜，皆当地农家特产。老徐说这也是"十二碗"的内容，遂以筷子点着桌上几道菜一一告诉我们：这是"煮肉"，即红烧猪肉，里面加有鲜笋、香菇；这是"炖肉"，选用里脊肉炖至半熟，再加香菇或木耳、冬笋、金针菜等炖熟而成；再如"烧膀""渣粉肉"和整条的红烧鲢鱼；此外，就是"拌菜"，是一些香椿、马兰头入沸水烫后切碎，加盐糖醋，拌上干丝、千张皮、荸荠片，以及一粒粒肥胖的焖黄豆。见识到了"三鲜汤"，是用山药、荸荠、板栗做成的，鲜嫩甜糯之外又有胡椒粉的香辛。"漂圆"即汤肉丸子或汤鱼丸子。还有就是"子糕"，皖南乡音读"蛋"为"子"，"子糕"即蛋糕，是将鸡蛋兑少量水搅匀蒸成糕状，切菱形烩成汤。在诸菜环围之中有一大海碗，盛的是浮着一层坚果仁碎末的糊羹，被告知就是颇负盛名的"茂林糊"。舀了一匙品尝，知是砸碎的花生米和核桃仁，还有肉糜笋丝，口舌受纳，感觉非凡。

真切品尝茂林糊，是在今年春深时。桑椹和野草莓熟透时节，山区的天幕蓝得似要渗出油来，蜜蜂嗡吟，空气里沁满了花香。一路上绿色如染，将山峦和田畴染成大片大片的欲望，陈放在春天最温柔的阳光里。曾下放在泾县桃花潭边的汪君一边开车一边同我们说，眼下春笋味正美，春笋时令性极强，略为疏忽便错失良机，让你追悔莫及。汪君绝对算得上是有段位的食客，那天中午他领着我们在桃花潭用的餐，基本是以太平湖的鱼为主打菜。有一道腐皮鱼卷，无论味和形皆不俗，鱼肉剁成糜，加韭菜，以豆腐皮包成长卷，清蒸之下，碧绿爽口，清纯动人，让人心生迷恋。至于油焖春笋，则遗憾有点偏题了，本来笋以清胜，若是不问青红皂白地贯以烩之浓酱色，犹如让容颜秀丽女子裹以恶俗外衣，窃以为不可取。

太阳西斜时分，我们开车驶出桃花潭，行四五公里，西拐去茂林。其时，汪君早已电话联系好一店家，待我们入座甫定，菜便陆续摆上，也是号称的"十二碗"。汪君说"十二碗"只是个幌子，这里所有店家都是如此招揽。我们连说只要是风味土菜就好。一巡酒过，众皆举箸，果然是淳厚的乡土风气农家味道。其中那一大海碗"糊涂汤"，看上去与前次无多少差异，依旧是青白色的糊羹浮沉着深黄的果仁碎末，我一匙入口，糊羹让舌头一裹即化，余下脆香的果仁碎末和绵软肉丝，数嚼之下，竟然如惠风徐来万物新绿一般，令人神清气爽的鲜美盈满齿颊……见我眼里充满诧异，汪君含笑给我交了底，镇上这家茂林糊做得最出名，是以大骨头煮熬后，加入肉杂碎和山珍干果做出来的。这种糊在茂林人的口中又喊作"雾粉"，因色似云雾而得名，用鸡汁、淀粉加鸡蛋、花生仁或核桃仁、瓜子仁调制而成，既有诸仁之偕美，又有肉类之丰腴，再加葱、姜和芫荽提香，味极佳，客人吃的时候，必频频举匙。呀，怪不得咸甜脆腴，愈咂愈奇，其口感滋味之变化隽永。

既而，汪君踅入后面的厨间，叫出了一位四五十岁的长脸汉子，说是大厨，并指着我说："你们俩是宗家。"双方赶紧招呼，殊不知细问之下，那大厨姓的是檀，倒是很不错的姓，只是他鼻音浓得化不开，将檀发成"唐"音，而敝人姓氏是谈，音同字不同。一干人皆起哄"干一杯"，于是引颈就杯。听檀厨子说，祖上是江北望江过来的，父亲是专给人帮红白喜事的乡厨，到他算是子承父业，烧的都是老式菜。提到茂林糊粉汤，檀厨子话就多了。

他说，糊粉是茂林"十二碗"中的主打菜之一，也是所有茂林餐馆招牌菜。"十二"之数，表示月月安好，年年富足，且不同属相的宾客都能分享喜庆。但在早先,糊粉多为过年时的应景菜。这里面有个讲究,因山区潮润,冬天要进补一些山珍,又食又补的糊粉正好对了路,慢慢就成了坐上"十二碗"中头把交椅的名菜。说到具体操作,先文火将肉、大骨头炖烂,剔骨,放入香菇冬笋再炖,将核桃板栗或花生等研末投入,打入鸡蛋,最后冲入葛粉或蕨根粉搅拌。

"一锅糊涂汤,养育清清白白的茂林人。"这应该是一句耐人寻味的本地流行语,由檀厨子作为终结语说出,倒是让我们听出了诸多言外之意。

"糊涂汤"之外,那个野猪肉同冬笋炖锅,也极有地域特色。野猪肉甘香,肉紧,皮较厚硬有咬劲,重色、重油烩后再同冬笋同炖,鲜美之极,普通猪肉难望项背。多年前,我去周庄,见满街都是卖万三蹄髈的,油赤肥红的直晃眼。其实,茂林的蹄髈烩制也是到了极致。汪君介绍,茂林蹄髈菜名叫"烧膀",有六七道工艺:水滚、抹红曲、上蜜、油炸、入锅放膏汤、急火烧开,加入十多种调料,改成文火慢炖,蹄髈上覆盖一张豆腐皮,主要用以保护膀皮完整美观,也有助于入味。还得不时把膏汤回浇,俗称"披汤",二三个时辰后,豆腐皮成金黄色,蹄髈皮成酱红色,色香味俱全的烧膀就能起锅上席了。"烧膀"的表皮与肥膘部分筷至即起,入口即化,肥而不腻;腱肉部分烂熟但有形,咸中带甜。

茂林菜无疑是徽菜一个支流,擅长用山珍作原料,具有重油浓酱之特色;但是,由于注重鲜嫩,多甘腴,汤菜喜用胡椒粉,因而与流行于古徽州一带的正宗徽菜又有些区别。一个地区的饮食文化,其气氛、气味和味道,蕴有这一特定地区的人文、风俗、文化、历史等背景，内中种种，千言万语难以述尽。汪君却能简明析之：烹饪之术，就是要想办法让好东西出味，让平常东西入味。此言有人生大境界，这大概也道出了茂林饮食文化的精要所在吧。

　　傍晚时分，穿行在被时空磨光的老旧石径上，触目皆是断墙残园和幽井曲径，尽管我是为访食而来，但茂林的春风吹在脸上，让人愈发增添世事兴亡的无边感慨。耳中是檐雀噪晴的吵闹声，鼻孔里吸入人家的烟火味，一边看昏黄里深巷墙头斑斓的花砖和飞檐上的雕刻，或是墙角无人处一丛两丛的闲花，一边从两旁陈旧的店堂里想象着那些曾经有过的繁华。放开自己的心絮，悠悠地走着，想着，那些平生足迹所至且让味觉细细探访过的诸多江南古镇的故事与情调，一一在眼前演绎……

在桃花潭触摸/李白的意兴

凭着李白的一首《赠汪伦》,从此桃花潭名闻天下,余韵千年不绝。桃花潭位于皖南泾县城西四十公里的太平湖畔,系青弋江流经翟村与万村间的一段水面。潭居悬崖密林中,水因恬而清,潭因深而静。潭西岸石壁森严,古木苍翠,藤萝披纷,荫蔽天日;东岸白沙堆积,芦苇如帐,风走林梢,顿起瑟瑟飒飒之音。

行走在桃花潭古街上,满眼的祠、阁、塔和画龙雕凤的古民居,石雕、砖雕、木雕多且完整,隋唐年间建造的"扶风会馆""义门楼""谪仙楼""怀仙阁"等人文景观比比皆是。潭东岸有唐代"踏歌古岸"、元代"鞑子楼"、明代"南阳镇门楼"、清代"文昌阁""恺官楼"等。值得一提的是:"怀仙阁"二楼匾书"虫二"。据说,人皆对此匾百思不得其解,后来郭沫若破译字中机巧,是谓"风月无边";让人恍然大悟之余,不禁深叹前人设巧思,后人有知音。

唐天宝年间,泾县名士汪伦听说李白旅居邻县南陵,欣喜万分,遂修书一封盛情相邀,曰:先生好游乎,此地有十里桃花;先生好饮乎?此地有万家酒店!李白欣然前来,却不见桃花酒店之盛事。汪伦解释说:十里桃花,是指十里处有桃花潭;万家酒店,乃潭边有姓万的人家开的酒店……李白听罢,哈哈大笑,笑老祖宗传下的文字机巧无穷,更笑江南人的机智和诙谐。他们泛舟潭上,赏景观鱼、畅饮竟夜,谈笑间盘空杯尽,酣畅淋漓,当是人生之极乐也。在汪伦的陪伴下,忽忽数日过去,诗人作别时,留下了一首千古绝唱:"李白乘舟将欲行,忽闻岸上踏歌声;桃花潭水深千尺,不及汪伦送我情!"至今"桃花潭阁""踏歌台"犹在,古意凋零,让人触景生情。至于二人开怀畅饮的"万家酒店",早已房屋尽毁,只留下被行人踏得乌亮的石门槛,静静地躺在深巷里,见证着古往今来的沧桑岁月。

江南三月,草长莺飞,油菜花一片金黄之时,我与三四友人在泾县城里吃了简单午餐之后,便驱车直奔桃花潭。我们来此,既为追踪李白当年的行游,亦是寻访特色土菜。

下午三点来钟,头上飘起了雨丝。桃花潭沿岸的那一处处竹林,在若有若无的细雨中显得更加葱青生动。远山近岭都是含露吐雾的竹海,害得我们的刘君把相机的三脚架一会挪到桥头,一会又拖到河边,忙得不亦乐乎……雨渐渐大起来,我们选了一家院墙边有绿竹掩映的饭店,走进门内,干干净净的门厅,墙上挂着原色竹根雕。一个中年女人把我们领进包厢,洁白的桌布,带竹节的筷子,素底绘蓝竹叶的杯碗盘碟,自有一种脱俗的清雅。

要来菜单点菜,发现上次在这里吃过的辣味石斑鱼(当地的菜单子上写作"黄金野生小河鱼")、太平湖胖鱼头、萝卜炖山猪肉、粉蒸肉全都有。我们问女主人山猪肉是否就是野猪肉?她浅笑点点头,不多作解释,又另外给我们推荐了笋块瓦罐炖肉和臭干煲。接着问我们要什么酒。那几位都知道我从来都是以菜论味而不以酒为气场，于是就说，此地有桃花潭酒，我们就喝这个吧……只要没有唐突了酒仙李太白就行。

上菜了，鱼菜最先上桌。我发现各地的鱼头的烧法都相差无几，要么是剁椒辣味，要么是加豆腐块煲汤，给我们上的是后者，稍不同的是里面放了不少白嫩的笋片。接着，粉蒸肉上来了，这地方的粉蒸肉下面都是垫着豆腐皮，饱吸了油脂的豆腐皮，用筷子扯下一块挑入嘴里，香软腴滑，感觉很好。臭干煲比较有特色，里面也放了笋片，还有红萝卜；臭干子经油炸泡了，鼓鼓的，一口咬下去，里面的汤汁会滋一声溅出来，淡淡的臭味中夹着一阵竹的清香。

要论压桌的菜，我以为还是笋块瓦罐炖肉。瓦罐很大，是那种敞口的，清楚看得见里面的内容。笋是鲜笋，切成大块，肉却是咸的肋条腊肉。笋清香酥烂有细腻回口的甘甜，肉浓香酥烂腴而不腻，红白相间，咸鲜味美。汤清得照见人影，似乎是四时一贯的色泽之美……最后端上来是一盘淡黄的炒笋衣，配上肉片和红艳艳的辣椒片旺火爆炒出来，满室萦绕清香。我们都是第一次吃这菜，笋衣是笋尖上剥下的一圈皮，一片片炒得边缘卷缩起来，却是嫩极脆极，韧而化渣，嚼起来很爽利，是一种又扎实又有灵气的口感。我不知道李白当年是不是也吃过笋块瓦罐炖肉和炒笋衣这两道菜。

餐毕，我踱进后院。雨停了，天也亮起来，空气十分清新，西边的太阳正往一个山缺里沉下去，看过去还有些晃眼。天慢慢地长起来，我喜欢的夏天就要来了。后院里生长着一丛丛绿竹，有的新笋已蹿起高过人头。廊下有一古朴石磨，磨盘给掀起在一边，条条道道快被磨平的磨槽，无声地诉说着岁月的久远。院墙外面就是山岭，层层叠叠全是竹，风起处，竹梢起伏摆动，把缕缕的竹香送了过来……想那诗酒仙人李太白来此,原以为要饮遍万家酒店,结果却被忽悠进了一户姓万的人家开的酒店,喝酒,吃肉,观景,赋诗,一桩桩做下来,却也全都给弄得意兴遄飞、风神莘莘。

人世间的事,一啄一饮,皆有因缘在呀。

隐身平常 / 心的蒸菜

炎夏刚去，这接下来又是燥秋，口味一直是喜近清淡，蒸菜较多出现于餐桌上。家常蒸菜，就是利用饭锅上高热蒸汽，将菜配上作料及辅料蒸熟入味，既很好保持了原汁原味，也少了烟熏火燎，其简便快捷是无疑的了。

最常见的便是蒸茄子。青春亮泽、爱不释手的深紫色嫩茄子，洗净对剖成片，放饭锅上直接蒸。饭熟了，茄子也熟了。拿筷子戳戳，都已软烂软烂的。细心地把它们撅到一个稍大的碗碟中，拌入盐、蒜泥、醋、酱油、味精，淋上小磨麻油，抿在嘴里，贴心贴意地入味且又无足轻重，真是夏日里第一适口小菜。苋菜放锅里蒸得烂熟，划拉到碗里加调料拌好，也很体贴入味，但却留下一锅染成深红胭脂色的米饭，让你都不忍心下手。青莹莹的青豆米，先放在锅里烫一遍，拌入盐、蒜泥、味精，最上面铺一层樱桃那样大肉糜小丸子，搁点猪油，在饭锅上蒸出来，油花闪烁，荤素搭配，活泼而别致。要是青豆米上铺的是红红薄薄的火腿片，或是腊鸭腿，蒸出来后，单论看相，就有一种意味深长的见过世面的江湖气了。那些错过季节的如同过气明星一样软塌了臃肿腰身的老扁豆老豇豆们，也可以蒸，只有通过蒸，再拌入不错的作料加以调制，才能让这些半老徐娘们重又变得有滋有味。

其实，不独活色生香的新鲜蔬菜可蒸，咸菜更可蒸。梅菜扣肉、雪菜烧大肠或是烧五花肉，二餐以后连续放饭锅上蒸，越蒸越有味，越蒸味道越是幸福隽永。在农家，蒸酱油豆子既是特色菜也是夏天的主打菜。酱油豆子又称霉豆子，通行称作"豆豉"，在农家的灶头上，往往是同青的或红的辣椒片一起蒸，味道鲜极，舀上一两匙汤水淘漉在饭上，就会风卷残云般把一大碗饭一气扒下肚子。乡村还有一种常见的蒸菜，就是从水塘里捞来鸡头泡梗子，放坛子里先腌上数日，然后搁上辣椒片蒸得烂软，吸溜吸溜地吃稀饭，极其爽口利索。小咸鱼是蒸，臭菜豆腐也是蒸，腾腾的热气之间，是不变的乡村情愫。若是在蒸鸡蛋里放上一两匙臭豆腐乳汁，而那饭锅又是烧得火旺蒸汽十足，将鸡蛋都蒸潽了起来，可以用筷子直接挑进碗里，现在回忆起来，似乎那就是过往岁月里最富足的滋味了。一方水土养一方人，农家的柴草灶锅，本来就大，由于蒸菜多，一般都备有一个木条格子蒸架，一下能同时蒸上好几碗菜。蒸菜的碗，通常是那种最具民间本色的浅褐陶钵，透气好，又叫窑锅子。

若是在"蒸"前面再加上一个"清"字，性质就起了变化，就像一个人由乡村进入城市，行止作派皆升格，而迥异于往日了。

比如清蒸鲈鱼、清蒸翘嘴白、清蒸口蘑鸡，因为除了姜葱醋和芝麻酱外，少不了还要放上足量的黄酒与调和油，还要加高汤，而且是用笼屉蒸，并在蒸菜碗上面盖一片保鲜用的白菜叶，蒸菜熟后再把白菜叶拿掉……这就像一个人住在精装修房与过去住乡村岁月的泥坯房那般相去甚远了。

一位画技与烹技一同了得的身为书画院院长的朋友，曾这样下定义帮我理解：清蒸就是清炖，是将原料加上调味料及少许高汤，上笼蒸制，然后淋轻芡而成。火大、水多、时间短，是清蒸七字诀。其实，在我看来，真正的清蒸，即是"清汤寡水"的蒸，不加渲染，本色示人。

在国人纷繁的厨艺中，清蒸似乎就是青衣的角色。时下的餐馆，为招引食客，又让这青衣的水袖带出许多花头来。如粉蒸，即是将原料调好味后，拌上米粉蒸制；扣蒸，将原料拼成各种花案图形放在特制的器皿中蒸熟；包蒸，用菜叶、荷叶或是玻璃纸包上原料蒸制；造型蒸，先将原料加工成茸，拌入调料和蛋清、淀粉或琼脂等，蒸出各种形形状状……还有什么滑蒸、膏蒸、炸蒸等等，不一而足。

苏浙馆子里的蒸菜，最传统的为"蒸三鲜"，内里却不止三种花样，我吃过的一回，记得好像有猪尾骨、肉皮、蛋饺、咸鸡、肉圆、鱼圆等等。

那年秋风蟹肥时，沪上的朋友领着我在大光明电影院楼上的一家空中花园餐厅品尝海派竹笼蒸菜。据说，这里的蒸菜能将原料的纯味和营养一滴不漏地锁在飘香的竹笼内，品尝起来口感异常清雅。更值得一提的是，竹制的蒸笼都是新鲜竹篾编的，一旦失去竹香便换新竹笼，以保证竹子的清香和菜的浓香四溢。

朋友点的蒸菇鸡块、上浆田鸡，感觉是把原料的本色鲜香最大限度地发挥了出来，蒸小黄鱼也蛮鲜的，就是普通碗搁竹笼里蒸出来，不过份量倒很实在。还有一道糟蒸鲞鱼，应该是家常和雅兴完美结合，堪称上海一绝。稍具有点烹饪常识的人都知道，清蒸是很难玩猫腻的，且原料必须新鲜，就像上海人说的，不好捣糨糊。

人生本是五味瓶，吃到鱼翅龙肝无止境。有时候想想，汆煮焖涮蒸，朵颐称大快，然而在这水火之间，其实只有简单才是真正的大美。在这个浮躁的年代，学会本色的蒸菜精神，或许真的能让我们内心静止如水。

对于简单生活里的饮食而言，物无定味，适口者珍。这就像我谢绝了一个中午有餐宴的什么文化学术讲座，心安神定地在家里刚刚做出的一道清蒸鲫鱼——鱼是一个爱垂钓的朋友送来的。现在，这鱼就热气腾腾有形有样地摆在桌上了，青红的辣椒丝和葱段，不失其真的红青之间是不变的鱼肚白……于是，在缓缓移动的光影里，我闻到了一种久远的醇厚的鱼味的野香了。

对"中和汤"的围观

许多年前,我和报社一批人一同去宏村。宏村的旅游那时就已做得很不错了,除了声名赫赫的石鸡、马蹄鳖之外,风味小吃更是多种多样,比较有特色的当属毛豆腐、腊八豆腐、臭鳜鱼等。小吃店随处都能见到,街上的小贩买烧饼的很多,腊肉烧饼、糯米芝麻饼,还有一种宏村御饼,另外像蒸汽糕、野艾粿、木心粿,味道也都还不错。有一种当地烤肉,外脆内松,特别香。巴掌大小的一块肉用竹签穿好,抹上调料,放在刚燃烧过的糠灰上烤,烤出来的油一滴一滴地掉落到灰里,腾起的不是油烟,而是扑鼻的肉的焦香。基本上在宏村可以走到哪里吃到哪里,不用刻意去找什么店面来品尝。

返回时心情很好,在黟县城里吃的晚饭。有一道菜最先端上桌,汤汤水水的一大碗,里面有着许多豆粒大小的东西,白白的,不知是何物,用筷子捞了一下,竟然是豆腐,豆腐切成如此小块,也是头一回见到。汤里另有冬笋、香菇、瘦肉等碎块,一些勾着身子的小河虾散落其间。稍带乳色的汤面还漂着青葱绿蒜苗,使勺子舀了入口,汤鲜味醇,内中的杂碎,尤其是耐嚼耐品……周旋于舌间的那味道,犹如跳脊变化的文笔,时而灵透俏皮,时而淋漓尽致,时而又是含情脉脉、绵延不绝，又仿佛是给琴弦拨动的心扉，有一片无法触摸的意境。

回家后，我向一位徽州籍画家说起在黟县城里吃过的那碗汤。画家朋友听完我的描述，笑着说那就是有名的祁门菜"中和汤"，不过是落户在黟县罢了。并且告诉我，祁门的传统徽菜里，"中和汤"算得上是主打菜。此菜发明，源于南宋时祁门籍诗人方岳。当时，方岳在江西做官，每次回老家探亲，都要乘船经过一条中河。一次，在河中捞了许多虾放在船上晒干……至晚，遂将船上带的豆腐、猪肉、冬笋、香菇切成丁，与河虾一起炖出来，发觉味道竟然大好。随从们问叫什么菜，方岳信口答是"中河汤"。自此，"中河汤"流传开，凡祁门人几乎家家都会做，在红白喜事和逢年过节宴席上更是不可少了这道美味佳肴……发展到后来，其配料也越来越多，味道也越来越好。人们将"中河汤"改称为"中和汤"，一是其口味实在和美，叫人百吃不厌；二是"和"与"河"音相谐，一字之改妙不可言。

我上小学时有一个长得胖乎乎上课老犯迷糊的同学，姓汤，取名中和，却老被人颠倒喊成"中和汤"，还说是按外国规矩名在前姓氏在后叫的。我们那时都不明就里，现在想起来了，我们班主任老师和体育老师是徽州人，恶搞了这位同学姓名的，肯定是他们俩中间的一位，只有他俩才晓得"中和汤"是什么。

其实，"中和汤"也是中医里有名的方剂，内有神曲、黄芩、半夏、茯苓等，专治时痫身热。我学中医时，可是下真功夫背过的，就像背"保和汤""四物汤"和"归脾饮"一样。而中医本身实乃中和之医，中医处方都可称为广义上的中和之剂。有人说，中国传统文化之核心精髓就是中和,其他如和平、美丽、舒适等,无不是既中且和,并达到了某种程度上的中和之美境。

清新夏日,风生水起。近来忽然对一些汤菜有了兴趣,除了经常就便找资料外,在店里吃饭逮到机会总是要剽学一点。据说,淮扬菜大煮干丝,就是剽学"中和汤"才发展起来的。想自己动手做碗"中和汤",这道菜的困难指数应当不会太大,而鲜嫩不腻的口味总是没有错的。

我从菜场买来豆腐、虾米和少量五花肉,家里有现成的宣威火腿。香菇用水发了;豆腐切成豆大的方块,入沸水淖去豆腥味,清水漂洗后沥干水分;再把虾米去头壳并剪掉尾翼,胡萝卜、香菇及火腿均切成豆大细丁;然后把豆腐和虾米还有一小把切碎的五花肉倒入砂锅,加入温水调匀,用旺火烧开撇去浮沫,放入盐、姜丝、胡萝卜丁还有香菇、火腿和一勺熟猪油,用文火煮半小时至一小时,撒上胡椒粉和葱花即可上桌。嘬口吹开腾腾热气,汤面漾出一个水涡,就如迷人的微笑……

其实,我要是再进一步说白了,保不准大家都要拍脑袋发一声"哦"——你大煮干丝怎么做,"中和汤"就怎么做,只把其中的干丝换成豆腐,鸡丝换成五花肉细丁就行了,照着葫芦画瓢不会有失手的。干丝用水焯过,豆腐一样要经沸水滚一遍,把虾米换成开洋和鲜虾仁,也不会走样。要是来点小创意,在汤里点缀几片绿菜,活色生香,那就是一种心情了。

须提醒的是,豆腐要老一点才好,这样方能经受得住水深火热的考验,否则,要是换了那弱不禁风的琼脂豆腐,沸水上下一翻滚闹腾,还不全冲成豆腐花了,汤中哪能见到豆腐的踪影。此外,肉必须带上点肥膘，这样成汤后才有乳白的色调。还有，就是最好能适时用上新鲜香菇和冬笋，夏秋季可用水发香菇和茶笋切丁代替。要用文火炖，切记不能往汤里放酱油，因为只有乳色汤水，才能绰约可见白色的豆腐丁、粉红色的火腿丁、金黄色的胡萝卜丁、绿色的葱花等等……否则，掩没了成色，如锦衣夜行岂不太可惜了！斜阳烟柳，多情最是姿容好。要知道，"中和汤"正因为多姿多彩，且是稍带上那么一点风尘气，方能勾人馋涎，吊人食欲。

闻出了一品锅里的经典味

那年深秋，和同事老汤从牯牛降下来，途经祁门，老汤的几个在那里搞房地产开发的朋友请我们吃一品锅。

一品锅，早闻其名而一直未得朝里面下箸。等菜的时候，他们打牌，我照例往后堂看做菜。一位上了点年纪的师傅在案板上切肉，煮得半熟的肉看上去瘦多肥少，皮薄而富有弹性，切成大片之后，下锅添加酱油、黄酒、姜和八角红烧，烧得香气扑鼻。灶上的几口钢精锅里，分别盛放着冬笋片、水发香菇、蛋饺、肉圆子、豆腐果还有鸡块、火腿、肚片等等。另一个年轻的师傅将这些材料分别一层层码在一只生铁耳锅内，铺上一层粉丝和菠菜、金针菜，再盖上刚切出的肉片，注入高汤，然后架在一只木炭风炉上煨。

那个有点年纪的厨师告诉我，一品锅讲究器物和烟火，关键环节就是煨。菜码入锅里后，首先要用旺火把气顶上来，一小时后慢慢减弱火势。锅内要保持水量，加水时不要揭开大盖，可从锅壁上流入，锅盖四周若有漏气，要用湿毛巾堵死，使其煨出浓香。经两小时汤火攻煮，即可端出来食用。一品锅里肉酥汤浓，原汁原味，看上去都是膏腴之物，因配有干果蔬菜，故而油气不重，丰厚，润泽，香醇，过目难忘。

我们显然等不及那么久，一个多小时后，一品锅连带着下面的炭火炉子端上了桌，边煨边吃，有点类似火锅。五花八门、各举旗号的菜肴分铺成若干层，底层配料称为"垫锅"，一层菜一个花样，谓之一层楼，有"五层楼""七层楼"，楼数越多，层次越高越好。锅里的菜，油而不腻，不老不嫩，熟度适中，使口味一触即发。单那五花肉，便烧得近似东坡肉，入口能化；筷子挟至唇边，吹吹烫，一口咬下去，还没玩味，已经下咽……只要你不怕像陈佩斯演的小品那样烫了嘴和食道。几个人筷起筷落，吃一层，露一层，露一层，吃一层，翻不完的好奇，夹不完的新颖。

当地一位作陪的领导见我们吃得高兴，就即兴讲起了一品锅的由来。当年，祁门这里曾是曾国藩率人与太平军几番殊死血战的地方，一次粮道被切断，曾国藩以为"万难支持"，写下遗书，准备营破之时即自裁。李秀成部攻至祁门，却误认为城内有重兵把守，绕道而过，使曾国藩又一次死里逃生。当时的清朝江北、江南大营均被太平军端了锅，全靠湘军苦守皖浙之地勉力支撑。曾国藩在祁门时，粮饷断绝，遂令手下将士就地取材，搜罗到什么吃什么。有时偶得一只鸡或一挂猪肉，便同山笋、干豆角、豆腐、挂面等等一锅搅熟了，端上来大家同食。曾国藩剿灭太平军后，一次偶同几位官居一品的下属们聊起在祁门的艰难处境，遂将当年大家一同下筷搅捞的"一锅熟"改名为"一品锅"。

说起一品锅，还有一个重要人物不能不提，就是那位一身戴过十多顶博士帽、骨子缝里都透着优雅气息的胡适。胡适任北大校长时，常在家中设宴，当家菜必是一品锅。他用一品锅招待过绩溪的女婿梁实秋，还以一品锅宴请过自己的恩师杜威，赢得举座赞誉，成为美谈。每当一品锅端上了桌，这位文化大佬便口中念叨："此乃家乡名肴，务请诸君赏光，品尝一下，地道的家乡味！"若是对着外国客人，他会说得更加诚恳："这个菜是地地道道的中国菜、徽州菜、绩溪菜、家乡菜，大家别客气，务必要尝尝……"如今，在梁实秋的文集中仍可找到如下的描述文字："一只大铁锅，口径差不多二尺，热腾腾地端上来，里面还在滚沸，一层鸡、一层鸭、一层肉、一层油豆腐，点缀着一些蛋饺，紧底下是萝卜、青菜，味道好极了。"据胡适自己在日记中透露，每逢工作压力过大，或感觉情绪压抑之时，便会到厨房去，烹制这道家乡名菜。所以现在的绩溪一品锅，又名"胡适一品锅"，特别是在上庄，凡进馆店，撞头撞脸的皆是一品锅，且无不宣称自己就是一品锅的宗源。"胡适一品锅"是绩溪一品锅的一种演绎版，胡适为推介徽菜走向世界作出了重要贡献。据说，胡夫人江冬秀也是一位制作绩溪一品锅的高手。

　　为什么一品锅能在徽州大行其盛？从社会学和地缘学角度来看，徽州地多险阻，关山难越。如有远方来客，莫不欢欣鼓舞，招待有加，倾其所有野味家珍，集成一锅，大家围炉而坐，边吃边聊。举箸之间，山上的风光，四野的美气一样样从牙床上滚过……正所谓菜千层，人一圈，料有别，味无穷，出神入化杯杯酒，惬意温馨融融乐。从此，一锅徽菜就扬名立万。

　　由此看来，这一品锅也就是大杂烩的代名词。只是后来的徽厨对此进行了集大成的整理加工，使口味的远足和悠游成了举箸之劳的事。可叹的是，在一些店堂里，随便弄几样荤素菜放在一只铁锅里，架上炭炉给你端上桌，堂而皇之地自命是"一品锅"。去年冬天，一个朋友请吃饭，是在商业街上一家门面有点气象的店里，点了一品锅，端上桌来，竟然就是在锅底铺了一层黄芽白和千张疙瘩，上面盖了薄薄的几片白切肉和一些时过境迁的鸡块。

面对这样的一品锅，我不由得又想起在祁门见识过的那情景：一眼望去，黄色的是蛋饺、金针菜，红色的是火腿片、鲜虾，绿色的是菠菜，棕色的是肉圆、香菇，白色的是鸽蛋、肚片、冬笋片，五颜六色，不一而足，齐聚在一个咕嘟嘟冒着热气的有耳的铁锅里……这样的一品锅，哪怕是盖着盖子，只要稍稍吸动一下鼻子，就能闻出一片经典味！

美味背后是传奇

开车上沿江高速往铜陵方向去，快到顺安那里有个出口，在一段老路上行七八分钟，就看到一处农家乐山庄。采摘、垂钓、烧烤，加上观光的亭台水榭，名堂很多。山头上，松树林间有一个拉了铁丝网圈起来的"山鸡养殖场"，数百只山鸡在里面翻刨啄食。因为不让人靠近，我们只能远远观望了一会。

山鸡，俗呼野鸡，学名叫雉，善走不善飞。那些雄鸡服饰华美，周身赤铜色，颈部有一白环，像是套着一个银箍。拖在它们身后长长的泛着绿光的尾巴，非常漂亮，是过去戏台上那类英雄人物头上哗众取宠的装饰品。而全身砂褐、斑纹、短尾的母野鸡，则灰土土的，看上去一点也配不上它们的郎君。

在山庄吃饭，山鸡以及垂钓而获的鱼虾，就是当家菜。山鸡最大特点是好看、好吃，虽是圈养的，但遗传基因起的作用，还是决定了它们肉质劲韧鲜美，高蛋白低脂肪，野味浓，吃入口中远比家鸡好。

先给我们端上桌的干椒香炸鸡，是将山鸡切成小块放盐和料酒拌匀后放入油锅中炸至深黄色，再同煸香的辣椒和葱姜蒜一起炒出香味，撒入葱段、味精、白糖、熟芝麻装盘的。这种菜我没亲手做过，但以我长期在店堂里做食客和看客积下的经验，不论干红椒同谁联欢，干红椒炒野兔肉、炒野猪肉、炒田螺肉，都有一个最基本的视觉要求，就是干红椒要有足够的数量……先炸后烩，尤其要注意的是，烹制前一定要下料先腌一下，如果到煸炒的时候再加盐，盐味是进不去的，因为这些肉块的外壳已经被炸干，质地变紧密，盐只能附着在表面。还有，家厨里不管炸鸡炸鱼炸排骨，油温一定要高，过火时间短，尽量做到让外面炸焦酥了里面还保持脆嫩；否则，内外都是一团死肉，咸味进不去，很难吃，全无口感可言。

山鸡炖汤，多少有一点草膻味，故要多放姜。山鸡肉若是红烧，要舍得放蒜瓣，加点白酒，出锅前撒些芫荽。山鸡的脯肉，肥厚发达，鲜香味也比家禽高出一筹。那天我们吃的冬笋红椒炒脯肉，红白相映，色泽鲜亮，因为过火时间短，显得特别秀润饱满。还有一盘酱鸡胗，切成极薄的片，闪烁着冷灰的光泽，咸甜劲韧，很有嚼头，对付干红极好。

其实，叫山鸡显然有点以偏概全，还是称野鸡好。因为野鸡活动范畴广，山区有，水乡圩区也有。虽然野鸡并不是家鸡生物进化的源头、家鸡的祖先，而是至今仍活动在云南山野的茶花鸡，但野鸡和家鸡毕竟有太多的牵连相似。人们更愿意相信，野鸡就是一些不肯吃安乐茶饭的异乡漂泊者。

我的童年是二十世纪六十年代早中期，那时乡下野鸡可真多，特别是麦子快黄时，田垅里有一只"咯嗒——咯嗒"叫，四周立马就有许多应和的叫声响成一遍，甚至引得村子里的家鸡也一起"咯嗒——咯嗒"跟着叫。有时，两只通红脸的公野鸡为争夺母野鸡打架，炸开颈子上的毛相互扑啄,最终打胜了的那一只就会得意地站在草墩上,逆着满天彩霞拍着翅膀"咯咯咯——"一阵啼鸣,随后就仗着激增的荷尔蒙,兴冲冲去追逐那只母野鸡,演绎出一场彩云追月般的风流韵事。待麦子全给割倒了,失去了平时那些可钻来钻去的田垅作掩蔽,远远地看到一群野鸡在啄食,你一靠近,它们就扑喇喇飞上了天。有时,牵着牛走过某片草地或是沟坎下,突然就有一只野鸡扑楞楞从你脚下"咯嗒——咯嗒——"惊叫着飞起,吓你一大跳——这通常是一只正在下蛋或是孵窝的母野鸡,走过去,温热的窝中会有十几个麻壳蛋呢。

那时野鸡多到什么程度,说来真叫人难以相信,野鸡会钻进你家的灶洞里、床底下、茅厕中,痴呆呆地缩着脑袋等着你捉。我家屋后不远处就是一片被挖得坑坑洼洼长满茅草的河滩,野鸡成群,人一到那里去,野鸡就呼的一下飞起来,映着傍晚时的霞光落照,飞得满天都是斑斓羽毛的华光丽彩。我就曾在那地方随手抛起镰刀砍到过一只野鸡。有一次,我打着手电和父亲一道走夜路,竟有一只野鸡对着手电的光亮飞撞过来,将毫无防备的我撞得跌坐在地,手电滚落到一旁,野鸡自己也给撞晕了,很搞笑地偎在我的腿上。最奇的是我的一个表兄,他站在陡岸上打鱼时,一网撒下去,岸下恰有一只野鸡惊飞窜起,不偏不倚撞入网里……而那一网入水,巧巧地又罩着了一条大鲤鱼。野鸡和大鲤鱼,两个完全不相干的猎物同入网中,一个在上面扑窜,一个在下边水里扑腾,真是奇得不能再奇了!

父亲人生低潮时做过乡村老师,过年过节,经常有学生家长送来一公一母配对的活野鸡,有时多得吃不了,就剪去翅膀上大羽放在鸡罩里养起来。养长了，撤去鸡罩放出来，它们能与家鸡在一起觅食活动，天晚了，会一起回窝歇宿。

再到后来，因为人所共知的原因，有一段时间，野鸡都躲藏到山里去了，要想再辨认它们在那个岁月里飞翔的角度，几乎是无迹可寻了。

自 2000 年往后，情况却又有了变化。由于父母离休后一直住在乡下，我时常回乡下走走。乡村烧煤气的多了，野草不像过去那样砍去烧锅或沤田，连村子中心的场地上都是半人深的草，加上气枪、火药枪都收缴了，许多野物都返回家园。在野地里行走，时常扑喇喇一只华丽的野鸡从腿脚边飞起。乡民们干活也时有收获。要是傍晚天擦黑时看见一只野鸡飞进哪一处沟坎下，或是灌木丛中，等天黑透了带上强光手电去照，照着了野鸡的眼睛，野鸡就不会跑了。有一次回父母处，见孵的一窝小鸡中有 6 只异类，它们身有褐色条纹，体形明显较小，却灵动机警异常，跑跳迅疾。保姆说是在菜园里捡了 9 枚野鸡蛋，就随手放进正孵蛋的家鸡的窝里，后来就出来了 6 只这小东西……这些小东西早迟还是要飞走的，它们和家鸡不是一个性子。

乡民对于撞到手中的野鸡，最简明扼要的手段就是红烧，农家有的是深浓的板酱，不愁味道出不来。去年冬天我在一个亲戚家吃过一次，就是和腌白菜在一起烧的，怕油水不够，加了一小块肋条五花肉。没有那些姜葱料酒的炸香煸炒，单刀直入，连酱都省了，只把鸡肉同五花肉切块加点盐先炒香，再铺上切碎的腌菜继续焖，直到将上面一层隆黄的腌菜焖出亮亮油光，香气扑鼻，翻炒一下，撒点青蒜苗，就行了。鸡肉饱吸了腌菜的厚味，腌菜借得鸡肉的野鲜，吃在口中，兴奋的味蕾便清晰地记下了它们相携相提中所有互惠的细节。

野鸡曾是历代的皇家贡品，乾隆皇帝食后赞叹不已，写下"名震塞北三千里，味压江南十二楼"的联句。爱新觉罗们起事于边鄙而致发达，却对江南的富庶文明抱有根深蒂固的成见，连吃的亦不肯放过……只不知这"压"的是何处的"江南十二楼"？

洗过锅澡 / 再开宴

我的一个学生家新，住在宣城敬亭山旁，虽说当年未能考出去，学了木匠手艺后招亲来到这边，一直务农兼带搞一些小副业，但日子过得还算不错。去年过年前，家新叫儿子开了车接我过去吃"杀猪饭"。

两小时不到的车程，上午十时就到了。车停在一幢三层小洋楼的院子里，主人接着，一番寒暄，端茶上点心自是不在话下。聊了一会，我说出去转转，家新陪着，刚出了门，就见屋外树下围了一圈人，在看杀年猪。杀年猪热闹喜庆，如同提前过年。

猪刚被杀倒，正放在烫猪桶里刮毛。家新说那杀的就是他家的猪。这猪颇有些讲究呢，叫江南圩猪，是本地种黑猪，大耳，短嘴，塌背，大肚子，由于生长慢，被外来白种猪淘汰几近绝迹了。家新说现在生活上来了，嘴也刁了，特别是城里人嫌白猪骚味重，又想到从前的黑猪了。他去年从一个亲戚家好不容易要来两只猪秧子，喂米糠喂山芋养了一年半，今天杀了一只，那一只早在半月前就让一家大酒店收购去了，一斤黑猪肉要抵两三斤白猪肉的价，算算还是蛮划得来的。

等我们转了一座小山回来，那黑猪早已变成白猪，挂到梯子档上开膛剖肚了，心、肝、肺、肠等内脏一一给掏了出来，一只猪尿脬被割下，立刻就被一群孩子抢了去，吹足气当球踢。看那猪头的一张脸，满是曲曲折折深沟一样的皱纹，像是活尽了沧桑岁月一般，我就知道这猪肉烧出来肯定好吃。

家新见我刚才爬山出了一点汗，就说老师你还没洗过锅澡吧？我喊人烧个火，你马上泡一把，泡完后正好吃饭。哦，洗锅澡好呀，早闻其名，市文联秘书长王永祥先生就跟我聊过他当年下放时洗锅澡的情景……那情景很有点叫人向往呢。嘿，今天就来过把瘾。我这里一点头，那边便开始忙活起来了。

家新打开一间小屋的门，有人抱柴火，有人忙着烧水。不一会，家新喊我从另一边门进了屋。里面有一个大灶台，烧火的灶洞口在墙那边，这边灶台上只有一口直径一米左右的超大铁锅。在锅里洗澡，是这里农家代代相传的习俗。当我脱了衣服准备下到锅里时，还是有点不放心，怕自己这一百五六十斤的身子把锅给压坏或是踩通了底，更担心被下面烧着的热水氽了汤……家新在一旁笑着叫我放心，说他在这口锅里洗了几十年澡，从没有出过半点事。灶台不高，为方便洗澡还修了几级台阶，我顺着台阶上去走两步就小心翼翼下到锅里了……站进锅里，才知道刚才纯属杞人忧天，这种特制的生铁大锅非常浑厚结实，别说我坐进去没问题，就是站里面蹦恐怕也奈何不了这个铁家伙。锅底有一个小凳，可以坐在上面洗。水快淹到脖子，蒸汽在头顶弥漫，屋里热乎乎的。能听到锅底下发出噼里啪啦的烧柴声，我感到全身透骨地舒爽，浑身的疲劳一扫而光，原来洗锅澡是这么惬意的一件事呀！

洗好澡出来，客厅一张大桌子上已摆满了菜肴，旁边坐了人，两位杀猪师傅也都洗净手入了座，连酒都斟好，单等我入席。

大块肥瘦相当的猪肉和淡黄的油炸豆腐在一起，除了盐和酱，几乎没放别的任何调料，柴火烧出来，无论是猪肉还是炸豆腐，都是鲜香之极。猪肉特别细嫩，质感紧密，越嚼越醇浓，江南圩猪的优秀品质于此间得到了充分展示。白萝卜炖猪心肺我还是第一次吃，猪心肺本是有点腥，给白萝卜的味道一镇，变得无比滋润，吃到嘴里又绵软又滑弹，让舌头裹来裹去，每一个味蕾细胞都尽情享受着一种欢悦。一大盆粉蒸肉做法有点特别，据说是把肉炖好之后，再用文火慢慢地煨，直至熟到足够烂的时候，将磨制好的米粉下到锅里同肉一起搅拌，撒上葱蒜，再焖上一会儿，色泽鲜艳不说，香味也是异常浓郁。还有一盆肉烧粉丝，粉丝吸饱了油脂，亮汪汪的闪着动人光彩。

桌上唱主角的，是盛在一个足有洗脸盆大的砂钵里的烧血晃（川菜里写作烧血旺），血晃就是猪血凝固之后切成块状，放上油、姜、葱、蒜、辣椒等调料爆炒，待五六成熟时加上青菜烧熟，鲜嫩滑爽，香艳四溢。当然，菜也并非只独有猪肉、猪血，除了刚从塘里起来的鱼，还有农村特有的黄心菜煮豆腐、千张蒸咸鸭、大蒜苗炒干子等等……琳琅满目，原汁原味，没有丝毫的附丽和矫揉造作，相当质朴。而餐桌上用来盛菜的器皿也是一概不讲究，有盘子，有砂钵，有大碗，有小锅，器皿的大小和形状五花八门，不一而足，配合着吃"杀猪饭"的欢乐气氛，让人感叹质朴与热闹原来如此接近。

此鹅非彼鹅

江南养鹅的人家多。卤菜摊子上除了盐水鸭,还有盐水鹅,随便在哪一处水乡小镇上,你都可以吃到全鹅宴。有一道"鹅四件",正宗的鹅内脏大杂烩,鹅肝、肫、心、肠,吃在嘴里满嘴溢油。腊月里,许多农家屋檐下吊着风鹅,体内都塞了葱,抹了盐,涂了酒,水分被风干,鹅油渗出来,亮汪汪的,宛如刚从油锅里捞出来一般。本来,腌鹅肯定比不过腌鸭,但风鹅就不同了,风鹅的醇美,那是愈嚼而愈香,仿佛逆风飞翔那般回味无穷。风鹅可以一直在檐下吊到春末夏初,莴笋上来了,风鹅切成片放入小火锅里烧莴笋,鹅肉赤红似胭脂,莴笋则翠绿似碧玉,一红一翠,望之食欲大增。

那年初夏,在苏南溧阳天目湖参加长三角地区报纸副刊会议,东道主伙食招待甚丰,每天的"天目湖砂锅鱼头"不说,笋子也是日日变着花样吃,我印象最深的还是他们那里的鹅肉烧得好吃。后来一打听,方知腊味风鹅已被列为当地招牌性的土特产,临别时我们许多人都买了真空包装的风鹅带回。其实,就我来说,我倒是更愿享受新鲜仔鹅的迷人风采。

食仔鹅有季节之分,诸如五月鹅、夏至鹅、冬至鹅等。其中,五月鹅最美味,因为早春小鹅出壳后,正好随繁花碧草一同生长,尽收自然之精气,到农历五月前后,出落成真正的"靓草鹅"。这个季节的鹅,无论肉质、口感,均属上乘。大凡有些经验的食客,在每年端午前后五月鹅初长成的日子里,都要溜到乡下去寻食,尽享鲜嫩美味。

今年五月的一天,合肥的一位朋友邀我们几个人出去吃鹅。我们先以为去和县东关镇,那里的鹅烧得好,一直很有名气,结果却是去巢湖边吃鹅。到了以后,方知就是一个路边店,但是专营鹅菜,门前的招牌写的就是"巢湖美味鹅"。鹅关在后院一排木笼里,嘎嘎叫着挤在一起,你指哪只抓哪只,称过以后,按不同的烹法收费。

在一群白鹅之间,我发现几只深灰的雁鹅,于是叫店家就抓雁鹅。店家称赞我们有眼光,说雁鹅的肉质、外形特征与野生大雁是一样的,就是不能飞。雁鹅比白鹅大,全身羽毛紧贴,头上没有肉瘤,喙是黑的,腿和脚蹼也是黑的,颈的背侧有一条明显的灰褐色羽带。这些鹅关在笼子里用青草喂养了好多天,一方面可以收膘不致太过肥腻,另一方面又可去除雁鹅身上的膻味。我们那只雁鹅正好10斤重,35元一斤,一只就是350元了,厨师说可以做好几个菜呢。

听店家说,雁鹅烹调的时间会长一点,大概在一个小时左右。在等菜的当下里,关于雁鹅的话题就聊开了。有人问,雁鹅是否真的就是大雁同家鹅杂交出来的?我说雁鹅是一个品种,雁鹅的祖先是大雁,雁鹅可以同大雁杂交,但我们吃的这只雁鹅肯定是没有绯闻故事的……于是众人又七嘴八舌说到大雁上来,问我是否见过和吃过大雁。我既没有摇头也没有点头,许多东西不是一下就能说清的，需要从长说起。

在我的记忆里，大雁算是故乡天空的过客，它们飞得实在太高了，谁也没能近觑过它们的真容。大雁秋天往南飞，春天再飞往北方，它们飞行时队列有序，有时排成"一"字，有时排成"人"字，古书上称作雁阵或雁字。我小时，常被大人领着起早赶路，残月霜晨，天色尚未透明，听得头顶朦胧的空中传来"嘎——！嘎——！"的凄清唳鸣，虽见不着身影，却知道高空正有一队大雁在疾飞。它们也在起早赶路呢，只是它们的路程更其遥远。

大雁千万里长途飞越，都是早起晚歇。我曾在一篇文章里描述过我平生所见过的一次歇雁。那时，我随人家在野外放养老鸭，有一天半夜里，被一阵嘎嘎声浪吵醒。从鸭棚里抬头朝外望去，明月如水的深蓝天幕下，一群大雁看中了伏满我们老鸭的这处闪烁着银辉的水面，随着一阵阵唳鸣，那些灰暗的如同幽灵一样的身影便打着盘旋缓缓往下降落，清寥的月光就在它们一翩一侧的翅翼上闪烁着。鸭子们被吵醒了，也嘎嘎地吵嚷成一片……听人说，群雁歇夜是要放岗哨的，我就努力想找到哨雁，看它是否真的独立于雁群之外，警惕地注视着周围的动静？可惜夜晚的光线毕竟太暗了，想来那哨雁一定是在一个隐蔽的地方尽心守望着。

那时，邻村有一个姓吴的孤老，替生产队养着四五套白鹅（一套为1公5母6只），队里照顾他每天给记七分工。二三十只下蛋的白鹅，平时就那么散养在圩堤下的河滩上，下的蛋送到孵坊，然后每家每户按人头分得数只小鹅。不知打什么时候起，种鹅群里混入了一只伤了翅膀的斑头黑嘴壳子大灰鹅。老人起先并未怎么在意，以为是别人家走失的，好心予以疗伤饲喂……半个多月后的一个明月夜，大灰鹅伤愈离去，没想到却把一笔风流账留给老人结算，老人孵出的小鹅里竟然有4只灰毛绒绒的异种。4只小灰鹅长大后，嘴壳子乌黑，不仅鸣声亢亮，还能张翅高飞，老人这才知道早先收留的是只大雁！后来，我们那一带便繁育了众多比普通白鹅要大不少且肉味更鲜美的所谓"雁鹅"。

同样是吃鹅，但此鹅却非彼鹅。雁鹅肉质丰腴，红烧最易出味。农家杀一只十多斤的鹅，肯定比杀一只鸡要隆重多了。鹅宰杀后，烧锅沸水褪光毛，剖腹取出内脏，洗净剁块，锅烧热了，舀些猪油下锅，将鹅肉倒入锅里翻炒，放入盐和自家晒的酱，还有生姜、老蒜子。炒至鹅肉出油，添加适量的水焖煮，闻到鹅肉香味浓烈时，就可以出锅上桌了。乃是地地道道的农家菜，纯正的乡村烹制之法。有时，则往鹅汤里添加些粉丝，烩出的粉丝也溢出鹅香，诱人垂涎……

那天，说尽许多闲话，清茶饮过数杯后，等待中的雁鹅终于登场。一只带耳的铁锅热气腾腾地端上桌，继续放到火炉上煨着，保持它"咕嘟嘟"的热度和香味。随之端上来的还有一盘切成整齐块状的雁鹅肝，嘱咐待到适宜时机可将其挟入锅中，即涮即食，入口鲜嫩。锅中的香气一阵阵扑鼻，我是迫不及待地将筷子伸进去夹了一块鹅肉纳入口中，立刻就有一种特别的香味拍到口舌上，犹如化骨绵掌，三两下咀嚼吞咽之后，已拍得你心儿醉，肝儿碎……见店老板正微笑地看着我们，就问他怎么会烧得这么香？店老板卖了个关子，说这正是红焖雁鹅最精彩的部分，因为加入独门秘制酱料的缘故，所以才会有如此醇厚的口感……不过，做法倒是可以透露一点，就是将鹅在架子上先烤，烤到鹅肉半生不熟时再切块，放进铁锅里用慢火边煨边吃。因为先经炭火烤过,鹅肉皮滑肉嫩,鲜瘦爽口,原汁原味,不膻不腻,连骨头都十分入味。之所以随后还要慢火焙煮,是为了避免鹅肉变老变咸,且越煮越香醇,让人越吃越想吃……哦,这种烹饪手段,倒是从未听说过,看来真是不虚此行了。

随后上来的是青椒炒雁鹅杂,雁鹅杂很爽嫩,特别是那肠子,吃在嘴里脆脆地响。没想到还有一碟白切鹅肉,是以翅膀下的两块胸脯肉切出的,切得很薄,芝麻辣油做的卤汁,一片片地夹着蘸了吃,又嫩又爽,满口溢香,味道真是没说的。再接着是汤,那个用鹅头、鹅掌和鹅脖子煲的汤,里面加了大枣和枸杞,汤汁橙黄透明,喝起来甘甜不腻……当"咕嘟嘟"的铁锅里加过两次水,三瓶迎驾贡酒也下去了。最后端上来的鹅血煮粥,粥是粳米熬的,鹅血切成细碎的块状,加了点嫩菜叶,极是清香适口,大家品尝后,都是赞不绝口。一只10斤重的雁鹅,本来还担心吃不完,结果却是一扫而光。

数日前看我们自家报纸,见有一则美食报道,说本市有一名厨专门烹制人间美味"黑天鹅"肉……把我吓一跳,谁敢如此明目张胆违反动物保护法?再一看内文,"黑天鹅"乃是"人工养殖的灰天鹅",不禁莞尔。首先,即使烹的是"人工养殖出来的灰天鹅",没有相关批文,那可是弄不好也要吃牢饭的;再说,天鹅里也没有灰天鹅呀……嘿,原来就是词面上蒙混了一下,说白了,这"黑天鹅"——"灰天鹅",就是灰雁鹅。此鹅非彼鹅,都道天鹅肉好吃,殊不知雁鹅肉也是含糊不得的。把雁鹅忽悠成了天鹅,有无风韵不说,若是吃不出那意思来,岂不真要唐突了美人……

对于野兔的激情关注

许多年前,有一熟人,丈夫是公安局领导,下乡检查工作和巡阅饭桌时,也顺带在酒足饭饱后打了不少野兔。多得一时吃不了,就用盐腌了挂起来风成黑红的干壳,手一弹砰砰响,我也有幸得过几只。烧前先以温水泡软,斩块,同少量咸鸭一起炖老黄豆,汤干肉烂,风味不赖。亦曾于馆子里点过一回野兔烧咸菜,但端上来一尝之下,虽有咸菜遮掩,还是挡不住那种草腥气,淡歪歪的,没有一点野兔肉所特有的那种蹿喉咙的鲜香,大约也就是普通的家养兔拿来充的野味吧。

二十世纪九十年代初期,我在绩溪开会,当地主政官员请过一餐,一桌大菜,内中很多野味,其中就有烤野兔。装在一个特大的盘子里,准确地说,全是清一色的烤野兔腿,每块的分量都很大,红灿灿的油光锃亮,热气腾腾。那时的人好像都很能吃,一条兔腿搁现在给我,怕是没法子消受得了,但一桌人没有谁舍得丢下一条兔腿。烤野兔腿上的皮是脆的,里面松软,兔肉本身的山野味弥合着调料的馨香,吃完之后,有人咂巴着嘴意犹未已,实在太好吃了。

从现在往前推四十多年,正是拨乱反正时期,安徽省文联同安徽文学编辑部联合在巢湖召开了为期一周的"复兴散文研讨会",江流、曹铸、祝兴义、王英琦等当时安徽文坛风云人物都参加了。巢湖那里野兔多得惊人,我们车子晚上回来,灯光不断照见蹿跑的野兔。这些前腿低后腿高的家伙,虽然奔跑给力,无奈好奇心太重,常常追着车灯跑跳,一对眼睛闪着红宝石一样的光,有时已经跑出车灯光影了,却不知又从哪里跳了出来,砰一声就毫不含糊地撞到车上。巢湖里有的小岛上,更有众多野兔诗意地栖居,自由生活着,闲适无聊时也会像人一样十多只几十只聚一起开派对。我们的会议伙食里便常有烧野兔,和雪里蕻一起烧的次数最多,辣呀呀的没有一点腥气,早餐吃大馍稀饭时特别对胃口。

我自己第一次动手做野兔菜,是在二十多年前。去乡下看一朋友,到了吃饭时,我对女主人说多弄点时蔬,萝卜白菜多多益善。主人却眉头打结,说鸡鸭鱼肉不缺,只是菜园里萝卜白菜都让野兔的三瓣嘴给啃光了。原来,农村青壮出外打工,光剩余一些老弱病残在家,好多村子中心蒿草都能埋住人头,一些几乎绝迹的野物一下都华丽现身了。就说这野兔吧,到处乱窜,菜园里打的都是窟洞,刨出土一堆一堆的。一开始还有狗撵,后来野兔太多狗也视觉疲劳懒得撵了。野兔个个都鬼精鬼灵,它们一面觅食一面跳行,最后总是循着原踪返回原地。野兔常高跳或旁跳,就是为了隐没足迹,忽悠猎捕者。栖息时也往往是在地头最高处,头向踪迹处,稍有风吹草动迅即逃之夭夭。一旦它们决心隐藏,就不轻易暴露,你不是走到跟前快踩到它背了它是不会跳起来逃跑的……闻得此说,我一下来了兴致,说既然有这么多野兔,不吃就很对不住人。今天就弄这野兔一道菜,我来做!

当晚我叫朋友借来四把打黄老鼠的弓夹，用开水浇烫之后，又弄了一些兔粪擦抹了，分别下在几个有新鲜爪印和粪便的洞口。天擦黑不久，一轮农历十六七的月亮刚刚从东山升起，就先收获了一只；稍过了一支烟工夫，又夹到了一只。正是初冬，野兔储膘，毛色棕褐浓密，个个都肥嘟嘟的，拎在手里挺沉。大家一起动手，剥皮的剥皮，烧水的烧水，不一会工夫就弄清朗了。我指挥女主人将野兔斩去头脚，切块，下滚水里焯去腥气。然后，系上围裙，亲自上阵。锅里倒菜籽油，油热，投入姜片、辣椒、葱结煸炒，待香烟四散呛人，倒入野兔肉块。足有大半锅，用锅铲翻炒，好在是柴灶，猛火一气急烧，锅里水收，肉块缩小变色，放烧酒、酱油，改以中火攻，这回要全部逼出肉里的水分再放盐。野兔草腥味大，非重料不能掩盖，乡下没有花椒和草果，只有多放八角、老蒜子和辣椒。好在这些野兔膘好，油水足，肉厚，顺手加了几勺带一层稠油的鸡汤进去，灶膛里压进一截树档，小火焖至汤干，肉也烂了。出锅红艳艳的，满满当当盛在两个大盆子里，浓香袭人。

其时村子里正好过来几位长者，请他们一同上桌，都摇头，说从来没吃过野兔肉，怕闹心。朋友力劝之下，一位退休的老书记带头小心翼翼搛一块尝入口中，说好吃。便又有一位接筷子也尝一口，巴嗒着嘴，点头。随后一同坐下，吃野兔肉，喝酒，呱拉一些年成收获事……直到月上中天久。

竹鼠弄出的动静

老吴早几年做生意赚了点钱，后来就不上班了，每天喝茶聊天，顺带玩点收藏，在外面到处跑；又因为喜欢交结文化人，所以也能写小文章，画几笔花草……自嘲是肚子大脑容量少，个子矮文化上不去，所以才附庸风雅。老吴人热情开朗，常变着法子寻开心。一天，说要带我出去吃"好东西"。我问是什么"好东西"，他笑而不答，只说反正是"好东西"，到时就知道了，老早说破不好。我寻思了一下，突然心头一凛，莫不是要去吃河豚？盖因吃河豚有风险，所以长江边人吃河豚从不相邀，即使有请，也不说白了，只以"吃好东西"隐指。老吴却把头直摇，说我们是去山区，又不是往江边去，哪会弄什么河豚？

四月底一天，老吴开了车子带上我同另外两位画家往宣城方向而去。先到夏渡鳄鱼湖玩了一会，这地方我来过不止一次，我还帮他们做过宣传，早先的两位领导还来芜湖请我吃过饭。我想老吴大约是来吃鳄鱼吧，这里的鳄鱼已开发成菜肴，是经国家林业部核准，发有证照的。可是到了中午，老吴却把车开过市区，往宁国方向行了一段，最后停进一处绿树环簇的酒店院子外。那院子墙头竖着一个招牌，叫"港口大酒店"，伸头四望，四围皆山，压根不见一点河流的影子。迈进院门，就有一个矮胖的中年人迎过来同老吴招呼，把我们引入一间包厢。一看就知是电话约好了的。

喝完一杯茶，老吴说是看稀奇，就领我们进了院子旁边一个小门。原来，这里面还有一个更小的院落，里面砌有一排水泥槽，槽后连通一个暗道。老吴朝身后一招手，叫来一个老人，老人拖来几根带枝叶的竹子，还有芭茅草，利索地将竹子劈成几段，连同芭茅草一起丢进水泥槽中，就见有几只毛茸茸、肥嘟嘟，看起来像老鼠个头却像兔子的家伙扑上来抢食。嘀，这不是荷兰鼠吗？老吴笑话我，说饶你见多识广，今天却是走了眼，这东西叫竹鼠，不是外来品种而是本地土特产。

嘿，这就是竹鼠？我是早闻其名已久了呀，这可不是一般的老鼠……我兴致勃勃地凑过去看个仔细，这些家伙长得很墩实，身材粗短，每只都在两三斤以上，不怕人，毛色灰褐，生就一对小肉眼。老吴自己说这些竹鼠倒是长得跟他相似，像个肉头肉脑的精英人物，把我们一下说乐了，还真是那么回事呢，连神情都有几分像。竹鼠吃东西时，以一对前爪搂着，时而像人那样直立而起，露出两颗大门牙啃咬，显示出啮齿类动物特有的快速咀嚼动作，但却一点不似老鼠那种贼溜溜猥琐相。

从老头嘴里我知道了，这几只竹鼠是从十多里外的山里收来的。竹鼠喜吃竹根和芭茅草根，本地人喊作芭茅老鼠。它们在竹林和芭茅山林中打洞做窝，因为吃竹子声音很大，夜深人静走山路常能听到喀嚓喀嚓声，要是有几只鼠同时进食，声音连成一片，就像有架织布机在响。如果发现山上有小面积的枯死竹林或芭茅草，近旁必有鼠窝,就可追踪寻找。竹鼠的脚爪锋利,它出外觅食都会留下一条很光滑的路,然后再顺着这路返回它的窝洞,并用泥土将洞口封住,如果洞门敞开,表明外出未归。

老人说,逮竹鼠跟逮野兔一样,可用弓夹打,用铁丝环套扣,用踩板箱捕捉,用水灌,用稻壳烟熏,还可以犁庭扫穴的方式把鼠洞挖个翻天覆地。会逮鼠的人只要找到洞,用木棒或锄头在外面用力敲击,洞内的竹鼠受到惊吓向外逃逸,由于长期穴居,刚一出洞眼睛受光线刺激,一下子很不适应,反应迟钝,就被逮了个正着。南方山区盛产野竹鼠,现已有人就地捕捉野竹鼠,进行驯养繁殖,产品专供苏沪大酒店。

跟老人聊了一会,我又赶到厨房看操作。

已有两只竹鼠被剥去皮砍去头足给收拾好了。问了一下大师傅,一只清炖,一只做成干锅。看着他们将一只竹鼠剁成块,用姜、酒、盐腌渍,下锅,加入冬笋、香菇,大火煮沸后,装进一个高压锅里炖。那一只切成一堆小块,也是加姜、酒、盐腌渍一会,下锅同一把红尖椒一起油爆至冒白烟,加入糖、醋、酱油、水。大火煮沸后,小火焖至水干,再加水,还加了一块搅碎了的红方腐乳,焖干。又从旁边端过一盘切好的蒜苗倒下爆炒,顿时香气四溢。见我粗通一点厨艺,承蒙大师傅看得起,传授我一个要点,说竹鼠肉原本咸腥,搁盐时务必省着点,若是以烧鸡的经验放盐,没准就放过了头。

那一餐,四个人吃掉两只竹鼠,还有豆瓣鲫鱼、凉拌笋丝、小米虾炒青椒等几个配菜,象征性地喝了一点酒,老吴以茶代酒则是因为要开车。感觉那竹鼠的味道跟野兔有点相近,且更腴嫩,更有野劲,极辣,吃得大汗淋漓,把毛背心也脱了。犹记得画家老海初尝时那模样：筷子头上搛一快举到眼前左看右看，终似有点不放心，小心翼翼纳之入口，轻嚼，口形蠕动几下……啧啧，哎呀，这老鼠，这，这，这比鸡吧……好吃多了呀！另三人笑翻了。

最后，丢下一桌子细碎的骨头，我们满足地离去。

散了伙 / 别让麻雀们

二十世纪七十年代早中期，我读高中时，每年暑假，都去粮食收购点做协助员，帮助征收公粮，司磅、看样、开单子和管理仓库，两个月下来，能得到约40元的津贴费。收购点一般都是或靠河流水道或临公路，收购到稻谷，就堆放在那些略微改善了通风条件的庙宇和祠堂之类的老屋里面，特别容易招引老鼠和麻雀。老鼠好办，蛇和黄鼬（黄鼠狼）可对付，麻雀在天上飞，只要有窗户洞就飞进来。成百上千只，呼啦啦飞落在这边稻谷堆上，呼啦啦又歇落到那边稻堆上，见到人来，"轰"一声就飞走了，带起一阵疾风，你拿它们一点办法也没有。

收购点要执行防潮防霉、防鼠害、防雀害的规章制度，就动员我们这些男女小青年协助抓麻雀。大家有的是力气和兴头，起初用强光手电筒晚上照着捕，树枝间、墙洞里，一抓一个准，但效率还是太低了。后来有人想出一个办法，端架梯子将仓库墙头所有的窗户洞用稻草塞起来，仅留下的一两个洞口，看似通着亮光，墙外面却都张着一个口袋形渔网……一切准备妥当，打开所有大门，麻雀不知是计，飞入屋子里尽情啄食稻谷。突然之间一声唿哨大门给关上，我们在屋子里举着扫帚驱赶吆喝，惊惶失措的麻雀们尽数往有亮光的那两个窗洞里扑去，结果一起落进渔网里，后面的麻雀仍自投罗网地飞着往里面挤，直把两个渔网口袋都塞满了。拎着沉甸甸的渔网扔进水中，将麻雀溺死，大家一起动手，把麻雀褪了毛投入油锅里炸酥，蘸着酱油吃，连着吃了好多天。

那时没什么东西吃，餐餐就是茄子、辣椒和冬瓜，偶有一星两点的肉片，也是被埋藏在众多的豇豆里，或是烧上两条不到一尺长的鲢子鱼，就算是难得的荤腥了。所以，当炸麻雀鲜美的滋味被我们漉漉滚动的年轻肠胃尽情吸收时，感觉特别滋润。有的男孩舍不得吃下自己的那份，就偷偷用纸包了，到了晚上约出心仪的女孩，将油腻腻的纸包掏出来往人家面前一递……几个状若骷髅一样的油炸麻雀，竟然也能成就那个纯真年代里的爱情。

到了二十世纪八十年代初期，安徽省文联的一个会议在巢湖召开，会议期间，去和县采风。县里自然是高规格接待，酒宴上除鳗鱼老鳖和乌鸡之外，还上了一样颇特别的菜：油炸麻雀。麻雀本来就小，除去头脚经油一炸缩水更大，看起来干瘪瘪的，却是加过调料烹炸得外酥里嫩，越嚼越香，比我们当年收购点里的炸麻雀好吃多了。

披着军大衣的县委书记特意作了介绍，我记得他说：和县出麻雀，和县的麻雀比全国哪里都多，油炸麻雀是和县的一道名菜。"麻雀成万，一起一落一石"，说明我们鱼米之乡的和州稻子多，稻子是养人的，不是养麻雀的，所以稻子成熟时，是网捕麻雀的好时机……和县的麻雀多得吃不了，我们就输出到香港市场，香港人就认我们和县的油炸麻雀。书记还给我们讲了一个故事，传说当年朱元璋带兵攻打太平府，路过和县时，麻雀成群飞来，叫声一片，朱元璋听得心烦，便命士兵打杀。士兵们捉住麻雀后将麻雀收拾干净以热油炸酥食用，鲜香可口。朱元璋尝后大加赞赏，以后就经常命令士兵捕杀麻雀来吃。于是，油炸麻雀名声大噪，成为著名野味之一。

那时候"市场经济"这个词还没有出现，但那位书记显然已经在往这条路上想了。因为他对我们说，县里已制定了专门的政策，要打好麻雀这张牌，扩大对香港的输出，要让全世界人民都知道和县的油炸麻雀好吃。书记压根不会想到若干年后会出现"环保"这个词，会出现动物保护政策，并把麻雀列为国家二级保护动物！

隔了十来年，我在和县又接连吃了两次炸麻雀，一次在县城，一次是在和县地界的香泉谷。据说，现在已经有人工养殖的食用麻雀了，这倒是个好消息——既能满足人们的口欲之需，又保护了野生麻雀。

不管怎么说，你得承认，这和县的油炸麻雀确实好吃，成菜色泽酱红油亮，肉质干香爽脆，滋味鲜美，配合特制的卤汁，是非常好的下酒菜。麻雀是怎么烹调出来的，我没有亲眼见过，但我见过烧烤摊点上鹌鹑是怎么炸的……就是炸前弄一些调料腌渍入味，炸好后再抹一些孜然粉之类的东西提香。或是先炸成半熟，再回锅加姜蒜和八角等调料，焖至收汁入味。不过倒是听当地人透露，和县油炸麻雀之所以好吃，关键诀窍，是烹制好后还要放入麻油中浸泡一两天。

由麻雀想到一种禾花雀，禾花雀也是被明令禁止食用的野生动物之一，任何商家和个人都不准非法捕食。我曾在北京看到被竹签串起的炸禾花雀，公开摆在街头叫卖。问这真是禾花雀吗？摊主答道：如假包换！广州名小吃啊，秋冬进补最好了。禾花雀同麻雀一般大小，听说在广东那边卖到十多元钱一只，所以有人说，北京街头卖的二元一只的禾花雀肯定是假的，是以麻雀替代的。

麻雀作为美食，出现在文人的笔记中，据我所知，较早的记载在宋朝就有了。有点类似《笑林广记》，说苏轼的一个朋友请大家喝酒，先端上一盘红烧麻雀，一共才四只。同桌的某客馋不过，没等大家动手，就一连吃了三只，然后把剩下的一只让给苏轼吃。苏轼笑着说：还是你吃了吧，全部吃进你一人肚子里，也免得麻雀们散了伙。

别怪老苏说话损……只怪那麻雀的香味太诱人了！

"石鸡与土遁子"

据报称，有金陵酒家去绩溪考察，引进了皖南山珍名菜石鸡。不知消息是真是假？这石鸡该不会是用牛蛙混充的吧。店家又是怎样绕过动物保护法的呢？

石鸡我吃过一回，还是二十世纪八十年代初的事。那年暑天，有一期颇具阵势的文学创作班择址皖苏浙三省交界处芦村水库举办。学习班结束，离去前一餐，搞得很有脸面，席上珍馐横陈。内中有道菜叫"霸王别姬（鳖鸡）"，就是以马蹄鳖和石鸡在一起烧出的，可惜当时我们不明就里，并不能领会这份菜在后来岁月里所日益彰显的珍贵。听过那个操徽州腔老厨师一番介绍后，吃了也就吃了，并未滋生特别的自豪。以致将近四十年过去，于那味道竟搜寻不起一点记忆来。

活物石鸡我也见过两回。1990年夏，铁路部门在绩溪开笔会，每天早上我们几个文友就结伴逛农贸市场，茶叶山菇扁尖什么的看个够。渐渐地，也觑出了门道，在相对僻静的转角处，常常站立着一些青壮山民，脚下倚一个菱形扁篓，有的还搭盖布帏，里面装着刺猬、穿山甲、乌梢蛇和活的山鸡，还有就是石鸡了。我们便伸长脖子将这些稀奇一处处瞧过来。石鸡形体与一般青蛙相似，湿漉漉黑乎乎的，体积肥硕，粗糙的皮肤，又有点像蟾蜍，胸背部还长着刺疣，大的重有一斤。山民掐起石鸡的两肋，给我们看肥白的肚腹和粗硕大腿，还有那人手一样撑开的带蹼的趾，真有点日本大相扑手的身形模样。听山民介绍，石鸡这东西，专与毒蛇相伴，喜栖息于溪流石涧，昼藏石窟，夜出觅食。五、六、七三个月是捕捉的好机会。每逢此时，山里的农户人家便点起松明火把或打着手电，循溪而上去抓石鸡，抓回后养在水缸里待售或留作待客用。石鸡的吃法有生炒和煨汤。把石鸡去掉内脏、头和脚趾，斩块入油锅放酱油红烧。煨汤则一定要加上香菇，不剥皮味道更佳。山民们一再让我们相信，石鸡是大补之物，能强筋壮阳，夏天吃石鸡，身上更是不长痱子不长疮。

由石鸡，我想到一种眼下恐已绝迹的"土遁子"。"土遁子"是乡人的叫法，或可亦作"土墩子"，是蛙的一种，有着极具隐蔽性的土灰色身子，介于青蛙和蟾蜍之间，比青蛙丰满，体重超标使它们蹦跶不起来。俚语形容那类粗短肥壮的傻小子，称之为"长得就像土遁子"。那时集体生产，田间地头，常挖一些大粪窖积肥，渐渐有的粪窖弃置不用或少用，就变成坑沿长满旺草和各种昆虫的水坑。"土遁子"一辈子居住在这水坑里，自足而又清高，是真正的"坑底之蛙"。"土遁子"性机警，传说能土里遁身，要找着它们的踪迹并非易事，须长久地静静守候，看到了蒿草在动，水晃出几圈波纹，有鼻尖和眼睛露出坑沿边的水面，你悄悄地靠近，用网闪电般出手抄住。通常，一个水坑里住着夫唱妇随的一对伉俪，抓住了这一只就能寻着另一只。两只"土遁子"烧上满满一大碗。乡下人食青蛙有心理障碍，但对"土遁子"这种美味却从来不会放过。最寻常的做法，就是如脱衣那般先剥了皮，剥出一个尺度有点大的丰腴美白身子，剁块，放上板酱和蒜瓣不失原味地农家红烧。若将"土遁子"装入那种量米筒子大的砂铫子里，搁上水和盐，再埋入灶膛灰烬中，隔夜取出，肉酥烂而汤呈琥珀色，上面漂一层油花，呷一口，吧嗒一下嘴，真是鲜到心眼儿里去了！

"土遁子"离我们亦已远去，现在所多的是给人工饲养得懵懵懂懂的牛蛙。菜市场的牛蛙一律趴伏在水泥池子里待售，有时将水泥池子挤得满满当当，在它们身上甚至看不到一点哀怨的影子。我庖制这傻东西的厨艺就是红烧。牛蛙开膛去内脏，剥洗干净，剁块前先在背部平拍一刀尤为重要。取火腿肉一小块，切片下锅炸出油香味，投蛙块爆炒，加入板酱、盐、洋葱片或是香菇，喷上料酒，盖锅焖一会儿。出锅前略勾点芡，就可装盘了。闻着扑鼻香气，再看那红润色泽，即觉异常美味可口。

隐入五百里深山，隔千里兮共明月。由石鸡到"土遁子"，再到牛蛙，虽是一个渐下的落差，但食材的基因和外形的相似，移花接木，李代桃僵，却也能带来如法炮制的诱惑与美感。

与蛇之欢,玩不转的口舌

别以为只有广东人才吃蛇,其实,江南人也吃蛇,且是风俗。立夏过后,有的人家就张罗着去弄条蛇来炖汤给孩子喝。"立夏喝碗水蛇汤,不长疖子不长疮",人们相信蛇有清热解毒的食疗效果,这是把蛇当药吃,与口味无关。

过去年代里,人们对蛇还是相当尊敬的。在那些阴暗潮湿的老屋里,经常有手腕粗的乌黑大蛇出没,喊作"乌蟒梢子",这是家蛇,家里的守护神,绝不敢捉来吃的……要是在屋外看到了,还得赶紧撒把白米,恭敬地对它作揖,请它沿着撒下的米线回家去。有时在墙缝里掏出蛇脱下的皮,拉开来轻飘飘的比人还长,就是这种蛇皮也不可唐突,要给塞回去。用来炖汤给小孩子喝的,仅限于稻田水塘里常见的那种水蛇。

水蛇在水面游动时,一扭一扭的,极有女性柔媚曼妙的风姿,所以才有"水蛇腰"这个形容词。虽然水蛇只比大拇指粗不了多少,但吞食青蛙却一点不含糊,要是你在田边塘湾突然听到一阵青蛙的惨叫声传来,那只倒霉的青蛙尽管翻扭起白肚皮在拼命挣扎着,但基本上是无法改变命运了。而水蛇好像除了捕获青蛙,再没有别的什么会被它们视作美食了。水蛇的天敌是人和水鸟，比它长一倍的火赤链蛇除了捕食青蛙外有时也捕食水蛇。火赤链蛇虽然也是无毒蛇，但身上红一圈黑一圈的，看着怕人。水蛇没人怕，"水蛇咬一口，活到九十九"，水蛇常被我们拎住尾巴悠几圈，然后猛一发力，像扔链球那般一下子远远扔到看不见的地方去了。

我有过不多的几次吃蛇的经历。第一次吃蛇，是我们在野外捉鱼烧了吃，遇上一条水蛇把青蛙衔在口中，救蛙而打死了蛇。剥下蛇皮后见蛇肉白嫩光滑，于是也像用泥烧鱼一样用黄泥包起来，埋入火堆里烤至焦糊，蘸着盐粒，几人分而食之。少年无知亦无畏，只是想从吃蛇中获得一种刺激。

真正将蛇当成一道美味吃，是我刚进报社时，一个姓程的同事是农业银行行长的朋友，把我接到行长辖下一个山区小镇吃野味。到了那里后，我才知道野味就是蛇。时值盛夏，一乡民送上新捕大蛇，放在一个带布罩的竹篓里，同事验收过后叫拿到厨间剥杀。那是一条身着菱形文彩的"过山风"，也就是五步蛇，一种很猛、很危险的剧毒蛇，有四斤多重。我看着厨师用铁钳夹出蛇，踩在脚下，一刀斩下蛇头，拎起蛇身在颈下一划，便轻松剥下蛇皮。爬行动物神经反射级别低，头给砍掉、皮给剥下，身子尚在扭动……我不惧蛇，曾有同事拍下过我在宣州抓扬子鳄和在婺源捉眼镜蛇的照片，然见此惨状，心下难免有些悚然。

蛇肉最肥美的一段，做成椒盐蛇段，炸得外焦里嫩，香酥绵长，剩余部位同蛇皮一起煲了汤。蛇汤是最后才炖好送上席的，掀开砂锅的盖，是一锅清水一样的汤，几乎一清到底，也无一丝油花，唯有一股异香扑鼻，不闻丝毫腥膻之气。据称，蛇汤是所有汤中最鲜美的。在我们刚坐上席时，蛇血、蛇胆就被分置于两个精致的小玻璃杯中送上来，红绿相间，触目难忘。我接了一杯在手，不敢下咽，不是怕血腥气，而是我做过医生，知道蛙蛇的身上常有一些很厉害的寄生虫……盛情难却之下，终是一咬牙将那杯狭路相逢的蛇胆酒喝了下去。

其实，蛇是体育明星，身上无多余赘肉，能钻洞，能上树，逢山过山，遇水涉水。蛇肉薄而精，少之又少，两条大蛇加起来也不如一个鸡胯子。无论是椒盐蛇还是煲汤的蛇，除了脊背两边的肋槽里有点肉，其他地方实在啃不下什么东西。而且那肉都很粗老，吃不出半点丰润腴嫩的感觉。蛇汤里看不到一星油花就是证明，凡入口的腥荤之物，如果没有一点油水晃眼，就很难说有什么鲜味。倒是我在广州吃的蛇肉粥，因是把肉剔出来并配以海鲜熬成，感觉很是味美，吃的时候能分辨出一点细细的蛇肉蛇骨。

后来我才晓得，能把蛇吃出许多奇巧门道的，原来不是广东人而是广西人。我在广西梧州被人请进赫赫有名的"蛇园"吃过一回蛇，算是开了眼界。什么"全蛇宴""炖蛇羹""炒蛇片""三蛇（眼镜蛇、金环蛇、银环蛇）炖乳鸽""三蛇炖蛤蚧"等等，应有尽有，不胜枚举。有一道菜"凉拌龙衣"，是将蒸熟的蛇皮切成精细的小丝，用清净的素油精盐拌了，吃在嘴里滑哧滑哧的带声响。那地方人像挑鸡挑鸭一样挑出一条或一对蛇。上秤一称，三斤五斤，食客点一点头，伙计便拎了蛇直趋后堂。一个时辰后，一大盘或是一砂锅的蛇菜就上桌了，滋滋地冒着热气。食客们举箸和持勺而唻，没有一个不是气定神闲的派头。

读了一本叫作《考吃》的书才得知，原来吃蛇是有传承的，并不是现代人才得下的馋病。古人赴蛇宴，店家当众展示活蛇，剖腹取胆，然后就是喝酒前要先喝蛇胆汁……程序一如当下。只是彼时更有讲究，蛇胆盛在银钵中，以银针刺破，再用银夹子挤胆汁入酒杯，依次滴胆汁于杯中，丝丝缕缕洇开，酒色碧莹，伴有浓烈苦香味飘出。

至于那位大文豪苏轼，那更是蛇、蛙、蛤一并好之，且看他留下的诗句："平生嗜羊炙，况味肯轻饱。烹蛇啖蛙蛤，颇讶能稍稍。"是说自己太喜欢吃羊肉了，而蛇肉和蛙肉吃起来竟然也有点羊肉的意思。有野史记述，说他的那位叫朝云的美妾，就是在不知情时把蛇羹当海鲜吃了，以致恶心而病殁。

李时珍说："蛇以春夏为昼，秋冬为夜……"这本是优美之极的诗歌的语言，但说到后面却变成满嘴跑火车了，他说蛇交配时雄蛇钻入雌蛇的腹内，其仇敌是龟鳖，让"一本正经"变成笑料。不过，在野外确实常能看到两条像搓麻绳一样绞缠在一起的蛇，同进同退，恩爱非常。所以《诗经类考》说"淫莫如蛇"，蛇鞭就被想当然弄成壮阳药。黄山脚下的休宁县，那里有个很出名的蛇园，挂着国家级的"蛇类研究所"的牌子，凡参观者，都被领去看蛇鞭，并劝买蛇鞭及蛇药。

我的家乡南陵县有一个戴镇，三四十年前就有半条街的人跑去广州专做蛇生意。正是这些人带回了吃蛇的风气，什么时候吃蛇，在他们眼里那是很有讲究的。一说五月之蛇最好。因为端午前后蛇尚未交配，精华未泄，是最有活力的时候，这时候的肉最鲜美。另一说是中秋左右之蛇最好，所谓"秋风起，三蛇肥"，这时候蛇已经拼命进食了一个夏天为冬眠储存能量，最肥美可口……

沙地马蹄鳖，雪天牛尾狸

在一个下雪天里，宋高宗赵构闲得无聊，遂召了一班大臣讨论天下美食。问到徽州有什么好吃的，曾在歙地为官的大学士汪藻顺口说出两句对仗工整的诗来："沙地马蹄鳖，雪天牛尾狸。"高宗皇帝心为所动，即刻命人做出这两种美食，品味之下，果然妙绝。

鳖须出自清水河滩细沙中，且只有马蹄大小，以文火清炖，肉嫩胶浓，才是味美。"牛尾狸"即果子狸，下雪天里弄个炭炉煮了，很合古人的意境。"沙地马蹄鳖，雪天牛尾狸"，原创者是宋朝一个叫梅圣俞的人，但经汪大学士在皇帝面前一宣扬，立刻走红全国，从此也成了徽菜的经典广告词。

段祺瑞是合肥人，民国初年曾六次主政。作为权力顶峰人物，他也会经常思念家乡口味，凡宴请安徽籍政要宾客，酒席上必备一道火腿炖甲鱼，这是传统的徽菜。皖南所产甲鱼腹色清白，食之无泥腥味，实为佳肴。而在民间，自古就有四大美味食补之谓，乃是"斤鸡马蹄鳖，六狗牛尾狸"。斤把重的小公鸡，多用于孩子进补长身子；马蹄大小的嫩鳖，清炖了最能滋阴；"六狗"，六斤左右的仔狗，冬天炖食，作暖又提精神；"牛尾狸"红烧出来，则被认为是天底下最鲜美的食物。

考虑到有人仍对 SARS 心存余悸，况且还有一柄野生动物保护法的剑悬在那里，故按下"牛尾狸"不说，单提"沙地马蹄鳖"。

鳖者，惯于河塘湖沼中讨生活，喜食小鱼虾及螺蚌，广东和北方那边称"甲鱼""团鱼""水鱼"或是"王八"，皖江一带习惯尊之以"老"，呼为"老鳖"，也有喊"沙鳖"的。我经常在徽州行走，知道徽州山区的马蹄鳖早在明初就被朱元璋钦定为贡品。老鳖本非稀罕物，缘何只有马蹄鳖能步入徽菜的"名人堂"？盖因徽州地面山高背阴，溪水清澈，浅底皆沙，所产之鳖，虽是长到死也就马蹄子那么大，但品质却是出奇地优秀。当地民谣描述："水清见沙底，腹白无淤泥；肉厚背隆起，大小似马蹄。"其实，我们家乡也有一句食谚，叫"秤杆子黄鳝马蹄子鳖"，犹如说吃猪要挑壮的宰，吃柿子要拣软的捏，吃黄鳝就要吃像秤杆子那般粗壮的——过去的老式大秤杆，一手握不下；而仅比茶杯盖大一点的马蹄子鳖，都是没长成的少年鳖，肉嫩好吃。只有皖南山区的鳖才长不大，别的地方的鳖，最大能长到洗脸盆那般大，太大的鳖难免皮粗肉老。徽州马蹄鳖好认，一看它是不是罗锅背，不拱不驼的不是；二看肚子白不白，不白的不是。

烹调马蹄鳖的必杀技，是采用火腿佐味，冰糖提鲜，炭火风炉小火细炖。一位徽州老厨师传授我具体步骤：鳖盖壳环圈削下，其肉剁成寸块，入沸水焯过，捞出沥水；肥瘦相间的火腿切块，火腿骨一根洗净；将鳖肉整齐地码在砂锅中，把拍裂的姜块、葱结、火腿和火腿骨埋于其间，加入盐、黄酒和一大碗高汤，以旺火烧煮；烧开后撇去浮沫，放进冰糖，再用微火慢炖，渐入佳境，一小时左右即大功告成。拣出葱姜和火腿骨,淋上熟猪油,撒入胡椒粉,上桌后香气壅环,绕鼻不去。吃肉喝汤,汤醇胶浓,原汁原味,肉质酥烂,裙边滑润。老厨师还传授两个诀窍:一是清洗老鳖的时候,肚子里的油脂一定要摘尽,因为鳖油非常腥,如不除尽,会坏了一锅汤。第二,炖汤时切记要一次性把水加足。如果在炖的过程中,怕汤水少了又揭开锅盖再续添水,就是犯了炖鳖之大忌。

鳖平时潜栖在水底泥沙上,头颈后缩于甲内,双目炯炯窥视水底世界,当鱼虾游过身边时,则突然闪电般伸颈出击,一口咬住不放。鳖有四足,故在我们家乡又赢得一个"脚鱼"的称号。我们那里有个叫双九的人,人称"脚鱼阎王",其独门绝技就是戳老鳖。使的一柄叉,祖上所传,精钢打制,十多根叉齿紧密团结在一起,类似竹篾细扎的洗锅刷把,乌溜抹黑,柄把由一把起去内簧的竹篾紧紧扎成,提在手里笃悠笃悠的。俗话说虾有虾路鳖有鳖路,双九往塘埂上一站,逮眼就知水下鳖的情况,大小肥瘦,公母配对,是饱肚子还是饿肚子,放什么信子行什么路数,多长时辰出水换气……一目了然。叉入水中,如同瞎子使杖探路,这头点点,那头捣捣,猛往一处插下,晃一晃,提起来时,便有一只伸头曲颈,四脚乱扒的脚鱼钉在上面,少有落空。

双九捉脚鱼还有一绝招,就是在活水的上游宰杀一只鸡,让鸡血慢慢凝住往下游流淌。下游的脚鱼见到这些血丝块,会边吃边溯流而上,成群结队来到杀鸡的地方,正好自投罗网。

鳖很凶,民间说鳖咬到人不打雷不松口。但这家伙却也有一大"软肋",怕蚊子的叮咬。蚊子叮咬后不仅奇痒,所叮部位溃烂难愈,甚至疼痛至死!皮糙肉厚、忍力无边的老鳖,竟也有如此脆弱的一面……但谁又能想到，在徽州，人们习惯把吃过的鳖骨存留起来，洗净晒干，到了夏天，点燃熏蚊，效果奇佳。真是令人匪夷所思。

"鞭"的是娱乐精神

　　老陈早先是光华玻璃厂食堂大师傅，下岗后在二街推着车卖五香牛鞭，后来生意做大，卖的鞭种多了，就在中江桥旁辟了门面经营。
　　牛鞭是公牛的生殖器。自古以来，人们就有"吃什么补什么"的观念，相信吃下动物的阳具可以壮阳，补气血。老陈人很风趣，在新闻界有几个朋友，我就曾被同事拉去他店里见识过炖鞭、红烧鞭、五香鞭大比拼的场面。正是从他嘴里，我才知道了清宫满汉全席，牛鞭被列为第十二道菜肴。他弄的那些鞭，斜着切成片，有点透明的样子，中间有管道，切口的位置向外翻出，送到嘴里，感觉胶质很多，爽滑，弹牙，有嚼劲。特别是红烧牛鞭，加以红枣、枸杞、龙眼肉、阿胶等烹饪出来，色泽深红，牛鞭软烂，味道醇香。煲汤的牛鞭，用清水加料酒煮透，搁姜、葱小火煨至烂透，汤汁乳白，浓稠粘唇，细细品之，说不清是什么滋味，但好喝。俗名"起阳草"的韭菜苔也被认为是助阳之物，经常用来配鞭菜；绿的苔、红的椒和白的蒜，三色融合，倒是十分叫人心动。
　　店里墙上贴满花花绿绿的纸头，有一种民俗的喜剧气氛。见有不少女性食客，倒是很叫人诧异。以我早年积累的一点有限的中医理论而言，动物鞭属纯阳类食物，主要针对阴盛阳虚者，女性一般属阴，往往容易阴虚阳不盛，适当地吃一些也不是没有好处的……主要是心理上有一个含羞带涩的承受幅度。特别是年轻的女人，敢于迈进这个人人侧目、容易带来丰富联想的店堂，于大庭广众之下坐下来啖食牛鞭，是要相当勇气的。

某年一个斜阳烟柳的暮春，在市郊一家饭店，我又"被"吃了一回牛鞭。因是让人裹挟而至，食前并不知道背景，初以为吃到嘴里的是牛蹄筋呢。不过只在嘴中稍一嚼还是品出来了，绵软韧滑，不仅是比较醇厚味重，而且主人的眼神也透露了一种特别的意味。那牛鞭从中间剖开成两半，顶刀切成薄片，秀润剔透，鲜嫩饱满，另有水发玉兰片、火腿肉也都是切成小象眼片……所谓驴钱肉、牛鞭花，似这种刀法，不是弄的牛鞭是什么呢？

"以形补形"、"吃什么补什么"，这样的民间俗谚很多人都知道，但是效果到底如何……也没有几人能够讲得清楚。尽管国内中医界对牛鞭的壮阳功效表示认可，但西洋医学却不认可动物的阳具与壮阳有任何关系，不管牛鞭、驴鞭还是虎鞭，一旦与身体分离，所剩的只不过是一堆海绵体样的肉，并不含激素，营养价值甚至还比不上几只鸡蛋。真要是能"吃什么补什么"，吃了猪蹄，就会像能跑的猪一样有脚力，那么吃了猪脑子是否也和猪一样思考问题？一个女人舌头本来就长，吃了猪舌后，怕不是更要到处搬弄是非？

有意思的是，明代有个叫刘若愚的太监写有一本《酌中志》，云：内臣又好食牛驴不典之物，曰"挽口"者，则牝具也；曰"挽手"者，牡具也。又羊白腰者，则外肾卵也。至于白马之卵，尤为珍奇，曰"龙卵"焉……根据这位刘公公所记，当时的那些闷骚的内臣们，不仅好食雄性牛驴的阳具，雌性牛驴的生殖器官更一并食之，连羊和马的睾丸也巧立名目弄进口里。至于是否能"以形补形"，这位公公心里倒是比所有人都透明：以意为之而已。就是说，纯粹只是想当然罢了。

好多年前，我还在乡村时，生产队里有一头公牛，正是血气方刚、雄性荷尔蒙分泌最激盛的年龄，免不了到处弄出事端来。队里不得不对其进行制裁，割掉吊在那家伙后胯间惹是生非的睾丸。于是在一个初夏的午后，几个同样年轻的后生将其捆绑到树上，由一个剃头佬执刀施行手术。没有麻药，没有消毒，割下睾丸，只以麻丝将空瘪的皮囊刀口处一缠一扎，赶下水塘止血。那牯牛大约痛得太狠了，刚下到水塘又跳了起来，不料却撞倒岸边一根电线杆，拉断的电线落到身上，生生给电死了。当晚给剥了皮，肉也分掉了，只剩一条粉红牛鞭没人要。最后，我们几个知青嘻嘻哈哈拿了回来，由我动手，用菜刀从中剖开，刮净有尿骚气的白膜，放锅里胡乱抓了点盐煮出来，还是有股冲鼻子的浓骚气，不能进口，只好倒给隔壁人家的猪吃了。只可惜那是一只阉猪，要不然，倒是要看看会有什么情绪方面的变化发生。

据说，店家进货，牛鞭都是以根计价。作为商品形态的牛鞭，一种是牦牛鞭，一种是黄牛鞭，水牛鞭很少。一般人都喜欢吃牦牛鞭，认为雪域的牛鞭功效最好……见过有将据称为虎鞭的物件泡在酒中，如同泡在透明的世俗里，真假莫辨，就是套路深一点吧。

那天在一家火锅店，我们邻桌是几个潮男潮女，嬉笑着在涮一堆荤荤素素的菜。忽然听到一个清脆的嗓音在喊：服务员，我们这牛鞭怎么咬不动，太硬了，你店里还有什么鞭呀……闻声，附近几桌人都停下咀嚼，一齐转头朝那个臀大肉沉的女子望去……片刻之后，哄一下笑出声，有人把眼泪都笑出来了。

/ 无意于佳

猪头香

在乡下,到了腊月,家家户户都要将养了一年的肥猪从圈里拖出来杀掉,村头村尾,猪的嚎叫声此起彼伏,宁静的乡村一下子变得热闹非凡。杀了年猪,头头脚脚,舌根(又叫"口条")、尾巴根(雅称"节节香"),还有大肠,都是要腌起来的,叫"有头有尾,来年再来"。

"腊七腊八,腌鱼腌鸭",进了腊月中下旬的那段时光,肉香会飘满每一个日子、每一条村巷、每一户农家……浓浓的年味萦绕在心头,一切都变得温馨可爱。年底晴好的日子里,走在乡下,竹竿上串的,墙上挂的,都是赶着太阳晒的鸡鸭鱼肉一类腊货,显现着江南农家于岁末年终之时的富足和丰润。有时,一个白生生的刚收拾好的猪头,就吊在屋檐下,沉醉一般眯着一对小眼,垂着两只肥大的耳朵,乍看去,犹似藏不住一脸的笑意。

当那个给彻底净了脸的"猪头三",先是删去肥嘟嘟的领圈肉(也有人家保留不删),最后被拆去全部骨头时,撒上盐粒和花椒粒放入缸钵里,同砍成条块的腿肉和肋条肉混一起压实腌上半月左右,就可捞起来穿上细绳挂到阳光下,直到晒成深红油亮,才算真正入了味。记不起早先看的是周作人还是汪曾祺的文章,说是上品的猪头,额头要宽且额上的皮要皱一些,不知是否果真有道理?

以我的经验,猪头肉皮厚,胶质重,有咬劲,质地才老到。过去我们这里有一种江南圩猪,此猪大肚塌腰马鞍背,耳超级大,嘴尖长,额上皱纹深厚,面相沧桑,生长缓慢,但肉质特别好,想来,其头上的风味自是十分了得。

在一些人眼里,腌猪头肉是上不了大雅之堂的,很难想象政要大佬或是丽人明星会去光顾一块腌猪头肉。但腌猪头肉确实是妙处天成,其奥秘玄要就在于肥瘦一体,徐疾有道,肥中有瘦,瘦中有肥,说肥不肥,说瘦不瘦。最肥的地方,长出一块精肉疙瘩;最精的所在,忽然又嵌有一线肥膘。我以为,最妙的当是猪鼻——亦就是猪拱嘴子,那是一块天生活肉,色素沉积几近紫红,咸香咸鲜,软而又有咬劲,平易近人又不失惊艳。问世间,情为何物,当然更不能遗漏了那些被切成丝丝条条的猪耳朵……白白的筋镶在软糯的肉里,吃在口中,舌面发滑,咬起来脆蹦脆蹦的,总之是相当能引发你的佳兴。要是一辈子都没尝过,那真是太辜负了自己一张嘴了!

将腌猪头肉弄上桌,几乎没有任何烹饪技术含量,就是放在锅里蒸熟——至多在下面铺垫点儿千张就行了。即此一蒸,最能体现江南的民间元素,却又大气浑成,不拘小节。在农家的餐桌上,蒸出来的腌猪头肉,几乎就是一个走在乡村大地上的行吟诗人,在深浅肥瘦的生活真谛和浮想联翩之间,且行且歌,超越理性,又把握得住激情。

还有猪尾巴,俗称是"皮包骨"和"皮打皮","二师兄"一辈子都不停地摇它,因而也就显得活力非凡……我曾总结出猪身上有三处最引人入胜：猪拱嘴子、猪尾巴，还有脚蹄子最底下那个软笃笃的肉垫子，简直和熊掌就是一个档次的。

咸猪尾巴炖黄豆最是让人赞不绝口。黄豆很小的颗粒，是那种"土"黄豆，或可称作"本"黄豆，口感香糯微甜，炖到一定的功夫，看上去颗粒饱满秀气，一咬酥烂……衬着红艳油亮的"节节香"，整体菜色看上去光泽诱人，出神入化。

好多年前，我的堂婶不知通过什么关系从食品公司买到了半篮子猪尾巴，全部腌成了腊味。后来那些腊猪尾常常被安排炖黄豆，给我堂叔做下酒菜。我那时已在师专上学了，有时馋得熬不住，就在星期天乘上5路公交车到市里来打牙祭。堂婶每次总是先把黄豆放锅里炒香，再同猪尾一起兑满水放煤炉上炖，有时则在里面放入几小块咸鸭子肉，其他什么调料都免了。炒过的黄豆炖出来的那味道就是不同，特别香酥，入口绵烂无渣，猪尾咸鲜，鸭肉香韧……就连边嚼边吮吸着的骨头，都透鲜得让人魂牵梦绕！

后来，我们寝室的人知道我常有猪尾巴吃，就一起嘲笑我吃猪尾巴是为了治磨牙的毛病——其实，我夜里睡觉警觉得很，根本就不磨牙。

这蛹不是那么蛾子

南浔、木渎、乌镇等地为江浙丝绸之乡，人皆喜吃蚕蛹。在那些地方旅游行走，坐在大排档上，见他们把一大盘蚕蛹投入油锅内，炸成焦黄，再投点葱段爆炒一下端到桌上。初次照面这样的饮食，身上难免不起鸡皮疙瘩，想到一条条白白胖胖的蚕，想到那些化蛹而出的灰白的扑楞蛾子，胃里就有什么要往上顶。别人一再怂恿我，说就当是鲜虾仁，说蚕蛹是人类的一种新营养源，是卫生部批准的食品新资源名单中唯一的昆虫类食品。尝了一回，倒是又香又脆，鲜咸入味，但心理障碍还是在那里。

记得第一次吃炸蝎子，得益于报社同市一中举行的一次围棋比赛，我们在酒店招待那些老师，席间上了一盘油炸蝎子。对着那举螯钩尾仿佛外星生物的模样，虽然有点头皮麻麻的，但作为主人，我带头举筷，舌尖齿缝捕捉的感觉，是香酥脆辣……后来放心地咀嚼开来，大家都说不错。在我的带领下，除了几个女人始终没敢动筷，一盘蝎子很快吃完了。

蚕蛹为蚕蛾的蛹，由缫丝后的蚕茧中取出。吴中民间有"七个蚕蛹一个蛋"的说法，相信蚕蛹很补身体，是全营养保健食品。我看过当地人缫丝和剥茧，她们取出蛹，从头部剪开一个小口，然后沿蛹身一侧转圈剪开，这样就会避免蚕蛹的汁肉迸裂流失。这些蚕蛹，在油炸之前，也会像对待普通荤肉那样用酱油、绍酒、花椒、葱、姜、蒜等腌过，再下锅炸成金黄或褐黄色，装盘待客。

一个朋友到萧山出差，带回一袋子蚕蛹，炸得微黄，很嫩，一口咬进去，有像牛奶似的浆汁从壳里流出来，观者赶紧咧嘴闭目。想那丝绸之乡，蚕蛹来源充足，于是，除了制成真空包装的小吃和干燥的蚕蛹粉外，还用发酵方法加工成蚕蛹豆酱、蚕蛹面包等。人生若只如初见，要是你没看清包装袋子上的说明，一不小心着了道儿，也大可不必作反胃状。

蝉蛹也是可食的。夏天，在有些地方街头小吃摊点上，五元钱能买到两个油炸的蝉蛹解馋，菜市场里能买到活的蝉蛹，约在50元一斤。蝉就是知了，在我老家那里被称作"吱呢子"，盖因其鸣声"吱——呢，吱——呢"而拟音呼之。蝉的幼体，长年生活于黑暗的地下，只有快羽化时，才打出一个通往地面的洞，头朝上藏在洞里，被喊作"吱呢猴子"。

雨后的夜晚，打着手电走进林子里，你会很容易在树干上逮到刚爬上来的"吱呢猴子"。我们小时抓这东西，是要它脱下的壳，叫蝉蜕，卖到中药店里能换回买冰棒的钱，对蝉本身并无伤害。现在有人专将它抓来送到饭店里，洗净身上泥沙，投到油锅里炸了供人满足口腹之需。我至今都没吃过蝉蛹，但亲耳听一个吃过油炸蝉蛹的朋友津津乐道：真不骗你，哎呀，太好吃了……真是不尝不知道，一尝忘不掉！我问是怎样一个"忘不掉"？他说就是一个香，肉香呀，外面酥脆，里面鲜香，如果蘸上孜然粉、辣椒粉吃，风味真是绝佳！

我中学时的生物老师,是一个很有点子和主见的人,用别人的话说是"一肚子么蛾子",他倒的确是一个食蛾子的积极宣扬者,蚱蜢、蟋蟀、土狗子什么虫都敢吃。有一次他将抓来的十多只蝉剪去翅翼,用开水烫死后,放进煤油炉子上的小钢精锅里炸着吃,细嚼慢咽一副很享受的样子,当场将两个女生吓得双目紧闭,花枝乱颤。那位可爱的老师这样为自己辩解:昆虫是会飞的虾,虾是会游泳的虫子,油爆虫和油爆虾是没有区别的。假如一个小孩子从小到大,别人将吃虫和吃虾颠倒过来给他灌输,说虫怎样怎样好吃而虾怎样怎样可怕,你想会是什么一个结果……所以鲁迅先生才会称赞第一个吃螃蟹的人是勇士。他还让我们记住他的预言:人类未来的动物蛋白的重要来源,不再是猪或牛羊,而是昆虫,到那一天,人人都要满口满口地吃虫子……把我们说得一耸一耸的。

确实,虫和虾,都是一种具体的生物形态,从蛋白质的角度来看,它们之间不会有多大的差别。在世界地理的电视片中,看非洲人在雨林里抓来那些肉嘟嘟的虫子拿到摊点上出售,要是找到一窝蚂蚁蛋就迫不及待地捧食起来,你不能说非洲人就是未开化。吃不吃昆虫,至多是同某种习俗相关,却不关文明的事。

像我当年的那位生物老师,能够体味常人难以体味的东西,倒是个很前卫时尚的典范。假若某一天,你见几个人坐到大排档上,开口就喊:老板,来一碗蚱蜢汤……再来一盘油爆青虫!你听到了,可千万不要过于惊诧呀!

那些糖呀／甜到了忧伤

在秦淮河边，南京人将"秦淮八艳"做成了酥糖，包装盒的画面上，八位古装女子巧笑倩兮，衣香人影，隔着岁月的风尘，似犹能闻到窸窣声。于是我买下了一盒，我知道这糖还有个名字，叫董糖。

董糖当然是跟美貌情才的董小宛有关了。在碧柳春风的当年，如皋才子冒辟疆途经苏州，慕名亲访董小宛数次，皆未遇。董小宛知道后，深为感动，特以芝麻、炒面、饴糖、松子、桃仁和麻油等物，当然还少不了清芬怡人的糖桂花，制成酥糖，从秦淮托人转带至如皋。后来，董小宛得以委身为妾，因感于冒辟疆喜食她做的酥糖，遂常年制作，并以之飨客。此糖酥松香甜，入口即化，食后留香，人皆以董糖名之。但是，别说董糖香软，董糖亦有壮怀激烈……一次，史可法路过如皋，拜会冒辟疆，相谈时，座中当然少不了待客糕点董糖。史可法一尝之下，连声称赞。问此糖为何用红纸包裹、董小宛素仰史可法高尚情怀，遂妙言答之：以示史大人一颗赤诚之心。临别，董小宛已备好数箱酥糖，请史可法携往扬州，犒劳将士，以壮军心。史可法大为感动，连声称谢。曰：此去扬州，一定将此糖遍飨全军！后来，清兵围攻扬州，据说史可法壮烈殉难时，衣袋里还藏有两块董糖，没顾得上吃。

　　色艺双绝的风尘女子，也是个深隽有味的女子，诗词歌赋、食谱茶道、人情礼义无所不精，这样的冰雪聪明，若是向着人间烟火，就能把琐碎的日子过得有情有义、浪漫而美丽。面粉、芝麻粉、挂浆糖稀这些寻常之物，经她巧手一弄，不仅入口香甜酥软，而且能激起将士满腔热血，奋勇杀敌。可惜这位薄命佳人只活了27岁，倒是冒辟疆很活了一大把年纪。董小宛要是能活到今天，当是娴秀依旧，脸上隐约平添了几分沧桑，更显韵致吧……但董糖是否继续做得下去？她还能熬出那些分寸拿捏到恰好的饴糖吗？要知道饴糖太浓则黏性差，无处可依，太稀则易于融化，难以成型。

　　有个朋友在文章里说，过去她一直不知道有姓董的糖，而以为那是冬天才有的糖，故应该叫"冬糖"才对。确实，几乎所有的民间甜食只有冬天到了才会有。除了民风民俗的界定外，也只有冬天的寒冷才能让那些糖稀挂得住，犹如那些能挂得住的世间情分。还因为冷的日子，人对甜蜜感的需求特别迫切，所以那朋友才说，董糖是让人觉得暖和的食物。

　　我们这些童年时代遗留在江南深处的人，有谁没有在风口里把一包董糖吃得心旷神怡呢？我小时，董糖就是最爱，过年过节，盼望的就是能吃到董糖。去长辈家拜年，荷包里总是被塞满糖果、花生米，一双眼犹自勾勾地投向八仙桌上的糕点盘……能得到一包两包董糖，那就是喜出望外了。不过那时只有上年纪人才叫董糖，我们都称酥糖。

　　每每得来董糖，吃前，总是小心翼翼地一层一层剥开外面桃红纸包，八块麻将大小的被模子压出的糖块，格格正正地躺在略有油渍的竹青纸上。糖块之间似断非断，似连非连。一手拈起，另一只手在下面接碎粉，仰脖送入口中……一会儿工夫，一包董糖就吃光了，只剩下些深灰色粉屑在手间和纸上。将它们撮拢到一起，或是折纸成漏斗，再仰脖送入口中，有时会弄得嘴角鼻翼全白，连胸前衣襟也沾满粉屑。

我的另一位叫陈国庆的在铁路上工作的朋友写过一篇文章，回忆自家后院子里糕饼坊做糖的情景。他说董糖分为两种，打酥和捏酥。打酥简单……就是把豆粉糖粉装进一个木框里，木墩压实，糖刀划出麻将大小的块状后，撒上白砂糖、红绿丝、腌桂花，翻在一块木板上，用小铜铲铲四块放在竹簧一般的纸上，再用红绿黄白的色纸分层包好。捏酥麻烦，要在麦芽糖稀里装入豆糖粉，折来捏去，像折小刀面和捏花卷一样，翻来覆去地推拿挤按捏，折腾得糖稀骨薄如纸，还不能把糖稀捏破了漏出糖粉来。等捏成蛇形长条，再用快刀斩乱麻之势切成小指厚的薄片，骨牌大小，厚薄匀称。切出的剖面呈乳白色，像个回字，一层环着一层，也撒上白糖和红绿丝等。因而董糖又叫捏酥或折酥。

这与我所见过的糕点坊里做董糖稍有不同，我印象中，他们是将挂浆的糖稀舀起放在撒好的面粉上，表面再撒一层面粉，用滚筒辗薄后，当中夹上面粉将糖稀拉起对折，再辗，再夹面粉……如是反复进行。最后将其卷成细长圆条，切成小块，码在竹青纸上，裹起，外面用桃花纸包好，颇有种竹外桃花三两枝的诗意。

不管是哪种手法做出的董糖，现在已很少能谋面了，即使在萧瑟的乡村小店或是街头挑担叫卖的笋筐里见到，也不再有谁叫它董糖，而称为酥糖。就算是端来了现在的扬州名点灌香董糖（寸金董糖）、卷酥董糖（芝麻酥糖）和如皋水明楼牌董糖，又会是怎样，或许尝上一块两块就要放弃，因为那味道也不过如此。何况，以时下眼光看，太甜的东西我们的身体受不起。

红尘滚滚，香魂已没，如皋水绘园的艳月楼早已人去楼空，曾经是甜蜜精致的江南董糖，只能在无声的感叹里一路低靡下去。那些不可追回的至味，永远只藏在笔底纸间，满盘落索，难以被今人体味。

金风玉露一相逢

夜凉如水的晚上，与二三好友循着烟火味儿到大排档，叫了一大盆香艳四射的小龙虾，和一排侍立的冰啤，把酒相谈，大快朵颐，用美味打发时间，总是一件很惬意的事。小龙虾的香辣和冰啤的凉润共同作用在舌间，时而撒泼耍赖，时而含情脉脉。若是话至酣浓，灯影迷幻，"梦里不知身是客，一晌贪欢"，仿佛一世都在这轻软红尘里轻飏，正好凉风习习扑来，则大有"我欲乘风归去"的决绝。

可惜不在华山顶，也不在把十里杏花跑成一抹红烟的江南古驿道——这是光着膀子在夏夜的大排档。大排档就是大排档，不必讲究，更不必拘泥，向着人间的烟火，口味的远足和流浪，一切皆是举手之劳。只是到了钟点，无论是张扬还是落寞，该别离的，终是要别离。

其实，如果不是贪恋夏夜清凉的情调，自己在家做了小龙虾享受，或许会更好。在排档和店里吃的小龙虾，都是炸出来红艳艳那一个完整形象，连着虾线的一片尾翼都没有拧去。只要你亲自动手洗过小龙虾，就知道，不去掉头壳，掀起那个红盖头，小龙虾根本是洗不干净的。头壳下面，有胃袋和满是黑水的肺须，胃袋又称沙包，里面装满小龙虾吃下的脏物,肺须则相当于滤污的纱网。最重要的,掀开红盖头,还有两条异常柔软的虾黄,这是好东西,用手指轻轻掏引出来,托在手心里,稍稍放自来水下冲淋一遍,收到碗里。半脸盆虾,能掏出一小碗虾黄。这东西若不单独掏出来,就会随那个头壳丢弃了,没有被人羡杀,却被自己唾弃,真要那样,你就去忏悔吧。

虾黄相当于蟹黄,本是它们未成熟的卵块,是最起鲜的精华所在。但虾黄太软,若是加入咸鸭蛋黄就能互补,与豆腐放在一起烩,是一种创意。一白一黄组合,细腻中透着优雅气质,犹如"肤如凝脂"的贵妇人身披嫩黄轻纱,这样的视觉与味觉奢华启幕,便是虾黄豆腐的惊艳之美。

将虾黄、咸鸭蛋黄用料酒和少许胡椒粉腌渍一下,去腥。嫩豆腐切成麻将牌一半大的小方块,放入加盐的沸水里汆过,捞起沥干水,使每一块看起来都如白玉般诱人。油锅里爆香姜末蒜蓉,倒入腌渍好的虾黄煸炒。吱吱啦啦的姜末蒜蓉呛人香气里,波荡着澄澄晃晃的黄,形势真是喜人又香煞人也!只是虾黄娇贵,不可用火太老,瞅准时机,立刻倒入豆腐混合翻炒,至热气上来,加少许水,放一点盐,再以水淀粉勾个薄薄的亮芡……香气扑鼻的二黄豆腐就新鲜出炉啦。

记得早先也是在大排档上吃过一种"金银豆腐",是冰冻的豆腐中拌入咸蛋黄,因为颜色是一白一黄,故有此称。豆腐是冰冻的,而且很滑,所以天热的时候吃起来很爽,感觉有点像吃豆腐花一样。

二黄豆腐的过人之处,除了浓鲜爽滑外,虾黄比蛋黄更明艳,衬托得豆腐越发白嫩。吃这菜要使小勺,轻轻舀一小勺送入口中,透着清香，豆腐入口即化，鲜美的滋味在口中弥散开来，咂一咂嘴，你的感觉就是活在当下真好，真享受！最难得的是，那么好的味道里，居然尝不到调味料的痕迹，却激发着你越吃越香的欲望，令你手不停勺，欲罢不能。要不然，挂满大红灯笼、常有丝竹之声萦耳的南京大牌档的宣传小册子上，怎会如此描述虾黄豆腐：没有试过，你永远不知道它有多好！

虾黄不独可以烩豆腐，虾黄炒菜心也是个不错的选择，就是普通食材也能做出惊艳味道的又一成功范例。白菜取包心部分3至4层备用，油锅里爆香姜末，投入虾黄、切细的胡萝卜末及盐适量，翻炒入味；将菜心在另一只锅里以沸水焯至断生，捞出来沥干水整齐排在盘中，浇上调好的虾黄即成。虾黄本来就味鲜入脾，白菜选其心，实为挑出精华，口感、质地均属上乘，二者相配，犹似簪花的少年郎牵手豆蔻女孩，色泽清爽，入口鲜嫩，着实难得。

虾黄有强烈提鲜的作用，但也并非多多益善，用过了头会很腥气。剥出虾黄后，放冰箱里冷处理一下，冻一夜再用，腥气会大减，因为黏腻，口感会更好。我还有一创意，虾黄烧豆腐或炒菜心，同时拌入一只碾碎的咸鸭蛋黄，那可就是锦上添花、风光无限了。

若是脑筋一转，将虾黄豆腐做成脆皮的，那就更是让人由衷地欢喜了。虾黄加上调料，并加点番茄酱，用淀粉拌了，包裹在豆腐外面，一块块在油锅里炸透或煎成金黄，摆入白瓷盘里，下面垫一片鲜碧的生菜叶——"金风玉露一相逢，便胜却人间无数"，嘿，不说入口，光是看在眼里，那份感受……你去发挥想象吧！

小馬过河

有 态 度 的 阅 读

微 博 小马BOOK	抖音 小马文化	全案营销 小马青橙工作室
公众号 小马文艺	淘宝 小马过河图书自营店	
小红书 小马book	微店 小马过河图书自营店	投稿邮箱 xiaomatougao@163.com

图书在版编目（CIP）数据

山海野趣是清欢 / 谈正衡著. -- 北京：北京联合出版公司, 2024.3
ISBN 978-7-5596-7304-6

Ⅰ.①山… Ⅱ.①谈… Ⅲ.①散文集—中国—当代 Ⅳ.①I267

中国国家版本馆CIP数据核字(2023)第241394号

山海野趣是清欢

作　　者：谈正衡
出 品 人：赵红仕
策划监制：小马BOOK
责任编辑：高霁月
产品经理：小　北
封面设计：今亮后声

北京联合出版公司出版
（北京市西城区德外大街83号楼9层 100088）
北京联合天畅文化传播公司发行
定州启航印刷有限公司印刷　新华书店经销
字数290千字　880毫米×1230毫米　1/32　13.75印张
2024年3月第1版　2024年3月第1次印刷
ISBN 978-7-5596-7304-6
定价：59.80元

版权所有，侵权必究
未经许可，不得以任何方式转载、复制、翻印本书部分或全部内容。
本书若有质量问题，请与本公司图书销售中心联系调换。
电话：010-65868687　010-64258472-800